미스테리움

미스테리움

사라진 문장 Q

나지후 지음

소설 속 사건과 인물은 실제를 바탕으로 작가의 상상에 의해서 쓰인 것입니다. 실제와 관련이 없음을 밝힙니다.

세상의 모든 글은 누군가의 사랑에서 시작된다고 믿습니다.
제가 써 온 모든 문장 또한 가족이 준 사랑과 믿음에서 시작되었습니다.
제게 그 사랑을 알려 주고 끝까지 믿어 준 가족에게 이 책을 바칩니다.

1

"미키마우스가 자유 시장에 나왔습니다. 1928년 '증기선 윌리'에서 세상에 모습을 드러낸 미키마우스가, 이제는 누구나 자유롭게 활용할 수 있는 문화 자산이 됐습니다. 디즈니의 미키마우스 저작권이 95년 만에 만료된 겁니다."

새벽 라디오에서 흘러나오는 뉴스 앵커의 목소리는 무심한 듯했지만 또렷했다. 뉴욕의 어두운 하늘 아래, 희뿌연 안개와 함께 도시가 조용히 깨어나고 있었다.

"미국의 저작권법은 원래 창작자 사후 50년을 보호 기간으로 정했지만, 여러 차례 개정을 거치며 95년까지 늘어났습니다. 그 과정에서 늘 기준점이 된 것도 미키마우스였습니다. 저작권 제도의 상징이자, 그 한계를 시험해 온 존재였던 겁니다."

앤드류 한은 침대 위에서 몸을 뒤척이다가 천천히 눈을 떴다. 천장 모서리가 흐릿하게 흔들렸다. 어제저녁, 그는 맨해튼 이스트빌리지의 올드 펍 '스탄자 42'에 있었다. 끈적하게 깔린 재즈 선율과 바텐더가 부딪히는 유리잔 소리가 뒤섞여, 펍 안은 묘하게 묵직하면서도 활기찼다. 공기에는 맥아 향이 진하게 밴 술 냄새가 스며 있었고, 벽에는 바랜 축구 포스터와 녹슨 기네스 광고 판넬이 걸려 있었다.

맞은편에 앉은 토미 오라일리는 연거푸 검은 기네스를 들이켰다. 아일랜드 출신인 그는 아이리시 펍에만 오면 늘 과음했다. 마치 고향의 강물을 마시는 듯, 한 잔을 가볍게 비우고 곧장 다시 주문했다.

"토미, 무슨 맥주를 물 마시듯 마셔. 그리고 넌 내일 아침에 회의도 있잖아. 에블린에게 또 찍히고 싶어?"

"앤드류는 진짜 미국 사람 다 됐네. 기네스를 앞에 두고 그냥 간다는 거야?"

토미는 잔을 높이 들었다. 크리미한 흰 거품 위로 금빛 조명이 반사되어 일렁였다.

"이건 그냥 맥주가 아니야. 우리 고향에선 '검은 강'이라고 부르지."

"검은 강?" 앤드류가 물었다.

"그래. 기네스는 더블린을 가로지르는 리피 강 근처에서 처음 만들어졌거든. 사람들은 그 물이 마치 검은 잉크를 풀어 놓은 것 같다고 놀렸지만, 그건 탄 맥아의 색이야. 그게 우리 삶의 맛이었지."

토미는 웃었지만, 눈빛에는 짙은 그리움이 섞여 있었다.

앤드류도 잠시 말없이 기네스를 쳐다보았다. 잔 속 검은 액체가 천천히 출렁였다. 그는 속으로 중얼거렸다. '잉크를 푼 검은 강이라…… 어쩐지 어울리는 이름이군.'

앤드류는 토미의 잔이 비워지는 속도를 따라가진 못했지만, 그 마음이 어떤 것인지는 충분히 이해했다. 토미는 "한 잔만 더"를 계속해서 외쳤다. 웃음소리와 음악이 뒤엉키는 가운데서, 그 말은 취기에 젖은 주문처럼 반복되었다. 결국 그는 고개를 떨군 채, 아무 말 없이 어둠 속으로 사라졌다.

오랜만의 숙취가 덮쳐 왔지만, 그보다 더 머리를 무겁게 하는 게 따로 있었다. 아직 잠에서 완전히 깨어나지 않은 머릿속에, 낯선 문장이 파편처럼 스쳤다.

'사라진 문장을 찾아야 해요…….'

그는 이마를 찌푸리며 자리에서 몸을 일으켰다.

"사라진 문장이라…… 도대체 어떤 문장이, 왜 사라졌다는 거지."

투덜거리는 말이 저절로 흘러나왔지만, 그 문장은 이상하게도 머릿속 깊숙이 걸려 도무지 지워지지 않았다. 몇 차례 울렸을 알람은 이미 침묵한 지 오래였다. 커튼 틈 사이로 스며든 아침 햇살이 벽에 길게 선을 그었다. 잠시 멍하니 허공을 바라보던 그는, 책상 위에 흩어진 서류들과 의자에 걸쳐 둔 재킷을 보며 현실로 돌아왔다.

오늘은, 그가 새로 맡은 사건의 첫 재판 날이었다. 그러나 이번 소송은 그동안 다루어 온 수많은 저작권 분쟁과는 달랐다. 단순히 계약 조항 몇 줄을 다투는 문제가 아니라, 미스터리한 문장이 세상 속에서 살아남아 진실로 받아들여질 수 있는가를 가리는 싸움이었다. 더욱이 그 문장의 작가는 세상에 얼굴조차 드러낸 적 없는 미스터리 그 자체였다.

"미키마우스 저작권 만료는 단순히 캐릭터 하나의 해방이 아닙니다. 저작권 제도가 태동한 이래 — 세계가 문화 자산을 시간의 질서에 따라 되돌려받는 상징적 순간이죠. 17세기 영국의 '출판허가법'은 출판물을 국가 권력 아래 두고 검열하기 위한 법이었습니다. 하지만 그 뒤 제정된 '앤 여왕법'은 최초로 저자의 권리를 보호하는 법으로, 오늘날 저작권 제도의 출발점이 됐습니다.

라디오에서 흘러나오는 게스트의 목소리는 자신감에 차 있었다. 저작권 변호사 폴 스타이런의 과잉된 지적 확신이 공기 중에 오만한 권위로 퍼져 나가는 듯했다. 앤드류는 라디오를 향해 낮게 중얼거렸다.

"폴, 그 말 내가 10년 전 법정에서 자네에게 했던 거야. 그리고 결국, 이긴 쪽은 나였지. 근데, 사람들은 왜 그렇게 미키마우스를 좋아하는 거야, 젠장. 난 도무지 이해가 안 돼…… 현실에선 다들 쥐를 피하잖아. 그런데 왜 저걸 사랑스럽다고 부르는 거지." 사실 앤드류는 어린 시절부터 미키마우스를 좋아한 적이 없었다. TV에서 〈톰과 제리〉를 볼 때도 은근히 톰을 응원했다. 그가 키우던 고양이가 쥐에게 물려서 죽은 이후부터였다.

책상 위에는 어지럽게 흩어진 서류와 함께 짧은 문장이 적힌 쪽지가 놓여 있었다.

제가 책 속에 담은 것은 사실이 아니라 진실이에요. 사실과 진실은 늘 같지 않아요. 제 문장에는 사실이 보여 주지 못하는 진실이 담겨 있어요. 하지만 그걸 진실로 받아들일지는 독자의 몫이겠죠. 문장은 시간을 기억합니다. 사라진 문장을 찾아야 해요. 그걸 위해 앤드류 당신이 필요해요.

의뢰인이 보낸 쪽지에는 알 듯 모를 듯 미스터리한 문장만 담겨 있었다. 앤드류는 라디오를 끄지 않은 채 욕실로 향하다, 거울 속 자신의 얼굴을 바라보았다.

"사실과 진실이라…… 음, 맞는 말이긴 해. 같은 사실도 누가 쓰느냐에 따라 천국이 될 수도, 지옥이 될 수도 있지."

짧은 몇 줄에 불과했지만, 앤드류는 그 문장에서 묘한 확신과 설명하기 어려운 불길한 예감을 동시에 느꼈다. 마치 알지 말아야 할 것들을 차례로 알아 가게 될 것 같은 두려움이었다.

앤드류는 세탁실의 건조기 문을 열었다. 옷들과 함께 은은한 다우니 향이 퍼져 나왔다. 그는 옷을 건조한 뒤 옷장에 정리하는 일을 번거로워했다. 그래서 늘 건조기에서 바로 꺼내 입곤 했다. 오늘도 마찬가지였다. 거의 매일 입는 옥스퍼드 패브릭의 버튼다운 폴로 셔츠를 집어 들었다. 카라는 단정히 세워져 있었지만, 셔츠 군데군데에는 건조기에서 갓 나온 듯한 주름이 고스란히 남아 있었다. 그 흐트러짐이 오히려 마음을 편하게 했다. 줄이 지나치게 반듯하면, 그는 늘 불안해졌다. 초등학교 때부터 그랬다.

"앞으로 나란히! 앞 사람과 줄이 안 맞잖아. …… 그래도 삐뚤어, 왼쪽으로 조금 더 들어가."

"네, 죄송해요. 이제 맞죠?"

"그래, 앞은 맞는데 이번엔 옆이 안 맞아. 앞과 옆을 동시에 보면서 맞춰야지."

"숨이, 숨이 막힐 것 같아요, 선생님."

"무슨 소리야. 여긴 운동장이야. 바람이 이렇게 부는데."

운동장은 넓고 바람이 시원하게 통했지만, 그는 오히려 숨이 막혔다. 초등학교 시절, 앤드류에게 가장 힘들었던 것은 공부가 아니었다. 매일 아침 운동장에서 선생님의 구령에 맞춰 줄을 서는 일이었다.

그럼에도 넥타이는 싫지 않았다. 자유로운 옷차림 속 마지막 한 부분에서 느껴지는 조임이 싫지 않았다. 손끝이 셔츠 결을 따라 미끄러지듯 스쳤다. 약간 거친 듯한 촉감과 그 안에 남아 있는 건조기의 온기가 피부를 간질였다.

바지는 부드러운 면 팬츠를 골랐다. 주머니에 손을 넣자 도톰한 원단이 손가락 마디에 따뜻하게 스쳤다. 그는 헤링본 트위드 재킷을 걸치고 문을 열었다. 늦가을 아침 공기가 목덜미를 파고들었고, 바람은 마른 낙엽 냄새와 먼 도시의 소음을 함께 실어 왔다. 앤드류는 그 소음 속에서, 오늘 자신이 맞서야 할 싸움의 무게를 느꼈다.

버릇처럼 재킷의 칼라를 세우고 어깨를 가볍게 털어 내자, 찬 기운이 얼굴을 스쳤다. 이제 법정으로 향할 준비는 끝났다. 그러나 그는 알지 못했다. 오늘 그가 변론하게 될 한 권의 책, 『검은 잉크의 노래』가 그를 전혀 다른 세계로 끌어당기리라는 것을.

2

앤드류 한은 서울의 한 공립고등학교를 졸업한 뒤, 명문대 법학과에 진학했다. 입학 통지서를 받아 든 날, 그는 마침내 꿈꾸던 길 위에 섰다고 생각했다. 하지만 그는 곧 깨달았다. 법을 다루는 방식이 자신이 그리던 것과는 다르다는 걸.

법학과 강의실 창문은 당시의 법이 무엇인지 보여 주는 것처럼 늘 뿌옇게 김이 서려 있었다. 교수의 목소리는 낡은 카세트테이프처럼 늘어졌고 칠판에는 조문 번호와 '정답' 표시가 줄줄이 적혀 갔다. 형광펜을 든 학생들의 손이 동시에 움직였다. 같은 문장, 같은 색, 같은 밑줄. 앤드류는 그 일사불란한 풍경 속에서 어쩐지 숨이 막혔다. 그가 평소 즐겨 읽던 『그리스인 조르바』의 자유로움은, 그 강의실에서는 사치일 뿐이었다.

"여기 밑줄 쫙 긋고…… 여기도…… 이곳에선 줄 맞추는 게 공부고, 틀어지면 오답이지." 옆자리 친구 기철이가 농담처럼 속삭였다.

"그래야 다 같이 똑같이 틀리더라도 책임질 사람은 없겠네……." 앤드류는 반듯하게 정렬된 필기노트를 보면 괜히 주름이라도 내고 싶은 충동을 느꼈다.

"왜 그렇게 줄 맞추는 걸 싫어해. 모난 돌이 정 맞는 거야 이 친구야."

기철이가 웃으며 말했다.

"정으로 치면 맞지 뭐. 난 그저 법 전문 속 문장의 숨은 뜻을 찾아내서 법이 때론 다르게 적용될 수도 있다는 걸 많은 사람들에게 알리고 싶은 거라고." 앤드류는 웃지 않고 얘기했다.

"너 그래서 사법시험 치겠니……." 기철이가 걱정하듯 짧게 말했다.

당시 한국에서 법조인이 되기 위해서는 단 하나의 길 — '사법시험'이라는 좁은 문을 통과해야만 했다. 그 문은 앙드레 지드의 소설 속 『좁은 문』처럼 고통스러운 것이었다. 아니, 현실의 좁은 문은 소설 속보다 더 집요하게 사람을 시험했다. 수천 명의 수험생이 똑같은 교재를 파고들며, 정형화된 언어로 법과 정의를 외워야 했다. 그 광경은 앤드류가 처음 품었던 '법의 꿈'과는 어딘가 어긋나 있었다. 오로지 권력과 명예를 얻기 위한 전초전 같은 느낌이었다.

점심시간, 그는 강의실 대신 교문 밖으로 걸어 나왔다. 거리엔 확성기에서 터져 나오는 구호와 북소리가 뒤섞여 있었다.

"언론의 자유를 보장하라! 불법 검열을 철폐하라!"

시위대가 동시에 뱉어내는 구호가 메아리처럼 도롯가의 건물 벽에 부딪혀 퍼졌다. 전단지는 바람에 흩날리며 서로 부딪히는 소리를 냈고, 피켓을 든 사람들의 발걸음은 아스팔트 위에서 단단하게 울렸다. 인쇄한 지 오래되지 않은 듯한 잉크 냄새가 코끝을 스쳤고, 겨울바람은 손에 쥔 종이를 바스락거리게 했다.

앤드류는 그 광경을 바라보다 중얼거렸다.

"법과 불법은…… 종이 한 장 차이다. 누가 해석하느냐에 따라 합법이 되기도, 불법이 되기도 하지. 문장 속에만 갇혀 있는 법은 죽은 법이다.

세상에 드러나고 모두가 공유할 때 그때 비로소 살아나는 거지…….”

그 시절, 그가 소속해 있던 대학신문 편집실에선 늘 종이 냄새와 잉크 냄새 그리고 담배 냄새가 섞여 있었다.

“교수님, 이 톱기사 제목을 이렇게 다 지우시면 어떻게 합니까? 이건 우리 대학생들뿐 아니라 사회적으로도 중요한 기사예요.” 대학신문 편집국장인 박 선배가 지도교수에게 대들듯 말했다.

“민감한 표현이야, 민감한 시기이고, 민감한 시대를 사는 사람들은 때론 둔감하게 행동해야 해.” 지도교수다운 말이었다. 학생을 위하는 마음이 없는 건 아니었다.

“그래도 민주주의 국가에서 스스로가 읽고 쓰고 말할 권리는 있어야죠. 교수님이 가르쳐 주셨던 존 밀턴의『아레오파지티카』를 교수님이 잊으신 건 아니죠?”

“음…… 언론의 자유, 표현의 자유도 좋지만, 법을 지키는 것도 그 못지 않게 중요한 거야. 표현의 자유가 밥 먹여 주냐?”

“밥은 못 먹여도, 숨은 쉬게 해 주잖아요. 그리고, 법이 정말 살아 있는지도 모르겠어요.”

그럴 때마다 앤드류는 옆에서 자신이 좋아하는 박 선배를 거들었다.

지도교수의 눈총이 자신에게 향할 때마다, 그는 애써 시선을 피해야 했다.

“쓸데없는 소리 하지 마. ‘악법도 법이다’, 소크라테스 몰라?”

교수의 질책에도 선배는 물러서지 않았다. 오히려 제목 활자를 더 굵게 박았다. 그날 앤드류는 자연스럽게 법이 단순히 조문을 외우는 일이 아니라는 걸 몸으로 배웠다.

그러나 한국에서 '살아 있는 법'을 공부하는 건 허락되지 않았다. 사법시험 준비는 법 전문 암기와 기계식 논술 작성뿐이었다. 그는 첫 해엔 면접에서, 다음 해엔 필기조차 통과하지 못했다.

"머리가 나빠서가 아니라, 네가 시험 운이 없는 거야. 운은 언제든 돌아와." 친구들의 위로는 상처에 소금을 뿌리는 것 같았다.

어머니의 한탄은 더 견디기 힘들었다.

"어쩌니…… 네가 어릴 적에 연탄가스를 마셔서 암기력이 떨어졌나 봐…… 다 내 탓이다. 어쩌면 좋니……."

처음엔 그저 나이 드신 어머니의 쓸데없는 넋두리로만 여겼던 그 말이 농담이 아닌 듯 들릴 때마다, 앤드류는 자신도 모르게 믿어 버릴까 두려웠다.

그러던 어느 날, 법대 건물 커피 자판기 앞에서 우연히 들은 친구들의 대화가 그의 인생을 바꾸었다.

"미국 로스쿨은 전공 상관없이 지원할 수 있대. 토론 위주로 수업하고, 사회 속에서 법을 배운다더라." 법학과 동기 태윤이가 자판기 커피를 한 모금 마시며 무심하게 말했다.

"에이, 장난치지 마. 미국 드라마 너무 본 거 아냐? 그건 〈하버드 대학의 공부벌레들〉 이야기잖아." 기철이 어이없다는 듯 말을 받았다.

"진짜라니까. 거긴 사법시험 없이도 변호사가 될 수 있대."

당시 현실에서는 상상조차 할 수 없는 이야기였다. 앤드류는 옆에서 조용히 웃었다. 농담처럼 들린 말이었지만, 그 순간 그의 안에서 무언가가 반짝였다.

3

 그는 결국 한국에서의 사법시험 꿈을 접었다. 대신 미국에서 법을 다시 시작하기로 결심했다. 그 시작은 시애틀, 워싱턴 대학교 법학과로의 편입이었다. 낯선 땅에서 다시 시작하는 일은 쉽지 않았지만, 그는 그곳에서 처음으로 정답보다 질문이 더 중요한 수업, 다른 의견에 귀를 기울이는 세미나를 경험했다. 그리고 수많은 밤을 밝히며 읽어 내려간 판례들 속에서 그는 자신만의 언어로 '법과 정의'를 생각하기 시작했다.
 그 시절, 그가 가장 많은 시간을 보낸 곳은 워싱턴 대학의 공동 설립자 이름을 딴 헨리 수짤로 도서관이었다. 건물은 세월의 무게를 고스란히 간직하고 있었고, 장서들은 그만큼 깊은 역사를 품고 있었다. 그곳에 앉아 있으면 책 속에서 흘러나오는 자유로운 지식의 숨결과 교감하는 듯한 느낌이 들곤 했다. 어린 시절부터 유난히 책을 좋아했던 그에게 그곳은 천국이나 다름없었다. 종이로 인쇄된 책에서 풍기는 휘발성 강한 냄새는 그를 마치 중독자처럼 이끌었다.
 책장을 넘길 때마다 손끝에 닿는 종이의 질감, 귀에 스치는 작은 소리 그리고 코 끝에 남는 인쇄의 잔향은, 마치 오래된 시간과 온몸으로 대화를 나누는 듯한 생생한 울림을 주었다. 그는 그 속에서, 글이 단순히 정보가 아니라 인간의 기억과 숨결을 담은 '살아 있는 존재'임을 처음으로 느꼈다. 특히 그는 오래된 고서들을 유난히 좋아했다. 인쇄술이 처음으로 꽃을 피우던 중세시기에 인쇄된 책, 활자가 거칠고 잉크가 미묘하게 번진 책을 손에 들면, 이유 없이 심장이 빨리 뛰곤 했다.

그는 법학뿐 아니라 역사, 철학, 문학을 넘나들며 공부했고, 그 매력에 푹 빠졌다. 특히 역사는 오래된 과거의 시간 속에서 미래를 내다보게 하는 창과 같았다.

그 무렵, 수짤로 도서관 자료실에서 아르바이트를 하던 친구 지미는 앤드류의 이런 취향을 누구보다 잘 알고 있었다.

"앤드류, 앤드류 어서 와봐. 네 취향에 딱 맞는 거 찾았어."

"뭔데 그래. 뭔데 그렇게 호들갑이야. 닥터페퍼 신상품 나왔어?"

"아니야. 닥터페퍼 말고."

"그럼…… 페퍼민트 좋은 거 찾았어? 아니면 블랙페퍼 향 좋은 거?"

앤드류는 거의 모든 음식에 블랙페퍼를 뿌리고, 음료는 닥터페퍼만 마시며, 차는 페퍼민트만 고집했다. 향 때문에 호불호가 갈리는 것들이었지만, 그에게는 더할 나위 없는 취향이었다. 지미는 그걸 잘 알기에 웃음을 지으며, 희미하게 누렇게 바랜 표지를 조심스레 내밀었다.

"이번엔 그런 거 아니고 네가 또 하나 죽고 못 사는 냄새를 품고 있는 고서(古書)야. 토마스 아 켐피스의 『그리스도를 본받아』. 1568년 판본이야. 라틴어 직인도 그대로 남아 있더라."

앤드류의 눈이 반짝였다. "진짜로? 그건 유럽 종교개혁 이후에 수도사들이 손때 묻히며 읽던 책이잖아. 활자 자국이 그대로라면……."

"알지. 너 지난번에도 17세기 판본 보고 한 시간 동안 안 나왔잖아. 근데 이건 그보다 더 오래됐어. 페이지 넘길 때 조심해. 이건 원래가 대출이 안 되는 도서인데 특별히 너한테만 몰래 빌려주는 거야. 물론 위험을 무릅쓰고." 지미는 으쓱하며 낮은 목소리로 말했다. 사실 아르바이트 학생으로서는 할 수 없는 일이었다.

"그래서, 여기서만 읽도록 해. 책에 침 묻히지 말고." 지미는 다짐하듯 다시 한번 주의를 주었다.

"돈 워리 지미, 걱정 마 내가 무슨 복덕방 할아버지도 아니고, 침을 왜 묻혀." 앤드류는 책을 받아 들며 미소 지었다.

"알았어. 믿을게. 근데, 아마 종이가 숨 쉬는 소리가 들릴 거야." 지미는 주위를 한 번 둘러본 뒤, 앤드류의 손에 들린 책을 바라보며 은근히 자랑스러운 표정을 지었다.

"고마워 지미. 너무 재미있겠는데. 근데, 바이더웨이(By the way), 나 아니면 누가 또 유물 냄새나는 이런 책 읽어 줄 사람이 있겠냐."

지미가 기가 찬다는 듯한 표정을 지으며 대꾸했다. "그래, 네 표정 보면 알지. 다른 애들은 이런 책 봐도 오래된 냄새 난다고 꺼리는데, 넌 그 냄새를 마치 좋은 와인 향처럼 맡잖아. 근데…… 왜 자꾸 말끝마다 바이더웨이 그러는 건데, 서브웨이도 아니고."

"서브웨이 옆에 새로 생긴 샌드위치 프랜차이즈야……." 대화는 늘 그렇듯, 엉뚱한 농담으로 마무리되었다.

그날 앤드류는 페이지를 넘길 때마다 라틴어 활자가 종이에 남긴 미세한 압력, 잉크가 종이 사이에 스며든 자국, 그리고 손끝에 느껴지는 거친 결을 천천히 음미했다. 마치 아주 오래전, 자신이 알지 못하는 시간 속에서 이미 그 냄새와 감각을 경험한 적 있는 사람처럼.

워싱턴 대학에서의 시간은 그에게 더 넓은 무대로 나아갈 발판이 됐다. 몇 년 후, 그는 마침내 뉴욕의 포담대학 로스쿨에 합격했다. 포담대학은 예수회(Jesuits)가 설립한 유서 깊은 대학교였다. 로스쿨에서 국제법을 전공하며 그는 지적재산권과 표현의 자유의 경계에 끌렸다.

"법은 창작자의 목소리를 지키는 울타리이면서, 동시에 그 목소리를 묶어 두는 족쇄가 될 수 있다." 존 밀러 교수의 말에, 앤드류는 속으로 고개를 끄덕이면서도 마음 한켠에 또 다른 생각이 스쳤다.

'맞는 말씀입니다. 근데, 결국, 어느 쪽 목줄을 죄느냐는 그날의 판사와 변호사 손에 달린 거겠죠.'

뉴욕 주 변호사 시험에 합격한 후, 그는 맨해튼 미드타운에 위치한 국제로펌 블룸필드 앤 스톤에 합류했다.

그가 소속된 부서는 신생이었지만, 뉴욕 내 로펌에서 가장 빠르게 이름을 알리고 있었다. 단순히 계약 해석이나 판례 싸움만 하는 곳이 아니었다. 국제적 저작권 분쟁, 해외 출판 판권, 영화화와 게임화로 이어지는 2차 저작물의 권리 분쟁까지, 최근 문화산업에서 가장 핫한 IP(Intellectual Property)를 다루는 팀이었다.

앤드류는 법조계에서 독특한 방식으로 꽤 이름을 날렸다. 법정에서 그는 상대방이 미처 대비하지 못한 조항을 들춰내는 데 귀신 같았고, 증언을 이끌어 낼 때는 검사 못지 않았다. 또 필요할 땐 한 줄의 비꼼으로 재판장을 웃게 만들었고, 필요 없는 장식은 가차 없이 잘라 냈다.

"말이 길어지면, 보통은 진실이 짧아지죠."

그의 이런 직설과 절제된 화법은 작가와 예술가들 사이에서 '문장을 지키는 매운맛 페퍼 변호사'라는 별명을 얻게 했다. '페퍼 변호사'라는 별칭

미스테리움 19

은 우연히 한 기자와 점심을 함께하던 자리에서 생겨났다. 그의 독특한 취향을 흥미롭게 여긴 기자가 이를 칼럼에 연재하면서 붙인 이름이었다.

세간에서 그의 인지도를 한 번 더 높였던 사건은 '바닷속 노래 전쟁'이라 불린 〈아기상어〉 저작권 소송에서 독립 아티스트를 변호한 사건이었다. 원고인 대형 아동 콘텐츠 기업이 '〈아기상어〉는 자사 창작물'이라고 주장했지만, 앤드류는 오래된 구전 동요를 취재하는 과정에서 1970년대 캠프파이어 녹음과 1990년대 수영 캠프 비디오 테이프에 담긴 영상물에서 동일한 멜로디를 찾아내 '그 노래는 구전 동요를 기반으로 하는 공공영역'임을 입증했다. 교차심문에서 이를 제시하며 원고 주장을 무너뜨렸고, 배심원단은 만장일치로 피고 승소를 평결했다. 판결문은 '전통 동요는 독점할 수 없다'는 원칙을 남겼으며, 이 사건을 계기로 세상에서는 '페퍼 변호사 앤드류 한, 이제는 상어까지 변호한다'는 말까지 떠돌았다.

앤드류는 이런 성과 덕분에 로펌에서 나름 단단히 자리를 잡았다. 로펌 역시 그가 만들어 내는 긍정적인 이미지와 명성 덕을 보고 있었기에 그를 굳이 싫어할 이유가 없었다. 게다가 앤드류는 자유로운 영혼에 가까운 성향이라 승진이나 경영권 같은 문제에는 큰 관심을 두지 않았고, 이 점이 오히려 경영진에게는 경계심을 덜어 주는 요소로 작용했다.

그러나 이런 성향이 언제나 좋은 것만은 아니었다. 로펌 안에서 그를 곱게 보지 않는 이들도 있었다. 회의에서 불필요한 말은 삼가지만, 한번 입을 열면 핵심을 찌르는 화법. 그 때문에 '잘난 척한다'거나 '혼자 튄다'는 뒷말이 뒤따랐다. 대다수의 동료들이 관성대로 흐름에 몸을 맡길 때, 앤드류는 늘 한 걸음 옆에서 다른 각도로 사안을 바라보았다. 그래서 '변호사 중의 이단아'라 불리기도 했다. 그는 그런 시선을 굳이 부인하지 않았다. 그리고 늘 혼잣말처럼 중얼거렸다.

"법이 힘 있는 자의 시녀가 되어서 누구의 입을 막으면 안 돼. 근데 현실에서 법이란…… 어떤 날엔 말과 글을 세상 밖으로 끌어내고, 또 어떤 날엔 같은 힘으로 땅에 묻어 버리지. 법은 창작자의 목소리를 지키는 울타리이면서도, 동시에 그 목소리를 묶어 두는 족쇄가 될 수 있어."

4

앤드류가 처음 세이지 굿힐(Sage Goodhill)이라는 이름을 들은 건, 사건을 맡기 불과 이틀 전이었다.

그날 오후, 로펌 내 그의 사무실 유리문이 다급하게 열렸다. 정장 차림의 한 여성이 문을 밀고 들어왔다. 블룸필드 앤 스톤 로펌의 수석 파트너, 에블린 장이었다. 그녀는 하버드 로스쿨을 나온 그야말로 하버드대학의 공부벌레 출신이었다. 그녀는 항상 바쁜 사람처럼 걸었고, 실제로도 늘 다섯 개 이상의 사건을 동시에 지휘하고 있었다.

"앤드류." 그녀는 단도직입적으로 말했다.

"이걸 맡아야겠어. 케이스 넘버 E-1471. 작가 세이지 굿힐. 오스테라북스 출판사와 저작권 분쟁 중이야."

그 이름이 에블린의 입에서 흘러나오는 순간, 앤드류는 서류를 잠시 내려 두었다. 어디선가 들어본 이름이었지만, 선명하게 떠오르진 않았다.

"세이지 굿힐…… 어디서 들었더라. 칵테일 이름은 아니고……."

에블린이 눈썹을 살짝 치켜올렸다. "칵테일이라기엔, 꽤 독한 맛이 날 거야."

앤드류가 의자를 뒤로 젖히며 말했다. "독한 게 원래 뒤끝이 없어……."

에블린이 못 당하겠다는 듯 어이없는 표정으로 책 한 권을 테이블 위에 놓으며 말했다.

"『검은 잉크의 노래』라는 책, 들어 봤을 거야. 그 작가야."

"아, 이 책. 서점 베스트셀러 코너 맨 위에만 두고 안 팔리는 줄 알았는데."

앤드류의 말투엔 특유의 시니컬한 농담과 동시에 미묘한 호기심이 섞여 있었다.

에블린이 피식 웃었다. "안 팔린다고? 출간 직후부터 소셜 미디어에서 난리였는데. '시간을 넘나드는 활자의 미스터리', '역사와 허구의 경계를 허문 작품'이라나."

앤드류는 팔짱을 끼고 잠시 고개를 기울였다. "그래도 난 안 읽었어. 리뷰야 원래 부풀려 쓰는 거잖아. 작가는 뭘 그렇게 숨기나 했는데, 얼굴 없는 가수도 아니고…… 이름도 실명 아닌 거지?"

"글쎄, 세이지 굿힐이 필명인데 본명이기도 한지 아닌지 진짜 정보는 거의 없어. 인터뷰 한 번, 사진 한 장 없지. 그게 더 화제가 됐고."

앤드류는 시선을 창밖으로 돌리며 낮게 중얼거렸다. "세상에, 얼굴 없는 베스트셀러 작가라…… 정체를 안 드러내는 건, 법정에서도 꽤 귀찮은 문제지."

『검은 잉크의 노래』. 출간 직후부터 소셜 미디어에서 수없이 회자되던 그 제목. 책을 읽은 사람들 사이에선 '읽고 나면 현실이 다르게 보인다'는 이야기까지 나왔던 작품이었다. 그럼에도 불구하고 작가에 대한 정보는 놀라울 정도로 없었다. 아니, 거의 없었다.

"세이지 굿힐은 인터뷰를 한 적도, 공개 석상에 등장한 적도 없어. 공식

소셜 미디어 계정도 없고, 대리인을 통해서만 출판사와 연락을 주고받았다고 해. 이번 사건도 마찬가지야. 그녀가 직접 우리를 찾아온 게 아니라, 그녀가 지정한 경로로 의뢰가 들어왔어."

에블린은 무표정한 얼굴로 말을 이었다.

"그런데 이게 단순한 계약 위반 문제가 아니야. 곧 알게 되겠지만, 이 사건은 좀 다르게 접근해야 해."

"어떤 부분이 기존 사건과 다르다는 건지 모르겠군. 의뢰인에게 직접 설명을 들어 봤나?" 앤드류는 아직은 바로 알아들을 수 없다는 듯 물었다.

"그게, 워낙에 베일에 싸인 작가인 데다가 세간의 관심도 크고 또 단순히 계약서상의 문제가 아니라…… 문장 하나하나의 권리로 접근하고 있어서 아직 우리도 명확하게 파악은 못하고 있어."

앤드류는 알겠다는 듯 모르겠다는 듯 고개를 끄덕였다.

"그럼 작가를 직접 만나 보진 못했겠네? 얼굴이 진짜로 없으려나. 그런 미스터리 작가 변호라면 로펌보다는 탐정 사무실 쪽이 맞지 않나. 〈레밍턴 스틸〉 같은."

"앤드류. 언제 적 드라마 얘기야. 그리고 앤드류가 〈레밍턴 스틸〉하고 비슷한 과야…… 그건 알고 있지?" 에블린이 곧 화를 낼 것 같았지만 참는 게 보였다. 그러곤 말을 이어 갔다.

"물론…… 그녀에 대해 아는 건 거의 없어. 소속된 에이전시도 없고, 변호사도 그녀가 직접 우리 로펌을 선택했고…… 변호도 앤드류가 맡아야 한다고도 했다는군."

"이상하군. 굳이 나한테…… 그렇게 유명한 작가가…… 주변에 많은 유명 로펌과 변호인이 줄을 섰을 텐데."

"그 이상하단 말이 통했다는 게, 앤드류가 이 사건을 맡게 된 이유야."
농담인지 진담인지 알아 듣기 힘든 조크를 날리며 에블린이 자기도 한 방 먹였다는 듯 조용히 미소 지었다.

그날 저녁, 앤드류는 로펌 오피스에 혼자 남아 『검은 잉크의 노래』 1편을 처음부터 읽기 시작했다. 책을 넘길수록 그는 알 수 없는 긴장감에 사로잡혔다. 단순히 문장력이나 구성 때문은 아니었다. 마치 누군가가 오래전부터 준비해 놓은 수수께끼를 그가 해독해야 한다는 느낌이었다. 그건 단순한 소설이 아니었다. 누군가가 '진실을 숨긴 방식'에 대한 이야기였다. 그러면서도 드는 묘한 느낌은 마치 1편은 2편에서의 진실을 마주하기 위한 서곡 느낌이었다. 2편에 대한 강한 궁금증이 드는 건 너무 당연한 일이었다.

'말씀 속에 빛이 깃들어 있지만, 그것을 지키지 못하는 자는 그 빛을 볼 수 없다. 지식은 학자의 것이고, 진리는 사제의 것이다. 두 길이 만나지 않는다면, 하늘의 문은 끝내 열리지 않으리라.'

책을 읽는 내내 앤드류는 세이지 굿힐이라는 인물에 대한 상상 속으로 빠져들었다. 그가 아는 건 단 하나 — 이름뿐이었다. 하지만 세간의 소문은 다양했다. 뉴욕 타임스에는 그녀가 파리에서 활동하는 프랑스계 여성이라는 기사가 났지만, 몇 주 후 독일의 한 문학지에선 '정확히 말하면 독일계다. 문장 속에 흐르는 구조와 상징 체계는 괴테나 헤세의 계보를 따른다'는 분석이 실렸다. 심지어 일부 서점 직원들은 '그녀가 남성이며, 사실상 집단 필명일 수도 있다'고 귀띔했다. 성소수자 커뮤니티에서는 '그녀가 트랜스젠더 혹은 젠더리스일 수도 있다'는 추측도 돌았다.

사실 이런 혼란은 그리 이상한 일이 아니었다. 『검은 잉크의 노래』 자체가 정체성과 시대, 진실과 허구의 경계를 넘나드는 이야기였으니까. 작가가 자신의 신원을 모호하게 만들기로 했다면, 그것은 단순한 익명성이 아니라 '문학적 전략'일 수도 있었다. 그녀는 스스로를 드러내지 않는 방식으로, 대신 문장 속에 자신을 전부 투사하고 있었다. 앤드류는 마지막으로 책장을 덮으며 자기도 모르게 중얼거렸다.

"글자는 종이 위에 머물지만, 그 글자가 담은 메시지는 결국 사람들의 기억 속에서 다시 살아난다."

그리고 그는 직감했다. 이번 사건은 그 메시지가 담긴 문장이, 세상 밖으로 나아가 살아남을 수 있느냐의 문제였다. 누군가는 그것을 막으려 할 것이고, 누군가는 그 문장의 진실을 보려 할 것이다. 그리고 그 싸움의 중심에, 세이지 굿힐이라는 유령 같은 이름이 존재하고 있었다.

5

 법정은 차가웠다.
 오스테라 북스의 대표 변호사 마크 해리스는 채도가 낮은 짙은 회색 슈트를 말끔하게 입고 있었다. 모든 단추는 꼼꼼히 잠겨 있었고, 넥타이 매듭은 칼처럼 각이 서 있었다. 그의 머리카락은 앞머리 하나 흐트러짐 없이 뒤로 넘겨져 있었고, 얼굴에는 감정이라곤 느낄 수 없는 냉정한 미소가 걸려 있었다.
 그는 서류철을 앞에 가지런히 정리해 두고도, 그것을 거의 들여다보지 않았다. 마치 이미 모든 경우의 수를 예측했다는 듯, 법정 안의 분위기를 지배하려는 듯한 눈빛이었다. 앤드류는 순간 그를 바라보며 생각했다.
 '법을 숫자로 계산하는 사람, 문장을 계약 조항으로만 이해하는 사람. 승패를 확률로만 접근하는 사람. 딱 저런 사람과 싸워야 한다.'
 "확률 따윈 믿지 않아. 내 결론은 내가 쓰는 거지." 앤드류는 다짐하듯 중얼거렸다.
 마크가 천천히 자리에서 일어났다. 그는 잠시 주위를 훑어보다 앤드류와 눈이 마주쳤다. 시선이 교차했지만, 어느 쪽도 눈을 깜박이지 않았다. 앤드류 역시 물러서지 않고 그대로 응시했다.

법조계에는 오래된 격언이 있다. '재판에서 이기려면 상대 변호사의 눈을 먼저 깜박이게 하라.' 그것은 단순한 말이 아니라, 일종의 기싸움이었다.

마크는 조용하면서도 단호한 목소리로 입을 열었다.

"본 소송의 핵심은 명확합니다…… 피고 세이지 굿힐은 『검은 잉크의 노래』 제1편을 출간하며 체결한 본 계약 제4조 2항에 따라, 이후 시리즈에 해당하는 제2편의 출판 및 모든 부가 권한 역시 출판사에 귀속됩니다. 피고는 계약상 의무를 이탈하고, 제2편 원고의 내용을 출판사 승인 없이 외부에 유출하려는 시도를 하였습니다."

그의 말에, 판사가 시선을 옮겼다. 오늘 판사는 원래 배정되어 있던 인물과 달랐다. 앤드류는 그 순간, 법정 입구에 게시된 담당 판사 명단을 떠올렸다. 해럴드 프레슬러 판사, 12년째 지방법원에서 저작권 및 표현의 자유 관련 사건을 다뤄 온 이 분야의 전문가. 까다롭지만 정직한 이력으로 유명했고, 특히 작가나 예술인의 권리에 대해서는 일관된 보호 입장을 견지해 온 인물이었다.

그런데 불과 하루 전, 갑작스러운 비보가 전해졌다. 프레슬러 판사는 자택 인근 산책로에서 차량에 치이는 사고를 당해, 병원 도착 직후 사망했다는 것이다. 사건은 단순 교통사고로 처리되었고, 운전자 신원은 '익명 보호' 조치로 끝내 공개되지 않았다. 이례적으로 빠르게 마무리된 수사였고, 다음 날 아침, 후임 판사로는 조셉 랭든이라는 이름이 법정 명단에 올라 있었다.

"조셉 랭든 판사, 제5순위 예비 명단에 있었던 사람이야."

에블린이 법정 입장 직전, 앤드류에게 조용히 속삭였던 말이 귓가를 맴돌았다.

"알려진 건 거의 없어. 사법연수는 동부에서 했고, 이민·출입국 분야에서 경력을 쌓다가 최근 저작권 분야로 전입됐다고 해. 단 한 번도 공개 법정에서 이슈가 된 사건을 맡은 적은 없어."

새로운 판사는 법대에 앉아 있었다. 표정은 차분했지만 어딘가 지나치게 정돈된 얼굴이었다. 차가운 눈매와 어딘가 낯선 엄정함. 딕션은 정확했고, 어조는 지나치게 절제되어 있었다. 그의 말투에는 이상하게 '사람 냄새'가 없었다.

"증인 및 원고 측 준비는 되었습니까? 그리고 피고 측은 이 제2편이 기존 저작물과 본질적으로 별개의 내용이라고 주장하고 있죠? 그리고 이번에 제기된 문제는 전체 책의 저작권 부분이 아니고 그 속의 문장들로 국한된다는 거고요."

조셉 랭든 판사의 목소리는 마치 미리 녹음된 오디오처럼 일정한 높낮이로 흘러나왔다. 예상대로 피고석은 비어 있었다. 앤드류는 순간 눈살을 찌푸렸다. 설명하기 힘든 낯선 정적이 법정 안에 내려앉은 듯했다. 그는 무심코 뒤편을 돌아보았다.

늘 플래시와 기자들의 속삭임으로 어수선하던 방청석이, 오늘은 이상할 만큼 조용했다. 사람은 있었지만, 그들의 눈빛마저 말이 없었다.

그 속에 단 한 사람이 또렷이 들어왔다 — 짙은 회색 코트를 걸친 중년 남성이었다. 반짝이는 기묘한 반지를 낀 두 손을 가지런히 모은 채, 얼굴 없는 그림자처럼 정적 속에 잠겨 있었다. 마치 오래전부터 무언가를 지켜보고 감시해온 사람처럼.

"피고 세이지 굿힐은 법정에 출석하지 않았습니다. 그녀의 입장은 피고

미스테리움 29

대리인인 제가 진술하겠습니다." 앤드류가 처음으로 대답한 말이었다.

혹시나 했던 청중들은 누구도 놀라지 않았다. 세이지 굿힐은 애초부터 세간에 모습을 드러내지 않는 인물이었다. 그녀는 필명으로만 알려진 작가였다. 얼굴이 공개된 적도, 방송이나 인터뷰에 등장한 적도 없다. 대중은 그녀의 이름 석 자만 알고 있었고, 독자들 사이에서는 "실존하는 인물이 맞느냐"는 소문까지 돌 정도였다. 그런데도 그녀의 작품은 수백만 부가 팔렸다.『검은 잉크의 노래』는 전 세계 40여 개국에서 번역되었고, "책이 문장을 품고 태어나는 순간을 다룬 작품"이라는 평을 받았다. 정체를 드러내지 않고도, 그녀는 오로지 글로만 세상과 소통했다.

"그렇습니다, 재판장님.『검은 잉크의 노래』제2편은 단순한 후속편이 아니라, 작가가 완전히 새롭게 재구성한 독립적 창작물입니다. 특히 핵심 내용은, 1편에서는 암시만 되었던 역사적 사실 — 즉 15세기 독일 마인츠(Mainz)에서 사라진 성경 한 권에 관한 추적이며 작가의 상상력이 만들어 낸 픽션입니다. 또한 그 속에 사용된 문장 하나하나는 모두 작가가 창작해 낸 고유의 문장들입니다. 이는 기존의 세계관을 넘어서는 새로운 작가적 탐색의 결과입니다."

그는 잠시 말을 멈추고, 재판부를 향해 시선을 고정한 후 계속해서 변론을 이어 갔다.

"하지만 원고는 이 작품을 사전 검열하려 했습니다. 아니, 정확히 말하면…… 출판 자체를 처음부터 막으려 했습니다. 문제는 여기에 있습니다. 문장의 주인은 누구입니까? 계약서입니까, 아니면 그 문장을 쓴 사람입니까? 그것이 오늘 이 재판의 본질입니다." 그의 목소리는 차분했지만, 특유의 시니컬함이 단어 끝마다 묻어나 힘이 실려 있었다.

마크 해리스가 바로 반박했다.

"피고는 스스로 인정했습니다. 제2편은 1편과 동일한 주제, 동일한 캐릭터를 기반으로 전개됩니다. 이 경우 미국 저작권법상 '파생저작물'로 간주되며, 기존 계약의 영향을 받습니다.

출판사는 상업적 손해를 막기 위해, 내용의 사전 검토 권리를 행사할 수 있습니다.

특히 이번 원고에는 출판사와 자사 브랜드의 역사에 치명적 타격을 줄 수 있는 내용이 포함돼 있습니다."

앤드류는 눈을 가늘게 떴다. '젠장……'

그가 가장 우려한 지점이 바로 그것이었다. 앤드류도 사실 『검은 잉크의 노래』 제2편에는 어떤 내용이 담겨 있는지 몰랐다. 알 수가 없었다. 단지 『검은 잉크의 노래』 1편으로 추정할 뿐이었다.

앤드류가 밤을 새우며 읽었던 소설 『검은 잉크의 노래』는 15세기 독일 마인츠에서 시작된다. 금속활자를 개발하던 무명의 인쇄공이 단 하나의 문장을 남긴 채 사라진다. 그 문장은, 이후 수 세기 동안 다른 책 속으로 흘러 들어가며 사라지고 또 나타난다. 그리고 그것을 쫓는 인물들이 각 시대의 진실을 맞닥뜨린다는 구조의 미스터리 역사 판타지였다.

하지만 앤드류가 흥미를 느낀 건 그것뿐만이 아니었다. 여느 소설과 다르게 이미지의 삽입이 많았다. 기존의 성인 소설에서 찾아보기 힘든 구성이었다. 자칫 유치해 보일 수 있는 방식이었다. 그러나 삽입된 이미지 하나하나는 매우 정교한 모습을 보여 주었다. 단순히 글에 대한 상징적 보조 역할의 이미지가 아니었다. 글에서 묘사하고 있는 시대적 배경과 장소에 대한 모습, 건물이나 기계 장치의 모습, 그리고 등장인물의 모습까지, 마치 도감을 보는 것과 같은 매우 사실적인 소설의 형태였다. 그럼에도 내용의 흐름을 전혀 방해하지 않는 독특한 소설이었다. 그는 책장을 덮으며 생각했었다. '이건 그냥 픽션 소설이 아닌데…….'

앤드류는 침착하게 말했다.

"문제는 출판사의 상업적 이미지가 아니라, 창작의 자유입니다. 피고는 해당 사실을 다큐멘터리나 기사가 아닌, 소설이라는 허구의 방식으로 서술하고 있습니다. 법은 창작자가 펼치는 진실의 형태를 강제할 수 없습니다."

판사는 손에 들고 있던 펜을 내려놓았다. 판사의 얼굴은 이미 무언가 예정되어 있었다는 느낌이었다. 잠시 법정 안에 침묵이 흘렀다.

6

　판사의 망치가 가볍게 내려앉았다.

　"본 재판부는 원고 오스테라 북스의 청구를 인용합니다. 피고의 제2편 원고는 계약에 따른 출판사 검토 및 승인 절차를 거쳐야 하며, 그전까지 일체의 공개와 유통을 금합니다."

　법정 안은 찰나의 정적에 잠겼다가, 기자들의 셔터 소리와 낮게 섞인 웅성거림으로 다시 살아났다. 앤드류는 숨을 깊게 들이쉬며, 판사가 남긴 마지막 문장을 머릿속에서 천천히 곱씹었다.

　'일체의 공개와 유통을 금합니다.'

　단 한 문장. 그것으로 오늘의 싸움은 종결됐다. 그는 의자에 등을 기댄 채, 조용히 숨을 고르며 법정 천장을 바라봤다. 이곳에 들어설 때부터 알고 있었다. 첫 공판에서 이길 확률은 희박하다는 걸. 오스테라 북스는 세계 5대 출판사 중 하나였고, 법무팀은 마치 기계처럼 빈틈없는 논리를 세웠다. 하지만 단순한 패배라기보다, 마음 한구석에서 설명하기 어려운 다른 감정이 꿈틀거렸다.

　'아무리 확률 게임을 안 하는 나지만, 이건 단순한 확률 계산에 의한 계약 싸움이 아니다. 누군가는 이 책을, 이 문장을, 세상 밖으로 절대 내보

내고 싶어 하지 않는다.'

법정을 나오는 그의 발걸음은 무거웠다. 코트 깃을 세운 채 계단을 내려오는데, 플래시 세례와 질문이 쏟아졌다.

"앤드류! 제2편 원고에 어떤 내용이 있습니까?"

"작가 본인은 왜 법정에 출석하지 않는 겁니까?"

"이번 판결로 사실상 책 출간은 무산되는 건가요?"

"문장을 지키는 변호사 타이틀은 계속 유지될 수 있을까요?" 마지막 질문이 그에게 특히 아프게 꽂혔다.

그는 짧게 "답변할 수 없습니다"라는 말만 남기고, 기자들을 가볍게 밀치며 차에 올라탔다. 차 안의 공기는 낯설게 무겁고, 조용했다. 운전석 너머로 도시의 불빛이 스쳐 지나갔다. 앤드류는 한 손으로 이마를 짚었다. 패소가 주는 부담감보다, 무언가 중요한 퍼즐 조각을 놓치고 있다는 느낌이 더 크게 자리 잡고 있었다. 그때 오래된 기억 하나가 떠올랐다.

'진짜 문장은, 그것을 쓴 이의 손을 떠나 세상의 손에 닿을 때 비로소 살아난다.' 이 말은 오래전, 로스쿨 시절 존 밀러 교수가 강의실에서 남긴 말이었다. 밀러는 늘 문장과 법을 같은 선상에 놓고 이야기하곤 했다. 문장은 세계와 소통할 때 힘을 얻는 것이고, 법 역시 사회와 부딪칠 때 비로소 살아 움직인다고. 앤드류는 창밖으로 스치는 불빛을 바라보며, 오래된 질문을 다시 떠올렸다. '정의란 무엇인가? 진실은 누구의 것인가?' 그는 알고 있었다. 법은 진실을 담는 그릇이 될 수도 있지만, 때로는 진실을 가려 버리는 커튼이 될 수도 있다는 것을.

다음 날, 로펌 복도는 낮은 목소리와 시선으로 그를 압박했다. 커피머신 옆에 서 있던 동료 변호사 데이빗 한슨이 컵을 들고 비죽 웃었다. 데이빗과 앤드류의 관계는 처음부터 꼬여 있었다. 앤드류의 이름을 세상에 알린 바로 그 '아기상어 저작권 소송'에서 두 사람은 법정의 정반대 편에 서 있었다. 데이빗은 당시 대형 음원사를 대리했고, 앤드류는 창작자의 권리를 옹호하며 맞섰다. 누구도 쉽지 않은 싸움이라 예상했지만, 결과는 의외였다. 앤드류가 준비한 정교한 논리와 증거 전략 앞에서 데이빗은 속수무책으로 무너졌다. 판결이 내려진 날, 언론은 '페퍼 변호사 앤드류의 매운맛 완승'이라고 대서특필했고, 데이빗의 이름은 기사 속에서 차갑게 밀려났다. 그 패배 이후, 데이빗은 조용히 사라진 듯 보였다. 하지만 몇 달 뒤, 그는 블룸필드 앤 스톤 로펌에 합류했다. 아이러니하게도 이제 두 사람은 같은 간판 아래서 일해야 했다. 공식적으로는 '동료'였지만, 실제로는 늘 서로를 견제하는 불편한 경쟁자였다.

"앤드류, 첫 공판에서 그렇게 깨질 줄은 몰랐네. 기자들 반응 봤어? '작가 대변인, 페퍼 변호사 매운 완패' — 꽤 자극적인 제목이던데." 데이빗이 기다렸다는 듯 아픈 곳을 찔러 댔다. 앤드류는 아무 말 없이 머그 컵에 커피를 받았다.

데이빗은 한 발 더 다가와 목소리를 낮췄다. "솔직히, 이런 사건은 우리 부서 간판 변호사들이 맡았어야 했어. 괜히 네 스타일대로 '문장의 주인은 누구인가' 같은 문학 토론하다 끝난 거 아냐?"

"난 문학 토론 한 적 없어. 내 토론은 항상 본질에 다가가려는 노력이고 언어를 통한 토론이 그 길을 여는 거야. 그리고 문학 토론이라도 좀 하길 바라, 데이빗. 「선데이 뉴욕」 잡지에만 너무 심취하지 말고…… 그러다 매일 코피 쏟아." 그 말에 주변 몇몇이 피식 웃었다. 앤드류는 눈을 들었지만, 표정은 바꾸지 않았다.

"선데이 내셔널이야! 그래 보여도 그게 제일 솔직한 잡지야…… 나에겐 문학보다 더 좋은 글이야. 물론 글보다 사진이 더 많지만." 데이빗은 분하지만 말로는 당할 수 없다는 듯 입을 삐죽거렸다.

"바이더웨이, 앤드류. 그거 네 탓 아냐. 이건 이미 무언가 짜인 느낌이었어. 엎질러진 물에 앤드류가 빠진 거라고. 신경 쓰지 마." 옆에 있던 토미 오라일리가 앤드류의 평소 말투를 흉내 내며 앤드류 편을 들었다. 로펌 내에서 유일하게 앤드류 편을 들어주는 동료였다. 그는 커피를 들고 천천히 자리를 떠났다. 그러나 발걸음은 무거웠다. 이 재판의 패배가 단순히 법정에서의 한 판이 아니라, 이제부터 로펌 내에서의 입지마저 흔들 수 있다는 걸 본능적으로 알고 있었기 때문이다. 그러나 앤드류는 그런 건 아무래도 괜찮았다. 머릿속에서 맴도는 궁금증과 의문이 아무리 생각해도 가시질 않았기 때문이다.

세이지 굿힐이 왜 그토록 '문장의 자유'를 강조했는지, 그리고 오스테라 북스가 그토록 이 책을 세상 밖으로 나오지 못하게 막으려 하는 이유가 무엇인지 — 그는 아직 아무것도 알지 못했다.

그날 밤, 뉴욕의 하늘은 희뿌연 구름으로 뒤덮여 있었다. 로펌에서 맨해튼 다운타운의 작은 아파트로 돌아오니 자신의 문 앞에 작은 상자가 놓여 있는 것이 눈에 들어왔다. 크기는 두 뼘 남짓, 무게는 보기보다 묵직했다.

상자 위에는, 익숙한 필체로 적힌 메모 한 장이 붙어 있었다.

어린 시절, 부모님이 제게 잠들기 전 책을 읽어 주실 때면, 저는 늘 그 책의 이야기 이전에 존재하는 무언가를 떠올리곤 했습니다. 제가 경험하지도 않았고, 설명할 수도 없는 어떤 오래된 장면들이었죠. 그리고 꿈을 꿀 때면 늘 같은 책이 나타났습니다. 낡고 오래된 책. 하지만 책장을 펼치면 언제나 안쪽은 희미하게 번져 있어, 글자가 보이지 않았습니다. 그 책 속에 무언가 중요한 것이 있다는 느낌만, 마치 안개처럼 남아 있었습니다.

부모님은 일찍 세상을 떠나셨습니다. 돌아가시기 전, 제게 작은 상자를 남기셨죠. 그 안에는 '지혜로운 세이지, 네가 크면 반드시 확인하고 잘 간직하라'는 메모와 함께, 정체를 알 수 없는 금속활자 하나가 들어 있었습니다. 바로 'S'라는 활자였습니다.

그때부터였습니다. 그 활자를 손에 쥐고 있으면, 마치 잊고 있던 문장들이 제 안에서 흘러나오는 듯했습니다. 처음엔 혼란스러웠지만, 곧 알게 되었습니다. 이건 제가 쓰는 글이 아니라, 활자가 저를 이용해 스스로 이야기를 만들어 내고 있다는 것을.

『검은 잉크의 노래』는 그렇게 시작된 이야기입니다.

박스 속에 담긴 'S'는 단지 하나의 금속으로 된 활자가 아닙니다. 그것 하나의 시작이고, 숨겨진 문장의 문을 여는 열쇠입니다. 이제 더는 제가 이 이야기를 계속할 수 없을 것 같아요. 그래서 이 활자, 그리고 원고 초안을 당신께 맡깁니다. 당신이라면, 그 문장들의 의미를 이해할 수 있을지도 모르겠네요. 어쩌면…… 제 마지막 문장은 이제 당신의 첫 문장이 될지도요.

— S.G.

앤드류는 상자를 조심스레 열었다. 안에는 두 가지가 들어 있었다. 하나는 묵직한 가죽으로 제본된 원고 묶음, 그리고 또 하나는 손바닥보다

작지만 매우 단단하고 표면이 매끄러운 금속활자 조각이었다. 원고 첫 장을 펼치자, 잉크로 새겨진 첫 문장이 눈에 들어왔다.

'잉크는 말하지 않는다. 그러나 그것이 스며든 종이는, 시간을 기억한다.' 어떤 의미를 담고 있는지는 알 수 없었다. 그것은 작가 세이지 굿힐 만큼이나 미스터리하게 느껴졌다.

금속 활자는 고딕체의 'S' 자 형태를 하고 있었고, 표면엔 세월의 흔적처럼 검은 잉크 얼룩이 남아 있었다. 'S가 의미하는 것이 뭘까…… 작가 세이지의 이름 약자일까…….' 아무리 생각해도 'S'가 의미하는 단어는 너무 많았다. 터무니없이 '영화 〈슈퍼맨〉의 S'가 머릿속에 자꾸 떠오르는 건 애써 지우려 했다.

활자 'S'를 손에 들어 보았다. 활자를 손에 쥐는 순간 — 앤드류는 설명할 수 없는 냉기를 느꼈다. 마치 오래된 기계의 숨결이 손끝을 타고 전해지는 듯, 그리고 낯선 시대의 공기가 스멀스멀 그를 감싸는 듯한 감각이 스쳤다. 방 안은 갑자기 고요해졌다. 밖에서는 자동차 경적이 울렸지만, 그 소리는 마치 수십 겹의 벽 너머에서 들려오는 듯 희미해졌다.

그 순간, 방 안의 공기가 얇게 떨렸다. 책상 위 조명이 깜박이고, 원고의 페이지가 스스로 넘겨졌다. 새 페이지 한복판에, 스쳐 가듯 드러난 두 개의 단어 — 세크레툼(Secretum: 비밀) 그리고 스크립투라(Scriptura: 성경), 그것은 마치…… 오래전부터 그를 기다려 온 글자처럼 보였다.

앤드류는 무언가에 이끌리듯 활자 'S'를 움켜쥐었다. 손끝에 닿은 금속의 차가움이 점점 뜨겁게 변했다. 그 뒷면에서는 'A'가 희미하게 깜박이다가 이내 사라졌다. 그 순간, 방 안의 공기가 일렁였다. 낮은 진동이 바닥에서부터 솟구쳐 올라 그의 몸을 감싸며, 주변의 사물들이 조용히 흔들리기 시작했다. 벽의 그림자가 물결치듯 움직였고, 책장의 종이들이 바람도 없이 뒤집혔다.

앤드류는 숨을 삼켰다. 이건 단순한 착각이 아니었다. 시간의 층이 스스로 갈라지고 있었다. 무언가 그를 불러들이고 있었다.

그는 느꼈다 — 자신이 이제 되돌릴 수 없는 경계로 들어서고 있음을. 그리고 그 경계 너머에서, 그 문장과 활자, 검은 잉크가…… 역사의 심장부로 그를 끌어당기고 있음을.

7

 눈을 떴을 때, 앤드류는 숨이 막히는 듯, 크게 한 움큼 공기를 들이켰다. 코끝을 찌르는 건 먼지와 낯선 냄새 — 기름을 태운 듯한 매캐함과 오래된 돌이 습기를 머금은 냄새였다. 천천히 눈을 뜨자, 그는 자신이 거대한 돌기둥과 아치형 천장 아래 있다는 걸 깨달았다. 어디서 본 듯한, 그러나 뉴욕의 사무실이나 집이 아닌 건 확실했다.

 빛은 희미했다. 스테인드글라스 조각들을 통과한 푸른빛과 붉은빛이 바닥의 먼지와 섞이며 흐릿하게 일렁였다. 저 멀리서 누군가 라틴어로 기도문을 읊조리는 소리가 메아리처럼 번졌다. 어디선가 촛불이 타들어 가는 냄새와, 기름 램프의 그을음이 공기 속에 섞여 있었다.

 "……여긴 대체 어디지? 분명 몇 시간 전까지만 해도 뉴욕 맨해튼의 아파트 거실이었는데. 술기운에 정신이 나간 건가, 아니면 진짜 미쳤나. 확률은 안 믿는다지만, 이건 악몽일 확률이 99퍼센트다."

 그는 그렇게 중얼거리며 주위를 둘러봤다. 낯선 공기, 돌바닥, 그리고 불가사의하게 차가운 기운. 모든 감각이 한 목소리로 말하고 있었다.

 '여긴…… 내가 아는 세상이 아니다.'

몸을 일으키자, 무릎이 돌바닥에 닿으며 시린 감각이 몰려왔다.

마지막으로 기억나는 건…… 뉴욕의 아파트, 손에 쥐었던 활자 조각, 그리고 책. 그다음은 — 짙은 어둠과 울림뿐이었다.

하지만 지금은 — 차갑고 낯선 공기와 냄새. 주위를 둘러보아도, 익숙한 인테리어나 전기 불빛 하나 없었다. 거대한 문 옆에는 나무로 만든 긴 벤치가 줄지어 있었고, 벽에는 성인(聖人)들의 조각상이 가만히 내려다보고 있었다. 아치 천장은 너무 높아서 끝이 보이지 않았고, 그 곡선 위로는 희미한 성가대의 합창이 겹쳐 들려왔다.

앤드류는 바닥에 떨어져 있던 작은 금속활자 'S'자를 움켜쥐고, 천천히 입술을 깨물었다. 그건 분명 꿈이 아니었다. 차가운 돌바닥의 감촉, 스테인드글라스 너머로 스며드는 빛, 기도 소리 — 모든 것이 지나치게 생생했다. 그는 무거운 나무문을 밀어 열고, 바깥으로 나섰다. 밖은 추운 계절임을 직감했고, 때는 늦은 오후의 시간이었다. 거리는 활기찼다.

돌길을 따라 두꺼운 모피와 천으로 된 외투를 걸친 사람들이 분주히 오가고 있었다. 말이 끄는 수레에는 나무통과 가죽 자루들이 실려 있었고, 말발굽 소리가 돌길 위를 쾅쾅 울렸다. 공기 중에는 알 수 없는 연기 냄새와 훈제 고기 냄새, 가죽 탄 냄새가 은근하게 섞여 떠돌았다. 앤드류는 순간 숨을 깊게 들이켰다가, 이질감에 곧 멈췄다. 거리의 사람들은 거친 억양이 섞인 독일어로 이야기했고, 일부 상인들은 프랑스어 단어를 섞어 썼다. 현대적 억양과는 전혀 다른, 중세어의 둔탁한 울림이었다. 영화나 TV 속에서만 듣던 음성이 지금은 생생한 현실로 다가왔다. 너무나 이상한 일이었다. 활자 'S'를 품고 있는 탓일까, 사람들의 대화를 알아들을 수 있었다.

미스테리움 41

앤드류는 지나가던 상인 하나를 붙잡고 말을 꺼냈다. 분명 영어로 말을 꺼낸다고 생각했는데, 입 밖으로는 또렷한 독일어가 흘러나왔다. 그 순간 주머니 속 활자 'S'가 더 뜨겁게 달아오르는 것이 느껴졌다.

"실례합니다. 여…… 여기가 어딥니까?"

상인은 앤드류를 위아래로 훑어보며 경계의 눈빛과 함께 말했다.

"여기가 어딘지 모른단 말이오? 순례자가 아닌 거요? 여기가 처음인 거요?"

"그렇습니다. 어쩌다 길을 잃었습니다." 앤드류는 조심스럽게 대답했다.

"여긴 스트라스부르(Strasbourg)요. 바로 앞에 저 대성당을 보고도 길을 잃었단 말이요?"

'성당이라면 내가 방금 나왔던 그 성당…….' 앤드류가 정신을 잃었다 다시 깨어난 곳이었다.

"그럼 혹시 성당 이름이……?"

"노트르담(Notre-Dame) 대성당. 다들 거기로 모여 '하늘의 창'을 보러 오는 거요. 순례자라면 모를 수가 없을 텐데, 정신을 똑바로 차리고 길이나 찾아가쇼. 정신 차리고도 살기 어려운 세상인데…… 쯧쯧쯧……."

상인은 내심 안됐다는 듯 혀를 차며 자리를 떴다.

"스트라스부르…… 노트르담 대성당……." 앤드류는 속으로 다시 한번 되뇌었다.

"노트르담이면 파리에 있는 건데, 스트라스부르는 또 무슨 말이고…… 근데 문제는 그게 아니지. 내가 왜 여기 있느냐는 거지."

도무지 알 수 없는 일이었다. 앤드류는 숨을 길게 내쉬었다.

역사책에서 보았던 이름들이 현실처럼 들려왔다. 머릿속으로 날짜를 계산해 보려 했지만, 지금이 몇 년도인지조차 감이 잡히지 않았다. 다만 눈으로 보고, 몸으로 느낀 바로는 분명 중세였다.

그때, 거리 한쪽에서 사람들의 시선이 몰려 있는 걸 발견했다. 좁은 골목에 사람들이 줄을 서 있었고, 작은 금속 거울들이 반짝이며 넘어가는 햇빛을 반사하고 있었다.

줄을 서서 거울을 사려는 사람들 뒤로 거울을 판매하는 듯한 사람이 눈에 띄었다. 그는 키가 크고, 어깨가 두껍고, 긴 갈색 머리와 거친 수염을 늘어뜨린 모습이었다. 두꺼운 손으로 거울을 집어 들며, 은빛을 반사시키고는 무표정하게 값을 불렀다. 줄 선 사람들은 거울을 움켜쥐며 기도문을 중얼거렸다.

"저 빛이 죄를 씻어 준다지!"

"순례에서 거울을 쓰면, 구원이 더 빨리 온다더라!"

"연옥에 있는 부모도 천국으로 갈 수 있대!"

앤드류는 고개를 갸웃하며 작게 중얼거렸다.

"거울이…… 하루에도 수십 번씩 보는 거울이 구원과 무슨 관계지?"

그때, 거울을 팔던 사내 옆에 조수처럼 보이는 젊은 상인이 앤드류를 힐끗 보았다.

"여행자요? 입은 옷으로 보니 여기 사람은 아니고 프랑스 쪽인데…… 역시 프랑스 사람들은 패셔너블하다니까. 아니면 동방에서 온 순례자요? 얼굴을 보니 동방에서 온 사람으로 보이는데…… 아무튼 이 거울 하나쯤은 가져야 순례가 끝나지. 아니면…… 그냥 구경꾼인가?"

"순례자는 아니지만 멀리서 온 건 분명합니다."

앤드류는 짧게 대답하고 나서 물었다.

"근데…… 사람들이 왜 이렇게까지 이 거울을 사려고 줄을 서 있는 겁니까?"

"정말 모르고 묻는 거요? 이건 그냥 거울이 아니오. 이건 '그나덴 슈피겔', 은혜의 거울이오. 노트르담 대성당의 스테인드글라스 보았소? 아름답고 장엄한…… 실로 그건 하늘에서 내려온 하늘의 빛이오. 그 성광을 이 거울에 비추면, 그 빛이 영혼의 때를 씻어 주고, 연옥에 있는 조상을 천국으로 올려 보낼 수 있소." 조수는 스스로 자랑스럽게 목소리를 키우며 외쳤다.

"그리고 우리 거울은 튼튼한 철제 테두리와 잘 연마된 표면 덕분에 일반 유리 거울보다 훨씬 빛을 더 강하게 반사한다고. 이건 모두를 죽음으로 몰아친 재앙인 흑사병이 다시 돌아온다고 해도 견딜 수 있게 해 준다고. 어때, 관심 있소?"

앤드류는 2019년부터 시작된 코로나19 팬데믹을 떠올렸다. 그때도 세상은 멈췄고, 사람들은 눈에 보이지 않는 공포 앞에 무력해졌다. 하지만 지금 이곳은, 훨씬 더 절박해 보였다.

"흑사병이라니…… 14세기 유럽을 휩쓸던 흑사병…… 바로 그 재앙을 말하는 건가……."

방금까지 목격한 이질적인 풍경들이 여전히 현실감 없이 어지럽게 머릿속을 맴돌았지만, 그 말 한마디는 적어도 이곳이 어떤 시대에 놓여 있는지를 가늠할 수 있는 실마리가 되어 주었다. 혼란 속에서도, 앤드류는 시간의 조각 하나를 손에 쥔 느낌이었다.

"근데 이 거울을 대성당의 '하늘의 창'(스테인드글라스) 빛에 비추면, 죄가 씻긴다고요…… 단순히 금속으로 장식된 거울 같은데…… 사람들은 이걸로 죄를 씻는다고 믿는다는 거요?"

거울 판매대 뒤에 있던 키가 크고, 어깨가 두껍고, 긴 갈색 머리와 거친 수염을 늘어뜨린 모습의 그 사내가 낮게 웃음을 터뜨렸다.

"사실이 궁금한 거요, 믿음이 무엇인지 몰라서 물어보는 거요…… 이 빛을 병든 가족에게 비추면 병이 낫는다고도 믿고 자신은 물론 부모와 조상까지도 천국에 갈 수 있다고 믿지. 믿음이란 게 그런 거요. 누구나 천국에 가고 싶은 건 말할 것도 없지. 그런데 그걸 할 수 있는 유일한 방법은 믿는 것뿐이거든…… 누구를, 어떤 말을…… 믿는지가 다를 뿐. 교회도, 상인들도, 이걸로 믿음을 주고…… 사람들은 믿음을 확인하고 그리고 누군가는 돈을 벌고…… 우리도 여기선 그중 한 명일 뿐이오."

사내의 묵직한 목소리, 프랑스어 억양도 섞인 듯한 독일어로 된 답변이 이해가 갈 것도 같았다.

"그래서 희망을 준다는 겁니까, 희망을 판다는 겁니까?" 앤드류는 조금 시니컬하게 응답하고선 스스로도 거울을 들여다보았다. 거울 속에는 이곳과는 너무 다른 낯선 외투를 걸친 자신의 모습이 비쳤다. 모든 게 꿈처럼 낯설었다.

그때, 골목 끝에서 누군가 젊은 사람이 달려오며 외쳤다.

"요하네스! 칼! 어서 가요. 벌써 '빅페르프'에 사람들이 다 모였어요. 요하네스만 오기를 기다리고 있어요!"

앤드류는 순간 되뇌었다.

"저 거울 판매상이 요하네스인가 보군. 그 옆 조수는 칼이고, 여기저기서 부르는 사람이 많은 모양이군……."

"요하네스…… 어딘가 낯이 익은 이름이었다." 앤드류가 갑자기 떠오르는 생각에 혼자 중얼거렸다. 그가 아는 요하네스로는 역사책에서 본 요하네스 구텐베르크가 있었다.

'요하네스 구텐베르크?'

'진짜…… 그 이름이라고? 금속활자, 인쇄술, 교과서에나 나올 줄 알았던 인물이 눈앞에 있다고?'

앤드류는 입술을 굳게 다물며 속으로 중얼거렸다.

"이쯤 되면 꿈이라 치부하기도 어렵군. 그렇다고 현실이라고 믿기엔…… 너무 터무니없지."

그가 아는 상식에 따르면, 요하네스 구텐베르크는 금속활자를 이용한 인쇄기를 만든 인물이었다. 그가 찍어 낸 성경은 가히 혁명적이었고, 인쇄해 배포한 책들은 인류 문명을 뒤흔들 만큼 강력한 파급력을 지녔다. 그의 등장은 인류 역사를 '구텐베르크 이전'과 '이후'로 나누어 부를 만큼 결정적인 전환점이었다.

'그런데 길에서 거울을 판다고…… 그것도 호객행위와 함께?' 물론 그 거울은 일반 거울이 아니라고 하지만.

내가 아는 구텐베르크는 길거리에서 거울을 파는 사람은 적어도 아니었다. 거울을 팔던 사내가 고개를 돌리며 짧게 대답했다.

"또 성가신 부름이군. 아무리 설명을 해 줘도…… 알아듣지도 못하면서……."

그는 거울을 내려놓고 슬슬 판매대를 접을 준비를 하고 있었다. 요하네스 옆에 있던 조수와 요하네스를 부르던 젊은이도 거들고 있었다. 요하네스는 판매하던 판매대를 정리하면서 앞에서 서성이던 앤드류를 곁눈

질했다.

“이봐, 낯선 자. 그런데 어디서 온 거요? 보아 하니 거울 사려는 사람은 아닌 것 같고…… 입고 있는 옷도 특이하고…… 말투도 이쪽 지방 사람이 아닌 것 같은데…… 혹시 염탐꾼이라도 되는 건가?”

그의 목소리는 쉰 듯했지만 단단했고, 사방의 공기를 단숨에 긴장으로 몰아넣기에 충분했다. 그리고 낮은 목소리로 얘기했다.

“혹시 마인츠에서 누가 보낸 건가? 금속쟁이들? 크라머? 슐츠?”

앤드류는 말문이 막혔다. 어떤 말로 답을 해야 할지 막막했다.

“저는…… 제 이름은 앤드류고, 직업은 변호사입니다. 뭐, 시대착오적인 직업이죠. 칼 대신 말로 싸우는 일이라 생각하면 됩니다만, 근데, 누가 보낸 것은 아닙니다. 저는 미국 뉴욕에서…….”

앤드류는 말끝을 흐렸다. 무슨 설명이 될까 싶었다. 시대를 정확히 알 수는 없었고 콜럼버스가 미국을 발견했는지 아닌지도 모르겠다. 그러니 ‘미국에서 왔습니다’란 말은 미친 사람 취급받기 딱 좋을 터였다. 짧은 순간이었지만 그 정도 판단은 순간적으로 할 수 있었다.

“앤드류? 특이한 발음이군…… 이름이 안드레아스(Andreas)인가 본데…… 여기 말이 서툰 것 같아요.” 조수 칼이 요하네스 쪽을 보면서 응답했다.

“그리고…… 내가 좀 아는데…… 요크라면 음, 네덜란드 쪽인데, 뉴-요크라면 새로이 요크가 또 생겼나 본데…….” 조수 칼이 계속 아는 척을 하며 거들었다.

“안드레아스…… 그리고 변호사라…… 성가신 법률쟁이인가 보군.”

요하네스도 중얼거렸다. 처음보다는 경계의 눈빛이 약해졌지만 요하네스의 눈빛 속엔 경계심과 동시에 묘한 호기심이 번뜩였다. 이 만남이 단순한 우연이 아니라는 듯, 두 사람의 시선이 엇갈렸다.

잠시 침묵이 흐른 뒤, 요하네스가 거칠게 중얼거렸다.

"더할 얘기가 있으면 당신도 그럼 빅페르프로 와도 되오. 여기선 귀가 많으니 말할 수가 없군."

해가 기울 무렵, 앤드류는 요하네스로 불리는 사람과 그 조수의 뒤를 따라, 성당 인근의 허름한 술집으로 향했다. 이 낯선 시간과 세계에서 살아남고 진실을 찾으려면 그를 따라가는 수밖에 없다는 걸 직감하고 있었다.

8

밤이 내려앉은 스트라스부르의 거리는 장터의 소음이 잦아든 대신, 술집마다 걸린 등불이 어둠을 밀어내고 있었다. 요하네스와 조수 뒤를 따라 좁은 골목길을 걷던 앤드류는 눈앞의 간판을 올려다봤다. 손으로 그린 포도송이와 컵이 걸린 목재 간판엔 '빅페르프'라고 쓰여 있었다.

"여기가 빅페르프인가 보군요? 술집 같아 보이진 않네요." 앤드류가 물었다.

요하네스가 고개를 돌려 앤드류를 바라보며 천천히 말했다.

"그렇소. 오래전, 이곳은 책을 만드는 작업장이었소. 장정공과 필사 수도사들이 긴 벤치에 둘러앉아, 양피지 위에 글자를 옮기고 삽화를 그렸소."

"필사 작업을 하던 곳이군요."

"맞소. 이곳에선 하루 종일 등잔불 아래서 깃펜이 종이를 긁는 소리가 들렸지. 필경사는 잉크가 마르기 전엔 잠들 수도 없었소. 그들은 글을 베끼는 것이 아니라, 기도를 옮기고 있다고 믿었소. 이곳은 지식과 신앙을 묶어 세상에 내보내는 작은 부화장이었소."

"그렇군요. '빅페르프'라는 이름은 무슨 뜻입니까?"

"장정공들이 완성된 책의 장(張)을 고정하기 위해 구멍을 뚫는 작업을 '빅 퍼포라레(Big Perforare)'라 불렀소. 큰 구멍을 낸다는 뜻이지. 사람들은 줄여서 '빅페르프'라 부르기 시작했고, 그 이름이 그대로 남은 거요."

"이제는 책 대신 술잔이 채워지네요."

"그래도 본질은 같지 않겠소?" 요하네스가 잔잔히 웃었다.

"그때는 기도와 말씀을, 지금은 사람들의 이야기를 엮어 내고 있으니. 결국 여긴 여전히 '책을 만드는 장소'요. 다만 매개가 달라졌을 뿐이지."

문틈으로 새어 나오는 따뜻한 불빛과 사람들의 웅성거림이 안으로 그들을 끌어당겼다. 안으로 들어서자, 축축한 짚 냄새와 묵직한 맥주 향이 한꺼번에 밀려왔다. 세월이 흘러, 경전을 베껴 쓰던 책상은 사라지고 그 자리에 오크 통과 포도주 병이 놓였다. 그러나 주인은 오래된 벽의 송진 얼룩을 그대로 두었고, 천장 서까래에는 아직도 매달린 채 마른 양피지 조각이 바람에 흔들리고 있었다.

벽난로에서는 장작이 타들어 가며 부드러운 붉은빛을 뿜어냈고, 여러 명의 상인과 장인들이 탁자마다 앉아 큰 소리로 대화를 나누고 있었다.

요하네스와 칼이 익숙한 듯 사람들에게로 가자 앤드류는 조심스레 구석 자리를 찾아 앉으며 주위를 훑었다.

한쪽에서 사람들 사이로 요하네스의 목소리가 또렷하게 들렸다.

"모든 것의 시작은 말씀이오. 말씀에서 모든 것이 출발합니다. 말씀을 잘 알아야 합니다. 신약성경의 가장 처음에 나오는 말이오…… 그래서 말씀은 기록되어야 합니다. 그들은 우리에게 말씀을 직접 보고 읽을 권리가 없다고 말하지만…… 나는 봤소. 그 책, 그 말씀을."

모두의 시선이 그에게 향해 있었다. 요하네스의 장발은 어깨까지 흘러내리고, 검게 그을린 손가락에는 쇳가루와 잉크가 묻어 있었다. 허름한 가죽조끼를 입었지만 눈빛만큼은 매섭고, 말할 때마다 사람들을 빨아들이는 힘이 있었다.

"정말 당신은 성경을 직접 보고 읽었단 말이오! 주교도 아니고 사제도 아닌데…… 어떻게…… 그리고 말씀이라고 하면 누구 말씀을 얘기하는 거요? 대주교? 아니면 교황?"

한 남자가 의심 섞인 목소리로 곧이어 질문하듯 거칠게 말했다.

"말씀은 곧 그분의 말씀이오. 그리고 그분은 단 한 분뿐이시지요."

요하네스는 천천히 잔을 내려놓으며 말을 이었다.

"그 말씀은 성스러운 기록(Sacra Scriptura)으로 남겨졌소. 그것을 복음(Evangelium)이라 부르지요. 우리는 그것을 다시 기록하고 널리 전파할 의무가 있소."

그는 한 박자 말을 멈췄다. 잠시 주춤하다가 말을 계속했다.

"말씀에서 모든 것이 비롯됨이나…… 기록되지 않은 말씀이 없다고, 누가 감히 말할 수 있겠소."

요하네스의 눈빛은 거리에서와 달리 확연히 빛나 보였다. 그 순간, 아까 거리에서 거울을 팔던 남자는 이미 자리에 없었다.

앤드류는 주위를 살피다, 무의식적으로 주머니 속 활자에 손을 댔다.

"그럼…… 그 복음이라고 하는 말씀이 더 있다는 얘기요? 어디 있다는 말이오?"

아까 그 남자가 다시 말을 이었다. 그의 목소리는 이전보다 낮았고, 눈빛엔 뭔가 알고 싶으면서도 부정하고 싶은 두려움이 담겨 있었다.

요하네스는 그를 똑바로 바라보며 짧게, 그러나 분명하게 말했다.

"신약의 처음은 네 권의 복음서로 이루어졌소. 그러나 그분이 남기신 말씀이 그 네 권에 모두 담겼다고는…… 누구도 확신할 수 없단 말이오."

잠시 술집 안에 침묵이 흘렀다. 요하네스의 말이 무슨 내부자 폭로처럼, 술집에 무거운 침묵을 불러일으켰다. 침묵이 흐르는 속에서 술집 한편에서 잔을 천천히 내려놓는 이의 손이 보였다. 얼굴은 어둠에 가려 보이지 않았지만, 손가락엔 그 시대 사람 같지 않은 반지가 하나 빛났다. 어디선가 본 듯하고 낯이 익었다. 앤드류는 본능적으로 그쪽을 바라보다가, 눈이 마주치자마자 고개를 돌렸다. 아무도 그 사람에게 말을 걸지 않았고, 그 역시 아무 말 없이, 단지 사람들의 대화를 조용히 듣고 있을 뿐이었다.

"그럼 알려지지 않은 말씀이란 무엇인가요? 어떤 말씀인지 어서 들려주세요."

지금까지 조용히 듣고만 있던, 얼굴엔 어린 티가 아직 그대로인 한 소녀가 나섰다. 당시엔 술집에서 10대 아이들도 맥주를 마시던 시절이었다.

그때의 맥주는 오늘날처럼 알코올 도수가 높지 않았다. 무엇보다 우물물은 쉽게 탁해지고 병을 옮기기 쉬웠기에, 물 대신 맥주를 마시는 것이 오히려 안전했다. 보리와 홉을 끓여 내면 잡균이 죽었고, 살짝 남은 알코올과 곡물의 성분은 하루 종일 힘을 유지하게 했다. 사람들은 목마르면 물 대신 맥주잔을 들었고, 아이들까지도 아침 식사 때 빵과 함께 한 모금씩 들이켰다. 당시 기록에 따르면, 성인 남성의 하루 맥주 소비량은 무려 3리터에 이르렀다.

하지만 그것만이 전부는 아니었다. 하루 종일 쟁기와 망치를 들고 버틴

몸은 저녁이 되면 녹처럼 쌓인 피로와 함께 굳어 갔다. 맥주의 은근한 취기는 그 긴장을 풀어 주었고, 잠시나마 고된 하루를 잊게 했다. 사람들은 그 기분을 '신이 주신 위로'라 불렀다. 이곳에서 맥주는 단순한 음료가 아니라, 몸과 마음을 동시에 달래는 유일한 약이었던 셈이다.

호기심을 애써 감추려는 듯한 눈빛 속엔, 묘한 끌림과 긴장감이 스쳐 지나갔다.

"그건…… 아직은 때가 아니요. 때가 되면 모두가 알게 될 거요. 내가 그렇게 만들 거요. 사라진 문장을 모두가 만지고 볼 수 있는 날이 올 거요."

더 이상의 질문은 받지 않겠다는 듯, 요하네스는 단호하게 말했다.

그 순간, 앤드류는 구텐베르크 옆자리에 있던 한 남자가 낮게 중얼거리는 소리를 들었다.

"저게 사실이든 아니든 저건 너무 위험한 소리지. 주교님이 알면 곤란해질 거야."

그러나 그 남자 주변의 사람들의 눈빛에는 두려움과 동시에 억눌린 호기심이 섞여 있었다. 요하네스는 조용히 그리고 낮은 목소리로 말을 이었다.

"주교들이 전하는 설교와, 내가 본 그 글에서도 차이가 있었소. 사람들은 주교나 사제의 모든 이야기가 곧 '하느님의 뜻'이라 믿지만, 사실 그건…… 주교와 같은 글을 읽을 수 있는 소수만의 해석일 뿐이오. 왜 우리 모두가 직접 그 말씀을 볼 수 없어야 하는 거요?"

와자지껄하던 여느 때의 술집 모습과는 딴판이었다. 안은 숨을 죽인 듯 조용해졌다. 누구도 대놓고 동조하지 않았지만, 시선이 하나같이 그의 입술을 따라갔다. 앤드류는 묘한 전율을 느꼈다.

그때 벽난로 옆자리에서 한 노인이 조심스레 잔을 내려놓으며 동조하듯 입을 열었다.

"맞는 말이오…… 라틴어로 된 말씀을 이해할 수 있는 자들은 교황청과 수도원 학자들뿐이지. 우리 같은 사람은 설교 시간에 들은 말씀이 전부라 그 말이요. 그런데…… 설교 내용이 다 같은 것도 아니고…… 젠장, 주교마다 말을 다 달리하니, 대체 뭐가 진짜인지…….'

몇몇이 고개를 끄덕이며 낮게 웅성거렸다. 다른 이가 속삭이듯 말을 보탰다.

"내가 알기로 성경은 원래 라틴어도 아니고 헬라어로 쓰였다고 들었소. 그럼 라틴어 성경만이 유일한 권위라는 것도 기실 틀린 얘기 아니오?"

또 다른 이가 조금 큰 소리지만 두려움에 가득 찬 소리로 말을 보탰다.

"들려오는 얘기 모두 알지 않소? 잉글랜드에서 어떤 자가 '성경을 자국어로 옮기려 했다'가 이단으로 몰려 화형당했다는 얘기. 하느님의 말씀을 자기 눈으로 읽겠다고 한 게 죄라니…… 그게 세상의 이치요?"

그 말에 주변 사람들의 표정이 일그러졌다. 무겁고 축축한 긴장감이 공기를 짓눌렀다. 모두가 알았다. 15세기 중엽, 로마 교황청과 각 지역 주교들은 성경을 철저히 라틴어로만 보관하고 대리자인 사제를 통해서만 낭독하게 했다. 성경을 자국어로 번역하거나, 평민이 직접 읽는다는 건 교황청의 권위를 무너뜨리는 행위로 간주됐다.

구석 테이블에 앉아 있던 대장장이가 자못 용기 있는 목소리로 낮게 중얼거렸다.

"하느님의 말씀을 보관하고, 그 해석을 정하는 자들은 모두 주교님들과 수도원 서기관들이지. 그들만 글을 읽고 쓸 수 있으니, 우리 같은 장인들은 그저 그들이 내뱉는 말을 믿을 수밖에 없소. 만약 글을 배워서 우리가 직접 성경을 읽게 된다면…… 그들이 쥐고 있는 힘은 무너질 거요."

마지막 말이 끝나자 술집 안 공기는 마치 얼어붙은 듯 정적에 휩싸였다. 모두가 고개를 숙였고, 심지어 잔을 들고 있던 손마저 멈췄다. 감히 할 수 없는 말이었지만, 모두가 마음속으로만 품고 있던 의문이었기 때문이다.

이 침묵을 깨트린 건 요하네스였다. 그는 잔을 내려놓고 담담하지만 힘 있는 목소리로 말했다.

"그래서 나는 믿소. 언젠가 우리 모두가 직접 말씀을 읽게 될 날이 올 거라고. 그 성스러운 기록을 말이오. 누가 뭐라 하든, 말씀은 우리 눈으로 확인할 수 있어야 하지 않겠소? 내가 반드시 누가 보아도 똑같은 내용으로 된 책(Buch)을 찍어 내고, 모두에게 배포할 것이오. 세상에 금기된 문장이란 없소. 성스러운 말씀이 금지된다면, 나는 반드시 그 문장을 다시 새길 것이며, 언젠가 때가 되면 모든 것을 세상에 드러내고 말 것이오."

그러고는 낮은 목소리로 힘 있게 내뱉었다.

"말씀이 모두를 위해 새겨지는 날, 권좌는 침묵할 것이오."

무슨 뜻인지 정확히는 몰라도, 모두가 '위험한 말'이라는 사실만은 직감할 수 있었다. 앤드류도 같은 생각이었다. 그리고 '성스러운 기록'이라는 요하네스의 말에 주머니에 있던 'S' 활자를 다시 한번 꼭 쥐어 보았다.

순간, 앤드류와 가까이 있는 테이블에서 또 다른 사내가 소리쳤다.

"누가 봐도 똑 같은 책 수백 권? 그걸 필사로 써 내는게 아니고…… 찍어 낸다고(Drucken)?"

"성경에 없는 금기된 문장이라고? 그럼 원래는 성경에 있어야 한다는 건가……."

어떤 이의 눈빛은 희망으로 반짝였고, 다른 이는 두려움에 얼굴이 굳어졌다. 주교나 교황청에 이 말이 들어가면, 모두가 위험에 처할 수 있었다. 그러나 그 누구도 그의 말을 부정하지 않았다. 술집의 불빛 아래, 마치 그 순간만큼은 금지된 미래가 살짝 열린 듯했다.

앤드류는 그 분위기를 온몸으로 느끼며 생각했다. '이건 단순히 책을 인쇄하는 문제가 아니다. 사람들의 믿음, 교회의 권위, 그리고 권력을 누가 가질 것인가의 문제다…….'

그리고 그는 깨달았다. 그 자리에서 요하네스 구텐베르크가 흘리는 한 마디 한 마디가, 훗날 거대한 변화를 일으킬 불씨가 될 거라는 사실을.

9

1382년, 영국 옥스퍼드의 한 어두운 수도원 방. 서기관들의 손끝에서 서서히 완성되는 문장들이 촛불 아래 종이 위로 새겨졌다. 라틴어로만 존재하던 하느님의 말씀이, 처음으로 영어로 옮겨지고 있었다. 그 중심에 있던 이는 존 위클리프(John Wycliffe)였다.

그는 평민이 직접 하느님의 말씀을 읽을 권리가 있다고 믿었고, 라틴어를 읽을 줄 아는 소수 성직자들이 교회를 통해 말씀을 독점하는 것을 '영적 폭력'이라 비판했다.

'하느님의 말씀은 주교의 입이 아니라, 글과 책을 통해 모든 이에게 닿아야 한다.'

위클리프가 남긴 이 말은, 곧 그를 파멸로 몰아넣었다.

당시로는 혁명과도 같았던 영어 성경본을 남기고 위클리프는 1384년 죽었지만 그의 사후 30년 만인 1415년 교황청은 콘스탄츠 공의회에서 그의 사상과 행위를 '이단'으로 선언했다. 비극적 심판은 거기서 멈추지 않았다. 이단으로 선언된 지 13년 후인 1428년 그의 시신은 영국 루터워스의 교회 묘지에서 파내져 불태워지고 유골은 애이번 강에 뿌려졌다.

이단으로 선언될 당시 그가 남긴 영어 성경 필사본 수십 권은 교회의

미스테리움 57

명령에 따라 광장에서 모두 불태워졌음은 필연적 결과였다. 필사 작업에 참여했던 수도사들과 서기관들 중 일부는 '영어로 말씀을 옮겼다'는 이유만으로 감옥에 갇히거나 화형대에 올랐다.

그러나 불태워진 잿더미 속에서도, 단 한 권의 성경은 사람들의 손을 피해 살아남았다. 그 성경은 특별한 성경이었다. 영어로 되어 있기도 했지만 당시 교회에서는 볼 수 없었던 봐서도 안 되는 금기된 문장까지 담고 있었다. 위클리프의 직속 제자들인 롤라드와 한 무리들이 목숨을 걸고 수도원의 벽돌 틈에 숨겨 놓았던 그 한 권의 책은 겹겹이 쌓인 비극 속에서도 마치 스스로 생명력을 간직한 듯했다.

눈발이 흩날리던 저녁, 콘스탄츠의 좁은 골목은 얼어붙은 듯 조용했다.
도시 한가운데, 대성당 근처의 회의장은 불빛으로 환하게 밝았고, 유럽 각국의 주교와 사절 들이 몰려드는 중세 최대의 종교 재판이 막 시작되려 하고 있었다.

길 위를 오가는 사람들의 목소리엔 묘한 긴장감이 감돌았다. 누군가는 이 공의회가 '교회의 질서를 바로 세울 것'이라 믿었고, 또 누군가는 '위험한 개혁가들을 몰살시키는 정치적 도살장'이 될 거라 속삭였다.

그때, 젊은 사내 한 명이 짐을 지고 골목을 서둘러 지나가고 있었다. 까만 머리에 두툼한 모직 망토를 걸친 그는, 아직 소년의 얼굴을 벗지 못한 열다섯 살의 요하네스 구텐베르크였다.

그는 마인츠에서 아버지를 따라 은화 제작과 금속 세공을 배우던 중이었고, 이번엔 아버지의 거래를 도우러 콘스탄츠까지 함께 오게 된 참이었다.

그러나 그날 밤, 그는 생애 처음으로 '돈'이 아니라 '책' 때문에 자신의 손이 떨리는 순간을 맞이하게 된다.

구석진 성당 옆, 폐허처럼 보이는 수도원 건물 안쪽.

구텐베르크는 아버지 심부름으로 물품을 전해 주러 왔다가, 두건으로 얼굴을 가린 사제 두 명과 붉은 망토를 두른 사내 한 명이 조용히 논쟁을 벌이는 걸 목격했다.

그들 앞엔 두툼한 책 한 권이 천으로 감싸져 있었다.

붉은 망토의 사내가 낮게 중얼거렸다.

"며칠 안에, 아니 어쩌면 내일 바로 이 공의회가 우리 모두를 이단으로 선언할 거요. 위클리프의 가르침은 '악마의 독'으로 낙인찍히고, 이 책들은 광장에서 불태워질 겁니다."

두건을 쓴 사제 중 하나가 날카롭게 속삭였다.

"그럼 이걸 지금 없애 버려야 합니다. 우리도 이걸 가지고 있다 들키면 모두 죽습니다. 서둘러야 합니다."

그 순간, 한 사람의 발자국 소리가 안쪽에서 다가왔다.

그는 체구가 큰 인물이었지만, 눈빛엔 묘한 부드러움과 슬픔이 서려 있었다.

얀 후스(Jan Hus)였다.

얀 후스는 지금의 체코인 보헤미아 왕국의 프라하에서 온 개혁 사제이자 카를대학 신학부 학장이었다. 후스는 성경 말씀을 체코 민중들에게 처음으로 모국어로 설교를 한 인물이었다. 당시로서는 매우 위험한 행동이었고, 이는 곧 그가 가톨릭 세계에서 위험한 인물이었음을 말해 주는 것이었다. 그는 교황청의 부패와 성직자들의 권력 남용을 정면으로 비판하며, '사람들이 스스로 말씀을 읽고 믿을 수 있어야 한다'고 주장했다. 이런 행동은 당시 교회에서는 눈엣가시로 보였다. 이미 교황청으로부터 수차례 경고를 받았지만 후스는 굽히지 않았다.

그는 천으로 감싼 성경을 조심스레 손에 올리며 낮게 말했다.

"이건…… 그냥 종이가 아닙니다. 수많은 이들이 피를 흘리며 지켜 온 세상에 안 알려지지 않은 특별한 '말씀'입니다. 불태워져선 안 됩니다. 하지만…… 내가 지닌다면 더 위험해질 뿐."

잠시 숨을 고른 그는, 문가에 서 있는 구텐베르크를 보았다.

소년의 손엔 은화를 담은 작은 가죽 주머니가 들려 있었고 금속 재질로 된 장식품이 주머니에서 튀어나와 있었다. 눈빛은 공포와 호기심으로 뒤섞여 있었다.

후스가 조용히 손짓하며 소년을 불렀다.

"얘야 겁먹지 마라. 넌, 이름이 무엇이냐?"

구텐베르크는 잠시 머뭇거리다 대답했다. "요하네스…… 요하네스 구텐베르크입니다. 마인츠에서 왔습니다. 저는 그냥…… 아버지 심부름을 왔습니다."

후스는 엷은 미소와 함께 구텐베르크를 똑바로 바라보았다.

"마인츠…… 그곳은 무역과 금속세공으로 이름난 도시지. 아버지 심부름으로 그런 금속 장식품을…… 그럼 너도 금속을 다루는 세공장이니?"

소년은 놀란 눈으로 고개를 끄덕였다.

"조금은요. 제 아버지가 화폐 주조소에서 일하셔서 저도 어깨너머로 조금 배웠습니다."

후스는 비밀스럽게 싸여 있는 그 책을 구텐베르크의 품 안에 밀어 넣으며 낮게 말했다.

"이걸 너에게 맡기마…… 지금 당장은 그 의미를 모를 수도 있겠지만…… 언젠가 너에게 필요한 순간이 올 것이다. 네 손으로 지킬 수 있다면, 그리고 언젠가…… 이 말씀이 종이 위에 살아남을 수 있게 할 방법을 찾는다면, 그렇게 하거라."

구텐베르크는 무언가 위험한 순간이라는 것을 직감하면서도 거부할 수 없었다. 손이 떨리는 걸 느끼며 가슴에 묻힌 책을 받아 올렸다.

"이건…… 어떤 책인가요? 저는 아무것도 모릅니다."

후스는 씁쓸하지만 인자하게 웃었다.

"괜찮다. 아직은 이 책을 읽지 마라. 그냥 간직해라. 언젠가는 누군가가 네 곁에 나타나 너를 도와 이 책이 세상에 드러나도록 할 것이다. 그때, 세상은 변할 것이다."

문밖에서 발자국 소리가 들리고 햇불빛이 다가왔다.

후스는 급히 구텐베르크의 어깨를 잡았다.

"서둘러라. 이 길로 나가면 북쪽 성문이 있다. 너는 어린아이이고 그냥 상인 집 아들일 뿐이니, 아무도 의심하지 않을 거다. 한 가지만 약속해 다오…… 이걸 반드시 지켜 내거라."

구텐베르크는 뒤도 돌아보지 않고 골목길을 달렸다.

뒤에서 "얀 후스! 거기 서라. 당신을 공의회 명령에 따라 체포한다!"는 고함 소리가 울렸다.

소년의 품 안에서, 낯선 책의 온도가 마치 불타는 쇳덩이처럼 뜨겁게 느껴졌다.

얀 후스는 1415년 7월 6일에 콘스탄츠 공의회에서 화형당했다. 후스는 화형장으로 끌려가며 마지막까지 담담했다. 그리고 말했다.

미스테리움

"당신들은 지금 거위(후스는 체코어로 거위를 뜻한다) 한 마리를 불태우지만, 백 년 후에는 아무도 죽일 수 없는 큰 백조가 날아오를 것이다. 진실은 끝내 이긴다." 그 말이 끝나자 불길이 치솟았고, 그의 목소리는 연기 속으로 사라졌다. 이후 정확히 102년째 되는 해인 1517년 독일에서는 마르틴 루터가 95개조 반박문을 붙이는 사건이 일어난다.

10

 요하네스와 칼 일행은 술집에서 나섰다. 앤드류도 본능적으로 요하네스를 뒤따랐다. 추운 밤공기에 입김이 허옇게 피어오르는 골목길을 따라 한참을 걸었다. 한참을 말없이 걷다가 그들은 오래된 목조 건물 앞에 멈췄다. 조수 칼이 먼저 문을 열고 들어가 불을 밝혔다. 안으로 들어서자, 앤드류는 차가움과 따뜻함을 함께 느낄 수 있는 기이한 공기와 마주했다.
 집인지 작업장인지, 내부는 목재와 금속, 잉크의 혼합된 냄새로 가득했다. 벽 한편에는 쇠로 된 집게와 쇳덩이가 널려 있고, 다른 쪽에는 거대한 나무틀이 조립 중이었다.
 커다란 나무 지렛대, 평평한 판, 그리고 종이를 고정할 수 있는 구조물. 그리고 금속들. 그나덴 슈피겔이라 불리던, 낮에 팔던 금속 거울이 여기저기 널브러져 있는 건 어쩌면 당연했다.
 앤드류는 이곳이 정확히 어떤 공간인지 단정할 수는 없었다. 그러나 직감은 이미 답을 내리고 있었다. 여기가 바로 요하네스 구텐베르크의 집이자 작업실임을, 그리고 공기 속에 스며든 낯선 냄새만으로도 앞으로 이곳에서 어떤 일이 벌어질지를 어렴풋이 알 수 있었다. 마치 피할 수 없는 운명이 그를 이끌고 있는 듯했다.

요하네스는 앤드류의 호기심 어린 시선을 따라가며 낮게 말했다.

"나만의 세상에 들어온 걸 환영하오. 이곳이 기묘하고 낯설 거요. 아직 아무도 이곳의 모습을 제대로 본 사람은 없소. 물론 칼 빼고……."

"이런 소중한 공간에 발을 들일 수 있게 허락해 주셔서 감사합니다." 앤드류는 조용하지만 진심을 담아 말했다.

"여기 이건 단순한 나무들로 보이지요? 하지만 이건 그런 도구가 아니라 빅페르프에서 내가 얘기한 걸 실현할 시작점이요. 말씀과 진리를 세상에 쏟아 낼 수 있는 도구지. 누구나, 세상의 이치를 알고 모두가 그 말씀을 읽을 수 있게 할 도구."

"그럼 아까 그 술집에서 얘기한 부흐를 찍어 내는 것인가요…… 그런데 부흐라면 책(Book)을 얘기하는 겁니까?" 의미는 앤드류도 알아들었지만 확인하고 싶었다.

"우리가 접할 수 있는 모든 지식이 담겨 있는 것을 '리베르(Liber)'라고도 하지만 사람들은 흔히 부흐라고 하지…… 책이라…… 사람들은 잘 모르겠지만 나는 아오. 책이라면 잉글랜드 사람들이 쓰는 말인 잉글리시겠군." 요하네스가 눈빛을 반짝이며 대답하면서 다시 물었다.

"그럼 당신은 잉글랜드에서 왔소? 잉글리시를 사용하오? 잉글리시를 쓴다는 건, 그 문장도 정확히 이해하고 해석할 수 있다는 말이오?"

왜 그런지 요하네스는 갑자기 앤드류의 출신과 사용 언어에 호기심을 느끼며 눈빛을 밝히기 시작했다. 요하네스의 말에 앤드류는 잠시 머뭇거렸지만 고개를 끄덕였다.

"잉글랜드 출신은 아닙니다. 하지만 잉글리시는 읽을 줄 알죠. 게다가…… 문장이 숨기고 있는 속뜻까지 웬만하면 잡아낼 수 있습니다. 변호사 직업이 괜히 있는 게 아니니까요."

요하네스의 눈빛이 그 말을 듣고 더 깊어졌다.

그는 고개를 끄덕이며 중얼거렸다.

"그렇다면 당신이 여기에 온 데에는…… 더 큰 이유가 있을지도 모르겠군. 진리를 추구하고 진실을 외치는……."

'더 큰 이유가…….' 앤드류도 중얼거렸다.

'진리를 추구하고 진실을 외친다…….'

앤드류는 갑자기 한국에서의 학생 시절이 떠올랐다. 1980년대 대한민국의 서울. 겉으로는 아무 문제 없는 평화로운 시대였으나 개인의 사상과 신념을 자유롭게 공유할 수 없었던 암울했던 시절이었다. 그는 고등학생 시절, 대학에 갓 입학한 형의 방에서 몰래 읽던 책이 있었다. 금서로 지정된 사회철학 서적들. 그 책들 대부분은 손으로 필사되거나, 정체불명의 '등사기'로 찍어 낸 흔적이 있었다. 희미하게 번진 잉크 냄새, 군데군데 사라진 활자들.

그 당시는 몰랐지만, 나중에 법대를 다니며 앤드류는 그것이 '운동권 문건'으로 알려진, 검열에 저항해 사람들끼리 나눴던 사적 출판물이라는 걸 알게 되었다. 정보가 억압되던 시절. 진실은 누군가의 손으로 다시 써지고, 다시 찍혀야만 전해질 수 있었다.

그는 그 기억이 바로 지금 이 순간, 이 오래된 공방 안에서 다시 살아나는 것을 느꼈다.

앤드류는 작게 숨을 들이마셨다. 그리고 다시 입을 열었다.

"……이건 책을 찍어 낼 때 사용되는 인쇄틀이죠? 낡은 방식으로 보이긴 합니다만. 활자를 배열하고, 잉크를 칠한 다음…… 종이를 눌러 문장

미스테리움 65

을 새기기 위한 기계."

요하네스의 눈이 반짝였다. "인쇄(Print)? 그것도 잉글리시인가? 정확하지는 않으나, 맞소. 책을 찍어 낼 수 있는 기계가 될 것이오. 근데, 이걸 어떻게 그렇게 한 번에 바로 아는 거요?"

앤드류는 망설이다가 조심스레 대답했다.

"직접 본 적은 없습니다. 하지만 책에서 본 적이 있죠. 전 책을 많이 좋아합니다. 아주 오래된 기술로만 알고 있었는데…… 근데, 이렇게 눈앞에서 보게 될 줄은 몰랐습니다."

"거짓말 마시오."

요하네스는 잘라 말했다.

"이건 아직 완성되지도 않았소. 이곳은 물론 독일 전역 어디에서도 본 적 없는 구조이어야 하오. 오래전 기술이라니…… 그리고 난 이걸 만들기 위해 몇 년을 혼자 고생했단 말이오."

그의 눈빛엔 의심과 분노가 뒤섞여 있었다. 앤드류는 두 손을 살짝 들어 보이며, 담담히 응수했다.

"거짓말이 아닙니다. 제 직업은 발명 훔치는 도둑이 아니라, 문장을 해석하고 의뢰인을 대신하는 변호사입니다. 남들이 읽지 못하는 걸 읽어 내는 게 제 장점이지, 비밀을 훔치는 게 장점은 아니거든요. 지금은…… 이 말밖엔 할 수가 없네요."

잠시 정적이 흐르는 순간 정적을 깨뜨리며 앤드류의 손에서 무언가가 바닥으로 떨어졌다.

찰그랑—

금속 활자였다. 'S' 모양의 단단하고 오래된 금속 조각. 비밀을 담고 있는. 요하네스의 시선이 그것에 꽂혔다. 그는 천천히, 몸을 숙여 그것을 집어 들었다.

"이건…… 금속으로 된 활자인데……." 요하네스는 놀라움과 당황스러움이 교차하는 순간에 중얼거렸다.

"그런데, 이건 내 손으로 만든 게 아니다. …… 내 활자보다 더 단단하고 정교하군."

"맞아요. 비슷한 모습인데 아직 마이스터도 구현한 적이 없는 모습이네요." 칼도 당황한 듯 놀란 표정으로 거들었다.

"이렇게 단단하고 정교한 활자는 이전까지 본 적이 없소. 이건 바로 내가 만들고자 하는 그런 모습이오." 요하네스는 손에 든 활자 'S'를 한참을 말없이 들여다본 후, 고개를 들었다. 요하네스의 목소리가 혼란스럽게 떨리고 있었다.

"대체…… 이건…… 어디서 난 거요?"

앤드류는 숨을 고르며 조심스럽게 말했다.

"그 활자는…… 누군가 제게 전해 준 겁니다. 저도 누군지 자세히 알지 못합니다. 사라져 버렸거든요……. 그래서 저에겐 더 소중한 겁니다."

말을 이어 가는 순간에도 앤드류는 스스로 설명할 수 없는 사실 앞에 막막함을 느꼈다. 어쩌면 그 활자는 세이지와의 유일한 연결 고리일지도 몰랐다.

"그녀는 모습을 드러내지 않았던 사람입니다. 제가 그걸 손에 쥐게 된 이유는 그녀가 문장을 지키려 했기 때문입니다."

"문장을…… 지킨다?" 요하네스는 이해할 듯한 표정이었으나 마치 자신의 속내를 들킨 걸 감추려는 사람처럼 당황하면 말을 이었다.

미스테리움

"허튼소리…… 음…… 또 다른 인쇄기술자인가……."

요하네스는 곧 입을 다물었다. 그 활자를 몇 번이고 손바닥에서 굴리며, 더는 앤드류를 추궁하지 않았다. 오히려 앤드류의 존재 자체를 망각한 듯 보였다.

잠시 후 요하네스는 활자에서 시선을 거두고 앤드류를 응시했다.

"이걸 나에게 잠시 맡겨 주면 그동안 당신을 내쫓진 않겠소. 당신은 이상한 구석이 많지만 나쁜 놈 같아 보이진 않으니 하룻밤 내 집에서 묵고 가시오."

칼은 수긍하지는 않지만 어쩔 수 없다는 듯 떨떠름한 표정으로 으름장을 놓듯 말했다.

"그동안 당신은 내가 지켜볼 겁니다. 여기서 이상한 짓하면 바로 내쫓는다." 반말을 섞은 경고성 멘트였다.

"감사합니다……."

"감사는 아직 이르지. 이게 당신을 살렸다고 보면 돼."

긴박한 상황이 조금은 누그러졌다고 생각한 앤드류는 조용히 물었다.

"제 소개가 충분하지 못했지만 실례를 무릅쓰고 한 가지 여쭙겠습니다. 당신 이름이 요하네스인가요? 요하네스…… 그리고 혹시 구텐베르……."

앤드류의 말이 채 끝나기도 전에 조수 칼이 앞으로 나섰다.

"이분은 요하네스 겐스플라이슈 주름 라덴 차움 구텐베르크입니다. 겐스플라이슈 가문 출신이죠." 더 이상 설명이 필요 없다는 듯 칼은 짧게 말을 잘라 냈다. 이어서 곧장 자신을 소개했다.

"그리고 난 칼 노이어요. 프랑스에서는 나름 유명한 필경사였소. 그래서 당신 옷차림만 보고도 금세 프랑스풍인지 알아봤지. 지금은 마이스터를 도와주고 있소."

 조수 칼은 묻지도 않은 이야기를 약간은 거들먹거리며 늘어놓았다. 그러나 앤드류의 귀에는 제대로 들어오지 않았다. 프랑스풍 운운하는 말도, 뉴욕 출신인 그가 듣기에는 터무니없을 뿐이었다.

 짐작은 하고 있었지만, 정말로 눈앞에 있는 사람이 책에서 배웠던 요하네스 구텐베르크라니, 그저 그 사실이 믿기지 않을 뿐이었다.

 "그렇군요, 믿기진 않지만 저에게는 큰 영광입니다만…… 아, 믿을 수 없다는 뜻이 아니라…… 아무튼 그만큼 영광스럽다는 말입니다." 앤드류는 더듬듯 말을 했고, 잠시 칼을 바라보면서는 짧게 덧붙였다.

 "내 패션은 프랑스풍이 아니고 뉴요커 스타일이오." 그는 긴장 속에서도 잘못된 패션 지적에 대해서 참을 수 없었다.

 "그럼 제가 어떻게 부를까요? 요하네스 아님 구텐베르크……." 앤드류는 정중하게 다시 물었다.

 요하네스는 상관없다는 듯이 짧게 답했다.

 "당신 편하게 하시오. 개인적 친분의 사람들은 나를 요하네스로 부르지만, 일로 만난 사람들, 특히 책과 관련된 세계에서는 모두 날 구텐베르크라고 부르지."

 "그럼 저는 구텐베르크로 부르겠습니다. 전 그렇게 불렀거든요. 그게 더 익숙하네요."

 말을 내뱉고 나서야 앤드류는 순간 '아차' 싶었다. 아니나다를까, 구텐베르크는 '언제 본 적이 있다고……' 하는 듯 의아스러운 표정을 지었다.

 조심스럽게 덧붙이면서 앤드류는 다시 물었다.

 "그런데…… 왜 거울을 팔고 있습니까? 오늘 낮에도…… 사람들이 줄을 서서 사 가던데."

구텐베르크의 얼굴에 잠시 씁쓸한 미소가 떠올랐다.

"낮에 얘기한 대로 순례객들이 '거울의 빛'을 사면 구원을 얻는다고 믿소. 덕분에 난 돈을 벌지…… 그 돈이 이 기계와 내 연구를 지속시킬 유일한 수단이지. 물론 돈은 벌지만, 내가 원하는 건 저 거울은 아니오…… 저기 있는 기계와 저 판들이오. 언젠간 마인츠로 돌아가야 이걸 제대로 완성할 수 있겠지만. 하지만…… 그곳엔 날 탐탁지 않게 여기는 자들이 많소. 아직은 때가 아니지."

칼이 거들며 말했다.

"마이스터는 이곳에서 눈을 피하며 준비 중이십니다. 언젠가 돌아가, 진짜 책을 세상에 찍어 낼 날을 기다리시죠."

앤드류는 그들의 대화를 들으며, 왠지 모르게 이 계획의 한가운데로 더 깊숙이 빨려 들어가고 있음을 느꼈다.

그는 조용히 말했다.

"혹시…… 내가 도와줄 수 있는 일이 있을까요?" 왜 그랬는지는 자신도 몰랐지만 왠지 그럴 수 있을 것 같았다.

구텐베르크의 시선이 그의 얼굴을 가만히 훑었다.

"당신은…… 이상한 사람이군. 하지만…… 그 이상함이 필요할 때도 있지."

11

 새벽의 스트라스부르는 고요했다. 겨울로 향하는 공기 속에서 작은 집들과 교회 첨탑이 서리처럼 얇은 안개에 휩싸여 있었다. 거리는 인적이 드물었고, 축축한 돌길 위로 가끔 들려오는 말발굽 소리만이 잠든 마을을 깨웠다. 그러나 그 한복판, 구텐베르크의 집이자 작업장에서는 이미 불빛이 새어 나오고 있었다. 좁은 창문 틈으로 흘러나온 등불빛이 안개 속에서 길게 번졌다.

 앤드류는 아직 낯선 이곳의 공기와 시간대에 익숙해지지 못한 채, 몸을 돌려 거친 담요를 걷어 냈다. 그를 깨운 것은 새벽의 냉기보다도, 어딘가에서 들려오는 '딱, 딱, 쿵' 하는 일정한 금속 소리였다. 한 발짝씩 그 소리에 이끌려 나아가자, 문틈으로 뜨겁고 묵직한 공기가 새어 나왔다. 대장간이라고 할까 철공장이라고 할까 아무튼 그곳은 작업장이었다.

 작업장 안은 새벽의 차가운 공기와, 녹아내린 금속의 달궈진 열기가 뒤섞여 있었다. 작업장 입구 한쪽 낡은 작업대 위에는 얇은 책자가 펼쳐져 있었다.

 겉표지엔 거칠고 투박한 고딕체로 'Ars Moriendi — 선한 죽음을 맞이하는 법'이라 새겨져 있었다. 표지 중앙에는 뼈처럼 앙상한 손을 뻗은 수도사가, 영혼을 지켜 내려는 이와 사탄을 내쫓는 천사를 그린 목판 삽화가 얹혀 있었다. 먹물이 종이 결에 따라 번져서, 그림의 가장자리엔 검은 안개처럼 얼룩이 피어 있었다. 손끝으로 살짝 스치기만 해도, 거친 종이가 바스러질 듯 보였다.

앤드류는 페이지를 천천히 넘겼다. 책 안쪽에는 '죽음의 순간, 사탄의 속삭임에 속지 말라'는 문장들이 짧은 라틴어 구절로 이어져 있었고, 각 장마다 죽음의 침대에 누운 사람과 그 주변을 둘러싼 천사와 악마 들을 묘사한 삽화들이 박혀 있었다. 글자는 크기도 다르면서 삐뚤고 투박한 것이 무언가 뭉툭한 것으로 찍힌 흔적이 역력했다. 획마다 굵기가 들쭉날쭉했고, 글자 끝에는 잉크가 고여 번져 있었다. 한 장을 들추면, 종이 뒤쪽으로 먹물이 스며 나와 문장이 희미하게 비쳐 보였다.

그는 책장을 덮으며 숨을 고르듯 생각했다.

"죽음과 두려움……."

안쪽 작업대 앞에는 어제와는 전혀 다른 모습의 구텐베르크가 서 있었다. 검게 그을린 앞치마를 두르고, 두꺼운 가죽장갑을 낀 채 한 손으로는 작은 망치를 들고 다른 손으로는 집게로 납과 주석을 섞은 쇳덩이를 단조질하고 있었다. 부드러운 금속이 해머질을 따라 점점 얇아지고, 불빛 아래서 은빛으로 번뜩였다.

그의 눈빛은 날카로웠다. 그건 단순히 도구를 만드는 작업이 아니라, '정확히 일치하는 형태'를 찾기 위한 집념의 과정이었다. 이마를 타고 흐르는 땀방울을 닦을 생각조차 하지 않은 채, 그는 부드럽게 숨을 내쉬며 금속의 모서리를 다듬었다.

앤드류가 조심스레 말을 건넸다.

"아직 해도 뜨지 않았는데…… 어떤 작업을 하시는 건가요. 이렇게 매일 작업하시나요?"

구텐베르크는 시선을 들지 않은 채 짧게 대답했다.

"시간이 우리를 기다려 주지 않지. 한 번 틀리면 하루가, 아니 몇 주가 날아가지."

그의 시선이 앤드류가 들고 있는 조악하게 인쇄된 소책자 쪽으로 향했다. 그 눈빛은 혐오와 동시에 결심으로 일그러져 있었다.

"그런 종이 더미로는…… 진짜 지식을 전할 수 없소. 나무활자는 금세 닳고, 글자는 곧 흐려지고, 글자가 흐려지면 지식도 흐려지는 거요."

"책뿐 아니라, 시간이 지나면 무엇이든 흐려지지 않나요." 앤드류가 선문답하듯 말했다.

"시간은 무의미하오. 책이 지식을 담을 수 없고 담긴 지식이 영원하지 않다면 그건 진실이 아닌 것이요. 쓸모없는 종이 뭉치에 불과하지. 사람들을 두려움으로 묶어 두는 장난감일 뿐이오. 두려움은 쉽게 팔리거든. 하지만…… 난 두려움이 아니라 '진실과 지혜'를 남기고 싶소." 구텐베르크는 대답을 이어 갔다.

"글자가 영원히 닳지 않고, 똑같은 모양으로 수백, 수천 장을 찍어 낼 수 있다면…… 세상이 변할 거요."

"세상이 변하는 건 맞는 이야기입니다. 세상은 변할 겁니다. 그것도 당신이 상상하는 것 이상으로, 무척이나 크게요." 앤드류도 동의하듯 말했다. 차마 디지털 세상이 오면 정말로 영원히 닳지 않는 지식이 생겨날 거란 것은 이야기할 수 없었다.

구텐베르크는 계속 작업을 해 가면서도 신념이 담긴 목소리로 낮게 말을 이어 갔다.

"그래서 난…… 금속을…… 쇠를 쓸 거요. 난 어린 시절부터 아버지께 금속을 다루는 법을 배웠소. 나에겐 어린아이 장난감 같은 거지."

"그렇군요. 그래도 쇠는 무겁고 단단했을 터라 어린아이가 다루기는 쉽지 않았을 텐데요."

"쇠라는 게 묘해서 마지막은 단단하지만 그 시작은 물처럼 부드럽지요. 그리고 다른 금속들을 밀어내지 않고 조화롭게 섞이기도 합니다. 물과 불 그리고 쇠. 멋지지 않소."

어린 시절 얘기를 하는 구텐베르크의 눈빛은 더 반짝였다. 그러곤 계속해서 말했다.

"금속으로 거울이나 화폐를 만드는 것도 필요한 일이고 누군가는 해야 하지요. 하지만 난 이걸로 기껏 화폐나 장신구를 만들려는 게 아니오. 영원히 닳지 않을 '글자'를 만들 거요. 금속으로 된 글자…… 그걸로 찍어 낸 진실. 글자로 만든 진실을 지키기 위해."

그는 다짐하듯 낮고 강하게 이야기한 다음, 새로 다듬은 금속 봉을 집어 들며, 은빛으로 번뜩이는 양각 글자를 앤드류에게 보였다.

"이게 무언가요? 인쇄에 쓰는 금속 같아 보입니다만. 글자 모양이 반대로 보이네요."

"그렇소. 이건 내가 만든 펀치(Punch)라는 것이오. 이게 시작 역할을 하는 금속이지. 이미 많이 쓰이는 것이긴 하나. 내가 만든 펀치는 강철과 같이 단단하오. 그리고 이것은 펀치를 받아 주는 역할을 하는 것이고, 매트릭스라고 불리는 것이오. 화폐를 만들 때 사용하던 것인데, 내가 활자를 만들기 위해서 가져다 실험을 하고 있소."

"그렇군요. 실제로 이런 과정을 본 적이 없지만 우리가 읽는 한 권의 책이 인쇄되어 나오기까지 이런 어려움이 있는 줄은 몰랐습니다."

"이건 아무것도 아니오. 지금부터가 진짜이고⋯⋯ 다만 이후의 공정은 나도 아직 완성하지 못하고 있소. 금속이란 게 생각보다 예민해서 너무 단단하면 깨지고, 너무 무르면 금세 닳아 버리오. 적당한 비율을 찾으려 매일 이 짓을 하고 있지. 하지만 이건 내가 해야 할 큰일의 시작에 불과하오. 목판으로는 절대 못하는 일이지. 나무는 세월에 뭉개지고 불에 타지만, 금속은 시간을 이겨 내고⋯⋯ 그리고 사람을 배신하지 않으니까⋯⋯ 난 금속이 좋소. 차갑지만 한결같은."

앤드류는 한동안 그 은빛 금속들을 뚫어지게 보다가, 천천히 물었다.

"이렇게 매일 금속으로 된 글자를 깎고, 합금을 연구하고⋯⋯ 그걸로 인쇄를 한다면, 그만큼 큰 이유가 있겠군요. 단지 책을 팔아서 큰돈을 벌기 위해서인가요? 거울을 파는 것처럼요?" 앤드류는 굳이 이런 방식으로 묻지 않아도 되었을 거라는 걸 느꼈지만 본능이 시키는 대로 물었다. 그게 솔직한 느낌이었다.

구텐베르크의 손길이 잠시 멈췄다. 불빛 아래서 그의 표정이 잠깐 굳었다.

"돈? 필요하긴 하지. 솔직히 거울 팔아서 돈도 벌고, 번 돈으로 이런 작업을 이어 가고 있소. 하지만 그건 수단일 뿐. 내가 진짜로 금속으로 만들어 내고 싶은 건 ― 진실을 글로 찍어 내는 것이오. 책을 찍어 낸다고 해도 그게 당장 큰돈이 되지는 않을 거요."

"큰돈이 되지는 않는다면 큰돈을 들여가면서까지 그 일에 매달리는 이유가 따로 있나요?"

"글쎄…… 그게…… 난 어린 시절부터 누군가가 전해 주는 이야기를 들으면 그 이야기가 어디서부터 온 것인지 늘 궁금했소. 그리고 그게 정말일까 하는 궁금증도 너무 많았고. 그래서 언젠가부터 누군가에 의해서 걸러지지 않고 사람들이 직접 읽고, 스스로 알 수 있는 지식이 있으면 좋겠다는 생각을 해 왔소. 특히…… 말씀은…… 교황청이나 주교들이 골라서 전해 주는 조각난 말씀이 아니라, 있는 그대로의 말씀, 즉 진실 말이오."

그의 시선이 잠시, 작업대 아래 덮여 있는 오래된 상자로 향했다. 앤드류는 그 시선을 따라가다, 그 안에 양피지로 된 낡은 책들이 수북이 쌓여 있는 것을 어렴풋이 보았다. 표지가 검게 그을렸고, 글자가 적힌 두루마리 일부가 삐죽이 나와 있었다.

"그럼…… 그렇게 찍고 싶은 게 있으면 빨리 해야죠. 저렇게 쌓아 두고 먼지나 먹일 게 아니라…… 그냥 눌러 찍어서 세상에 뿌려 버리면 되는 거 아닌가요? 진실은 오래 숨길수록 값이 떨어집니다."

구텐베르크는 곧 시선을 거두며 낮게 덧붙였다.

"아직은, 이 금속 덩어리들이 말해야 할 때가 아니오. 하지만 때가 오면, 이 쇠붙이들이 세상에 '읽을 수 있는 진실'을 풀어놓을 거요. 그리고 그때는…… 아무도 막지 못할 거요. 진실은 시간이 지나도 결코 값이 떨어지지 않습니다."

앤드류는 그 말에 잠시 숨을 죽였다. 그의 머릿속에는 두 가지가 스쳤다. 금속으로 새겨진 글자의 힘, 그리고 구텐베르크가 감춰둔 '진짜 책들'의 비밀.

그리고 어쩐지, 이 두 가지가 언젠가 서로 만나 역사를 바꿀 것 같은 예감이 들었다. 그런 생각을 스치듯 하는 중에도 지울 수 없는 것은, 불쑥불쑥 떠오르는 믿기 어려운 비현실감이었다.

'나는 지금 여기서 뭘 하고 있는 거지…… 변호사라는 놈이, 법정 대신 인쇄소 한가운데 서 있다니. 게다가 중세 유럽의 한복판에서.'

12

프릴리츠 구트렌츠 폰 조르겐로프는 14세기 말 마인츠의 유력한 상인 계급이자 조폐국(화폐 주조소)에서 일하던 금속 세공사였다. 마인츠는 당시 신성로마제국의 중요한 교역 도시로, 귀족과 성직자뿐 아니라 부유한 상인 계층이 도시 의회를 주도하며 도시 경제를 지탱하고 있었다. 프릴리츠는 귀족 혈통은 아니었지만, 상인 조합과 금속 길드에서 영향력을 행사하며 도시 행정에도 일정한 목소리를 낼 수 있는 위치에 올라 있었다.

그가 담당한 일은 단순한 주조 작업을 넘어, 은과 구리, 납을 혼합한 합금으로 주화를 만들고 그 품질을 일정하게 유지하는 것이었다. 이 과정에서 그는 고온에서 금속을 녹이는 노하우, 주형을 만드는 기술, 금속의 강도와 유연성을 조절하는 비율을 세밀히 다루는 법을 익혔다. 그 지식은 훗날 아들 구텐베르크에게도 고스란히 전수됐다. 구텐베르크가 금속을 자유자재로 다루며 활자 주조에 성공할 수 있었던 것도, 사실상 아버지의 기술적 기반 덕분이었다.

프릴리츠는 부유했지만, 성격은 차갑고 권위적이었다. 그는 도시 귀족과 상인 사이에서 명망을 유지하기 위해 아들에게도 엄격한 태도를 보였다. 어린 구텐베르크는 아버지 곁에서 금속 냄새가 가득한 조폐국을 드나들며 금속 세공을 배웠지만, 동시에 아버지가 '모든 지식은 권력자들의 손에서 관리돼야 한다'고 말하던 걸 귀에 못이 박히도록 들으며 자랐다. 교회와 귀족에게 봉사하고, 상인 계층의 권익을 지키는 것이 곧 가문의 번영이라고 믿던 아버지의 신념은, 구텐베르크에게 '지식과 권력은 소수의 전유물'이라는 현실을 각인시켰다.

프릴리츠는 무거운 동전을 집어 들어 불빛에 비춰 보며 말했다.

"요하네스, 이 금속을 보아라. 잘 다루면 화폐가 되고, 무기가 되고, 권력이 된다. 지식도 다르지 않다. 그것은 힘이고, 함부로 흘려서는 안 되는 것이다."

어린 구텐베르크는 잠시 망설이다가 물었다.

"그렇다면, 지식을 나누면 더 많은 힘이 생기지 않나요? 모두가 알면 더 나은 세상이 될 수도 있잖아요."

프릴리츠는 미간을 찌푸리며 고개를 저었다.

"아니다. 힘은 나눌수록 약해진다. 지식은 검처럼 소수의 손에 쥐어져야 세상을 다스릴 수 있다. 그게 질서다. 우리 가문도 그런 소수를 잘 판별해야 한다."

그렇지만 역설적으로, 이런 가르침이 구텐베르크의 마음속엔 오히려 반발심과 다른 욕망을 싹트게 했다.

'모든 지식이 소수인 귀족과 주교의 손에만 묶여 있다면, 나머지 사람들은 영원히 어둠 속에서 살아야 하지 않은가?'

어린 시절 조폐국에서 은빛으로 빛나는 금속 덩어리를 바라보며 그는 생각했다.

'만약 이 금속으로, 돈이 아니라 무언가 다른 것을 만들어 낼 수 있다면? 닳지 않고, 모든 이가 공유할 수 있는 그런 무언가를 만들어 낼 수 있다면…… 세상이 달라질 텐데.'

아버지 프릴리츠는 1419년경 병으로 세상을 떠났고, 그 후 구텐베르크는 가문이 남긴 상속 재산과 금속 기술을 토대로 자신의 길을 걷기 시작했다. 그러나 아버지의 엄격한 그림자는 그의 선택마다 따라다녔다. 아버지로부터 물려받은 금속 지식은 그의 최대의 무기였지만, 동시에 '권력자들의 세계'라는 굴레 또한 벗어날 수 없는 족쇄처럼 남았다.

구텐베르크의 어머니, 엘제 바이즈라인은 마인츠 인근에서 오래된 상인 가문 출신으로, 도시의 와인 무역과 직물 교역으로 부를 축적한 집안의 딸이었다. 그녀의 집안은 상인 조합에서 영향력을 가졌고, 특히 마인츠 대성당과 관련된 납품 계약을 통해 안정된 재정을 유지하고 있었다. 엘제는 프릴리츠 구트렌스와 결혼하면서 금속 세공사이자 조폐국 관계자였던 남편의 가문과 그녀의 상인 가문을 이어 주는 전략적 혼인을 맺은 셈이었다.

그러나 엘제는 남편과 달리, 가문과 부의 명예를 지키는 것보다 사회적 지위와 연결망을 더 중시했다. 그녀는 아들에게도, 남편이 가르친 금속 세공 기술보다는 '귀족이나 교회와 가깝게 지내야 출세할 수 있다'는 생각을 주입하려 했다. 어린 구텐베르크는 아버지와 함께 조폐국의 금속 냄새를 맡으며 세공법을 배우다가도, 집에 돌아오면 어머니로부터 '사람은 기술보다 혈통과 인맥이 중요하다'는 말을 들으며 자랐다.

엘제는 종종 교회 행사나 귀족 연회에 아들을 데리고 가서 성직자들과 사교적인 관계를 맺도록 유도했다. 그녀에게 '지식과 기술'은 집안을 유지하기 위한 도구였을 뿐, 구텐베르크가 후일 독자적으로 무언가를 발명하거나 세상과 맞서려는 마음을 품게 되는 건 전혀 원치 않았다.

하지만 1420년대 마인츠의 도시 정치가 흔들리면서, 구텐베르크 가문은 몰락의 위기를 겪었다. 마인츠는 당시 상인 조합과 귀족, 성직자 간의 권력 다툼으로 내분이 심했고, 구텐베르크 가문도 정치적 갈등 속에 재산 일부를 잃었다. 아버지가 세상을 떠난 뒤, 엘제는 재정난을 피하려고 다른 상인 가문과 재혼을 고려하기까지 했다. 구텐베르크에게도 '마인츠를 떠나 다른 도시에서 기회를 찾아야 한다'며 스트라스부르로 가는 것을 권유했다고 전해진다.

구텐베르크가 훗날 스트라스부르로 이주한 것은 어머니의 현실적 판단과 가문 내 갈등이 복합적으로 작용한 결과였다.

그러나 그는 한편으로, 어머니가 그토록 강조하던 인맥과 권력 중심의 사고방식에도 무언가 모를 거부감을 품고 있었다.

'어머니는, 지식이든 돈이든 결국 권력자 곁에 있어야 안전하다고 가르쳤다. 하지만…… 권력자의 진실이란 매번 바뀌는 것이었고, 어느 게 사실이고 어느 게 진실인지도 판단키 어려운 세상이라면 내가 만드는 내 인생은 도대체 누구를 위한 것이 될까?'

이 생각은 훗날 구텐베르크가 금속활자로 '모든 이가 읽을 수 있는 글'을 찍어 내려는 집념을 키운 이유 중 하나가 됐다.

13

 새벽부터 시작된 구텐베르크 작업장의 열기는 깊은 밤까지 이어졌다. 낮에 잠시 칼이 다녀간 이후로 어떤 사람도 오지 않았다. 식사도 칼이 가져다준 것이 다였다. 앤드류도 간단한 식사를 찾아 먹는 것 이외에는 종일 계속되는 작업을 방해하고 싶지 않았다. 쇳소리가 낮아지고 열기가 식은 늦은 밤의 작업장은 숨을 죽인 듯 고요했다.

 벽난로 불씨가 희미하게 타며 빛을 내고, 금속을 달구던 화로도 불길이 거의 꺼져 가고 있었다. 그러나 구텐베르크는 아직 작업대를 떠나지 않았다. 한 손으로 반짝이는 금속활자 하나를 들어, 손끝에서 천천히 굴리며, 불빛을 받아 반사되는 표면을 오래도록 바라봤다.

 "이 'S'라는 활자…… 어제 당신이 떨어뜨린 이 활자 말이요." 구텐베르크가 물었다.

 "네, 제가 가지고 온 것이죠. 아니 정확히 말하면 그 활자가 저를 데려온 것이죠."

 "다시 한번 묻겠소. 어떻게 이렇게 정교하고 단단한 금속으로 된 활자를 가지고 있지. 어떤 합금 비율로 어떤 주형에서 뽑아낸 것인지 말해 보시오."

"일전에 말씀드린 것처럼 저도 정확하게 설명하기 어렵습니다. 근데, 왜 그러시죠?"

"이건, 지금껏 내가 봐 온 합금 방식이나 지금 내가 만드는 주형으로는 도저히 나올 수 없는 정교함이오. 선이 너무 일정하고, 표면도 매끄럽고 모서리 또한 각이 살아 있소. 지금까지 내가 아는 어떤 주물 기술로도 이렇게 만들 순 없소. 이건 도대체 어디서 온 건지 도저히 상상이 가지 않소."

구텐베르크는 한편으론 감탄하듯 한편으론 믿을 수 없다는 듯한 표정으로 말했다.

앤드류는 잠시 그를 바라보다가, 가볍게 반문했다.

"그러니까…… 그게 인쇄할 때 쓰이는 금속활자라는 말씀이죠? 그런데 정작 금속의 장인인 당신조차도 '만들 수 없을 정도로 너무 정교하다'고 놀라는 건가요? 이게 그렇게 잘 만들어졌다는 거군요. 내가 보기엔 그냥 흔한 금속 S 같습니다만……."

구텐베르크의 미간이 좁혀졌다.

"농담할 때가 아니오. 나는 이런 활자 기술을 완성하기 위해 몇 년을 고생했소. 그런데 이건…… 내 것이 아님에도 내가 꿈꾸던 형태 그대로 만들어져 있단 말이오. 더 이상 나를 모욕하지 말고 설명해 보시오. 어디서 가져온 거요?"

앤드류는 두 손을 살짝 들어 보이며 말했다.

"전혀 그럴 의도가 없습니다. 설명하기 어려울 뿐, 이건 제가 만든 게 아닌 건 확실합니다. 그냥…… 운명처럼 제 손에 들어왔을 뿐이죠. 누가 만든 건지, 언제 만들어진 건지는 저도 알 수 없습니다. 다만 한 가지 확실한 건 — 저에게 전달한 그 사람도 '이건 단순한 쇳덩이가 아니라고' 했다는 겁니다."

그의 시선이 활자에 잠시 머물렀다가 다시 고개를 들어 이야기를 이어갔다.

"처음 이걸 손에 쥐었을 때 이상한 감각이 들었어요. 마치…… 금속이 숨을 쉬는 것 같았습니다. 그러고는 머릿속에 문장들이 떠올랐죠. 기억 같기도 하고, 환영 같기도 한데…… 마치 누군가가 시간을 건너 제게 말을 걸고 있다는 느낌. 그게 저를 여기 이곳으로 오게 만들기도 했고요."

구텐베르크의 눈빛이 흔들렸다. 믿을 수 없다는 표정이지만 지금은 그것보다는 꿈 같은 활자를 직접 보고 만지고 있다는 게 더 큰 충격이었다.

"시간을 건너 말을 건넨다…… 그리고 문장을 전달한다……." 그는 낮게 중얼거렸다.

"허황된 이야기 같지만…… 이 활자를 보고 있자니 그 말이 허황되게만 들리지 않는군."

앤드류도 동의한다는 듯 어줍게 미소를 지으며 말을 받았다.

"저도 그렇게 생각했습니다. 원래라면 저도 변호사로서 증거와 논리만 믿어야 하는데, 이 작은 금속 조각은 그 모든 걸 무력화시켜 버렸습니다. 어쩌면…… 이 활자 자체가, 아직 우리 둘 다 알지 못하는 또 다른 무엇의 증거인지도 모르죠."

잠시 침묵이 흘렀다. 작업장 안에는 불빛의 흔들림과 금속 냄새만이 남았다. 구텐베르크는 활자를 가만히 내려다보다가 마치 자문하듯 말했다.

"이런 쇠붙이가 어딘가 또 있다면 결국 어떤 문장을 찍어 낼지, 세상이 그것을 받아들일 수 있을지…… 그게 문제로군."

앤드류가 고개를 끄덕이며 조용히 대꾸했다.

"문장은 결국, 누군가에게 읽히는 순간 힘을 가지게 되죠. 저도 그걸 믿습니다. 누가 만들었는지보다…… 그것이 무엇을 말하는지가 더 중요하다고요." 그리고 이어서 앤드류는 용기를 내어 말을 덧붙였다.

"당신은 문장을, 그리고 책을 만들고 싶다고 했죠. 진실된 글자, 시간을 거슬러 영원히 살아남을 수 있는 글자로 된 책. 그런데, 시간과 공간을 넘어서 그런 시도를 이미 한 사람들이 당신 말고 또 있습니다."

구텐베르크의 눈이 빛났다.

"뭐라고?"

앤드류가 알고 있는 세계 최초의 금속활자 인쇄본은 『직지심체요절』이었다.

『직지심체요절』은 한때 세계 최초의 금속활자로 공인받지 못했지만, 과학적 검증을 통해 그것이 금속으로 찍어 낸, 세계에서 가장 오래된 인쇄본임이 확인되었다. 대한민국에서 태어난 사람이라면 누구나 한 번쯤은 들어 본 이름, 그리고 가슴속에 은근한 자부심으로 새겨진 이야기였다.

"동방의 나라, 고려라는 곳에서 이곳의 성경과 같은 '불경'을 금속활자로 인쇄했습니다. 물론 기술적으로 완벽하지 못했고, 대량으로 인쇄물을 만들어 내지는 못했지만, 틀림없이 금속으로 만든 활자로 불경, 즉 책을 인쇄해 냈다는 것이에요. 더 중요한 것은 사람들의 마음속에 진실을 기록하고 믿음을 전달하고자 그런 시도를 했다는 것이죠. 마치 당신이 이 일을 하려고 하는 그 이유와 같다고 할 수 있죠."

"동방의 고려라, 그리고 불경…… 성경과도 같은 진리의 말씀을 담고

미스테리움 85

있는 책…… 어떤 신을 섬기는지는 모르겠소만, 그런 신을 섬기는 책이 불경이란 말이오? 오 마이 로드(Lord) — 오 마이 갓(God)!"

구텐베르크는 어린 시절 어머니에게서 들었던 이야기를 떠올렸다. 어렴풋이 기억나는 바에 따르면, 마인츠 성당 도서관의 장서 보관실에는 베네치아 공화국의 상인 마르코 폴로가 원나라를 거쳐 수많은 나라를 여행한 뒤 펴낸 책이 있다고 했다. 그 속에는 경이로운 문화를 지닌 나라들과 낯선 종교에 관한 기록이 담겨 있었으며, 그는 그때 부처라는 이름도 처음 들었다.

물론 고려라는 나라와 『직지심체요절』이라는 금속활자본에 대해서는 이제껏 들어 본 적이 없었다.

"그래서…… 그들은 그 글자를 정말로 금속으로 된 활자로 찍었다는 것이오?" 구텐베르크는 반쯤 감탄에 젖은 목소리로 되물었다.

"네 맞아요. 자세한 과정은 모르지만 금속으로 된 활자로 인쇄한 것은 확실해요. 과학적으로는 방사성탄소 연대 측정으로 확실히 검증된 사실입니다. 물론 나도 실물을 본 것은 아니지만, 인터넷에서…… 아니…… 음 전해 들었죠…….." 앤드류는 말을 해 놓고 보니 방사성탄소 연대 측정이니 인터넷이니 괜히 황당한 말을 했겠구나 하고 후회했다.

구텐베르크도 잠시 의아해했지만 이내 진지하게 말을 이었다.

"그들이 금속활자로 그 불경이라는 책 인쇄에 성공했든, 실패했든…… 정말인지 믿기지는 않지만, 그 의도는 아름답소. 진실을 글자로 찍어서 남기려 했다…… 말의 영혼을 금속에 새기려 했다…… 나와 같은 생각을 한 이가 또 있다니…… 실물을 보지는 못하겠지만, 나에게도 큰 힘이 될 것 같소."

앤드류는 미소 지었다. "그들도 그때 아마 '오 마이 붓다(Buddha)!'라고 했을 겁니다. 그리고 늦지 않았어요. 당신은 지금 답을 찾아가고 있는 중입니다."

아쉬운 건, 학창 시절에 고려의 『직지심체요절』에 대해 더 깊이 공부해 두지 못했다는 점이었다. 그 제작 과정까지 제대로 설명할 수 있었다면 지금 이 순간, 훨씬 설득력 있게 말할 수 있었을 텐데.

그들은 그날 밤 늦도록 불씨 앞에 앉아 있었다. 금속은 식어 갔고, 바람은 문틈으로 서늘하게 스며들었다. 그러나 두 사람 사이엔 말보다 더 묵직한 무언가가 흐르고 있었다.

시간과 문명이 뒤엉킨 공간에서, 진실을 인쇄하고자 하는 두 사람의 대화는 그렇게 깊은 새벽 속으로 사라져 갔다. 깊은 새벽녘이 다 되어서야 잠자리에 들었다. 구텐베르크도 마찬가지였다. 내일은 또 어떤 일이 벌어질까 하는 궁금증과 두려움으로 잠을 잘 수 있을지도 자신이 없었다. 앤드류는 잠이 드는 순간, 몸속 깊은 곳에서 열기가 확 치밀어 오르는 것을 느꼈다. 숨이 거칠어지고, 땀이 이마와 목덜미를 타고 흘러내렸다. 열이 오르는 것이 두려웠지만, 그의 손에는 다시 돌려받은 'S' 활자가 단단히 쥐어져 있었다. 그 금속은 이상하게도 식은 채로 맥박처럼 미세하게 떨렸고, 그 순간 주위의 공기가 뒤틀리며 어둠과 빛이 한꺼번에 덮쳐 왔다. 눈을 뜨자, 그는 이미 다른 시대의 공기 속에 누워 있었다.

14

뉴욕, 2024년.

앤드류는 숨을 몰아쉬며 침대 위에서 벌떡 일어났다.

방 안은 평소와 다름없이 고요했지만, 어딘가 낯선 공기가 남아 있었다. 창밖으론 뉴욕의 회색빛 아침이 막 밝아 오고 있었고, 멀리서 자동차 경적이 울렸다. 그러나 그의 손에는 여전히 금속활자 'S'가 쥐어져 있었다. 차갑지 않고, 묘하게 온기가 남아 있는 쇳덩이.

손끝을 스치는 쇠와 잉크 냄새, 그리고 중세 유럽의 작업장에서 맡았던 그 퀴퀴한 화로 냄새까지 — 모든 게 너무 생생했다.

"아니 이게…… 도대체 뭐지. 꿈이었나……? 이젠 정말 술을 끊어야 하나…… 아니면…… 어떻게 이런 일이 가능하지. 영화에서나 보던 일이 정말로 일어났단 건가……."

그가 중얼거리던 순간, 주머니 속에서 검게 그을린 종잇조각이 흘러나왔다. 낯선 라틴어 문장이 번져 있는 종잇조각. 냄새까지도 좀 전까지 자신이 머물던 중세 유럽 그대로였다.

"젠장, 말도 안 돼……."

핸드폰이 울렸다.

"앤드류, 며칠 동안 연락도 안 되고 어떻게 된 거야. 오늘 아침 브리핑 있잖아! 늦지 않을 거지…… 준비 다 된 거지. 또 서브웨이만 찾지 말고……."

토미의 평소답지 않은 불안과 반쯤 짜증 섞인 목소리에 앤드류는 비틀거리듯 일어나며 짧게 대답했다.

"토미, 알고 있어. 곧 갈 거야. 근데…… 나한테 며칠 동안 연락했었어?"

"당연하지 앤드류…… 걱정했잖아. 별일 없는 거지?"

"그렇군, 이젠 걱정하지 않아도 돼 토미"라고만 답하고 전화를 끊었다.

로펌 사무실로 가기 전 그는 잠시 시간을 내서 세이지 굿힐이 맡기고 간『검은 잉크의 노래』2편 원고를 다시 펼쳤다. 지난번 처음 받았을 땐 원고는 제대로 읽지 못했었다.

표지를 열자, 색다른 문체의 문장들이 나타났다. 더 흥미로운 건 특정 페이지 문장 곳곳이 두꺼운 잉크로 칠해져 있었다. 어떤 페이지는 한두 단어만 남고, 나머지는 모두 새까맣게 덮여 있었다.

페이지를 넘겨 가던 중, 그중 한 장 위로 앤드류의 손에서 떨어진 활자 'S'가 종이를 스쳤다. 순간, 마치 불빛이 스며드는 듯 종이 위의 검은 잉크가 은은하게 반응하며 몇 개의 단어가 흐릿하게 떠올랐다. 눈을 의심한 앤드류는 숨을 멈췄다.

라틴어로 '주님의 말씀 복음서: 진리의 근원.' 하지만 그것이 끝이 아니었다. 활자의 그림자가 종이 위를 더듬듯 미끄러지자, 그 옆으로 또 다른 음영의 단어들이 천천히 드러났다.

'감춰진.'

앤드류의 숨이 더 깊게 멎었다. 그리고 그 아래…… '진실.'

미스테리움 89

금속 활자 하나가, 오래된 종이 위에 남은 잉크 잔여를 타고 무언가를 일깨우고 있었다.

말씀, 감춰진 그리고 진실 — '감춰진 진실의 말씀.' 그것들은 단순히 임의의 라틴어 단어가 아니었다.

그 순간 앤드류는 깨달았다. 활자 'S'는 단지 글자를 찍어 내던 금속으로 된 도구가 아니었다. 과거로부터 밀봉되어 온 문장, 말해지지 않은 진실, 그리고 전해져야 했던 말들 — 그것들이 저 문장들 속에 숨어 있었다. 그의 손은 떨리고 있었다. 구텐베르크, 세이지 굿힐, 그리고 사라진 문장의 기원…….

그 모든 것의 시작이 어제의, 낯설고 믿기지 않지만 너무 생생한 그 작업장일지 모른다는 생각이 스쳤다. 'S'를 움켜쥔 그의 손끝이, 다시 한번 미세하게 떨렸다.

아침 8시, 맨해튼 미드타운.

겨울비가 유리창을 무겁게 두드리는 소리가 블룸필드 앤 스톤 로펌 회의실 안의 정적과 섞였다. 앤드류는 여전히 머릿속 깊은 안개를 떨쳐 내지 못한 채, 무겁게 앉아 있었다. 어제 새벽까지 이어진 그 믿기 힘든 경험이 마치 꿈처럼 희미해지려 했지만, 주머니 속에 묵직하게 자리한 활자 'S'의 감촉이 현실과 꿈의 경계를 또렷하게 붙잡았다.

회의실 한가운데, 길게 뻗은 유리 테이블. 수석 파트너 에블린 장이 팔짱을 낀 채 자리 잡고 앉아 있었다. 그녀의 눈빛은 여느 때와 달리 조금 차갑게 느껴졌다.

"지난주 1차 판결…… 결과야 다들 알겠고, 우린 분석을 통해서 다음번 재판을 준비해야 할 단계지. 이번 재판으로 우리 로펌도 타격을 피할 수 없게 되었어."

짧고 날카로운 목소리가 방 안을 울렸다.

"새로 교체된 판사가 계약 제4조 2항을 '출판사 우위'로 해석했어. 현재로선 피고 측에게 불리하게 굴러가고 있다는 얘기야. 곧 있을 다음 심리 전까지 계약의 적용 범위와 저작권법상 파생저작물 여부를 완전히 재검토해야 해."

앤드류는 노트북을 켜며 숨을 고르고, 낮지만 단호한 목소리로 말을 꺼냈다.

"제 직감으로는 판사가 왜 교체됐는지가 재판의 관건일 것 같다는 생각입니다. 이상한 일이네요……?"

토미가 걱정된다는 듯 앤드류를 쳐다보며 조용히 말했다. "앤드류, 판사 교체 건은 이상하긴 하지만 우리 회의에서 그게 우선이어선…… 오늘 퇴근 못할 거야……."

"젠장" 앤드류도 물론 알고 있었다. 그런 식의 직감에 의존한 이야기로는 로펌 회의실에서 곱게 벗어날 수 없음을 알고 있었다. 토미의 조언을 감안해서 덧붙여 말했다.

"그리고 중요한 건 계약상 2편이 1편과 동일한 세계관을 따른다고 해서 무조건 파생저작물로 봐야 하는 건 아닙니다. 역사적 사실에 기반한 독립적 서사라면, 저작권법상 파생저작물 적용에서 벗어날 수 있습니다. 핵심은, 2편이 기존 캐릭터를 단순히 확장하는 게 아니라, 완전히 다른 주제와 사료를 중심으로 서술되었다는 걸 입증하는 거죠. 전 왠지 그게 어렵지 않을 것 같은데요."

이때다 싶은 듯 데이빗 한슨이 고개를 들며 냉소 섞인 목소리로 물었다.

"그건 다 좋은데…… 우리에게 제출한 2편 원고 상당 부분이 잉크로 덮여 읽히지도 않는 상태잖아. 우리는 원고 내용을 확인하지 않고 어떻게 독립성을 주장할 수 있지? 우리에게는 매우 불리한 상황인 거는 신참 변호사도 알 거야. 물론 연차는 있지만 잘 모르는 사람도 있기 마련이지."

데이빗이 특유의 논리로 앤드류를 조롱하듯 압박했다. 다만 이번엔 틀린 말만 한 건 아니었다.

회의실에 있던 다른 수석 파트너가 메모를 내려놓으며 한마디를 덧붙였다. 그는 경영권에도 참여하고 있는 임원급 파트너 변호사였다.

"그리고, 이번 사건의 진짜 위험은 단순히 '출판권 분쟁'이 아니야. 오스테라 북스 쪽은 이번 원고에 자사 브랜드의 역사에 타격을 줄 수 있는 내용이 포함됐다고 주장하고 있어. 그게 사실이라면…… 계약 위반 이상의, 명예훼손이나 손해배상 소송으로 번질 수도 있어. 로펌으로서는 부담 가는 일이고, 앤드류가 개인적으로 준비해야 할 일이 많을 거야."

"전 그렇게 생각하지 않습니다. 최종심 전에 이번 소송의 본질을 반드시 밝혀낼 겁니다. 아직은 확실하게 얘기할 순 없지만 며칠 동안의 경험이 더욱 그런 확신을 들게 했어요." 앤드류는 아직 생생하게 살아 있는 손끝의 촉각과 후각 등을 떠올리며 자신하듯 말했다.

"또 저런 식의 주장이죠. 주장일 뿐입니다. 최고로 논리적이고 이성적이어야 할 로펌에서 나올 소리가 아닌 것 같네요." 여전히 데이빗은 빈틈을 파고들 듯 반박했다. 지금이 상대방과의 변론 싸움 과정인지 순간 혼동스러웠다.

그리고 앤드류의 손끝이 무의식적으로 주머니 속의 활자 'S'를 움켜쥐었다. 앤드류도 알고 있었다. 로펌의 회의실, 이 합리적이고 냉정한 공간에서 '중세의 활자'와 '숨겨진 문장' 따위의 이야기를 꺼낸다면…… 그 순간, 그는 변호사가 아니라 미치광이로 보일 터였다.

에블린이 앤드류 쪽으로 시선을 돌리며 말했다.

"앤드류, 세이지 굿힐 측이 왜 원고를 완전한 형태로 넘기지 않는지부터 찾아볼 필요가 있어. 당신은 세이지 굿힐과 접촉할 수 있는 유일한 사람이야. 2편 원고의 잉크 처리나, 그녀가 굳이 우리를 통해 싸우려는 이유…… 혹시 아는 게 있어?"

앤드류는 짧게 숨을 고르고, 담담한 얼굴을 유지한 채 대답했다.

"솔직히 저도 잘 모르겠어요. 에블린. 그녀가 무엇을 알리려는 건지, 어떤 비밀이 있는 건지 혼란스럽네요. 다만 한 가지 확실한 건 원고 속 문장들은 '그냥 소설'로는 안 보인다는 겁니다. 그녀는 사실과 진실 사이의 경계선을 의도적으로 건드리고 있고, 그리고 그게 꽤 위험할 수도 있다는 겁니다."

회의실 안이 잠시 조용해졌다. 에블린은 천천히 팔짱을 풀며 말했다.

"다음엔 조금 더 확실하게, 손에 잡히고 눈에 보이는 이야기를 해 주면 좋겠어, 앤드류."

"그러죠." 사실 앤드류도 바라는 바였다.

"그리고 모두들 잘 들어 주세요. 일단은 오늘 중으로 2편 원고에서 법적 리스크가 될 만한 문장을 가능한 한 확보해 줘요. 그리고 파생저작물 논리를 살리기 위한 선례와 학술 자료를 모아 주고. 앤드류, 당신은 오늘 오후까지 세이지 굿힐 측으로 어떻게 하든 연락할 방법을 고민해 봐. 그래서 원고를 좀 더 자세히 해독할 수 있는 방법이 있는지 알아봐. 거기에 우리의 운명이 걸렸어…… 그리고 앤드류 것도…….” 에블린은 의미심장한 말로 멘트를 맺었다.

앤드류는 고개를 끄덕이며 노트북을 덮었다. 그러나 마음속에선 다른 생각이 들끓었다. 원고를 해독할 방법…… 이미 내 손에 있을지도 모른다. 이 작은 쇳덩이가…… 혹시 이 원고를 해독할 유일한 열쇠일지도 모른다. 그런데 그 사실을 동료 변호사들 앞에서 말할 수는 없었다.

하지만, 다시 그 세계로 빨려 들어갈지도 모른다. 혼란스러운 날이 이어질 것 같은 불길한 느낌이 엄습했다. 창밖으로 흐린 빛이 스며들었다.

뉴욕의 겨울 아침은 차갑게 맑았지만, 앤드류의 가슴속에는 묘한 열기와 불안이 뒤섞여 피어오르고 있었다.

15

브리핑이 끝나자마자, 앤드류는 서류 가방을 챙겨 들고 로펌에서 가장 가까운 뉴욕대학교 보브스트 도서관으로 곧장 향했다. 평소에도 자주 들르던 곳이었다. 맨해튼의 겨울 아침, 차가운 공기를 뚫고 도서관 앞에 섰을 때, 그는 잠시 숨을 고르며 스스로에게 중얼거렸다.

"미쳐 버린 게 아닐까…… 금속으로 된 활자 하나 때문에, 중세와 21세기를 오가고…… 그래도 지금은, 진짜 증거가 필요해."

자동문이 열리며 익숙한 공기가 흘러나왔다. 책 냄새와 사람들의 웅성거림, 컴퓨터 타자 소리, 그리고 1층 로비에서 들려오는 잔잔한 피아노 음악.

앤드류는 무거운 발걸음을 옮겨 지하의 희귀본·고문서 자료실로 내려갔다.

자료실 문을 열자, 특유의 건조한 공기와 조명이 그를 반겼다. 조용히 열람을 준비하는 연구원 몇 명이 있었지만, 그의 시선은 곧 카운터 뒤에 앉아 있는 익숙한 얼굴로 향했다.

"앤드류? 오늘은 무슨 바람이야?"

짙은 곱슬머리에 안경을 쓴 사서 줄리안이 커피를 홀짝이며 고개를 들었다.

앤드류는 자리로 다가가며 작게 웃었다.

"줄리안, 머리 멋진데. 작은 양배추 같아. 브로콜리인가. 근데, 오늘은…… 좀 이상한 걸 찾으러 왔어."

"양배추요. 그건 너무한데요…… 근데 앤드류, 당신이 '이상한 걸 찾는다'고 하면 늘 심상치 않죠. 이번엔 뭡니까, 바티칸 지하에 묻혔다던 말라키 예언서? 아니면 전 세계에서 딱 한 권만 있다는 빌프리드 보이니치의 보이니치 원고? 설마…… 시온 수도회의 비밀 기록까지 뒤적이는 건 아니죠? 직업을 인디아나존스로 바꿀 거 아니면?"

"줄리안, 양배추는 취소할게. 양배추 때문에 복수하는 거 같아. 그냥 브로콜리로만 할게. 음, 근데 따지고 보면 오늘 찾는 건 이상한 것도 아니긴 해."

앤드류는 기억을 더듬으며 생각나는 키워드대로 얘기했다.

"일단 먼저, 구텐베르크 성경, 아…… 그리고 하나 더 혹시 『직지심체요절』들어 봤어? 여기 혹시 소장본도 있나?"

원래 구텐베르크 관련 서적이나 성경 인쇄본만 찾으려고 했었으나, 도서관에 오는 도중 『직지심체요절』에 대한 생각이 떠올랐다.

줄리안은 잠시 눈을 깜빡이더니, 피식 웃었다.

"구텐베르크 성경? 설마 그걸 여기서 볼 수 있을 거라고 생각한 거예요? 그건 세계적으로 48권밖에 안 남아 있고, 대부분은 바티칸, 영국 대영도서관, 독일 등에 있어요."

"그렇게 밖엔 없다는 거야?" 앤드류가 낙담하듯 다시 물었다.

"물론 미국에서 소장하고 있는 것이 가장 많죠. 완전본은 예일과 하버드, 뉴욕공립도서관, J.P. 모건 도서관 그리고 음…… 워싱턴 DC의 국회 도서관에도 있네요. 우리 보브스트에는…… 디지털 자료를 활용하는 수밖에 없어요."

앤드류는 헛기침을 하며 어색하게 시선을 피했다.

"그럼…… 디지털 자료라도. 일단 좀 보고 싶어. 그리고 직지는?"

줄리안이 터치스크린 단말기를 툭툭 두드리며 대답했다.

"직지는……풀 네임이 『직지심체요절』이라고 하는 것인데, 원본은 프랑스 국립도서관에 있어요. 요즘엔 원래 고향인 한국에 있다고 알고 있고요. 우리는 관련 학술논문이랑 디지털 이미지 파일 정도만 열람 가능해요. 근데, 솔직히, 요즘은 다 온라인으로 볼 수 있어요. 굳이 여기까지 올 필요도 없다고요, 앤드류. 구글 스칼라나 JSTOR만 켜면 다 나오는데요?"

앤드류는 눈썹을 살짝 찌푸리며 반박했다.

"줄리안, 넌 모를 거야. 이런 건 화면으로 보는 거랑 실제로 보는 게 다르거든. 종이에서 풍기는 냄새, 잉크 자국, 활자의 눌림 자국…… 그게 전혀 다른 감각을 준다고. 젠장 근데 이젠 도서관에서도 디지털 화면으로만 봐야 하니……그래도 다른 책들 냄새와 함께 디지털 화면 보는 건 좀 도움은 돼."

줄리안은 어깨를 으쓱하며 커피를 내려놓았다.

"알아요 알아요. 앤드류가 그 '종이 냄새 중독자'라는 건 알죠. 대신 오늘은 참고 모니터로만 냄새를 맡으세요. 디지털 화면에서 나는 전기자기장 냄새도 맡을 만해요. 가끔 찌릿찌릿하기도 하고요. 내가 관련 논문 데이터베이스 권한 열어 줄게요. 대신, 나중에 이 자료실에서 또 밤새우다

졸지 말고요. 지난번처럼 경비 아저씨가 깨우는 일 없도록 해 줘요."

앤드류는 가볍게 웃었다. 줄리안의 농담이 갈수록 늘고 있다고 생각했다. 그러나 오늘은 농담 물결에 휩쓸릴 정신이 없었다. 묘한 긴장감이 숨어 있었다. 줄리안이 로그인을 마치자, 대형 모니터에 두 개의 창이 뜨며 관련 자료들이 쏟아졌다. 왼쪽 화면에는 『구텐베르크 42줄 성경』 복제 이미지와 인쇄 분석 논문이, 오른쪽에는 『직지심체요절』과 고려 금속활자 제작 과정에 관한 논문이 펼쳐졌다. 구텐베르크 성경 관련 논문 첫머리에는 이렇게 적혀 있었다.

'1455년, 독일 마인츠. 인류 최초의 대량 생산 금속활자본 성경이 세상에 등장했다. 우리는 그것을 '42줄 성경'이라 부른다.'

앤드류는 천천히 스크롤을 내리며 내용에 몰입했다.

'42줄 성경의 각 페이지는 이름 그대로 42줄로 구성돼 있다. 인쇄 방식은 단순한 목판이 아니라, 납·주석·안티몬 합금으로 주조된 개별 활자를 조합해 한 페이지를 완성하는 방식이었다. 이 인쇄술 덕분에 같은 판본을 수십, 수백 부 찍어 낼 수 있었고, 이전의 목판 인쇄로는 불가능했던 균질한 품질과 대량 생산이 가능해졌다.'

논문은 이어서 당시의 상황을 자세히 설명하고 있었다.

'1450년대 초, 마인츠는 인쇄 실험으로 들끓고 있었다. 구텐베르크와 그의 동료들은 성경 인쇄를 위해 매일같이 활자를 주조하고, 잉크 배합을 실험하며, 인쇄대의 압력을 조정했다. 초기엔 40줄, 41줄로 시작해 조판의 안정성을 높이면서 최종적으로 42줄로 정착했다. 이 과정에서 수없이 실패했지만, 그들이 남긴 결과물은 곧 '인쇄 혁명'이라는 이름으로 불리게 된다.'

앤드류는 화면 옆에 띄운 이미지를 클릭했다. 거대한 양피지에 찍힌 선명한 검은 활자들. 단정하게 정렬된 문장 위로 붉은색과 파란색의 필사 장식이 덧입혀 있었다. 인쇄와 수작업이 혼합된, 과도기의 산물이었다.

'최초로 인쇄된 부수는 약 180부. 그중 45부는 양피지, 135부는 종이에 찍혔다. 현재 완전한 형태로 남아 있는 건 전 세계에 21부뿐이다. 가장 유명한 완본 중 하나는 바티칸 도서관에, 또 다른 한 부는 미국 워싱턴 D.C.의 국회도서관에 보관되어 있다.'

앤드류는 의자에 몸을 깊숙이 기대며, 방금 전까지 다녀온 듯 생생한 중세의 장면들을 머릿속에서 되새겼다.

'1455년…… 그렇다면 내가 스트라스부르에서 구텐베르크를 처음 만난 것은 그 이전, 대략 1448년 무렵이었겠군. 그럼 이 성경이 세상에 나오기까지는 아직 7년이나 더 남아 있었다는 얘긴데…….'

그가 함께 지켜본 건, 바로 이 42줄 성경이 탄생하기 전의 '시작 단계'였다는 사실. 주형을 만들고, 활자의 깊이를 조정하고, 거칠고 불균일한 인쇄물을 보며 구텐베르크가 분노했던 이유도 이제야 명확히 이해됐다.

'그럼 활자 'S'와 함께 『검은 잉크의 노래』 2편에서 흐릿하게 보였던 스크립투라는 이 성경을 말하는 걸까…….' 머릿속에서 퍼즐이 맞춰지듯 떠올랐다. '그런데 세크레툼은 또 뭐야…… 왜 비밀이라는 거지…….' 퍼즐은 늘 한 번에 맞춰지지는 않았다.

그 순간, 앤드류의 눈앞에 아까 본 직지(直指)의 사진이 겹쳐졌다.

70년 이상 앞서 고려의 장인들이 남긴 금속활자 인쇄본. 『직지심체요절』과 『구텐베르크 42줄 성경』, 대륙과 시대를 가로지른 두 가지 책이 그의 머릿속에서 보이지 않는 실처럼 이어졌다.

미스테리움

책상 위에 내려놓은 노트북 옆, 그의 주머니 속에서 'S' 활자가 묵직한 존재감을 발산하는 듯했다. 앤드류는 앉아 있는 자리로 다가오는 자료실 사서 레오에게 인사 겸 물었다. 레오는 자료실 사서로만 40년 이상 일해 온 것으로 안다. 얼굴에 파인 주름과, 특히 종이책을 오래 만져 온 손은 다른 일을 해 온 손과 구분이 될 만큼 특색 있었고 향기가 달랐다. 그것만 봐도 얼마나 오랫동안 한자리를 지켜 왔는지 잘 알 수 있었다.

"레오, 혹시 워싱턴DC 국회도서관의 구텐베르크 성경 원본을 볼 수 있는 방법 아세요?"

레오가 차분한 목소리로 그러나 어이없다는 듯 웃으며 말했다.

"쉬운 일이지. 직접 가서 허가증 내고 예약하면 돼. 기차표 끊는 건 내가 안 가르쳐 줘도 되지?"

앤드류는 씁쓸하게 웃으며 말했다. "레오, 여전하네요. 맞아요, 늘 답은 현장에 있어요. 잊고 있던 거 깨우쳐 줘서 고마워요."

검색 자리로 돌아온 앤드류는 의자에 깊숙이 몸을 기댄 채 화면을 스크롤하며 낮게 중얼거렸다. 흥미로운 논쟁과 관련된 기사 방식의 아티클이었다.

'구텐베르크…… 1455년, 마인츠. 활자 주조 방식은 아직도 논쟁 중. 펀치-매트릭스-핸드몰드 방식이냐, 아니면 모래주조(Sand casting)냐. 42줄 성경 활자에 남은 미세한 모래 입자…… 그게 주물사 주조설의 증거라는 주장 나와…….'

그는 오른쪽 창으로 시선을 옮겼다.

『직지심체요절』의 확대 이미지 속, 거칠지만 또렷한 한자(漢字) 활자들이 화면을 가득 메웠다.

'1377년…… 구텐베르크보다 78년 앞서. 납과 주석 합금, 얕은 각인, 균일한 인쇄…… 모래주조 방식으로 만든 세계 최초의 금속활자.'

'그때 이후 그럼 구텐베르크는 실제로 금속활자를 어떤 방식으로 완성하게 됐을까…….'

앤드류는 역사 속 구텐베르크의 인쇄에 대해 알면 알수록 궁금한 것이 많아졌다. 지난번에 자신이 본 작업장 환경은 모래주조 방식과는 사뭇 다른 느낌이었으나 구텐베르크 방식의 기술 성공은 보지 못했었다. 자신이 전해 준 고려와 『직지심체요절』에 대한 이야기도 그가 어디까지 신뢰하고 들었는지 알 수는 없었다.

카운터에 있던 줄리안이 앤드류 쪽으로 오다가 어깨 너머를 힐끗 보며 중얼거렸다.

"앤드류, 오늘 표정 정말 이상해요…… 마치…… 어디에 정신을 다 두고 온 사람 같아요. 어떤 비밀 하나가 세상 모든 비밀을 풀 열쇠라도 되는 것처럼."

앤드류는 짧게 숨을 고르며 대답했다.

"……어쩌면, 정말 그럴지도 몰라."

16

앤드류가 로펌 대표 변호사 찰스 블룸필드의 호출을 받은 건 금요일 오후였다. 로펌의 대표 변호사 찰스 블룸필드는 '블룸필드 앤 스톤 로펌'의 공동 창립자 중 한 명이었다. 사무실에는 짙은 가죽 소파와 무거운 책장, 그리고 도시 전경이 내려다보이는 창. 그곳에는 로펌의 대표 변호사, 찰스 블룸필드가 앉아 있었다. 그는 언제나 완벽하게 매무새를 다잡은 채, 고개를 약간만 기울여도 상대방을 압박하는 기묘한 권위를 풍기는 인물이었다.

그 옆에는 에블린 장이 있었다. 팔짱을 끼고 다소 불안한 듯 앉아 있었지만, 눈빛만은 날카로웠다. 그리고 맞은편 소파에는 데이빗 한슨이 앉아 있었다. 만면에 미소를 띠고, 마치 이 자리가 오래전부터 자신을 위해 준비된 것이라는 듯.

찰스가 천천히 입을 열었다.

"앤드류. 자네가 맡은 세이지 굿힐 사건…… 로펌 전체에 부담이 되고 있어."

그는 단정적인 어조로 말을 이었다.

"오스테라 북스 측에서 명예훼손 소송을 제기했네. 재판에서 나온 내용과 별개로 언론이나 다른 채널을 통해서 외부로 내용이 알려진 게 빌미가 됐어. 금전적 손해배상 청구는 물론이고…… 자네 개인을 상대로도 별도의 소송장을 접수했어. 허위사실 공표, 업무방해. 결코 가볍지 않아."

앤드류는 눈을 가늘게 뜨며 고개를 끄덕였다.

"예상보다 빨리 움직였군요."

찰스는 잠시 숨을 고르고, 의미심장하게 말을 던졌다.

"자칫하다간 앤드류 자네의 변호사 커리어에 치명적일 수 있어. 그래서 말인데…… 이 사건은 데이빗에게 넘기는 게 현명하지 않겠나 싶네."

순간 공기 속에 얇은 긴장선이 팽팽히 당겨졌다. 에블린이 곧바로 끼어들었다.

"찰스, 앤드류가 이 사건의 전 과정을 직접 진행해 왔어요. 누구보다도 내용을 깊이 알고 있고요. 지금 시점에서 교체한다면…… 혼란만 커질 겁니다."

찰스는 눈을 가늘게 뜨며 에블린을 바라봤다.

"에블린, 난 로펌 전체의 리스크를 말하는 거야. 한 개인의 신념이 아니라. 그리고 앤드류에게도 이미 큰 부담이 되고 있어. 감상적으로 접근할 사안이 아니야."

앤드류는 묵묵히 그 말을 들었다. 사실 그가 모를 리 없었다. 로펌의 생리도 누구보다 잘 알고 있었다. 이번 건은 앤드류의 커리어뿐 아니라 로펌의 향후 명운이 걸린 문제가 될 수 있었다. 낮은 소리로 중얼거렸다.

"어쩌면 생각보다 로펌에서의 은퇴가 앞당겨질 수도 있겠는데……."

그때, 데이빗이 묘한 미소를 지으며 끼어들며 말했다.

"앤드류, 부담을 조금 내려놓는 것도 나쁘지 않을 거야. 자네도 이제 쉴

때가 됐잖아? 게다가…… 난 이번 사건에 꽤 흥미가 있거든. 내가 아는 몇 가지 공식에 대입하면 바로 풀 수 있는 문제지."

앤드류는 그를 똑바로 바라봤다. 내심 웃음이 터질 만큼 익숙한 장면이었다.

'아기상어 소송에서 완패했던 남자가…… 이젠 내 사건을 넘겨받겠다고 웃고 있군.'

"공식이라고? 자넨 그때도 그런 식으로 접근했다가 크게 망했을 텐데……."

"앤드류, 여기서 그 얘기가 왜 나와. 언제까지 우려먹을 거야!" 데이빗도 지지 않고 응답했다.

앤드류는 그만하자는 듯 손을 들고, 데이빗은 무시한 채 찰스 쪽으로 고개를 돌리면서 담담히 말했다.

"찰스. 제 사건에서 손을 떼라는 말씀이시라면…… 저도 큰 미련 없습니다. 저도 개인 변론 등 준비해야 할 일이 많이 생겼네요. 다만, 제가 맡은 의뢰인은 어떻게 하죠? 감당하실 수 있으시겠어요?"

찰스의 눈빛이 순간 흔들렸지만, 곧 다시 단단히 굳었다. 방 안에는 잠시 정적이 흘렀다.

"마지막 기회를 주겠네, 앤드류…… 앞으로 2주 안에 나를 설득할 수 있는 확실한 브리핑이 준비되지 않으면 그때는 나도 어쩔 수가 없네."

찰스의 마지막 제안이자 확정적 경고였다. 데이빗은 못내 아쉬운 표정으로 입을 내밀고 있었다.

다음 날 토요일 새벽, 앤드류는 워싱턴행 기차에 몸을 실었다. 『구텐베르크 42줄 성경』을 직접 눈으로 확인하고 싶었던 것도 이유였지만, 무엇보다 전날 찰스로부터 들은 우울한 소식을 떨쳐 내고 싶었다. 잠시라도 뉴욕을 벗어나야 했다. 사실 뉴욕이나 보스턴에도 구텐베르크 성경 원본을 소장한 곳은 있었지만, 그런 사정이 워싱턴을 향하게 만든 또 다른 이유였다.

"암트랙 노스이스트 리저널 171 ― 워싱턴 D.C.행 ― 13E번 선로 ― 정시 운행."

"플랫폼 13E……." 그는 작게 중얼대며 역 구석의 철제 기둥들을 따라 이동했다. 열차 플랫폼으로 이어지는 에스컬레이터 앞에는 이미 수십 명의 승객들이 줄을 선 상태였다. 누구는 출장을 가고, 누구는 사랑하는 이를 만나러 가는 듯 보였지만…… 그중 앤드류만은, 금속활자 하나에 숨겨진 역사의 문장을 쫓는 이정표를 품은 채, 또 다른 시대의 그림자 속으로 걸어가고 있었다.

그 순간, 낯선 그림자가 시야 끝을 스쳐 지나갔다. 눈을 돌리는 찰나에 사라졌지만, 지난 재판 방청석에서 스치듯 보았던 낯선 중년의 실루엣 그리고 스트라스부르의 빅페르프에서 눈이 마주친 남자…… 시대는 달라도 어딘지 모르게 닮아 있었다. '도대체 누구일까. 날 미행하는 걸까?' 불길한 잔상은 쉽게 지워지지 않았다.

플랫폼에 진입한 은빛 열차가 브레이크를 밟으며 미끄러지듯 멈췄다. 객차 문이 열렸다. 앤드류는 한 손엔 늘 들고 다니는 브라운 가죽 브리프케이스를 들고 다른 손으로는 주머니 속의 활자를 쥔 채 담담하게 열차에 올랐다.

뉴욕 펜역을 떠난 열차는 허드슨강을 건너며 서서히 남쪽으로 향했고, 창밖으로 스치는 풍경은 회색빛 도시에서 점점 초겨울의 들판으로 바뀌어 갔다. 열차가 철로 위를 따라 흔들릴 때마다 그의 주머니 속에서 작은 금속활자 'S'가 묵직하게 흔들렸다.

워싱턴 유니언 스테이션에 도착했을 때, 아직 아침 안개가 가득했다. 앤드류는 택시를 타고 곧장 국회도서관으로 향했다. 건물 앞에 서자, 그 웅장한 네오클래식 양식의 외관과 높이 솟은 기둥이 그를 압도했다. 자주는 아니지만 많이 왔던 곳이었는데 오늘만큼은 왠지 새로운 세계로 들어가는 것만큼 가슴이 요동치고 있었다.

"내 눈으로 보았던 그 시절의 종이와 잉크…… 아직도 이곳에서 숨 쉬고 있을까." 혼잣말을 남긴 그는 가방을 멘 채 입구로 들어섰다.

입구에서 ID와 사전 허가서를 확인한 뒤, 안내원은 그를 한 층 더 아래로 안내했다. 유리 벽으로 둘러싸인 조용한 공간. 온도와 습도가 일정하게 유지되는 그곳에는, 강화유리 진열장 안에 『구텐베르크 42줄 성경』 한 권이 놓여 있었다.

앤드류는 숨을 죽이며 진열장 앞으로 다가갔다.

두꺼운 양피지 페이지 위로, 42줄로 가지런히 인쇄된 검은 글자가 또렷하게 박혀 있었다. 잉크는 500년이 넘도록 거의 바래지 않았고, 각 페이지마다 붉고 푸른 필사 장식이 덧입혀 있었다. 인쇄와 수작업이 혼재된 그 형태는, 마치 과도기적 문명의 숨결을 그대로 봉인한 듯했다. 단순히 지식과 정보를 담고 있는 오늘날의 책이라기보다는 하나의 공예품이자 예술품에 가까웠다.

옆으로 다가온 도서관 큐레이터인 노년의 남성이 눈빛으로 인사를 나눈 후 조용히 설명을 시작했다.

"이 판본은 1455년 마인츠에서 인쇄된 약 180부 가운데, 현존하는 21

부 완전본 중 하나입니다. 특히 이 미국 의회도서관이 소장한 원본은 양피지에 인쇄된 단 3부 완전본 가운데 하나이지요. 게다가 구약을 두 권으로 나누고 신약을 한 권으로 더한, 총 세 권으로 제본된 유일한 사례입니다. 전 세계에서 완전한 세 권본으로 보존된 건 이 판본이 유일합니다. 양피지라는 점에서도 보존 상태가 탁월합니다. 구텐베르크는 납과 주석, 그리고 소량의 안티몬을 섞은 합금 활자를 사용했습니다."

큐레이터는 전문가답게 막힘없이 계속 설명을 이어 갔다.

"양피지는 소, 양, 염소 등의 동물 가죽을 세척 후 늘려서 매끄럽게 가공한 필기재로, 종이만큼의 대량 생산은 어려우나 잉크 침투가 적고 내구성이 뛰어나 오랜 보존이 가능합니다." 앤드류도 당시 양피지가 사용되는 걸 보았으나 구텐베르크가 원하던 것은 종이였다. 그래야 낮은 가격으로도 대량 생산이 가능했기 때문이었다.

"그리고 인쇄 방식은 당시로서는 매우 구현이 어려운 기술이었던 펀치와 매트릭스 그리고 핸드몰드 방식 중 하나로, 구텐베르크 자신이 납·주석 기반 금속합금을 사용해 활자를 주조하였습니다."

앤드류는 진열장 안의 42줄 성경에서도 특히 활자 하나하나를 뚫어지게 바라보았다. 문득, 그가 1448년 스트라스부르에서 봤던 구텐베르크의 작업장이 떠올랐다. 불길이 가득한 화로, 은빛으로 번쩍이는 주조틀, 그리고 구텐베르크가 흘린 땀방울.

"그때 그가 만들고자 했던 활자…… 그리고 인쇄…… 그게 이거였다니…… 그리고 정말 이런 방식으로 완성됐을까."

앤드류는 큐레이터를 향해 물었다.

"혹시, 이 인쇄본의 제작 방식에 대해…… 확실한 결론이 있나요? 제가 좀 조사해 본 몇몇 자료에서는 아직 논쟁이 좀 있기는 해 보였거든요. 즉, '펀치-몰드-매트릭스' 방식이 정설이긴 하지만, 일부 학자들은 '모래주조법' 가능성도 말하던데요."

큐레이터는 미소를 지으며 고개를 끄덕였다.

"맞아요. 프린스턴 대학 도서관에 있는 폴 니드햄 같은 구텐베르크 인쇄술 연구의 권위자는 2001년 블레이즈 아르카스와 공동 연구에서 동일한 글자 활자(i, a 등)를 확대 비교 분석한 결과 — 한 페이지 내 같은 글자가 미묘하게 크기와 형태가 다른 점을 들어서 — 이것은 하나의 매트릭스에서 반복 주조된 것이 아니라, 각각 개별 주조되었을 가능성을 제기했습니다. 또 일부 활자에서는 약간의 왜곡, 정렬의 미세한 차이가 존재해서 '구텐베르크 인쇄 초기에는 규격화된 핸드몰드 시스템 이전의 실험적 주조 방식을 사용했을 수 있다'는 가설을 제기하기도 했습니다. 이때 그들이 언급한 가능성 중 하나가 바로 모래주조입니다. 그러나 물론 직접적으로 모래 입자가 발견되었다고는 주장하지 않았습니다."

"그렇군요. 그럼에도 이런 주장이 정설이 아니라는 건가요?"

"네 현재까지는 반론적 성격으로 나와 있는 것이 학계의 정설입니다."

"반론요? 어떤 반론이죠?" 반론은 그가 전문이었다. 앤드류가 다시 물었다.

큐레이터도 그런 반문이 올 줄 알았다는 듯 자신 있게 설명했다.

"먼저, 모래 입자 발견설에 대해서는 인쇄 과정에서 사용된 인쇄 잉크 자체에 모래·흑연·금속 분말이 섞여 있었기 때문이라는 분석이 있습니다. 즉, 잉크 점착력과 건조 속도를 조절하기 위해 모래나 가루 성분을 일부 넣었을 수 있다는 것입니다."

"네…… 잉크에 모래가 섞일 수도 있는지는 처음 듣는 이야기네요." 앤드류도 반론까지는 아닌 반문을 했다.

"네, 제가 보기에도 잉크보다는 인쇄 후 책을 건조시키는 과정에서 모래를 종이 위에 뿌려 인쇄의 번짐을 방지했을 거라는 가설이 더 설득력이 있어 보입니다. 실제로 그래서 종이 위에 일부 모래 입자가 남았을 가능성이 있다고 보는 학자들이 많습니다." 큐레이터도 앤드류의 관심이 꽤 깊은 데까지 있음을 느끼며 말을 이었다.

"또 어떤 주장이 모래주조 방식으로 의심된다고 했죠?" 이번엔 큐레이터가 조금 전에 나온 얘기를 깜박 잊은 듯 앤드류에게 물었다.

"네, 한 페이지 내 같은 글자인데 모양이 조금씩 다르다는 부분이요."

"아 네, 앞서 말씀드린 폴 니드햄 같은 학자도 제기하고 있는 주장이고, 요지는 펀치-매트릭스 방식이면, 동일 글자는 같은 펀치로 제작, 같은 매트릭스를 사용하므로 모양이 거의 완벽히 동일해야 하는데, 실제 42줄 성경을 확대해 보면, 같은 글자라도 두께, 각도, 세부 모양이 조금씩 다르다는 사실이 관찰된다는 것 말이죠?"

"네, 맞아요." 앤드류도 타이밍에 맞게 적절하게 응답을 해 주었다.

"네, 이 부분에 대한 반론은, 활자는 금속이지만, 사용 중 마모되거나 휘어짐, 표면 산화 등이 생겨서 인쇄 압력과 잉크 두께에 따라도 글자 모양이 달라질 수 있습니다. 또는 펀치 방식으로 찍은 매트릭스라도, 매트릭스를 조금씩 수정·재가공하면서 사용했을 수 있고요. 다만 구텐베르크는 당시 '핸드몰드(Hand Mold)'를 실험 단계로 개발 중이었기 때문에, 펀치가 아닌 임시 조각법으로 만든 활자도 일부는 섞여 있었을 가능성에 대해서는 확실하게 부정하지는 못하고 있는 것이 최근까지의 학계의 정설입니다."

"구텐베르크가 초기에 다양한 실험을 병행했을 가능성은 인정되지만, 그의 대량 인쇄 성공을 가능하게 한 핵심 기술은 여전히 펀치-매트릭스-주형 방식으로 보는 게 지배적입니다. 결정적으로 모래주조는 대량 생산에 너무 부정확하고 비효율적이어서, 그가 성경 180여 권을 인쇄할 만큼 동일 활자를 찍어 내는 것은 불가능에 가깝다는 게 학계의 최종 결론입니다."

"네, 그렇군요."

마치 오랜만에 학회 세미나에서 매우 논리적인 프로시딩 발표를 듣는 것처럼 큐레이터의 설명은 길지 않으면서도 꽤나 논리적이고 명쾌했다.

"실험 활자 세트라…… 그러면…… 혹시 구텐베르크도 모래주조 공법으로 시도를 했다가……." 앤드류는 갑자기 드는 궁금증을 입으로 뱉어 냈다가 도로 담았다.

"네?" 큐레이터가 어렴풋하지만 앤드류의 말을 들은 모양이다.

"아네요…… 아닙니다…… 설명 잘 들었습니다. 모두 이해가 가는군요."

지금으로서는 의미 없는 질문일 것 같다는 생각에 더 이상 질문은 하지 않았다.

그러고 나서 앤드류는 무의식적으로 주머니 속 'S' 활자를 쥐었다.

그 활자의 표면에서, 15세기 중세 작업장의 냄새와 감촉이 생생히 되살아났다.

'혹시…… 이 활자 자체가 그가 남긴 실험의 흔적일까?'

그는 진열장에 놓인 성경의 또 다른 페이지를 바라보았다.

거기엔 라틴어로 된 마태오 복음서가 인쇄돼 있었다. 신약성경의 첫 장은 마태오 복음서이다. 붉은색 필사가 장식처럼 둘러싸고 있었다. 그 순간, 머릿속에 한 가지 의문이 떠올랐다.

'구텐베르크가 그토록 열망했던 건…… 단지 이 42줄 성경이었을까? 그것도 라틴어로 쓰여 있는…… 아니면…… 또 다른 성경이 있다는 것인가…… 그밖의 어떤 또 다른 비밀 인쇄본도 함께였을까…….'

『검은 잉크의 노래』에서 'S'와 연관된 글자는 스크립투라, 그리고 세크레툼, 성경과 비밀 문서였다. 앤드류는 눈으로는 『구텐베르크 42줄 성경』을 바라보면서 머릿속으로는 상상의 나래를 펴고 있었다. 왠지 모를 불안함과 함께.

큐레이터가 다시 입을 열었다.

"많은 학자들이 말합니다. 구텐베르크의 인쇄술은 세계를 바꿨지만, 그가 실제로 인쇄한 것 중 일부는 아직 역사서에 기록되지 않은 채 사라졌을 가능성이 있다고. 특히…… 당시 교회가 '이단서'로 간주해 전부 불태워 버린 필사본들. 혹시 일부가 인쇄돼 퍼졌다면, 우리가 아는 역사 자체가 달라질지도 모르죠."

큐레이터가 마치 앤드류 자신의 생각을 읽고 있다는 듯이 보였다.

앤드류는 천천히 고개를 끄덕였다. 그의 손끝에 쥔 활자가 미세하게 떨렸다.

마치 그 쇳조각이, 500년 전의 어떤 숨겨진 인쇄본의 흔적을 속삭이는 듯했다.

도서관을 나서며, 앤드류는 기묘한 감각에 사로잡혔다.

겨울 햇살이 비치는 의사당 돔을 바라보며, 그는 주머니 속 활자를 더 세게 움켜쥐었다.

"구텐베르크…… 그가 정말 남긴 건, 단순한 42줄 성경이 아니었을지도 몰라. 그러면 그 비밀은 무엇이지…… 그리고 젠장 내가 왜 이런 일에 엮이게 되는 걸까. 세이지 굿힐은 누구고, 나는 누구지…….."

앤드류는 새삼 궁금해졌다. 싫든 좋든 선택이 아니라 운명적으로 그가 무언가를 파헤치게 될 것 같다는 예감과 함께.

그의 발걸음은 점점 무거워졌지만, 그 눈빛은 점점 단단해지고 있었다.

뉴욕으로 돌아오는 기차 안, 그는 거의 고개도 돌리지 않고 창밖만 응시했다. 차창 밖으로 스쳐 가는 풍경이 현실인지, 아니면 또 다른 꿈으로 들어가기 직전인지 알 수 없었다.

손바닥을 펼쳐 활자를 올려 두면, 미세하게 철과 잉크 향이 올라왔다. 마치 500년 전의 공기가 그 작은 금속 덩어리 안에 갇혀 있다가 틈틈이 흘러나오는 듯했다.

맨해튼으로 돌아온 그는 늦은 밤, 아파트로 향했다. 집어 든 리모컨으로 컨 TV 속에서는 오스테라 북스가 앤드류에게 제기한 개인 소송 건이 뉴스로 보도되고 있었다.

"오늘, 세계적인 출판사 오스테라 북스가 뉴욕의 변호사 앤드류 한을 상대로 천문학적인 손해배상 소송을 제기했습니다. 출판사 측은 앤드류 한이 원고 검토 과정에서 사실을 왜곡하고, 허위사실을 퍼뜨려 출판사의 명예를 심각하게 훼손했다고 주장하고 있습니다. 그리고 이는 심각한 업무방해 및 재산상의 손해를 초래했다고 주장하고 있습니다."

"도대체 무슨 말도 안 되는 소리를 하는 거야. 업무방해도 터무니없지만, 명예훼손은 오히려 내가 피해자인데…… 젠장."

앤드류의 짜증 섞인 혼잣말은 허공에 흩어졌고, TV 속 앵커의 목소리는 계속해서 이어졌다.

"법조계 안팎에서는 이번 사건을 두고 '거대 기업 대 개인 변호사'라는 극명한 구도로 보고 있습니다. 하지만 문제는, 이 싸움에서 앤드류 한을 공개적으로 지지하는 목소리가 거의 들리지 않는다는 점입니다.

일각에서는 이번 소송을 '다윗과 골리앗의 싸움'이라고 표현합니다만…… 정작 지금, 앤드류 한의 곁에는 다윗의 돌멩이조차 없는 것 아니냐는 회의적인 시선도 커지고 있습니다."

"이러다가 로펌 은퇴만으로 끝나지 않겠는데……." 앤드류는 옷을 아무렇게나 벗어던지면서 자조 섞인 말투로 중얼거렸다.

도시의 불빛과 먼바다에서 불어오는 바람이 아파트 창문 너머로 스며들었지만, 방 안은 TV가 켜져 있음에도 기묘한 정적에 잠겨 있었다. 코트도 벗지 않은 채 소파에 몸을 던진 그는 한참 동안 멍하니 앉아 있다가, 주머니 속 활자를 꺼내 손바닥에 올려놓았다.

'대체…… 이게 뭐길래 나를 이렇게 흔드는 거지.'

이유는 알 수 없었지만, 어쩐지 받아들여야만 할 것 같았다.

앤드류는 고개를 떨군 채 낮게 중얼거렸다.

"도로시도, 엘리스도 아닌 내가 왜 이런 터무니없이 이상한 일에 휘말려야 하지."

그 중얼거림은 TV 뉴스 소리에 묻혀 웅얼거림으로 번졌다가 사라졌다.

침대에 눕자, 머릿속이 서서히 무겁게 가라앉았다. 숨이 깊어질수록 방 안의 공기가 미묘하게 흔들리는 듯했고, 창밖의 도시 불빛은 어느 순간 물결처럼 일렁이더니 점점 사라졌다. 활자를 꼭 쥔 손에서, 희미한 열기와 함께 낮은 진동이 느껴졌다.

17

 어디선가 들려오는 금속이 부딪히는 소리.

 불에 달궈진 금속 냄새와, 나무 바닥을 타고 전해지는 둔탁한 진동.

 눈을 떴을 때, 그는 뉴욕의 침대가 아닌, 낯설지만 한편으론 익숙한 오래된 집 구조의 한 곳에 서 있었다.

 벽에는 오래된 나무 선반들이 빽빽하게 서 있었고, 천장에서는 가느다란 등불들이 흔들리며 노란 불빛을 쏟아 냈다. 그곳에서 그리 멀지 않은 곳에서 철을 두드리는 소리와 함께, 굵은 독일어 목소리가 들려왔다.

 "칼 노이어! 주형은 더 차갑게 식혀야 한다니까!"

 앤드류는 그 목소리를 단번에 알아챘다.

 "요하네스? 그럼 다시…… 여기는…… 스트라스부르?"

 비슷하지만 조금 다른 느낌의 시간과 공간이었다.

 두려움과 반가움이 교차하는 감정과 함께 문을 밀고 집을 나서 소리가 들려오는 곳으로 갔다. 집 옆에 서 있는 일종의 공장 같은 작업장이었다. 작업장으로 들어서자, 구텐베르크는 두툼한 앞치마를 두른 채 작업장 중앙의 커다란 프레스 같은 장치 옆에 서 있었다. 이젠 앤드류에게도 그리 낯설지 않은 광경이었다.

등불 아래서 구텐베르크가 땀에 젖은 이마를 닦지도 않은 채 커다란 프레스 장치와 그 주변에 수북이 쌓인 종이를 번갈아 바라보며 중얼거렸다. 그 옆에서 칼이 금속을 녹여 거푸집에 붓고 있었고, 작업장 안 가득 금속과 잉크 그리고 불 냄새가 섞여 퍼졌다.

구텐베르크도 이내 앤드류를 발견하곤 놀란 듯 주춤했다. 그는 믿기지 않는 광경에 잠시 망설이다가 이내 짧게 웃었다.

"어이 낯선 사내, 거기 앤드류 맞소! 다시 나타났군."

"이름을 기억하는군요. 네 맞네요. 구텐베르크."

"당신이 말도 없이 사라진 뒤로 나도 잊고 있었지만…… 이상하게도 언젠간 다시 나타날 것만 같은 생각을 가지고 있었소…… 그러곤 몇 해가 빠르게 흘렀고."

사실 앤드류도 같은 생각이었다.

"나도 이렇게 다시 돌아올 줄 몰랐어요…… 그때도 그렇지만 지금도 어떻게 말해야 할지 정말 난감하네요. 그럼 여기는 어디고 지금은 언제죠?"

물어보고 나서 앤드류가 어이가 없는 질문인지 알고는 피식 웃음이 절로 나왔다.

"여기는 신성로마제국 마인츠요. 내 고향으로 돌아온 거지."

"아, 스트라스부르가 아니군요. 그럼 이곳은 마인츠의 당신 작업장이고요."

"그렇소. 당신이 서 있는 여기 이곳은 나만의 공간이고. 사람들은 '줌 중겐(미숙한 소년의 공간)'이라고도 부르고 '하우스 데 레터(글자의 집)'라고도 부르지. 그렇지만 나는 '줌 리히트(빛의 집)'로 부르지만 말이야."

구텐베르크는 전보다 활기차 보이는 모습으로 대답했다. 자신의 꿈에 다가가고 있음을 알 수 있었다. 그리고 이어서 말했다.

"그리고 지금이 언제냐고?…… 지금은 프리드리히 3세와 니콜라우스 5세 교황 치하의 1454년이고. 뭐 변한 게 있을 리 없지."

구텐베르크는 손에 묻은 잉크와 금속 가루를 닦을 새도 없이, 무겁게 숨을 고르며 프레스 옆의 나무 상자를 발로 밀면서 빠르게 대답했다. 상자 안에는 아직 눅눅한 잉크 냄새가 진동하는 종이 뭉치들이 수북이 쌓여 있었다.

앤드류는 곁눈질로 그 문서들을 훑었다. 페이지마다 굵은 라틴어 활자들이 규칙적으로 나열되어 있었고, 문서 하단에는 교황청의 붉은 인장이 찍혀 있었다. 그는 무심코 한 장을 집어 들며 중얼거렸다.

"이게 그럼 당신이 인쇄한 최초의 문서인가요? 인쇄의 상태가 훌륭합니다. 종이에 찍혀 있는 잉크와 글자의 각이 잘 살아 있네요. 어떤 문서인지는 모르겠습니다만."

"그건 교황의 문서요. 일종의 사면 문서요. 키프로스 섬을 터키군으로부터 지켜 낸 사람들에 대한 납세 사면 문서인 것이오."

"그렇군요. 그럼 최소한 교황청으로부터 직접 주문을 받았다는 것이군요. 구텐베르크 당신의 인쇄 기술이 이제 인정을 받고 있군요."

"그렇다고 볼 수 있소. 물론 아직 갈 길이 멀지만……."

"여기 이것들도 당신이 인쇄한 건가요? 그런데 이건…… 책은 아니고, 편지도 아닌데…… 같은 내용들인데 양이 꽤 많네요. 대체 어떤 문서들이죠?"

그때 칼이 금속 주형을 들고 옆으로 지나가며 또 당신이냐는 듯 놀랐다. 그도 그럴 것이 6년이라는 시간이 지나 있었다. 그는 여전히 구텐베르크 옆에서 조수 역할을 잘 수행하고 있었다. 칼도 정황을 인식하고는 이내 자기에게 무슨 상관이냐는 듯이 툭 내뱉으면서 대답했다.

"안드레아스 씨, 아니 앤드류로 불러 드릴까? 갑자기 또 나타났군요. 그때나 지금이나 쓸데없는 질문들만 던지는군요. 언제쯤 우리에게도 이익이 되는, 즉 돈이 되는 얘기를 할 거요." 독일식 억양으로 앤드류의 이름을 부르며 얘기했다.

"그리고 어 그거 조심해요. 그거 귀중한 거요. 함부로 만지지 마요. 사람들이 줄 서서 사 가는 종이란 말이요. 아니 종이가 아니라 '영혼을 구원받는 길'이요 길. 그게 바로 '면죄부'요." 칼은 앤드류를 봤다가 구텐베르크를 다시 응시하며 어깨를 으쓱하며 이어 말했다.

"거기 그건 2 그로센짜리고, 그 옆에 있는 건 더 비싼 거요. 50 플로린짜리거든. 내 1년 치 임금과 같은 돈이요."

앤드류는 칼의 여전한 말투에 약간 눈살을 찌푸리며 종이 위의 글자만 뚫어지게 쳐다보며 말했다.

"칼 여전하군요. 그래도 반갑네요." 칼에게 짧게 응답한 후 구텐베르크를 바라보며 말을 이었다.

"이게 그럼 그 유명한 면죄부란 말이군요."

구텐베르크가 활자를 다루던 손을 멈추고 앤드류를 곧장 바라봤다.

"면죄부를 아시오? 그렇소. 이게 바로 '마인츠 면죄부'요. 사람들은 면죄부라고도 하고 면벌부라고도 부르지. 죄를 사하여 주던 벌을 사하여 주던 상관없지만 말이오."

"음…… 알죠. 근데, 거울에서 면죄부로 바뀌었네요." 지난번 그나덴 슈피겔이라 불리던 거울에 이어 두 번째로 비슷한 이야기를 하고 있는 것

미스테리움 117

같았다. 역사는 한 치의 오차도 없이 결국 일어날 일은 일어나고 마는 것 같아서 씁쓸했다.

결국 문제는 죄와 벌 그리고 천국이었다. 도스토옙스키의 『죄와 벌』 속 주인공 라스콜니코프 역시 자신의 죄책감을 끝내 견디지 못해 파멸의 길로 들어서지만, 소냐를 통해 마침내 구원의 가능성을 발견하게 되듯이…… 역사는 한 치의 오차도 없이 결국 일어날 일은 일어나고 마는 것일까.

"교회가 원하고 사람들도 원하는 문서요. 사람들은 조상을 위해서도 그리고 자신도 죽기 전 이걸 사야 안심하지. 이 종이가 연옥에 있는 부모님을 천당으로 이끌어 주고 또 자신도 천국의 문 앞에서 길을 열어 준다고 믿으니까."

앤드류는 짧은 한숨을 내쉬며 문서를 내려놓았다.

"그럼 구텐베르크 당신은 인쇄기를 만드는 데 끝내 성공을 했군요. 그리고 지금 당신은 이걸 인쇄하고 있고요. 당신이 인쇄를 통해 사람들에게 전달하고 싶다던 진실이 그럼 결국 죄를 사하여 주는 문서였군요." 묘한 뉘앙스를 남기는 앤드류의 질문 아닌 질문이었다.

구텐베르크는 무겁게 숨을 들이켰다.

"당신이 사라진 뒤, 나는 먼저 펀치를 가장 잘 받아 낼 수 있는 구리 매트릭스 제작에 성공했소. 그리고 그 'S' 활자를 떠올리며 수없이 실험을 거듭한 끝에, 가장 이상적인 합금 비율도 찾아냈지. 통상 납과 주석만으로는 합금이 유연하되 단단함이 부족했소. 그런데 당신의 그 활자를 보고 실험을 거듭한 결과, 안티몬이 반드시 필요하다는 것을 깨달았소. 납과 주석, 그리고 안티몬의 조합은 말 그대로 황금의 배합이었소."

앤드류가 감탄을 숨기지 못한 채 답했다.

"그사이 매트릭스를 고안하고, 활자 합금의 황금 비율까지 찾아내셨다니…… 경이롭습니다."

"자신감을 얻은 나는 더 이상 지체할 수가 없었소. 마인츠로 돌아와야만 했지. 마인츠로 돌아와서는 본격적으로 여기에 작업장을 차리고 이런 문서들을 찍어 내기 시작한 거요. 인쇄는 매우 성공적이고 사람들이 인정하기 시작했소."

"이렇게 인쇄 상태가 매끄럽고 선명하니 사람들도 인정하지 않을 수 없었겠군요." 앤드류가 고개를 끄덕이며 대꾸했다.

"그렇소. 이제 내 인쇄술은 마인츠 대주교는 물론 교황청에서도 인정받는 인쇄 기술이 되었소. 당신이 이렇게 문서를 찍어내는 걸 인쇄라고 불렀지." 구텐베르크는 지난 시간 동안 자신이 얼마나 금속활자 인쇄에 많은 시간을 들였는지 이야기하고 싶어 했다.

"그리고 당신이 들려주었던 동방의 나라 고려의 『직지심체요절』에 대한 이야기가 나에게 어떤 큰 영감을 주었소. 내가 염원한 것을 굽히지 않고 해낼 수 있었소. 인쇄 말이오."

"제가 도움이 되었다니 다행입니다만…… 지금 말씀대로라면 모든 인쇄 기술이 이제 완성 단계에 들어섰다는 얘기입니까?"

"물론 지금도 인쇄기가 완벽한 것은 아니요. 아직 해결되지 않은 부분들이 있소. 남들은 잘 모르지만 나는 알고 있소. 아직 넘어야 할 산이 크오."

"그렇군요…… 정확히는 그럼 아직 실험 단계이군요."

"그렇게도 볼 수 있소. 예전보다는 훨씬 선명하게 인쇄를 할 수는 있어서 이렇게 면죄부를 찍고 있소. 돈도 많이 받고 있고."

불과 6년 정도의 시간에 무엇보다 거의 혼자서 이렇게 인쇄 기술의 완성도를 높일 수 있었다니 놀라운 일이었다.

그런데 결국 돈이었던가 그럼. 앤드류는 묻지 않을 수 없었다.

"그럼 이제부턴 무얼 할 생각인가요? 계속해서 면죄부를 더 잘 찍어서 수익을 많이 내는 것인가요?"

구텐베르크도 앤드류의 질문이 어떤 의도를 갖고 하는 것인지 잠시 생각을 하는 듯 시간을 두고 답을 했다.

"알고 있소. 이 종이가 진실을 주는 건 아니지. 하지만…… 자금을 모으지 않으면 내가 원하는 진실은 한 장도 찍을 수 없소. 교황청의 눈을 속이고, 상인들의 호주머니를 열어야…… 내가 꿈꾸는 진짜 진실을 찍을 수 있는 날이 올 거요. 그리고 아직 인쇄기도 완벽하지 않고…… 한 장씩 인쇄하는 데는 문제가 없지만 수백 수천 페이지를 찍어 내기엔 아직 무리가 있소."

그때 칼이 금속 숟가락으로 주형을 저으며 말을 보탰다.

"그리고 솔직히 말해서, 여기 이 사면 문서와 터키 달력(Calendario Turco) 그리고 이 면죄부 덕분에 인쇄소가 굴러가는 겁니다. 성경이나 지식보다도…… 지금은 교회가 원하는 종이가 우리를 먹여 살리죠." 틀린 말은 아니었다. 앤드류도 바로 반론할 수 없었다.

작업장 안엔 잠시 침묵이 흘렀다. 불빛 아래서 활자 하나하나를 쳐다보다가 앤드류는 주머니 속 'S' 활자가 미세하게 떨리는 느낌을 받았다. 마치, 이 문서들이 단순히 교회의 장사 도구를 넘어, 어떤 더 큰 사건으로 이어질 것임을 경고하듯이.

앤드류가 조용히 물었다.

"근데, 이렇게 찍어 낸 종이들이…… 사람들을 살리긴 하는 걸까요? 아니면, 오히려…… 묶어 두는 걸까요?"

구텐베르크는 대답하지 않고, 잉크 묻은 손으로 활자를 눌러 조판을 완성했다.

"어쩌면 둘 다겠지요. 하지만 한 가지는 확실하오. 우리가 이 일을 끝내면…… 세상이 우리를 그냥 두지 않을 거라는 것은."

칼이 손에 묻은 금속을 닦으며 히죽 웃으면서 말했다.

"그래도, 적어도 오늘은 돈이 되고, 내일은 빛이 되는 거라면…… 괜찮지 않습니까?" 그리고 끝에는 알아들을 수 없을 정도로 작게 중얼거렸다.

"난 오늘이 내일보다 더 중요하지만……."

구텐베르크는 그 말에 대꾸하지 않았다. 대신, 앤드류를 바라보며 묵직하게 한마디 던졌다.

"당신이 다시 돌아온 이유, 어쩌면 있지 않을까 싶소. 우리가 앞으로 인쇄할 문서는 단순한 활자들로 엮어진 책이 아니라 사람들의 운명을 바꿀 문장들이 될 거고 그것을 증명하는 사람이 필요할 테니까."

"저는 지금까지 법률 문서가 세상에서 가장 진실한 문서라고 생각하고 살아온 사람입니다. 그러니 구텐베르크, 당신이 이야기하는 진실의 문서에 대해서는 잘 알지 못해요. 오히려 이제 저를 좀 도와주실 때가 된 것 같습니다."

앤드류도 구텐베르크를 바라보며 진심이 담긴 목소리를 처음으로 내보았다.

작업장 안의 불빛이 서서히 잦아들었다. 그날 밤, 앤드류는 잉크 냄새와 금속 열기 속에서 눈을 감았다. 그러나 손안의 'S' 활자는 여전히 은은

한 온기를 품고, 마치 다음 시간의 문을 준비하는 열쇠처럼 미세하게 진동하고 있었다.

18

1454년 늦겨울. 밖은 눈발이 흩날리고 있었지만, 두꺼운 돌벽으로 둘러싸인 인쇄소 안은 숨 막히게 뜨거웠다. 벽난로와 화로, 그리고 활자를 눌러야 하는 프레스에서 풍기는 열기가 공기를 눅눅하게 만들었다. 금속 냄새와 잉크 냄새가 뒤섞여, 이곳이 단순한 작업장이 아니라 '종이 위의 혁명'을 준비하는 심장처럼 뛰고 있었다.

한쪽에서 조용히 작업장 안을 지켜보던 앤드류가 먼저 입을 열었다.

"계속 마지막 단계인 주형 작업에서 고심하시는 듯했는데…… 이제 마무리가 된 겁니까?"

구텐베르크가 고개를 저으며 낮게 답했다.

"아직이오. 여러 방도를 시험해 보고 있소만, 내가 원하는 완전히 만족할 만한 해답은 찾지 못했소."

"혹시…… 제가 이야기한 『직지심체요절』의 인쇄 방식 적용은 어떻던가요? 모래주조 방식이죠. 제가 다른 사람이 인쇄한 법전 보는 데만 익숙하고 직접 인쇄하는 과정은 참여해 본 적이 없어서, 책과 논문으로만 보고 들은 터라…… 더 자세히 설명하지 못해서 아쉽습니다만……."

구텐베르크가 고개를 돌리며 그를 바라봤다.

"아쉽긴 나도 마찬가지지만. 그래도 성과가 있는 일이었소. 앤드류 당신이 다시 이야기를 전해 준 이후로 내가 고안한 펀치와 당신이 얘기한 그 불경의 이야기를 떠올리면서 다양한 방식을 함께 해서 여러 차례 실험해 봤소…… 확실히 효과는 있었소…… 하지만."

구텐베르크는 아쉽다는 표정과 함께 말을 이었다.

"당신이 말했듯이 당신도 직접 인쇄를 해 본 건 아니어서인지 마지막 과정이랄까 핵심적인 부분에서 내가 원하던 인쇄 결과가 잘 나오질 않소…… 혹시라도 인쇄 과정 전체에 대한 문서나 대량 인쇄를 위한 특별한 비법이라도 더 알고 있는 게 있소?"

앤드류는 잠시 머뭇거리다 안타깝다는 듯이 고개를 저으면서 대답했다.

"말씀드린 대로입니다. 제가 법률로 다른 사람과 주로 입으로 싸우다 보니 인쇄 기술에 대해서 지식이 별로 많지 않아서요."

칼이 팔짱을 끼며 옆에서 거들면서 말을 했다.

"마이스터 말대로입니다. 모래주조 방식으로도 했습니다. 그래서 지금 면죄부 인쇄도 저 정도 성공할 수 있었습니다. 다만 활자를 찍을 때마다 모래주형이 갈라지고 닳는 건 해결할 수 없는 큰 문제였고요. 시도해 볼 가치는 충분히 있었고 또 책자 인쇄도 실험적으로는 성공도 했는데…… 마이스터가 원하는 바에는 많이 부족해요."

작업대 옆에 놓인 면죄부 인쇄물들은 아직 잉크 냄새가 채 가시지 않은 채 겹겹이 쌓여 있었다. 인쇄된 활자들은 단정했고, 프레스는 매끄럽게 움직였다. 지금 이 인쇄소는 '돈이 되는 종이' ─ 교황청의 인장이 찍힌 면죄부 ─ 를 찍어 내는 데는 아무 문제가 없었다. 다시 돌아온 앤드류가 전해 준 『직지심체요절』의 모래주조법도 큰 도움이 되었다. 실제로 그런 방식의 인쇄는 시간도 절약되었고 새로운 인쇄의 장을 열기에 충분했다.

그러나 모든 사람들이 원하는 염원 같은 책인 성경을 대량으로 찍어 내는 것은 무리였다. 성경은 구약과 신약을 합친 전체 페이지가 대략 천오백 페이지에 달할 정도로 페이지 분량이 많았다. 천오백 페이지가 넘는 책을 수백 권 단위로 찍어 내는 것은 당시로서는 너무나 어려운 일이었다. 실험에서 찍어 내는 페이지 수가 많아질수록 금속활자마다 닳는 속도도 달랐고, 조판을 유지할 만큼 유연하면서도 강한 금속도 확보되지 않았다.

구텐베르크는 손에 묻은 잉크를 닦으며 낮고 힘 있게 이야기했다.

"칼 말이 맞소. 면죄부야 한 장, 두 장씩 찍어 내면 그만이지. 하지만…… 우리가 꿈꾸는 건 한두 장짜리 문서가 아니고, 천 페이지가 넘지…… 그리고 한 권, 아니 수백 권을 같은 품질로 찍어 낼 수 있어야 하오."

칼이 금속 펀치를 들여다보며 불만 섞인 목소리로 말했다.

"펀치는 강하고 매트릭스도 괜찮은데 그걸 모두 받아 주는 주형틀이 신통치 않아요. 모래는 매번 틀이 무너지고. 면죄부 같은 건 모래주조법으로 해도 무방하지만 성경과 같은 수천 페이지짜리 책은 어림없어요."

"결국 한 글자 한 글자 신경 써서 만들고는 있지만…… 그만큼 돈이 많이 들어요. 면죄부로 버는 돈도 결국 활자 새로 깎는 데 다 들어가요. 교회는 더 많은 주문을 넣고, 우리는 활자 갈아 내다 손가락이 닳게 생겼습니다. 이렇게 가다가는 인쇄소 자금도 바닥날 판이에요."

구텐베르크는 칼을 향해 눈길을 돌렸다.

"칼! 우리는 지금 돈을 벌려고만 이 기계를 돌리는 게 아니야. 이건 시작일 뿐이야. 언젠가는 성경을…… 아니, 진짜 진실을 한꺼번에 찍어 낼 수 있어야 한다. 교황청의 인장이 아니라, 사람들의 영혼을 깨우는 문장들을."

칼은 또 그 얘기냐는 듯이 대답 대신, 펀치를 내려놓고 불씨를 살짝 쑤셨다. 그의 표정은 순박했지만, 눈빛 한쪽에 미묘한 그림자가 드리워져 있었다.

구텐베르크는 잠시 다른 생각을 하는 듯하다가 앤드류를 향해 물었다.

"앤드류, 당신 아직 그 'S' 활자를 가지고 있소? 다시 한번 보고 싶소만."

"네, 아직 제 곁에 있습니다. 어쩌면 제가 이 활자 안에 갇혀 있는 건지도 모르겠습니다만. 여기……." 앤드류는 안주머니 속에서 활자 'S'를 꺼내어 구텐베르크에게 보여 주었다. 그 순간 안주머니에 있던 만년필이 함께 나오며 바닥으로 떨어졌다. 앤드류가 미국으로 떠날 때 한국의 여자친구였던 주은에게 선물받은 것이었다. 그때 이후 그는 모든 메모와 필기에 그 모나미 만년필을 써 왔다.

활자를 바라보던 구텐베르크는 떨어진 만년필을 주위 들면서 호기심 어린 눈으로 쳐다보며 물었다.

"이건 무엇이요?"

"아, 그건 제가 사용하는 필기구인데, 만년필이라 부르죠. 저에겐 모나미(Mon Ami)라는 이름만큼이나 친구 같은 존재죠. 용케도 여기까지 같이 왔네요."

"모나미라면 '나의 친구'라는 뜻의 프랑스어 아닌가요? 프랑스 놈들이 이런 것까지 만들었다니…… 믿기 어려운데요."

칼이 예전에 앤드류의 프랑스풍 패션을 잘못 지적했던 일을 만회라도 하듯, 불쑥 말을 보탰다.

"또 틀렸네, 칼. 이번에도 프랑스 아니고…… 이건 한국…… 음, '코리아'라고 전에 이야기했던 동방의 고려에서 만든 거요. 고려를 코리아라고도 부르지."

"또 고려라…… 그곳에서 만든 모나미 만년필이라…… 꼭 가 보고 싶은 곳이오. 그런데 이건 어떻게 사용하는 거요?" 구텐베르크도 이리저리 만져 보며 신기해했다.

"함께 가 볼 수 있다면 너무 좋겠습니다만, 그리고 이건 여기 이렇게 뚜껑을 열고 그냥 종이 위에 쓰기면 하면 됩니다. 속에 잉크가 채워져 있거든요." 앤드류는 테이블 위에 있는 종이 위에 뽐내듯 만년필로 자기 사인 'A'를 멋지게 그려 냈다.

"신기하군. 이렇게 작은 필사도구에서 깨끗하게 잉크가 흘러나온다니…… 글자의 번짐도 크지 않고." 구텐베르크도 감탄한 듯 손에 쥐고 종이 위에 라틴어 글자를 적어 보았다.

"펜 끝에 달린 촉도 단단한 듯하면서도 부드럽군. 흘러나오는 잉크의 양도 매우 적절하고, 이 펜이 쓰는 사람 손의 압력을 잘 느끼고 있는 것 같소. 잉크는 수용성 잉크 같소만, 꽤 품질이 우수해 보이오." 몇 차례 글을 더 써 보면서 구텐베르크는 깨달음을 얻는 듯한 표정으로 칼을 보며 이야기했다.

"칼, 이걸 보면서 더 실험을 해 보도록 하자. 단단하고 매끄러운 합금 활자자 'S'와 균질의 잉크를 뿜어내는 필사도구라…… 앤드류, 이건 하늘의 뜻이오. 면죄부에서, 진정한 문장이 담겨 있는 책으로 나아가는 길이 될 것 같소. 진짜 책을 세상에 풀어놓는 날까지 이제 머지않았소."

칼은 대답 대신 고개만 살짝 끄덕였다.

밤은 길었다. 화로 옆에서 금속이 연이어 녹아내리고, 칼은 단단한 펀치 하나하나에 활자를 찍기 위한 글자의 윤곽을 잡느라 연신 땀을 훔쳤다. 구텐베르크는 펀치가 눌러서 글자의 음각을 만들어 줄 파트너인 매트릭스를 다듬고 또 다듬었다. 그리고 주형틀을 조금 더 가변적인 형태로 만들기 위해서 혼신의 힘을 다했다. 마지막으로는 잉크도 간과하지 않았다. 앤드류의 만년필 잉크에서 힌트를 얻어 아마씨 성분의 오일을 추가해서 금속으로 된 활자에 점착이 잘되도록 했다.

앤드류도 도서관에서 본 구텐베르크의 성경을 떠올리며 나름 도움을 주고자 했다. 물론 그 사실을 상상할 수도 없는 구텐베르크는 간간이 앤드류의 그런 모습을 신기해했다.

수차례의 시도 끝에, 금속으로 된 활자가 주형에서 깨지지 않고 완전한 형태로 나왔다. 새로운 성공이었다. 그렇게 찍은 면죄부는 한 글자 한 글자가 명료했다. 글자가 머금고 있는 잉크는 반짝이기까지 해서 더욱 고급스럽고 영롱하기까지 했다. 어쩌면 이 면죄부를 사면 더 빨리 천국으로 보내 준다고 하는 것 같은…….

하지만 그것도 수천 페이지를 가지고 있는 두꺼운 책을 인쇄하기에는 부족했다. 페이지마다 활자에 의한 잉크의 눌림으로 찍혀 나오는 결과가 미세하지만 달랐다. 특히 양피지에 인쇄된 것은 압력이 약해서 또렷하게 글자가 보이지 않았다. 더욱이 열 번, 스무 번을 찍고 나면 활자 모서리가 다시 닳았다.

그리고 인쇄는 활자만의 문제는 아니었다. 활자가 아무리 정교해도 종이에 누를 때의 압력이 약하거나 일정치 못하면 제대로 인쇄가 되질 않았다.

구텐베르크는 스스로 완성한 활자 'S'를 들고, 잉크 묻은 손끝으로 천천히 문지르면서 말했다.

"우리가 원하는 건 아직 멀었군. 면죄부 정도야 찍어 내겠지만…… 내가 원하는 수준의 성경본을 찍으려면 힘들겠군…… 아직 아니다."

앤드류는 잠시 활자를 바라보다가 낮게 중얼거렸다.

"적어도, 우리가 한 발 더 가까워진 건 확실하죠. 실패라기보다…… 과정입니다. 당신은 곧 당신이 원하는 걸 찍어 낼 거예요."

칼은 피곤한 표정으로 벽에 기대앉았다.

"하지만, 그 과정이 계속되면…… 이 인쇄소는 곧 빚으로 무너질 겁니다. 교황청은 우리에게 면죄부를 더 찍으라고만 하고, 마이스터는 계속 활자를 부숴 가며 실험만 하고…… 이게 어디로 가는 건지 모르겠습니다."

구텐베르크도 사정을 어느 정도는 인식하고 있었으나 어찌할 방도는 몰랐다.

"곧…… 이 활자들이 면죄부가 아니라, 진짜 문장을 세상에 쏟아 낼 날이 올 거다. 그땐…… 세상이 바뀔 거다. 조금만 더 버텨 보자.

"그때까지 세상이 우리를 가만두지 않겠지요." 칼은 구텐베르크의 시선을 피한 채 짧게 대답했다.

이후 구텐베르크와 칼은 모두 침묵했다. 그들의 침묵은 길었고, 앤드류는 그 침묵 속에서 무언가 불길한 기운을 감지했다.

새벽녘, 세 사람은 화로 앞에 앉아 한숨을 돌렸다. 불씨가 잦아드는 소리만이 방 안을 채웠다.

앤드류는 주머니 속 'S' 활자를 쥐며 생각했다. 적어도, 여기서 멈추진 않을 거라는 건 잘 알고 있었다. 역사가 말해 주는 것이었다. 글자는 진짜로 인쇄되어서 역사와 함께 시간을 기록했다.

칼은 인쇄소 구석 한편에서 말없이 금속으로 된 활자 한 개를 손끝에서 굴렸다. 그 눈빛 속에서, 순박했던 인쇄소 조수의 그림자가 서서히 흐려지고 있었다.

19

1455년 봄. 인쇄소 안은 여전히 뜨거웠다. 화로의 열기, 금속 주조의 냄새, 잉크와 종이의 습기가 뒤섞여, 밤낮을 가리지 않는 구텐베르크의 실험은 모두를 지치게 만들고 있었다. 면죄부 인쇄는 안정적으로 돌아갔지만, 성경처럼 수백 페이지의 책을 대량으로 인쇄할 단계로 가기 위해선, 마지막 난관이 남아 있었다.

"압력이 약해. 활자가 종이에 닿을 때 잉크가 균일하게 번지지 않고, 글자가 흐릿해져."

구텐베르크는 프레스 위에 놓인 시험 인쇄본을 찢어 버리듯 집어던졌다.

칼이 조심스럽게 말을 붙였다.

"활자를 더 깊게 파서 잉크를 많이 묻히면 어떨까요?"

"그렇게 하면 글자가 찌그러진다. 그리고 활자가 더 빨리 닳지." 구텐베르크는 씁쓸한 한숨을 내쉬었다.

앤드류가 조용히 입을 열었다.

"문제는 활자보다, 종이에 가해지는 압력이군요. 한 장, 두 장은 괜찮지만…… 수백 장을 같은 힘으로 눌러야 한다면, 인간의 힘으로는 한계가 있습니다."

며칠째 이어진 논쟁 끝에, 세 사람은 잠시 인쇄소의 문을 닫았다. 마침 마을 외곽의 와이너리에서 열린 봄맞이 축제가 그들의 긴장된 마음을 달래 줄 핑계가 되었다.

와이너리는 초록 덩굴과 포도 향으로 가득했다. 해마다 봄이 오면 전년도 가을에 수확한 포도로 만든 첫 와인을 시장에 내놓는 전통 행사가 있었다. 이날만큼은 상인도, 장인도, 학자도 모두 같은 테이블에 앉아 잔을 들고, 한 해의 운과 풍요를 기원하며 와인을 나누었다.

구텐베르크는 잔을 높이 들며 주변에 앉은 상인들과 장인들을 향해 말했다.

"이보시오, 오늘은 좋은 와인만 있는 게 아니오. 내 옆에 앉은 이 사람, 내가 요즘 의지하는 특별한 벗이오."

사람들의 시선이 자연스레 앤드류에게 쏠렸다. 몇몇은 낯선 복색을 눈여겨보며 수군거렸다.

구텐베르크가 웃으며 덧붙였다.

"그의 이름은 앤드류. 안드레아스와 같지만 앤드류로 불러 주시오. 글과 문장을 누구보다 깊이 아는 사람이지. 내가 만드는 활자의 비밀을 함께 지켜보고 있소."

옆자리의 한 상인이 잔을 내려놓으며 물었다.

"문장을 아는 사람이라고? 서기관이오? 아니면 신학교 학자요?"

앤드류는 잠시 잔을 굴리다 미소를 지으며 특유의 유머를 섞어 말했다.

"둘 다 아닙니다. 간단히 말하면…… 저는 글을 읽고 문장을 분석해서 세상 밖으로 나오게 입으로 싸우는 일을 하는 사람이죠."

"글을 세상 밖으로 나오게 입으로 싸운다고? 입으로 싸우는 건 우리도 잘한다고." 사람들이 웃음을 터뜨렸다.

앤드류는 어깨를 으쓱하며 잔을 들었다.

"네, 말 그대로입니다. 누군가 문장을 억누르려 하면 저는 그걸 풀어내는 쪽에 서 있습니다. 이 와인처럼 말이죠. 오래 담아 두면 더 진해지지만, 결국은 세상 밖으로 흘러나와야 하지 않겠습니까?"

순간 테이블 주변에서 박수와 환호가 터져 나왔다. 구텐베르크는 흐뭇하게 앤드류의 어깨를 두드리며 말했다.

"보시오, 내가 괜히 그를 벗이라 부르는 게 아니오."

오랜만에 사람들의 온기와 와인 향이 뒤섞인 자리였다. 구텐베르크와 앤드류 역시 잠시나마 마음의 짐을 내려놓고, 함께하는 기쁨을 온전히 맛보고 있었다. 사람들 사이에서 와인 향만큼이나 강하게 코끝을 찌르는 또 다른 향이 있었다. 앤드류는 잠시 고개를 들어 그쪽을 바라봤다. 긴 테이블 위에 놓인 음식들 사이로, 후추가 듬뿍 뿌려진 고기 요리가 등장한 것이었다.

"저건…… 후추…… 블랙페퍼 냄새군요." 앤드류가 낮게 중얼거렸다.

구텐베르크가 옆에서 고개를 끄덕이며 웃었다.

"맞소. 후추를 좋아하오? 저 후추 알갱이는 인도에서 바다와 사막을 건너 이곳까지 오는 동안, 금만큼이나 귀해지지. 귀족 상인들이 한 움큼 사들이기 위해 몇 달 치 수익을 내놓기도 하오."

앤드류는 접시에 올려진 고기를 보며 눈썹을 살짝 올렸다.

"얘기는 안 했지만 제가 가장 좋아하는 게 후추였는데, 한동안 잊고 있었네요. 근데, 저 한 접시가, 사실상 한 자루짜리 금 주머니나 마찬가지군요."

구텐베르크는 웃음을 삼키며 잔을 들어 올렸다.

"바로 그거요. 사람들은 와인보다도, 저 검은 알갱이 몇 개에 더 흥분하기도 하지."

앤드류는 현대로 돌아가면 마음껏 후추를 즐길 수 있을 상상을 잠시 해 보면서 생각했다. 왜 축제에 모인 상인들이 서로 경쟁하듯 음식을 내놓는지. 축제는 단순히 음식을 나누는 자리만이 아니었다. 와인의 붉은빛, 노랫소리, 그리고 후추 한 알이 보여 주는 권력의 냄새 — 이 모든 것이 이 시대의 진짜 '언어' 같았다.

사람들은 긴 나무 테이블에 앉아 음악과 와인을 즐겼고, 마을의 상인과 장인들이 서로 잔을 부딪히며 떠들썩하게 웃고 있었다. 앤드류와 구텐베르크는 사람들 틈에 앉았지만, 칼은 홀로 한쪽에 앉아 낯선 상인들과 조용히 무언가를 주고받는 듯했다.

그때였다. 한 여인이 사람들 사이로 걸어 나왔다.

검은색과 붉은색 실크가 섞인 드레스를 입고, 긴 머리를 느슨하게 묶은 채였다. 그녀는 마치 와이너리의 모든 시선을 자연스레 끌어당기는 힘을 지니고 있었다. 안 보이던 칼이 어느새 다가와 앤드류의 팔꿈치를 쿡 찌르며 속삭였다.

"저 여인, 누구인지 아시오? 푸스트 상인의 딸, 안나요. 저 집안은 귀족은 아니지만 돈과 권력을 한 손에 쥔 사람들이지. 마인츠에서 푸스트 눈 밖에 나면, 모든 게 어려워지지. 당신이 눈을 두는 것도 조심해야 할 거요."

그러나 경고는 엉뚱한 곳에 한 셈이었다.

구텐베르크의 시선이 그녀와 마주친 순간, 두 사람 사이에는 긴장과 호기심이 동시에 번졌다. 안나가 먼저 다가와 잔을 들어 올렸다.

"당신이…… 면죄부를 가장 아름답게 만드는 인쇄 장인, 요하네스 구텐베르크인가요? 아버지께서 당신 얘기를 종종 하시던데. 교황청이 주문하는 문서들을 '기계로' 찍어 낸다면서요. 저를 위해서도 아름다운 면죄부를 찍어 줄 수 있나요. 그럼 전 천국에 갈까요……."

묘한 미소와 함께 안나가 말했다. 그녀의 목소리는 나이에 비해서 앳되어 보였지만 결코 철없는 느낌은 아니었다. 구텐베르크는 순간 말이 막혔지만, 곧 조용히 잔을 들며 답했다.

"그냥 요하네스라 불러도 되오. 아버지가 나에 대해서 무어라 얘기했는지 모르겠소만, 뭐, 그냥 글자를 종이에 새기는 사람일 뿐이오. 하지만, 오늘은 그 얘긴 잊고, 그냥 와인을 즐기러 왔소."

"아버지는 당신이 세상에서 가장 아름다운 면죄부를 찍는 사람이라고 했어요……그래서…… 위험하다고……왜인지는 모르겠지만요."

안나가 왠지 슬픈 미소를 지으며 잔을 부딪혔다. 그 미소엔 단순한 호기심을 넘어, 뭔가 더 깊은 관심이 깃들어 있었다.

구텐베르크는 그녀가 말한 "위험하다"는 단어에 잠시 머물렀다.

잔을 들고 있던 손가락 마디가 아주 약하게 굳었다.

"그건…… 진실을 복사할 수 있다는 뜻이오." 그가 말했다.

"하나의 문장이 수십, 수백 장의 종이에 그대로 옮겨지는 순간, 그 문장은 더 이상 한 사람의 것이 아니게 되지. 누구의 눈에도 들어올 수 있고, 누구의 입에서도 나올 수 있게 되지. 진실이 공유된다는 건 늘 아름답지만, 동시에 위험한 일이기도 하오."

안나는 잔을 천천히 들어 올려 와인을 입안에 한 모금 머금었다. 내려놓은 잔에서는 와인이 붉게 일렁였다.

"그 진실이 틀렸다면요?" 그녀가 물었다.

"혹은, 진실처럼 보이지만 누군가의 의도가 담긴 거라면요. 쓰인 글자가 늘 정직하지 않잖아요."

구텐베르크는 고개를 끄덕였다.

"그래서 나는 누군가에 의해서 쓰인 글자보다 인쇄된 문장을 믿소. 그리고 문장보다 더 오래 살아남는 건, 진실이오. 진실은 어떤 종이 위에도, 금속활자로도 바꿀 수 없는 것이니까."

그 말에 안나는 잠시 말없이 그를 바라보았다.

"당신은 그럼 인쇄가 면죄부 만드는 일처럼…… 기계적으로 반복되는 일로만 생각하지는 않는군요."

"그렇게 단순한 일이라면, 나는 벌써 손을 놨을 것이오."

구텐베르크는 웃으며 잔을 들어 올렸다.

"내게 인쇄란, 잉크로 종이를 물들이는 일이 아니라, 마음에 흔적을 남기는 작업이오. 잊히지 않는 문장을 남기기 위해, 나는 수백 번의 실패를 견뎌야 했소."

그 말에 안나는 천천히 잔을 입에 가져갔다. 마치 그 와인도 한 문장처럼 음미하며.

"그럼 당신은 어떤 문장을 남기고 싶나요?"

그녀가 물었다.

구텐베르크는 대답하지 않고 그녀를 바라봤다.

그 시선은 처음과는 달랐다. 한 사람을 향한 호기심을 넘어, 하나의 질문에 진심으로 답하고 싶은 침묵이었다.

그리고 아주 조심스럽게 말했다.

"문장이 있소…… 아무에게도 알려지지 않은…… 나에게만 소중히 간직되어 온…… 그것은 마치 사랑과도 같은 것이오."

"사랑이요?"

"누군가의 마음을 다르게 만드는 말. 마음을 흔드는 말. 그리고…… 다시 돌아오게 하는 말. 그게 내가 찍어 내야 할 그 문장이 될 거요."

안나는 조용히 숨을 들이쉬었다.

"그 문장…… 저도 알고 싶은데요. 언젠가는 볼 수 있을까요?"

구텐베르크는 잔을 들어 그녀의 잔에 가볍게 부딪혔다.

"언젠가는……."

안나도 아주 작게 미소 지었다. 그 미소는 와인보다 짙고, 봄볕보다 따뜻했다.

그 밤, 봄밤의 와이너리엔 음악이 계속되었고, 두 사람은 더는 말하지 않아도 좋을 만큼 서로를 바라보았다. 둘만의 시간이 쏜살같이 흘러간 후 구텐베르크와 안나는 와이너리 한쪽에 놓인 포도 압착기 옆을 함께 걷고 있었다.

어깨만큼 큰 나무 기둥과, 이를 돌려 포도즙을 짜내는 거대한 스크루 장치가 어둠 속 등불 아래서 특이하게 빛났다.

구텐베르크는 무심코 그 기계를 바라보다가, 순간 눈빛이 번뜩였다.

"저기…… 저 장치."

앤드류가 고개를 갸웃하며 물었다.

"포도를 짜는 기계죠?"

구텐베르크는 손가락으로 스크루 축을 가리키며 말했다.

"그렇군요. 맞아요…… 여태껏 무심코 봐 왔던 저 회전식 압축기…… 저 힘이라면, 수백 장의 종이와 활자를 균일하게 눌러 낼 수 있을 거요. 지금까지 우리는 손으로만 프레스를 눌러 왔지만, 저 스크루와 레버를 활용하면 훨씬 강하고 안정적인 압력을 낼 수 있겠지."

구텐베르크는 잠시 숨을 고르며 중얼거렸다.

"이제 드디어 때가 된 것 같군. 인쇄도 이제 술을 만드는 것처럼 '기계의 힘'으로 할 수 있게 되는 때가 되었다."

"술을 신이 만들었다면 진실의 인쇄도 역시 신이 이끄는 대로겠지."

구텐베르크의 얼굴은 바로 전까지 사랑에 빠진 사람이라고는 보기 어려웠다. 언제랄 것도 없이 바로 자리를 떠났다. 이미 꽤 늦은 밤이었지만 그는 집으로 가지 않고 인쇄소로 돌아왔다. 그는 곧바로 설계도를 펼쳤다. 오랜만에 독일식 와인에 흠뻑 빠져 있었던 앤드류와, 뭔지 모를 자신만의 비즈니스를 하고 있었던 칼도 뒤이어 함께 했다.

스크루와 레버, 그리고 와이너리에서 본 압착기 구조가 종이에 거칠게 그려졌다. 칼은 한쪽에서 팔짱을 끼고 그 모습을 지켜보다가 낮게 중얼거렸다.

"푸스트와의 인연이 악연으로 변할 거 같은데…… 푸스트가 이걸 알면, 그냥 두지 않을 텐데."

그러나 구텐베르크는 아랑곳하지 않았다. 그의 손끝에서, 인쇄기의 새로운 심장이 서서히 형체를 갖춰 가고 있었다. 그리고 이 '프레스(Press)'라는 이름의 장치는 훗날, 언론 보도를 뜻하는 '프레스'라는 말의 기원이 되리라는 사실을, 그들은 아직 몰랐다.

20

 "자금이 바닥입니다. 마이스터가 해결을 해야 할 텐데…… 온통 정신이 인쇄에만 가 있으니…… 지금 그게 중요한 게 아닌데."

 칼이 앤드류를 향해 들으라는 듯 말했다. 칼의 목소리는 낮았지만, 공간 전체를 짓눌렀다. 작업장 안은 어둡고 축축했다. 촛불 하나가 잉크통 옆에서 위태롭게 흔들렸고, 창문 밖은 안개가 낮게 깔려 있었다. 아침이라 부르기엔 숨이 막힐 정도로 눅눅한 새벽이었다.

 앤드류는 급하게 몸을 돌렸다. 그의 시선이 칼을 관통했다.

 "그게 무슨 말인가, 칼. 자금이 바닥이라니 지금이 얼마나 중요한 때인데."

 "제가 지금 말한 그대로입니다."

 칼은 숨을 길게 들이쉬었다.

 "종이는 이틀 치 남짓 남았고, 주물용 주석은 이미 다 썼습니다. 지금 쓰고 있는 건 어제 긁어낸 찌꺼기입니다. 주석이 없으면 활자가 눌리는 순간 깨질 겁니다. 안티몬도 마찬가지예요. 이건 종이나 잉크보다 먼저 무너지는, 인쇄기의 심장부가 무너지는 겁니다. 잉크도 어제 새벽, 마지막 배합을 사용했습니다."

"그럼, 지금 인쇄기에 걸린 저 판이…… 마지막이라는 거야?"

"정확히는 — 그보다 하나 전이 마지막이었지요. 지금 쓰고 있는 잉크는 말라붙은 걸 긁어모은 겁니다. 원래는 폐기해야 했지만…… 지금은 그럴 여유도 없습니다."

앤드류는 말없이 벽을 짚고 걸음을 옮겼다. 인쇄기 쪽에 있는 구텐베르크를 바라보았다. 그는 여전히 눌린 활자 틀 위를 손끝으로 조정하며 정신없이 움직이고 있었다. 그 손놀림은 마치 현실과 단절된 사람처럼, 무언가를 붙들고 있는 듯했다.

"물품 재고나 자금 사정은 당신이 모든 걸 관리하고 있었지, 칼. 갑자기 바닥이라는 소리를 하면 어떡하란 소린가."

"맞습니다만, 이미 여러 번 마이스터께는 경고랄까 하소연이랄까 누차 말씀드렸어요. 늘 흘려들어서 그렇죠…… 저라고 마음이 좋겠어요. 당신이야 또 사라지면 그만이지만 전 아니에요. 저한테 화살 돌리지 말아요."

틀린 말도 아니었다. 앤드류는 함께 있어도 늘 이방인 같은 존재였다. 그리고 인쇄소의 속사정까진 개입할 수도 없었다.

"그래도 그렇지, 젠장 왜 하필 지금이야. 분명 이틀 전까지만 해도 칼, 당신은 '충분하진 않아도 괜찮다'고 했어."

"그때까진 괜찮다고 생각했습니다. 그러나 우리의 인쇄 방식은 이전까지의 인쇄 방식과는 달라요. 생각보다 너무나 많은 재료가 소진되고 또 인쇄 품질을 마냥 높이는 마이스터의 방식으로는 언젠가 닥쳐올 결과였어요. 생각보다 너무 빨리 다가왔지만요." 칼은 단호하게 말을 계속 이었다. "아니, 저는 솔직히 말하면…… 이미 결정을 내리고 있었습니다."

앤드류가 고개를 돌렸다. "무슨 결정을."

칼은 대답하지 않고, 대신 조심스럽게 외투 안주머니를 뒤적였다.

곧 꺼내 든 것은 진녹색 왁스 봉인이 찍힌 양피지 한 장. 빛바랜 종이 위에는 금속활자로 박은 이름이 하나, 그리고 그 옆엔 손으로 누른 듯한 인장 자국이 있었다.

앤드류는 그것을 보는 순간, 무거운 공기가 자신의 뒤통수를 누르는 느낌을 받았다. 현대에선 로펌에서 많이 접했던 인장 자국이었다.

"푸스트."

"그렇습니다."

"이건…… 이건 당신이 체결한 건가? 혹시 어제 그 와이너리에서?"

"네, 그렇지만…… 거기서 갑자기 결정한 일이 아니에요…… 이미 얘기는 다 되어 있었어요."

칼이 조용히 말했다.

"서명은 마이스터 거에요. 마이스터께서 하신 거죠."

"……뭐라고? 잠깐만."

앤드류의 목소리가 높아졌다.

"당신은…… 구텐베르크가 그 문서도 제대로 읽지 않았다는 걸 알면서, 그리고 그가 지금 어떻게 몰리고 있다는 것을 다 알면서 그의 인장을 대신 찍은 거야? 당신에게 그럴 권리가 있나?"

"그는…… 인쇄기가 멈추는 걸 원하지 않습니다. 그리고 인쇄소 운영과 재정에 대해서는 저에게 모든 걸 일임했습니다." 그건 사실이었다. 앤드류도 알고 있었다. 비록 앤드류가 법률 지식으로 일을 하는 변호사였지만 당시의 상황에서는 아무런 힘도 되지 못했다는 것도.

"당신이 그걸 이용했다는 말인가?"

"이용이라니요…… 그렇지 않습니다. 저는 구텐베르크 마이스터를 대신해서 이 인쇄소를 운영할 책임이 있습니다. 함부로 말하지 마세요." 칼도 언성을 높이며 억울하다는 듯이 소리쳤다. 그의 얼굴은 목소리에 비해서는 비굴한 표정도 서려 있었다.

"이건 무효야."

앤드류가 문서를 낚아채듯 들고 한쪽으로 걸어가며 말했다.

"이건 명백한 기망이야. 선의로 쓰지 않은 계약은 법적으로 성립되지 않아. 난 수십 번 이런 사건을 다뤘어. 미국이든, 유럽이든."

"여긴 지금 — 요크가 아닙니다. 뉴요크도 아니고요. 당신이 얘기한 미국은 있지도 않아요."

칼이 낮게 말하며 다시 문서를 낚아챘다.

앤드류는 문서를 손에 쥔 채 입을 다물었다. 뭔가 말하려다, 단어가 목에 걸린 듯했다. 그러나 분명 문서엔 알파벳 A로 시작하는 앤드류의 이름이 있었다.

그때 구텐베르크가 조용히 다가왔다. 밤샘 작업에 지쳤는지 약간 비틀거렸다.

"내가 서명했단 말이냐…… 칼? 푸스트의 자금을 빌리는 것으로. 여기 이 인쇄소 모든 걸 걸고……."

"예, 마이스터. 하지만, 저는 그게 — 이 기술을 살리는 유일한 방법이라 생각했습니다. 모든 자원은 끊겼고, 푸스트는…… 아무 조건 없이 거액의 종이와 잉크 그리고 금속 재료까지 모두 제공하겠다고 했습니다. 마음대로 인쇄기를 만들고 책을 찍어 내라고 했습니다. 그저 그 담보로는 인쇄물의 배포권만을 원했습니다. 그리고…… 그럴 일은 없겠지만,

혹시라도 향후 자금을 갚지 못할 경우 완성된 인쇄기만 요구했습니다."

"배포권과 완성된 인쇄기?"

구텐베르크는 뱉듯이 말했다.

"네, 배포는 별거 아니에요. 그저 인쇄된 판본을 앞으로 더 많이 인쇄할 경우 푸스트와 상의해서 하면 되는 일이에요. 서로 협력하는 것이지요. 그리고 완성된 인쇄기만으로는 절대 푸스트가 독자적으로 인쇄업을 할 수 없어요. 마이스터만이 알고 있는 기술의 사용이 필요한 거는 마이스터도 알고 계시잖아요."

칼이 목소리를 낮추며 말했다.

"이대로면 작업은 멈춥니다. 아무것도 인쇄되지 않을 것입니다. 자금이 필요한 건 사실 아닙니까?"

작업장 안의 오일 램프가 바람결에 흔들렸다. 종이 더미 위로 그 그림자가 일렁였고, 구텐베르크의 눈동자가 잠시 허공에 머물렀다.

"우리는, 이 기술을 위해 여기까지 왔다…… 여기서 멈출 수는 없지. 그건 칼 말이 맞네."

"맞습니다." 칼이 힘을 얻어 맞장구를 쳤다.

"그래도 이건 너무 위험한 계약입니다. 푸스트는 무언가 다른 걸 원하는 것 같아요. 그리고 배포권은 복제 출판 등에서는 얼마나 중요하고 위험한 권리인지 아세요?"

앤드류는 왜 이런 상황이 현대와 이곳에서 반복되는지 모르겠지만 마치 운명에게 대들 듯 소리쳤다.

구텐베르크는 한참을 말없이 서 있었다. 잉크가 말라붙은 작업복은 종잇조각처럼 구겨져 있었고, 그의 눈빛은 안개 너머를 응시하듯 멍했다.

결국 그는 그 자리에 다시 주저앉았다.

칼은 숨을 깊이 들이쉬었다.

그의 손에는 계약서가 다시 쥐어져 있었고, 바깥 창문 너머로는 어스름한 햇살이 번지고 있었다. 환상처럼 광장의 저편에서 누군가의 웃음소리가 퍼졌고, 그는 고개를 들었다.

희미한 모습이었지만 그건 안나였다.

보랏빛 천을 머리에 둘러쓰고, 막 수확한 포도를 가득 담은 바구니를 옮기고 있었다. 그 웃음은 맑고 애틋한 것이었다. 그게 누구를 향한 것인지는 중요하지 않았다. 칼은 그게 자신에게 향하도록 만들 자신이 있었다.

환상에서 깨어난 칼은 장밋빛 꿈에서도 한 가지 이상한 것을 곱씹어 보았다. 그건 얼마 전에 자신에게 보내온 한 통의 서신이었다.

그 서신에는 별로 기분이 좋지 않은 께름직한 내용이 담겨 있었다. 그는 조심스럽게 서신을 펼쳐 보았다. 잉크는 말라 있었고, 왁스 봉인은 금이 가 있었다. 볼 때마다 기분이 나빴지만, 그는 입을 닫지 못하고 또다시 속으로 중얼거렸다.

"거짓된 믿음으로 세상을 어지럽힌 사라진 문장을 찾으라. 더 늦기 전에, 반드시. 인쇄는 종말을 앞당길 뿐이다. 멈추고 찾으라. 우리는 지켜보고 있다."

지켜본다는 말에 소름이 끼쳤지만 칼은 무섭지는 않았다. 그리고 그는 속으로 중얼거렸다.

"사라진 문장이 있다는 건…… 새 문장을 인쇄할 기회가 있다는 뜻이기도 하지."

21

 마지막 핀을 조심스럽게 고정한 순간, 인쇄기 전체가 미세하게 울렸다. 구텐베르크는 입을 꾹 다문 채 손잡이를 당겼고, 금속활자판 위에 종이가 정렬되자 조용한 마찰음이 작업장 안에 퍼졌다. 앤드류는 숨을 삼켰다. 그 소리는 마치 첫 심장박동 같았다. 플라텐 압력은 일정했고, 잉크는 균일하게 먹었다. 종이는 밀리지도, 활자가 번지지도 않았다. 그는 알고 있었다. 그건 기계가 아니라, 문명이었다.

 "모든 게 완벽하게 들어맞네요." 앤드류가 감탄하며 이어 말했다.

 "펀치, 매트릭스, 가변적인 핸드몰드까지. 그리고 그걸 안정되고 강하게 누르는 힘까지. 이걸 하나의 시스템으로 엮은 건 지금까지 그 누구도 시도하지 못했어요."

 구텐베르크는 여전히 인쇄기의 손잡이에 손을 얹은 채 움직이지 않았다.

 "포도와 와인…… 답은 항상 가장 가까이 있는 거였어. 다만 못 볼 뿐이지…… 깨닫기까지 오랜 시간이 걸리고…… 말씀처럼……." 그는 움직이지는 않았지만 스스로 감격스러운 표정으로 조용히 말했다.

 앤드류가 고개를 돌렸다.

"포도와 와인? 그리고 말씀이요?"

"와인을 만들기 위해서는 포도즙을 짜내야하는데, 포도의 줄기와 껍질, 씨앗까지 다 제거하려면 수직 압력이 일정하면서도 엄청나게 강해야 하오. 인쇄도 종이를 누르는 압력이 어느 한쪽으로 쏠리면 전체가 찢어져 버리오. 물론 종이는 포도보다 더 예민하지."

그는 손끝으로 인쇄기 상판을 쓰다듬었다.

"그래서 플라텐을 평평하게 만들고, 포도즙을 짜는 압착기와 같이 스크류 방식을 차용했소. 모든 면을 고루 동시에 강한 압력으로 눌러 주는 방식으로 바꾼 거요. 그동안 사용했던 단순한 수동식 프레스는 힘이 너무 약하고 압력 또한 고르지 못했소. 그러다 보니 잉크는 흘렸고, 글자는 번졌소."

앤드류가 고개를 끄덕였다.

"압력의 균형…… 강하지만 부드럽게. 결국 인쇄는 활자를 어떻게 새기느냐가 아니고 활자를 어떻게 누르느냐의 싸움이네요. 프레스가 왜 언론 보도를 이야기하는지 이제 알겠어요." 구텐베르크는 아직 언론이니 보도니 하는 말을 이해하지 못할 테지만 앤드류는 자제할 수 없었다.

구텐베르크도 무언가 이해하는 듯했다. 그가 오랜만에 웃었다.

"그래요. 나는 ― 종이에 글을 인쇄하는 사람이 아니고 진실을 눌러 낼 줄 아는 사람일 뿐이오."

그 말에 앤드류도 잠시 말을 잃었다. '진실을 누른다.' 어쩌면 그게 인쇄의 본질일지도 몰랐다. 앤드류가 다시 작업대의 한쪽으로 걸어가며 조용히 말했다.

"이건 특허를 받아야 해요. 누가 봐도 최초고, 최고예요. 완성형이에요.

보호받아야 합니다."

그 순간, 뒤쪽에서 칼의 목소리가 낮게 흘렀다.

"특허라니 무슨 말입니까…… 그리고 이미…… 우린 푸스트와 계약을 체결했고, 인쇄기 관련해서는 우리 마음대로 할 수 있는 일이 아닙니다. 계약서에는 그런 조항이 없었을 텐데요."

앤드류가 몸을 멈췄다.

"무슨 말이야? 특허와 푸스트는 상관이 없을 텐데."

"계약서에는…… 기술에 대한 모든 귀속 조항이 포함되어 있었어요. 마이스터와 푸스트가 사인하신 그 문서 말입니다. 막대한 자금, 종이와 잉크, 금속 포함 한 모든 것의 제공 대가로…… 인쇄기 자체의 권리까지 넘긴 셈이죠. 특허는 무슨 뜻인지 모르겠지만 아무튼 독단적인 행동은 위험합니다."

앤드류는 포기하지 않고 구텐베르크를 바라보며 말했다.

"비록 자금을 받았고, 여러 가지 조항이 있지만 원천 기술 자체에 대한 특허…… 아니 기술에 대한 보호라고 하죠. 그 기술 자체에 대한 보호는 받아야 한다는 뜻입니다. 분명 이 시대에도 새로운 기술에 대한 보호는 받을 수 있는 것으로 알고 있습니다."

구텐베르크는 천천히 고개를 들었다.

그의 눈빛은 어딘가 멀리, 아직 종이에 찍히지 않은 문장을 응시하고 있었다. 그 침묵은 마치, 종이 위에 잉크가 닿기 전의 고요처럼 무거웠다.

"글을 찍는 기술을…… 보호한다?"

그가 중얼거리듯 말했다.

"나는 그런 생각을 해 본 적이 없었소. 글은 말씀처럼 공유되어야 하고,

진실은 누구의 것도 아니니······."

앤드류가 조심스럽게 말을 이었다.

"알아요. 그렇지만 지금은 — 누군가 그 진실의 도구를 자기 것이라 주장하고, 우리를 멈추게 하려 하고 있잖아요. 기술은 나눠질 수 있지만, 그 권한은 보호받아야 해요. 그래야만 진실도 살아남을 수 있습니다."

구텐베르크는 한 손으로 작업대에 놓인 주형을 쓰다듬었다.

"글자를 찍는 기술을······ 종이 위에 남기기도 전에, 법문서로 먼저 남겨야 한다는 건가."

앤드류가 고개를 끄덕였다.

"네. 이 시대에도 길드나 상인 조합이 새로운 기계나 방식에 대해 교회나 대주교에게 독점 사용권, 보호 권한을 청원할 수 있는 걸로 알고 있어요. 우리도 마찬가지로 인쇄 기술에 대해 '인정과 승인', 혹은 '기술 보전 서신'을 요청할 수 있어요. 지금 만든 이 기계는 그만큼 가치가 있으니까요."

구텐베르크는 여전히 말이 없었다. 그의 시선은 잉크 냄새가 스며든 종이 더미 위를 지나, 벽 너머 어디론가 닿아 있었다.

"기계보다 더 강한 것이 있다면, 그건 권위의 도장이겠지. 지금까지 나는 이 기술이 누구의 소유인지, 도장보다 더 선명하게 보여 줄 수 있다고 믿어 왔소. 도장이 아니라 활자로."

"매번 진실만 얘기하면서 살 수는 없어요 구텐베르크. 그건 너무 순진한 겁니다. 순진하다는 건 책임감이 없다는 뜻일 수도 있어요. 때로는 진실도 법이 필요할 때가 있어요."

구텐베르크는 천천히 숨을 들이켰다.

"당신 말이 옳을 수도 있겠군. 자칫하면 이 기계는 진실을 찍기 전에, 먼저 누군가의 금고 안에 갇힐지도 모르겠군."

그 순간, 뒤편 어둠 속에서 칼 노이어의 목소리가 낮게 흘렀다.

"하지만 마이스터, 그건 위험한 판단입니다. 푸스트와 이미 서명한 계약이 있습니다. 다시 한번 말씀드리지만 잉크, 종이, 금속…… 그 모든 자원의 자금 지원 조건에는 기술의 귀속 조항도 포함돼 있습니다. 지금처럼 대주교에게 별도의 보호를 요청한다면, 푸스트는 곧바로 계약 위반을 주장할 겁니다."

칼은 목이 바짝 말라 왔다. 푸스트는 본래 단순히 자금을 대여하고 이자 수익만을 노렸을 뿐이었다. 그러나 칼은 계약서를 직접 설계하며 교묘한 장치를 덧붙여 그 속에 자신의 야망을 심어 놓았다. 그렇게 계약은 순식간에 더 큰 덫으로 바뀌었음을 떠올리며, 칼은 떨리는 목소리를 내뱉었다.

앤드류가 칼의 말을 막고 다시 말했다.

"아까 이미 들은 얘기요…… 칼, 당신은 누구 편에서 자꾸 그런 말을 반복하는지 모르겠네. 정말로 이 계약이 푸스트의 의도인지 당신의 의도인지 모르겠소. 내가 알기로 푸스트는 금융업자이지 인쇄소 기술이나 운영에 관심도 없는 사람이오."

칼은 시선을 피하면서 덧붙였다.

"무슨 말도 안 되는 소리요. 저도 놓친 부분이 있는 건 사실입니다. 하지만 이 모든 게 마이스터와 여기 인쇄소를 위해서 한 일임은 분명히 해두죠. 세상에 태어나지도 못할 기술을 제가 빛을 보게 하는 거라고요. 그리고 지금 이 시점에서 그 기술이 '누구의 것인가' 하는 건…… 너무 위험할 수 있어요."

 마지막 말은 무슨 말인지 선뜻 이해가 가지 않지만 앤드류는 포기하지 않고 말을 이었다.

 "그래서 더 필요합니다. 계약서에 문제가 있더라도, 그 계약과 무관하게 원천 기술 자체에 대한 보호 청구는 가능해요. 길드는 항상 기술의 유출을 경계해 왔고, 새로운 발명품에 대해 교회가 중재한 사례도 있습니다. 저는 이런 일을 오래해 온 법률가입니다. 저를 믿고 한번 해 봅시다. 이건 단순한 기계가 아니에요. 세상을 바꿀 수 있는 도구입니다."

 구텐베르크는 조용히 앤드류를 바라보았다.

 그의 눈빛은 마치 활자 하나를 고를 때처럼 신중하고, 무거웠다.

 "좋소. 대주교에게 청원합시다. 이 기술이 누군가의 금고나 계정에 갇히는 일은 없어야 하니까."

 그는 잠시 말을 멈추었다가, 한 장의 인쇄 견본을 집어 들었다.

 "우리는 영원히 사그라지지 않을 금속으로 활자를 만들었고, 잉크를 배합했고, 이 기계를 완성시켰소. 이제 내가 진리의 말씀이 담긴 성경을 찍어 내야 합니다. 그전에 이 기술이 누구의 것인지 — 이제 세상이 대답할 차례요."

 칼은 말없이 고개만 저었다. 그의 표정은 무표정했지만, 손끝은 무언가를 움켜쥔 듯 긴장감으로 떨고 있었다.

 "근데 왜 성경 인쇄가 가장 먼저죠?" 앤드류가 물었다.

22

 인쇄기가 발명되기 전, 성경은 오로지 사람의 손으로 복사되었다. 수도원이나 교회에 소속된 필경사들이 양피지나 종이에 한 자 한 자 베껴 적으며 만들었고, 그 시간과 비용은 상상을 초월했다.
 한 권의 성경을 완성하는 데는 수개월에서 수년이 걸렸다.
 필경사 세 명이 나누어 작업하더라도, 하루에 복사할 수 있는 양은 몇 쪽에 불과했고, 그 종이조차 대부분은 값비싼 양피지였다.
 한 권의 라틴어 성경에는 최소 300~400장의 양피지가 필요했으며, 이런 성경 한 권의 제작비는 당시 장인의 연 수입을 뛰어넘는 수준이었다.
 그래서 성경은 귀족, 수도원, 고위 성직자들만 소유할 수 있었고, '읽는 책'이 아니라 '보관되는 책', '성찬례에 봉헌되는 상징'에 가까웠다. 문제는 가격뿐만이 아니었다. 사람이 필사하는 모든 기록은 오류를 피할 수 없었다. 어떤 필경사는 글자를 빠뜨렸고, 어떤 이들은 잘못된 단어를 상상으로 채웠다. 의도적인 수정도 있었다. 사상의 차이, 해석의 오해, 혹은 정치적 요구에 따라 — 성경은 베껴지는 만큼 뒤틀렸다.
 한 구절이 수도원마다 다르게 해석되었고, 그 차이는 단어 하나에서 시작해 결국 교리 전체를 흔들기도 했다. 앤드류는 이 세계에 도착한 이후 수차례 필사본을 접했다. 어떤 건 구약에 '사무엘'을 '샤무엘'로, 어떤 건 신약에서 '은혜'를 '율법'으로 바꿔 놓은 것을 발견했다. 그 오차는 작은 것이 아니었다. 하느님의 뜻 자체가, 필경사의 손끝에서 달라지고 있었던 것이다.

이런 시대에 구텐베르크의 인쇄술은 단지 기술의 진보가 아니었다. 그것은 진리의 형태를 균일하게 보존하는 방법, 누구의 손에도 오류 없이 '말씀'을 전할 수 있는 기계적 언어였다. 그는 글을 새긴 것이 아니라, 진실의 기준선을 찍어 낸 것이다.

기술 보호 청원서는 이미 대주교에게 전달되었다. 하지만 답은 오지 않았고, 마인츠의 시간은 침묵 속에서 흘러갔다. 구텐베르크는 대답 없는 교회를 기다리느니, 기술을 완성하는 편이 낫다고 생각했다. 앤드류도 동의했다. 그는 법을 믿는 사람이었지만 — 지금 이곳에선 교회와 권력이 곧 정의이고 법이었다.

구텐베르크는 그날도 주형 앞에서 작업을 하고 있었다. 몇 차례 테스트를 거쳐 이미 인쇄는 거의 완벽한 단계에 접어들었지만 책 인쇄의 완성이라 부르기엔 뭔가 부족했다.

"이번엔 페이지 구성이 어떻게 되죠. 한 페이지에 몇 줄씩 인쇄가 됩니까?"

앤드류가 물었다.

"서른아홉 줄입니다."

칼 노이어가 조용히 대답했다.

"더 넣자니 활자가 작아지고, 잉크가 번져 가독성이 떨어지고…… 덜 넣자니 페이지가 많아지고, 제본도 무거워집니다."

구텐베르크는 고개를 저었다.

"읽는 사람에게 신의 말씀이 아니라, 종이 뭉치처럼 느껴지게 만들 수는 없지."

앤드류는 잠시 인쇄본을 들여다보았다.

정돈된 여백, 고딕체 활자, 단정한 줄 간격…… 겉으로는 흠잡을 데 없어 보였다. 그러나 그는 이미 알고 있었다. 역사적 결론은 '42줄'이라는 것을. 하지만 그것은 후세에 남겨진 결과일 뿐, 지금 이 순간이 현재라면 미래는 언제든 달라질 수도 있다고 믿었다. 혹시 또 다른 모습으로 만들어질지, 그 누구도 알 수 없는 일이었다. 어쩌면 우리가 기억하는 역사가 전부가 아닐지도 모른다.

무엇보다, 이것은 아직 '완성된 책'이 아니었다. 형식과 내용, 기능과 아름다움이 함께 어우러질 때에야 비로소 진리의 말씀이 담긴 성경이 되는 것이다.

"한 페이지에 들어가는 글자의 줄 수가 몇 줄이 가장 적절한지가 관건이네요. 단순히 많은 내용을 넣자는 게 아니라…… 독자 입장에서 가장 편안한, 그리고 가장 세련된 밀도를 찾아야 해요."

구텐베르크는 앤드류의 제안이 틀리지는 않다고 생각했다.

"작게 인쇄하면 글씨가 서로 붙어 뭉개지지 않겠소? 잉크가 스며들 테고……." 현실을 감안한 대답이었다.

"그래서 잉크 점도를 낮추고, 종이 표면에 수분이 없도록 숯가루나 모래를 뿌려 보는 것도 좋을 것 같습니다. 좀 더 건조하게 더 매끄럽게 다듬는 거예요." 앤드류의 의견도 일리가 있는 말이고 모래를 사용하는 기법은 당시에도 시도되던 방법이기도 했다.

"그리고 결국엔 정교한 활자가 모든 걸 결정하게 될 거예요. 그걸 위해서는 매트릭스와 주형을 더 단단하고 날카롭게 만들어야 해요."

칼이 얼굴을 찌푸렸다.

"그건 다시 처음부터 만드는 수준입니다. 너무 많은 시간이 필요합니다."

"하지만…… 단 한 권이라도, 완벽해야 하지 않겠어요."

앤드류는 소신껏 말했다. 그가 도서관에서 본 구텐베르크 성경은 완벽했다. 그리고 아름다웠다.

"세상을 바꾸는 책이라면, 첫 페이지부터 그걸 증명해야죠."

구텐베르크는 깊은숨을 내쉬면서 동의했다.

"맞소, 좋소. 앤드류 말이 맞네. 내가 이 기술을 만들었지만, 글이 사람의 눈에 닿기 위해선 — 그 눈높이까지 닿아야 하니까. 그리고…… 신의 말씀을 새기는 작업이니 반드시 이끌어 주실 것이오. 나는 믿소. 기다려 보시오. 어떤 모양이 가장 아름다운 말씀을 담아내는 그릇이 될지를."

며칠 후, 인쇄소 작업대 위에는 새로 주조된 작은 활자들이 반짝이며 줄지어 놓여 있었다. 그 옆에는 이제 막 찍혀 나온 성경 한 장이 있었다. 한 페이지에 정확히 42줄이 새겨진, 기다리던 인쇄였다.

작은 글자는 단정했고, 줄 간격은 절묘했으며, 여백은 아름다웠다. 마침내 '42줄 성경'이 세상에 모습을 드러낸 것이다. 앤드류가 그 인쇄본을 손에 들었을 때, 그는 숨이 막히듯 믿기지 않았다. '워싱턴 D.C. 국회도서관에서 유리 너머로 바라보던 그 성경이…… 지금 내 손에 있다니.'

"너무 아름다워요. 이제…… 완성되었네요. 성경 같지 않네요. 권위적이지도 않고 딱딱하지도 않아요. 한 편의 시집 같아요."

앤드류가 진심으로 감탄하며 말했다.

구텐베르크는 고개를 끄덕였다.

"이제야, 내가 꿈꾸던 '책'의 첫 장이 완성되었소. 글이 사람보다 커지지 않고, 말씀이 페이지에 눌리는 것이 아니라 — 거기서 피어나는 느낌이오."

앤드류는 조용히 웃었다. 그리고 물었다.

"이제 진실이 활자 속에서 숨을 쉽니다. 근데 어떻게 한 페이지에 42줄을 넣을 결정을 한 겁니까?" 앤드류는 정말로 궁금했다.

"하느님께서 이끄시는 대로 될 거라 하지 않았소. 인쇄를 위해 성경을 다시 읽다가 마태오 복음에서 깨달음을 얻었소. '아브라함부터 다윗까지 열네 대요, 다윗부터 바빌론으로 사로잡혀 간 때까지 열네 대요, 바빌론에서 그리스도까지 또 열네 대더라.' 모두 합해 마흔두 대이지요. 그때 알았소. 이것은 계시였소. 42줄은 그렇게 태어난 것이오. 놀랍지 않소."

앤드류는 감탄했다. 어쩌면 답은 이미 주어져 있었는지도 몰랐다.

인간은 다만 그 답의 한 줄을 찾아 평생을 헤매는 존재일 뿐이었다. 그가 맨해튼의 '스탄자 42'에 발걸음을 들였던 것도 이제 와 보니 우연이 아니었다. '시의 연(詩의 聯), 혹은 성경의 줄' — 그 이름 속에는 이미 하나의 계시가 숨어 있었던 것이다.

구텐베르크도 조용히 웃었다. 평화로운 웃음이었다.

성경책의 완성이 주는 평온은 오래가지 않았다.

다음 날, 푸스트의 전령이 도착했다. 그는 말없이 두루마리 하나를 내밀었고, 봉인은 붉은 왁스로 단단히 밀봉되어 있었다.

구텐베르크는 봉인을 끊지 않고도, 그 안에 무엇이 들어 있는지 알고 있었다.

"계약 이행 청구입니다."

칼이 무겁게 말했다.

"인쇄기 완성 직후부터 발생하는 기술 귀속 조건, 자금 회수 명령, 그리고 인쇄물 수익 분배 명세까지 포함되어 있습니다."

앤드류는 그 문서를 낚아채듯 펼쳐 들었다. 읽을수록 얼굴이 굳어졌다.

"푸스트는 처음부터…… 우리가 성공하길 바랐던 게 아니야. 성공한 순간을 기다린 거야. 그때서야 자기 권리를 주장하려고. 이건 푸스트 혼자서 계획할 수는 없는 일이오. 칼 그렇지 않소."

"무슨 말인지 모르겠네요…… 나한테 이러지 마시오."

"그리고…… 칼, 여기 내 이름은 왜 들어가 있는 것이오? 분명 뉴-요크에서 온 안드레아스라면 나를 말하는 것일 텐데."

"함께 해 온 일이잖아요. 그저 보증인의 역할만 한 거예요. 뭐 큰 책임지라는 게 아니에요. 어차피 마이스터가 해결하실 거예요. 다 그렇게 합니다." 칼이 앤드류 얼굴을 피하면서 변명하듯 얘기했다.

"젠장, 무슨 말도 안 되는 소리를 해 칼, 연대 보증이 얼마나 무서운 건지 알기나 해? 물론 내가 책임질 수 있는 일이 있다면 얼마든지 책임지고 함께하겠지만…… 이건 단순히 구텐베르크와 인쇄 기술을 빼앗기 위한 수단일 뿐이야." 앤드류도 흥분해서 그 시대에 어울리지 않는 험한 소리로 외쳤다.

구텐베르크는 말없이 다시 인쇄본을 들여다보았다. 그의 손가락이 문장의 끝을 천천히 스쳤고, 그 위로 금속활자의 잔열이 아직 남아 있었다. 그리고 모든 것을 체념한 듯 조용히 말했다.

"그렇다면…… 이제 진실이 누구의 것인지를, 우리 모두의 것임을 책이 말하게 하겠소."

23

요한 푸스트.

마인츠의 사람들 중 그를 모르는 이는 없었다. 그는 기사도 귀족도 아니었지만, 사람들은 그를 '힘 있는 손'이라 불렀다. 은행가, 상인, 법률 자문가, 그리고…… 그 누구보다 계산에 능한 자. 그는 늘 자신의 말을 문장으로 남기기보다 숫자와 서명, 인장으로 남겼다.

푸스트는 마인츠의 중심가에서 세대를 이어 온 부유한 상업·금융 가문 출신이었다. 그의 아버지는 돈을 빌려주고 상업 자금을 대는 일로 이름이 알려져 있었다. 젊은 시절, 그는 파리에서 유학하며 라틴어 계약 문서와 교회법을 공부했고, 귀국 후에는 도시 귀족들과 종종 거래를 트며 영향력을 쌓았다. 그의 이름은 어느새 마인츠의 공적 서류 곳곳에 등장했다.

푸스트는 단지 계산기 위의 숫자를 좇는 상인이 아니었다. 그는 세상의 변화의 기미를 누구보다 예민하게 감지했다. 유럽 전역에 국가라는 개념이 정립되어 가고 있었고, 이탈리아에서는 르네상스가 꽃을 피우고 있었다. 독일도 도시화와 함께 상업자본주의 초기 단계가 태동하기 시작했다. 이 무렵 푸스트는 가문의 재력을 바탕으로 단순 대부업을 더욱 정제

된 금융업으로 확장시켰다.

한편, 교회가 점차 세속화되고, 왕권보다 상업의 언어가 더 강해지던 시절. 그는 안개 속에서 단단한 구조를 세우듯, 시대의 전환을 감지했다. 그리고 그 변화의 한가운데에, '책'이라는 물건이 있다는 것을 직감했다.

1450년경, 푸스트는 칼을 통해서 요하네스 구텐베르크란 이름을 처음 들었다. 그는 이미 몇 해 전부터 활자를 통해 글을 찍어 내는 기계를 실험하고 있었고, 공방에서 불빛이 밤새 꺼지지 않는 인물로도 알려져 있었다. 푸스트는 그 이름을 듣고 흘려보내지 않았다. 그는 직접 구텐베르크를 찾아가, 기술이 아닌 미래에 대해 말했다. 책이 향후 강력한 권력이 될 수 있는지를, 언어가 어떻게 시장을 지배할 수 있는지를.

구텐베르크는 조심스러웠다. 그는 기술자였고, 신을 모시는 사람이었으며, 아직 세속의 언어에 익숙하지 않았다. 그러나 자금이 필요했다. 금속과 나무, 종이와 잉크, 주조용 공방과 인건비…… 그 무엇도 스스로 감당할 수 없었다.

그런 문제를 인식한 듯 푸스트는 그보다는 세속적인 칼 노이어와 접촉했다. 모든 논의는 그와 진행했다. 칼 노이어도 그런 상황이 싫지 않았다. 자신이 대접받는다는 느낌도 받았고, 무엇보다 미래를 계획할 수 있다는 게 너무 좋았다. 왠지 푸스트와 연결될 때마다 자신의 미래도 한 계층 더 올라가는 느낌을 받았다. 천국의 계단이 있다면 이런 식으로 밟고 올라가야 하는 것이라고 생각했다.

푸스트는 대가 없이 후원하지 않았다. 그는 계약서를 준비했지만 초기에 생각했던 내용과는 많이 달라졌다. 칼의 개입이 노골화된 이후부터였다. 단순한 차용 문서가 아니었다. 법률적 조항이 촘촘히 들어갔고, '기술

결과물에 대한 귀속', '인쇄물 배포에 대한 권리', '수익 분배의 우선권', '자산 회수의 조건'이 하나하나 명시되어 있었다. 그는 라틴어의 문법을 검처럼 휘둘렀고, 구텐베르크는 결국 그 문서에 서명했다. 오늘날로 치자면 정상적인 금융대부의 한 과정이었다.

사람들은 훗날 그를 두고 수많은 이야기를 덧붙였다. 어떤 이들은 그가 구텐베르크의 등을 쳤다고 했고, 또 어떤 이들은 그가 시대를 연 상인이라고 불렀다. 푸스트 자신은 결코 악을 행했다고 생각하지 않았다. 그는 기술을 빼앗은 것이 아니라, 계약에 따라 회수했을 뿐이었다. 그는 단 한 번도 활자를 새기지 않았고, 잉크를 섞지 않았지만, 누구보다 먼저 그 가치를 알아보았다고 믿었다.

그는 인쇄를 장인의 비밀에서 산업으로 끌어올린 최초의 상인이었다. 그가 찍어 낸 것은 단순한 책이 아니라, 언어의 유통망이었다. 지식이 아니라, 지식을 파는 방식을 발명한 자였다. 그리고 그로부터 지식은 처음으로, 모두가 손에 넣을 수 있는 산업이 되었다.

그는 파리에서 생을 마쳤다. 사람들은 그의 죽음을 두고 수군댔다. 악마에게 영혼을 팔아 기술을 얻었고, 약속이 끝나자 악마가 데려갔다고. 그 소문은 세대를 건너며 변주되어, 요한 푸스트의 이름은 어느새 '파우스트'라는 전설로 굳어졌다. 그리고 수백 년 뒤, 괴테의 『파우스트』 속에서 그 전설은 다시 태어나, 인간의 탐욕과 지식, 구원의 드라마로 완성되었다.

아마도 푸스트는 이렇게 말했을 것이다.

"구텐베르크는 진실을 원했지만, 나는 그 진실이 살아남을 수단을 만들었소."

24

　푸스트의 통보가 도착한 뒤, 모든 것이 달라졌다. 칼의 태도도 변했을 뿐 아니라, 보증인으로서 앤드류의 책임을 묻는 문서까지 전해졌다. 네덜란드 뉴-요크에서 온 '안드레아스' 앞으로 온 것이었다. 책임은 막대했다. 금전적인 보증을 함께 지는 것으로 만약 구텐베르크가 변제하지 못할 경우 앤드류 역시 감옥에 갇히거나 최악의 경우 추방 또는 그 이상의 처벌까지도 각오해야 했다. 앤드류는 달리 손쓸 방법이 없었다. 그 문서가 아무런 효력이 없음을 입증하려면 자신이 어디서 온 누구인지를 밝혀야 했지만, 그건 도저히 불가능한 일이었다. 설상가상으로 이번 사건을 계기로 마을에는 그를 둘러싼 흉흉한 소문이 퍼지고 있었다. 어떤 이는 그가 타국에서 파견된 밀정이라 했고, 또 어떤 이는 파계한 사제라고 했고, 심지어 도망친 노예라는 말까지 나돌았다.

　구텐베르크는 거의 말을 하지 않았다. 오직 금속으로 된 활자와만 대화하는 것 같았다. 눈앞에 사람이 있어도, 그는 금속활자자 틀과 주형 사이의 미세한 간극에만 집중했다.

　밤이 지나고 또 밤이 왔다. 그는 종이 위의 한 줄을 놓치지 않으려, 스스로 식사를 놓치고, 수면을 놓쳤다. 칼은 매일같이 그를 말렸지만, 구텐베르크는 듣지 않았다. 앤드류도 걱정하기는 마찬가지였다. 구텐베르크는 오히려 이전보다 더 섬세하고, 더 완벽하게 인쇄하려 했다.

"이게 마지막일지도 모르오."

그가 낮게 말했다. "그렇다면…… 마지막 한 권까지도 완전해야 합니다."

앤드류는 그를 지켜보며 천천히 물었다.

"지금까지 얼마나 인쇄했고, 이제 얼마나 더 하려고 하죠?"

구텐베르크는 잉크로 얼룩진 손을 들어 보이며 답했다.

"지금까지 우리가 인쇄한 것이 168권. 오늘로 170권. 내일까지…… 180권……."

"요하네스…… 지금은 균형적으로 돌아볼 필요가 있어요. 인쇄에만 집착하다 건강과 재산 모든 걸 다 잃게 될 수 있어요…… 구텐베르크 당신은 앞으로도 해야 할 일이 더 많아요."

"앞으로라는 건 애초부터 존재하지 않는 일이오. 과거와 현재는 있지만, 미래란 그저 오늘의 괴로움이 빚어낸 허상일 뿐이오. 많은 이들이 미래의 천국을 바라보며 지옥 같은 현실을 버텨 왔지만, 그것은 현실의 권력자들이 만들어 낸 환영이었을 따름이오. 나는 그렇게 시간을 허비할 수는 없소. 우리의 바람은 천국이 아니라 현재에서 실현되어야 하오."

그 목소리는 피로와 광기로 뒤섞인 듯했지만, 어딘가 담담했다. 죽음을 받아들이는 수도자의 목소리처럼.

다음 날 밤, 한 사내가 공방 문을 조용히 밀고 들어섰다. 회색 수도복은 먼 길을 걸어온 흔적처럼 가장자리가 희미하게 닳아 있었고, 어깨에 걸린 낡은 가방에서는 오래된 가죽의 냄새가 배어 나왔다.

사내는 마치 수십 년간 같은 길을 걸어온 사람처럼 무게 있고 느린 걸음으로 공방 안을 둘러보았다. 머리칼은 귀 옆으로 희끗희끗하고, 뺨은 깎지 않은 수염 자국으로 덮여 있었지만, 눈빛만은 매서웠다. 오래된 어둠 속에서 작은 불씨를 꺼내 드는 자들의 눈 — 그 눈이었다.

그는 말없이 벗은 후드를 정리하며 입꼬리를 살짝 올리며 조금 들뜬 목소리로 외쳤다.

"요하네스."

구텐베르크는 그 목소리를 듣는 순간 멈춰 섰다. 어릴 적 함께 성당 뒤편 묘지 언덕을 뛰놀던 그 시절, 이름을 부르면 반쯤은 욕설이 섞여 돌아오던 목소리.

"콘라트……?"

"그래, 이젠 '브라더 콘라트'라고 불러야지. 하지만 자네에게만큼은 예전처럼 그냥 콘라트로 불리고 싶네." 그는 편하게 웃으며 말했다.

"와 주었군. 올 거라고는 믿었네만. 예전이나 지금이나 자네는 늘 선물처럼 다가오는군."

두 사람 사이에는 오랜만의 회동이 주는 온기와 함께, 지난날의 그리움을 담은 짧은 침묵이 흘렀다. 그러나 그것은 어색함이 아니라, 긴 세월을 지나 다시 만난 자들 사이에만 흐르는, 오래된 우정의 정적이었다.

앤드류는 한 걸음 물러서며 두 사람을 지켜보았다.

그 수도사는 뭔가를 품고 있었다. 단순히 옛 친구를 찾아온 것이 아니라, 자신이 해야 할 운명 같은 걸 감내하기 위해서 세상에 다시 나타난 것 같았다.

콘라트가 입술을 살짝 굳히더니, 낮게 물었다.

"날 부른 이유가 뭔가, 요하네스. 혹시 오래전 그 일 때문인가?"

구텐베르크는 눈을 깜빡였다. 잠시 주춤거리다가 이내 고개를 아주 조금 끄덕였다.

"자네가 기억하고 있군……."

"어떻게 잊겠나. 오래전이긴 하지만……." 콘라트는 회색 수도복을 쓸어내리며 길게 숨을 뱉었다.

"우리는 아버지를 따라 마인츠에서 콘스탄츠로 갔었지. 그날 밤 아버지 심부름으로 나간 자네가 늦게까지 안 오길래 성당 뒤편 모퉁이에서 기다렸지. 그랬는데…… 자네와 낯선 수도사가 대화하는 걸 들었지. 나중에 안 사실이지만 그는 아마…… 후스였겠지?"

구텐베르크는 대답하거나 묻지 않았다. 그는 자리에 천천히 앉으며 말없이 콘라트를 바라보았다. '그래 맞네'라는 말 대신 침묵이 방 안을 무겁게 메웠다.

"난 처음엔 그냥 설교문이나 받은 줄 알았네. 그런데…… 자네 손에 들려 있던 건…… 그냥 책 같지도 않고, 편지 같지도 않았지. 더 두껍고…… 봉인된 책이었어."

"그래 맞네. 자네가 본 그대로일세."

"요하네스, 그건 영어로 된 성경이 아닌가? 그래서 자네는 말도 못하고 감추어 온 것이고……."

구텐베르크는 때가 된 듯, 고요 속에서 확신을 담아 입을 열었다.

"처음엔 나도 어떤 책인지 몰랐네. 나중에 알았네만, 예상대로 그건 영어 성경이었네. 그때나 지금이나 영어 성경은 금지된 책이고, 소지만 해도 처형을 면할 수 없지."

"그래 그건 이단일세…… 자국어 성경이 왜 이단인지는 나도 모르겠네만……."

"항상 그랬지만 우리의 판단은 상관없지. 근데, 내가 받은 것은 그저 영어로 된 성경만은 아니었네……."

콘라트는 눈을 가늘게 뜨며 말했다.

"그럼 그 책이 그냥 영어로 번역된 성경만은 아니란 건가?"

"그때는 나도 그저 영어 성경이라고만 생각했네. 당시 영어로 성경을 번역했다가 그렇게 처형을 당한 거니…… 다만 그때 후스는 나에게 말했네. 나중에 읽어야 할 때가 반드시 올 거라고. 그때가 오면 그걸 읽어 보라고 했네……."

"그럼 요하네스 자네는 그걸 다 읽어 보았나…… 특별한 내용이 있던가?"

"그건 성경이네. 그리고 말씀일세. 그런데, 정확히는 나도 다 알 수가 없었네. 누구에게 물어보기도 힘들고, 알잖나, 지금은 너무 위험한 시대라는 걸. 그 성경을 읽다가 이상하다고 느낀 한 가지만 얘기하면…… 성경의 말씀은 우리가 아는 말씀으로만 구성된 것이 아닐 수 있다는 것일세……."

콘라트는 잠시 놀란 듯한 표정이었지만 이내 침착을 되찾고 다시 물었다.

"성경에 우리가 모르는 말씀이 더 있다는 말인가? 말씀이라면 신약의 복음서를 말하는 것일 텐데, 내가 아는 복음은 네 개의 복음이 전부이네만…… 자네는 그럼 그것 외에 계시되지 않은 복음서가 더 있다는 말인가?"

구텐베르크는 잠시 머뭇거리다가 긍정의 눈빛을 담은 알 수 없는 표정으로 낮게 말했다.

"그렇다고만 얘기해 두지…… 아직은 너무 위험하네…… 특히 수도사인 자네에게는 더 위험한 일이지. 때가 오면 알게 될 걸세. 곧 진실을 알게 될 때가 올 걸세."

"오늘 자네를 이렇게 특별히 와 달라고 한 건 다른 이유가 있어서네."

콘라트도 평소 구텐베르크 성격을 알아선지 더 이상 묻지 않았다. 곧 알게 될 때가 온다면 그건 정말 곧일 거다. 어쩌면 오늘 밤이나 내일일 수도.

바람에 작업장 안의 오일 램프와 촛불이 흔들렸고, 잉크 냄새가 강하게 퍼졌다.

"잉크 냄새가 진동을 하네…… 도대체 몇 권이나 인쇄를 한 것인가? 정말 성경 전체 페이지를 모두 금속활자로 인쇄했단 말인가? 그럼 모두 똑같은 크기와 내용으로 인쇄되어 나와 있다는 말인가?"

"한 페이지에 42줄이 들어가 있는 180부의 성경이 모두 똑같은 형태로 인쇄되어 나와 있습니다. 마이스터 구텐베르크의 영혼을 다져 넣었다고 보면 됩니다. 이건 그냥 책이 아니라 아름다운 예술품입니다."

앤드류가 조심스럽게 끼어들며 대신 대답했다.

콘라트는 그제야 앤드류를 바라보며 약간 경계하듯 말했다.

"이 사람은……."

"믿을 수 있네."

구텐베르크가 짧게 말했다. "언제 사라질지는 모르지만 최소한 그는…… 나보다 훨씬 오래된 질문들을 들고 이곳에 온 사람이지."

"요하네스, 내가 바람과 함께 사라진 사람은 아녜요. 이번엔 나도 언제인지 알고 싶네요." 앤드류는 콘라트 쪽을 바라보며 가볍게 인사하며 대답했다.

콘라트는 한동안 앤드류를 바라보다, 마침내 말했다.

"요하네스가 믿을 수 있는 사람이면 나도 믿을 수 있는 사람이지. 반갑소. 이제 나는 무엇을 하면 되지?" 콘라트의 마음이 조금 더 편해진 느낌으로 물었다.

"자네는 여기 내가 인쇄한 성경의 대부분을 유럽과 그 외 자네가 아는 나라와 수도원에도 전해 주게나. 성경을 읽고 싶어 하는 사람들은 모두 보고 읽을 수 있는 권리가 있네."

"자네가 원하던 게 그거였군. 인쇄는 모두 라틴어로 되어 있나 그럼?"

"여기 180권의 성경은 비록 라틴어 불가타(Vulgata)본으로 인쇄되었지만 언젠간 각 나라의 언어로 번역되어 인쇄될 날이 올 걸세. 그때를 위해서라도 이 성경들이 그 기초가 되어 줄 걸세. 성경이 필요한 곳으로 모두 전달을 해 주게."

"그래야겠군. 혼자서는 불가능한 일이지만 내가 믿는 사람들을 통해서 어떻게든 길을 만들어 보지…… 한번 길이 생기면 막을 수 없을 걸세."

"그리고 한 가지 더…… 자네 혹시 동방의 고려라는 나라를 아는가? 마르코 폴로의 『동방견문록』에도 나오는 곳이네. 여기 앤드류의 먼 옛날 고향이라고도 했지. 아무튼 그곳에 대해서 조사를 좀 해 주고, 그곳에도 이 인쇄된 성경을 보내 주면 좋겠네. 그곳엔 이미 78년 전에 금속활자로 '불경'이라는…… 우리의 성경과 같은 것을 인쇄했었다고 하네. 놀라운 일이고 아름다운 일이지."

"그런 일이…… 믿기지 않지만. 대단한 일이군." 콘라트는 어렴풋하게

만 들었던 동방 세계에 대해서 흥미로워했다.

구텐베르크는 계속해서 말을 이었다. 그러나 그때까지와는 다른 눈빛이었다.

"그리고 콘라트…… 한 가지 더, 자네에게 따로 줄 것이 있네."

콘라트는 조금 전 구텐베르크와 얘기를 나눌 때 왜 그가 자꾸 위험하다는 소리를 했는지 알 것 같았다. 그렇다. 위험한 일이었다.

"콘라트, 앤드류, 나는 이제 마지막으로 나의 할 일을 할 걸세."

그는 자신의 손가락으로 작업장의 책상 위에 허공의 문자를 쓰는 듯 움직였다. '계시되지 않은 복음', '침묵의 복음', '감추어진 말씀', '사라진 문장'. "사람들이 뭐라고 부르던 진실은 언젠가 세상에 드러나기 마련이라 믿네."

앤드류는 천천히 숨을 들이쉬었다. '감추어진 말씀' — 그것이야말로 자신을 여기로 보낸, 세이지 굿힐이 찾아 달라고 한 '사라진 문장'이었다.

새벽녘, 구텐베르크는 인쇄를 멈추고 창가에 앉았다. 붉은 햇살이 마인츠의 지붕 위로 스며들고 있었다. 그는 마지막 성경 한 권을 조심스레 덮으며 중얼거렸다.

"한 권이 더 찍힐 때마다, 사람 하나가 더 구원받을 수 있다면 나는 내 모든 것을 이 기계에 걸어도 좋소."

그의 손은 피로했지만, 그 손이 찍어 낸 글자는 오히려 또렷해지고 있었다. 그는 진실을 새긴 게 아니었다. 진실이 그의 손을 통해 스스로를 찍고 있었던 것이다.

미스테리움

25

칼 노이어는 매일같이 공방의 먼지를 털어 냈다. 그는 겉으로 보기엔 헌신적인 조수처럼 보였다.

"그러나 구텐베르크가 예전처럼 '칼'이라 부르던 이름은, 이제 '노이어'로 불려야 할 때가 다가오고 있었다. 칼 자신도 그 변화를 느끼고 있었다. 마이스터는 이제 지쳤다. 저 기술도 언젠가는 내 손을 거칠 것이다." 칼은 탐욕과 두려움이 섞인 눈빛으로 중얼거렸다.

칼은 아무도 없는 작업실 구석에 몰래 복사해 둔 금속 몰드 도면을 꺼내 들었다. 그는 종이 뭉치 아래에 숨겨 놓은 금속활자의 원형 주조 도면, 그리고 핸드몰드의 조립법까지 모두 기록해 두었다. 이 모든 건 오랜 시간 동안 이루어진 치밀한 준비였다. 겉으로는 '마이스터를 위해'라 했지만, 속으로는 '마이스터가 사라진 뒤'를 꿈꾸고 있었다.

푸스트와의 만남은 이제 더 이상 비밀스럽게 이루어지지 않았고 횟수도 훨씬 잦아졌다. 누가 먼저랄 것도 없이 두 사람은 자주 회동의 시간을 가졌다. 무언가 임박했음을 알리는 모습이었다. 푸스트는 처음엔 안정적인 투자와 이자의 회수만을 원했다. 인쇄 기술이나 인쇄 사업 자체를 인수하는 것에 대해서는 회의적이었다. 그러다 보니 모든 걸 조심스러워했으나, 칼의 적극적인 회유와 전략이 생각을 바꾸는 데 결정적인 역할을 했다. 더욱이 구텐베르크가 인쇄한 성경의 초본을 본 이후에는 확신을 가지게 되었다.

"자네가 정말로 기술을 확보하고 있다면 인쇄소는 자네가 운영할 수 있도록 하겠네."

칼은 놀랄 일은 아니었다. 원래부터 계획하던 일이었다.

"인쇄소 운영이 앞으로는 점점 더 커질 겁니다. 두고 보세요. 그러려면 우리가 더 친밀하게 묶일 필요가 있습니다. 마치 가족 관계처럼……."

칼은 더 이상 야심을 숨기지 않았다. 안나를 염두에 둔 얘기였다.

푸스트도 어렴풋이 알고 있었던 것이지만 내심 탐탁지는 않았다. 늦게 얻은, 어린 안나가 마음에 걸리기도 하였다.

"재판으로 끌고 가야 합니다. 마이스터가 계약을 어겼다고 주장하십시오. 필요하면 계약서를 다시 써 드릴 수도 있습니다. 중요한 건…… 인쇄기와 그 기술을 마이스터가 더 이상 지킬 수 없다는 걸 증명하는 겁니다. 그리고 안드레아스까지 보증인으로 세워 두었으니 촘촘한 그물망을 던져 놓은 것과 마찬가지입니다. 빠져나갈 수가 없죠. 발버둥 칠수록 더 조여들게 마련입니다."

칼이 한술 더 떠서 노골적으로 나오기 시작했다.

푸스트는 고개를 끄덕였다. 그는 이미 돈을 댔고, 결과물이 시장에 퍼지기 직전이었다. 이 기술이 이제 곧 대륙을 흔들 시장이 될 거라는 걸, 그도 알고 있었다.

구텐베르크에게 재판 출석 명령서가 날아든 것은 성경 인쇄 180부가 막 끝나 갈 무렵이었다. 그는 아무 말도 하지 않았다. 칼도, 앤드류도, 콘라트조차 그를 보기 힘들었다. 그날부터 그는 자신의 방을 굳게 잠갔다.

"내 고요를 깨뜨리지 마시오." 그 말만이 종이에 적혀 문틈에 붙어 있었다.

시간은 느리게 흘렀고 밤과 낮이 뒤섞였다. 마인츠의 겨울은 길고 축축했으며, 창틀에 박힌 바람은 밤새 뼛속을 파고들었다. 그러나 작업장 안에서는 기계가 돌아가는 소리가 멈추지 않았다.

철제 프레스가 눌리는 소리, 활자 틀을 맞추는 딸각이는 소리, 그리고 잉크 냄새. 모두가 잠시 잊고 있었지만, 그 안에는 여전히 글이 새겨지고 있었다.

재판은 가까워졌다. 앤드류는 그를 위해 또 자신의 변호를 위해 법정 논리를 정리하고 있었지만, 서서히 '이건 법의 영역이 아닌 것 같다'는 느낌을 받기 시작했다.

평생을 법정에서 싸우며 살아왔지만, 이번만큼은 어떤 논리도, 어떤 증거도 자신을 지켜 줄 수 없다는 걸 앤드류는 직감했다. 익숙했던 법의 언어는 이곳에서 아무 힘을 발휘하지 못했고, 자신의 신분을 밝히지 못하는 이상 항변조차 불가능했다. 중세의 법은 현대와 달리 증명보다 소문에 무게를 두었고, 사람들의 불신은 이미 판결을 대신하고 있었다. 감옥에 갇히거나 추방을 당할 위험은 날이 갈수록 짙어졌고, 그 어떤 법정 싸움보다도 무력한 현실 앞에서 그는 처음으로 완전히 벽에 가로막힌 듯한 절망을 느꼈다.

그럼에도 불구하고, 한 가지는 분명히 보였다. 구텐베르크 — 그는 지금 분명 무언가를, 세상에 남기기 위한 작업에 몰두하고 있었다. 법정 따위는 그의 발걸음을 묶지 못할 것이며, 그가 어디로 향하는지를 끝내 가로막을 수도 없다는 사실이었다.

앤드류는 조용히 한숨을 쉬었다. 자기 자신도 더 이상 할 수 있는 일이 없다는 것을 알기 때문이었다.

석조 천장이 높게 솟은 마인츠의 법정 안, 대주교 아돌프 2세의 이름으로 열린 최종 재판은 장엄한 침묵 속에서 이어졌다. 촛불이 일렁이며 성화 앞에 긴 그림자를 드리웠고, 법정에 모인 상인들과 성직자, 서기관들의 시선이 한곳으로 쏠렸다.

재판관 요한 폰 뮌스터가 판결문을 낭독했다.

"원고 요한 푸스트는 피고 요하네스 구텐베르크에게 대여한 금전 채무와 그 이자를 상환받지 못하였음을 입증하였다. 이에 본 법정은 원고의 청구를 인용한다. 피고 구텐베르크는 인쇄기, 장비, 공방, 이미 제작된 성경본과 인쇄 중인 모든 문서를 포함한 전 재산을 원고 푸스트에게 양도해야 한다."

순간, 법정 안에 술렁임이 일었다. 푸스트의 입가에는 미묘한 승리의 기색이 번졌고, 구텐베르크의 조력자들은 고개를 떨궜다.

재판관은 잠시 호흡을 고른 뒤 또 다른 문서를 펼쳤다.

"아울러 피고가 제출한 '신기술 보호'에 관한 청원은 기각한다. 인쇄기는 신의 말씀을 전하는 도구일 수 있으나, 그 권위와 사용 여부는 오직 교회와 대주교의 승인 아래에 있어야 한다. 특권과 보호를 청구할 권리는 피고에게 없음을 선포한다."

마지막 구절을 낭독하자 법정은 다시 정적에 휩싸였다. 그러나 재판관은 곧 목소리를 낮추어, 그러나 분명히 들리도록 덧붙였다.

"그리고…… 보증인으로 기재된 안드레아스 역시, 피고와 함께 책임을

진다. 피고가 채무를 이행하지 못할 경우, 그 벌은 결코 가볍지 않다. 추방을 포함한 형벌이 뒤따를 것이며, 그 세부는 추후 교회 공고를 통해 알릴 것이다."

서기관이 서둘러 그 말을 양피지에 기록했다. 방청석에서는 낮은 탄식이 흘러나왔다.

"이건 말도 안 되는 일이요. 구텐베르크는 변호도 없이 판결을 받았소. 나에게 그를 변호할 기회를 주시오." 앤드류는 자신도 피고가 되어 있다는 것도 문제지만 어떻게든 구텐베르크의 변호 기회를 찾아야 했다. 자신이 변호사임에도 이런 무력감은 처음이었다.

"이번 판결로 모든 것이 완결되었다. 대주교님의 올바른 판단은 어떤 변명으로도 반론 지어질 수 없다." 재판관은 다시 한번 강하게 못 박았다.

"변호도 없이 이젠 꼼짝없이 나도 이상한 나라에서 처벌을 당하게 생겼군…… 젠장." 앤드류도 할 말을 잃고 그저 중얼거렸다.

푸스트는 눈을 감은 채 승리를 곱씹었고, 구텐베르크는 미동 없이 앉아 있었다. 그의 얼굴은 패배자의 것이 아니었다. 오히려 세상에 아직 드러나지 않은 더 큰 문장을 품은 자의 고요였다.

재판이 있고 일주일 후 강제로 인쇄소 작업장의 문이 열렸다. 이제 모든 것이 변해야 할 때였다. 작업장 안에는 아무도 없었다. 단 하나, 책상 위에 하나의 쪽지가 놓여 있었다.

말씀이 모두를 위해 새겨지는 날, 권좌는 침묵할 것이다.

그건 성경도 아니었고, 면죄부도 아니었으며, 설교문도 아니었다. 그러나 누구나 알 수 있었다. 그건 요하네스 구텐베르크가 마지막으로 찍어 낸 문장을 가리키는 것이었다.

그 이후로 그는 사라졌다. 누구도 요하네스 구텐베르크를 다시 보지 못했다.

푸스트는 재판에서 승소했다. 예상대로 그는 구텐베르크의 인쇄소를 차지했다. 그러나 그는 인쇄 기술의 전부를 얻지 못했다. 칼과의 협업이 순조롭게 흘러가지는 않았기 때문이다. 칼은 인쇄소를 자신의 것으로 만들기 위해서 본격적으로 나섰다. 작업장도 옮기고 확장하였다. 그러나 그가 만든 활자는 구텐베르크의 인쇄물만큼 완벽하지 않았다.

그는 알았다. 구텐베르크가 남긴 마지막 한 문장이 앞으로 벌어질 세상의 모든 논쟁과 전쟁, 그리고 해방과 혁명 속에서도 결국 중심에 놓이게 될 것이란 걸.

26

 구텐베르크가 사라진 지 열흘째 되던 날이었다. 앤드류도 주변에 수소문을 해 보고, 그와 함께 자주 드나들던 선술집과 시장, 성당 근처까지 발걸음을 옮겼지만 그의 자취는 어디에도 남아 있지 않았다. 마치 세상에서 증발해 버린 사람처럼, 흔적조차 잡히지 않았다.
 그 공백을 틈타 칼과 푸스트가 빠르게 움직였다. 인쇄소의 권리와 장비, 심지어 미완의 원고와 기술적 도안까지 모두 자신들의 이름으로 인수하는 절차가 진행되었다. 구텐베르크의 이름은 법적 문서에서 지워졌고, 이제는 칼과 푸스트의 사업으로 기록되었다.
 앤드류에게 내려졌던 '보증 책임'은 여전히 유효했지만, 일단은 인쇄소 운영이 정상적으로 이어진다는 이유로 처벌은 잠시 유예되었다. 그러나 이는 결코 면제된 것이 아니었다. 푸스트와 칼이 인쇄소를 장악한 지금, 언제든 책임을 다시 묻겠다는 불안한 서약처럼 남아 있었다. 앤드류는 숨을 돌릴 수 있었지만, 그것은 폭풍이 지나간 고요라기보다는 오히려 더 큰 폭풍 전의 정적에 가까웠다.
 앤드류는 한때 구텐베르크가 성경을 처음 찍어 내던, 이제는 불 꺼진 인쇄소 안에 서 있었다. 작업장의 풍경은 그가 떠난 날 그대로였다. 다만,

그곳에서 그는 마지막까지 온 힘을 기울여 활자를 다듬고 조판을 준비하며 어떤 인쇄를 시도했던 것으로밖에 짐작할 수 없었다.

그날 오후, 불 꺼진 작업장 안. 홀로 앉아 있던 앤드류 앞에 한 여인이 조용히 모습을 드러냈다. 안나였다. 그녀는 말없이 문턱에 서 있었다. 마치 긴 계절을 통과하고 돌아온 사람처럼.

앤드류는 순간 놀랐지만, 어딘가 이미 예감하고 있었다는 듯 조용히 그녀를 바라보면서 천천히 자리에서 일어섰다. 안나는 잠시 망설이다가, 천천히 앤드류 쪽으로 다가왔다. 작업장 안의 공기는 눅눅하게 가라앉아 있었고, 그녀의 발소리만이 바닥에 조용히 번져 갔다.

"앤드류 오랜만이네요…… 저, 잠깐 이야기 좀 해도 될까요?"

눈가는 붉게 물들어 있었지만, 그녀의 목소리는 오히려 담담했다. 울지 않은 사람의 눈빛이 더 깊다는 걸, 앤드류는 그제야 알 것 같았다.

"안나, 어서 와요. 쉽지 않은 걸음이었을 텐데."

"더는 혼자서 견딜 수가 없었어요."

"잘 왔어요…… 저도 요하네스가 이렇게 갑자기 모습을 감출 줄 몰랐네요."

"전…… 사실 느끼고 있었어요. 요하네스가 떠날 거라는 걸. 아니 처음부터 요하네스는 우리와 함께 살 수 없는 사람이란 걸 알 수 있었어요."

그녀는 그 말과 동시에 예전을 회상하듯 앤드류의 눈을 피했다. 앤드류는 안나를 향해 물었다.

"슬픈 운명 같은 걸까요…… 많이 힘들었을 거예요. 그런데 안나는 요하네스를 와이너리 축제 때 처음 만났었죠?"

"아니에요. 당신에게는 얘기한 적 없지만 그는 알아요. 전 이미 오래전에 요하네스를 보았어요. 그의 얘기를 들었어요. 확신에 가득 찬…….”

"네? 그렇군요. 이미 전에 알던 사이였던가요?" 구텐베르크로부터는 전혀 듣지 못한 소리에 앤드류는 되물었다.

"그곳은 스트라스부르였어요. 아버지를 따라 길을 나섰다가 저녁에 일 봐주던 요셉과 함께 조그만 선술집에 들른 적이 있어요. 전 어린 나이였지만 잠시 동행했어요. 저에겐 신기하고 흥미로운 풍경이었거든요. 그때 그곳에 요하네스가 있었어요. 사람들에게 무언가 진실의 문장에 대해서 이야기하고 있었어요. 사람들은 호기심에 가득 찬 얼굴로 진지하게 듣고 또 묻곤 했어요. 모두들 위험하단 걸 알고 있었지만요. 저는 그때는 그저 호기심에 흥미로운 이야기라고 생각했고 질문까지 했었어요. 요하네스에게…….”

앤드류는 너무 놀랐다. 그럼 그때 스트라스부르의 빅페르프 술집에서 사람들 속에 있던 한 여자아이가 지금 여기 있는 '안나'였다니. 신기하기도 하고 역시 모든 운명은 미리 짜여 있을 수밖에 없나 하는 말밖에 할 말이 없었다.

"그랬군요…… 얘기가 길지만 그러고 보니 저도 당신을 본 것 같네요. 저도 그때 그 자리에 있었어요. 전 그때의 당신처럼 어린아이는 아니었지만요."

"네? 정말요?" 안나는 놀랐다는 듯이 반문했지만 이내 차분한 목소리로 이야기를 이어 갔다.

"하지만 이렇게…… 말도 없이 사라질 줄은 몰랐어요. 최소한 저한텐…… 무슨 말이라도 남길 줄 알았는데…….”

앤드류는 조용히 고개를 끄덕이며 입술을 다물었다. 그 역시 똑같은 심정이었다.

"요하네스가 특별한 말을 남기진 않았지만…… 저에게 얼마 전 이런 걸 남겼어요. 꼭 지켜 달라고 하면서……." 안나가 조심스럽게 쌓여 있는 물건을 꺼내 놓으며 말을 이었다.

"이게 무언지 물었지만 그는 그저 언젠간 알게 될 거라면서 소중히 간직해 달라고 했어요. 전 그저 인쇄에 필요한 글자 조합인가 아니면 특별한 부속품인가 했어요. 다시 보니 인쇄하기 전에 완성된 금속활자본 같은데, 라틴어로 보이기도 하고, 독일어 활자도 있는 것 같고, 또 라틴어나 독일어도 아닌 활자도 있는 것 같아요……."

그것은 앤드류에게 낯설지 않았다. 인쇄 전, 조합해 둔 금속활자였다. 활자를 틀에 끼워 넣으면 한 문장, 혹은 한 단락 단위로 그대로 찍어 낼 수 있었다.

"한번 보죠. 이건……."

앤드류는 순간 놀랐지만 곧 침착하게 활자들을 뚫어지게 바라보았다. 눈앞의 활자는 지금까지 구텐베르크가 찍어 낸 것들과는 달랐다. 라틴어만이 아니었다. 독일어로 보이는 활자도 있었고, 어떤 것들은 오히려 영어에 가까웠다. 물론 앤드류가 아는 현대 영어와는 달랐지만, 분명 영어 알파벳의 모습을 띠고 있었다. 그리고 활자들 사이사이에는 몇몇이 사라진 듯 빈틈이 눈에 띄었다.

"인쇄용 조판으로 배열된 게 아니라서 알아보기가 쉽지 않군요. 다만 독일어나 라틴어, 그리고 확실하진 않지만 오래된 중세 영어가 섞여 있는 것 같습니다. 세 언어 모두 라틴 문자 계열을 기반으로 하니 글자의 자형에 공통점이 많습니다. 여기 보이는 S, T, R, N, A, M 같은 글자들은 거의 차이가 없죠. 문제는 활자가 모자라 보인다는 겁니다. 문장을 완성하기엔 부족하군요." 안나는 놀람과 기대감으로 눈빛이 바뀌며 조용히 답했다.

"네, 요하네스가 사라진 뒤 아버지의 분노가 거세졌습니다. 저와 요하네스의 관계를 의심해 제 방과 물건들을 뒤지기도 했죠. 그때 일부 활자가 사라진 것 같아요. 지금 여기 가져온 게 제가 가진 전부예요."

앤드류는 안나로부터 받은 활자들을 이리저리 맞추어 보기 시작했다. 분명 어떤 실마리가 있을 것이라는 예감이 들었다. 그게 무엇인지는 모르겠지만.

안나도 거들었다. 비록 금속활자 자체와 인쇄의 과정에 대해서는 몰랐지만, 알파벳으로 된 활자를 문장으로 맞춰 보면 왠지 그 의미를 알 수 있을 것 같았다.

한참을 이리저리 맞춰 보았지만, 한 번에 뜻이 이어지는 문장으로 구성되지 않았다. 활자의 수가 어딘가 부족해 보였다. 그러다 앤드류의 머릿속에 문득 크로스워드 퍼즐이 떠올랐다. 사람들이 신문에서 심심풀이로 풀던 그 퍼즐이었다. 그는 줄 맞추기를 늘 싫어했지만, 이상하게 가로세로 들쭉날쭉한 퍼즐에는 끌렸고, 맞추는 데에도 묘한 재능이 있었다. 루빅스 큐브도 마찬가지였다. 규칙적으로 줄 세워진 상태는 불편했지만, 흐트러진 조각들 속에서 질서를 찾아내는 순간에 오히려 쾌감을 느끼곤 했다.

"그래, 문장에는 같은 철자나 단어가 여러 번 쓰일 수 있어. 그 반복이 다른 문장에도 이어질 수 있지. 그리고 배열도 꼭 가로나 세로로만 이어진다는 보장은 없어!" 앤드류는 신박한 단서를 찾은 듯 흥분을 감추지 못했다. 안나도 금세 이해한 듯 활자를 서둘러 가로와 세로로 맞추어 보기 시작했다.

한참이 지나자, 형태는 어색했지만 한 단락으로 보이는 문장이 앞에 놓였다. 활자들은 띄엄띄엄 흩어져 있어 대략의 문맥만 보일 뿐이었다. 남는 활자가 있었고, 빠진 것도 있었다. 무엇을 뜻하는지 확신할 수는 없었다.

그때 앤드류의 머리를 스치는 생각이 있었다. 바로 자신을 이곳으로 이끈 금속활자 'S'였다. 세크레툼 — 라틴어로 '비밀'을 뜻하는 단어. 현대 영어 시크릿(Secret)과 닮은 그 단어에서 S가 빠져 있었던 것이다. 앤드류는 주머니 속에 간직해 둔 'S'를 손끝으로 더듬었다. 이내 곧 꺼내어 안나에게 내보이며 말했다.

"이것이 제가 이곳에 오게 만든 물건입니다. 요하네스와의 만남도 결국 이 활자가 이어준 것이죠. 제가 다른 시대에서 왔다는 건 이미 아셨을 겁니다. 왜 이런 일이 일어난 건지는 저조차 알 수 없습니다. 그리고 이 금속활자 'S' — 제가 있던 시대에서 누군가 제 손에 쥐여 준 그것을, 그대로 가지고 있다가 여기까지 오게 된 것입니다." 앤드류는 활자 'S'에 얽힌 운명의 실타래가 마침내 풀려 나가려 한다는 것을 느꼈다.

"저기 활자들의 매트릭스 조합 속에 있는 '비밀'을 의미하는 단어에 비어 있는 'S'가 바로 이 'S'가 맞는 것 같아서요."

안나도 놀랐다는 듯이 앤드류를 바라보다가 불현듯 생각나는 게 있다는 듯이 황급히 팔꿈치 속의 비밀스러운 작은 공간을 헤집고 활자 하나를 끄집어냈다. 그건 금속으로 된 활자 'Q'였다.

"이건 요하네스가 다른 활자들을 건네주기 전에 제게 준 것입니다. 처음엔 인쇄하다 남은 활자를 기념으로 준 줄 알았죠. 하지만 그는 이 'Q'를 자신의 마지막이라 여기며 꼭 간직해 달라고 했습니다. 그땐 그 의미를 알 수 없었어요."

앤드류는 두 금속활자를 번갈아 보며, 지금의 기묘한 형국에 긴장을 감추지 못했다. 그는 'S'와 'Q'를 들어 크로스워드 퍼즐 같은 문장 속 빈칸에 맞추어 넣었다. 그 순간 전체 형상이 비로소 제자리를 찾기 시작했고, 뜻이 뚜렷하게 드러났다. 몇몇 단어는 마치 'S'와 'Q'가 스스로 자리를 채워 주듯 완성되었다. 그리고 마침내, 하나의 문장이 눈앞에 모습을 드러냈다.

말씀의 시작은 'Q'로부터 나오니, 'Q'라는 비밀의 거룩한 주님의 말씀을 찾아라. 그것은 진리를 빛으로 끌어올려, 모든 이들 가운데 드러낼 것이다.
말씀은 모든 이의 언어로 쓰여야 하니, 그리하여 모든 이들이 말씀을 말씀 그대로 온전히 이해할 수 있을 것이다. 이렇게 쓰인 말씀은 드러나지 않으니 안 보이는 곳에서 찾아야 보일 것이다. 빛은 밝음을 위해서 있는 것이 아니고 안 보이는 곳을 위해서 필요하니 그게 곧 말씀의 시작이다. 시작이 항상 중요하니 시작이 안 보이는 것은 보려 하지 않기 때문이고 보고자 하는 마음 듣고자 하는 마음이 있다면 비로소 열리는 것이 그 시작이다.
그러니 보고자 하면 지켜라. 그게 첫 번째이다. 그들은 진실이 세상에 나오는 것을 두려워한다. 그들로부터 'Q'를 지켜라.

요하네스 구텐베르크가 남긴 마지막 활자들로 맞추어 본 첫 번째 문장이었다. 문장은 완성했지만 숨은 의미는 아직 알 수가 없었다.

"이게 어떤 의미일까요?" 안나도 의미를 알 수 없었다.

"저도 정확하게 이해하기는 어렵네요. 어떤 메시지 같습니다. 다른 문장들을 더 조합해 볼 수 있다면 거기서 실마리를 찾을 수 있겠습니다만."

"네, 이런 방식으로 조합을 한다면 다른 문장들도 만들어 낼 수 있을 것 같아요. 그게 요하네스가 남기고자 했던 문장들일까요?" 안나도 약간은 흥분한 듯 말했다.

"네, 그럴 수도 있을 것 같아요. 지금으로서는 더 문장을 조합해 보기도 어렵겠지만, 또 해 봐야죠. 그게 요하네스에게 가까이 가는 길이라면요." 대답을 하면서 앤드류도 궁금했다.

구텐베르크는 왜 라틴어와 독일어 그리고 중세 영어까지 가로세로로 섞어서 암호처럼 이걸 남겼을까…… 또 'Q'는 무엇일까…… 왜 그걸 지키라 했고…… 그러면 어디에 있을까…… 결국 구텐베르크는 마지막으로 비밀의 문서들을 인쇄하였을까? 모두 베일에 싸여 있는 느낌이었다.

그리고 앤드류는 느낄 수 있었다. 활자들이 만들어 내는 문장의 수수께끼를 풀어도 구텐베르크의 행방을 알 수는 없을 것 같았다. 오히려 문장의 비밀을 알면 알수록 그래서 더 미궁으로 빠지는 듯한 시간이었다.

27

　금속활자들의 조합으로 문장을 만들어 나갈 수 있다는 걸 알고는 다양하게 문장 만드는 시도는 며칠째 이어졌다. 금속으로 된 수많은 활자들이 조용히 책상 위에서 이리저리 자기 자리를 찾아가기 위해서 차례를 기다리고 있었다. 두 손으로 맞춘 활자 하나하나가 마지막 문장의 윤곽을 형성했고, 그 빈칸을 메운 'Q'와 'S'는 이제 조용히 그 의미를 발하고 있었다. 마치 인쇄를 기다리고 있는 듯한 모습이었다.

　앤드류는 한참을 침묵했다.

　"이 문장들은 성경의 구절 같기도 합니다만, 저도 지금의 성경 내용을 그대로 판별할 수는 없네요."

　"네, 성경의 말씀인 것은 확실해 보여요. 그런데 제가 알고 있는 성경의 내용과 일부는 일치하지 않아요."

　"그렇군요. 성경을 그대로 옮긴 것 같지는 않고, 무언가 메시지 같기도 하고, 예언 같기도 하고. 선언처럼 들립니다. 특히 이 구절은 더 그래요."

　사랑을 외면한 너희들의 율법을 나는 거부한다.

"누구를 향한 걸까요?" 안나가 낮게 물었다. 그 목소리에는 조심스러운 경외와 두려움이 함께 섞여 있었다.

"진실을 가로막는 자들. 밝히지 않으려는 자들…… 그리고 말씀을 왜곡해서 사사로이 이득을 취하려는 이들이겠지요."

"그런 사람들이 있을까요. 어떤 사람들일까요……." 안나가 물었지만 앤드류가 답할 수 있는 건 아니었다. 그는 대답 대신 책상 위에 놓인 'Q' 활자를 천천히 들어 손바닥에 얹었다.

안나도 잠시 생각하는 듯하다가 반대편에 놓인 'S' 활자를 보았다. 둘은 아무 말 없이 서로의 눈빛을 읽었고, 잠시 후 앤드류가 조용히 말했다.

"비밀의 열쇠는 이 활자들에 있는 것 같아요. 이 활자들은 그저 금속 덩어리가 아닙니다. 누군가는 이걸 시대의 열쇠로 사용하려 하고, 누군가는 ─ 금기(禁忌)로 여깁니다."

안나는 살며시 고개를 끄덕이며 말했다.

"활자들이 시대를 여는 중요한 물건이니, 원래 'Q'는 요하네스가 저에게 준 것이지만 이젠 앤드류 당신이 지켜 주세요. 저는 지킬 자신이 없어요."

"아닙니다. 그건 요하네스가 원한 건 아닐 거예요." 앤드류도 잠시 생각을 다듬다가 이내 입을 열었다.

"이러면 어떨까요. 지금부터 'S'는 당신이, 'Q'는 제가 가지고 서로가…… 지키는 것으로 하죠. 언젠가 저희가 다시 만나면 그걸 다시 확인해요."

"그게 구텐베르크가 원했던 일일까요…… 그렇게 하죠 그럼."

앤드류도 작게 숨을 내쉬며 미소 지었다.

그러고는 누구랄 것도 없이 크로스워드 퍼즐처럼 맞추어 놓은 나머지

활자 문장들은 다시 흩트려 놓았다. 다시 문장들을 만들어야 하지만 누군가 다른 사람이 눈치 채면 안 되는 위험한 일이었다.

'S'와 'Q'를 바꿨을 때 앞으로 어떤 일이 벌어질지에 대해서 앤드류는 확신할 수 없었지만 지금까지 운명이 그를 인도했듯이 앞으로도 운명이 그를 이끌 것이라는 예감을 느낄 수 있었다.

안나가 'S'를 지닌 채 문을 나서고 난 뒤였다. 어딘가 알 수 없는 기척에 촛불이 흔들렸다. 그리고 그 불안한 떨림 끝에 책상 위로 서서히 어두운 그림자가 내려앉았다.

'픽' 하는 소리와 함께 앤드류는 소리도 지르지 못하고 쓰러졌다. 무언가 둔탁한 것에 머리를 세게 맞은 것만 느낀 채 정신을 잃었다.

한참 후 앤드류는 심한 두통과 함께 겨우 정신을 차렸다. 흐릿하게 보이는 작업장의 광경은 난장판이었다. 누군가가 무언가를 찾기 위해서 심하게 헤집어 놓았다는 것을 금방 알 수 있었다.

"아무것도 안 나와…… 거기도 없나…… 제길 도대체 어디다 숨긴 거야."

"여긴 없는 것 같습니다. 없어요…… 근데 이 이상하게 생긴 외지인은 정신이 조금 돌아오는 것 같습니다."

"이봐 정신이 들면 조용히 대답만 해. 머리를 한 번 더 맞으면 이번엔 아예 다시 깨어나지 못할 수도 있으니, 신중히 생각하고 대답하는 게 좋을 거야. 구텐베르크가 인쇄한 책은 어디 있지? 그가 몰래 비밀리에 인쇄한 건 알고 있다. 그 책이 어디 있는지 얘기하는 게 좋을 거야."

앤드류는 머리가 깨질 듯 아팠다. 신중히 생각할 겨를도 없었다. 손은 뒤로 묶여 있었다. 아무 대답 없이 눈만 들어 소리 나는 쪽의 사람들만 보았다. 그들은 두 명이었고, 한 명은 회색 망토, 또 한 명은 검은 망토로 감싸고 손에 칼을 들고 있었다.

칼을 든 자가 앤드류 앞에 쪼그려 앉았다.

"정신이 들었군. 잘 들어. 말 한마디가…… 두개골을 유지하느냐 아니냐를 가를 수도 있어."

앤드류는 여전히 말을 할 수 없었다. 그의 숨은 거칠었고, 한쪽 관자놀이에선 핏줄기가 아직 굳지 않고 뺨을 타고 흐르고 있었다.

"우린 네 이름도, 정체도 궁금하지 않다. 우리가 원하는 건 단 하나."

사내는 작업장 구석을 가리켰다.

"요하네스가 마지막까지 인쇄했던 책. 그 금서. 금기된 말씀. 그게 어디 있느냐."

앤드류는 관자놀이를 타고 흐르는 피를 의식한 채 눈썹을 찌푸리며 말했다.

"당신들은 대체 누구요. 누군데 사람을 이렇게 해친단 말이오."

"우리도 당신이 누군지 묻지 않았듯이 당신도 우리를 모르는 게 좋아. 그러니 묻는 말에만 똑바로 대답해." 칼 든 자가 앤드류를 똑바로 쳐다보면서 말했다.

"그래도 금서와 금기된 말씀이라니. 무슨 말인지 모르겠소. 그가 인쇄한 건 모두 성경뿐이오."

"성경……."

윗사람으로 보이는 회색 망토의 사내가 조용히 웃었다.

"그래, 표면적으론 그렇지. 하지만 우린 안다. 마지막 밤 — 그는 혼자 인쇄를 했다. 아무에게도 보이지 않고. 그건 성경만이 아니야."

"나는 모르는 일이니, 이 손을 풀고 어서 여기서 떠나는 게 좋을 거요."
앤드류는 사뭇 용기 있게 소리쳤다. 어떻게 그랬는지는 모를 일이다.

회색 망토를 입은 자가 알 수 없는 미소를 띠며 입을 열었다.

"제법 용기가 가상하군. 한 가지만 이야기하지. 우린 오랜 세월 동안 주님의 말씀이 담긴 모든 비밀을 추적해 왔다. 듣지 않아야 할 말씀이 담긴, 사라졌던 글. 모든 사람에게 보여 줘서는 안 되는 글이지. 진실은 통제되어야 하거든. 말씀은 선택된 이들에게만 허락되어야 한다."

그 순간, 칼을 들었던 다른 사내가 책상 뒤편에서 무언가를 발견한 듯 소리쳤다.

"여기다. 여기 있어요. 활자 조합…… 흐트러져는 있는데…… 누군가 ― 방금 전까지 손댔던 흔적이 있네……."

회색 망토의 사내가 눈을 가늘게 뜨며 칼 든 자 쪽으로 말했다.

"책은…… 없군. 좋아. 이건 책을 만드는 근원이니. 오늘은 이걸로 충분하다. 곧 모두 찾을 거다. 가자."

"이 외지인도 데려갑니까?"

"아니. 지금은 아니다."

그들은 나타날 때처럼 소리 없이 그림자처럼 사라졌다. 앤드류는 가까스로 묶인 손을 풀고 가슴 안쪽을 조심스럽게 더듬었다. 그리고 ― 작은 안쪽 주머니에서 'Q' 활자의 무게를 느꼈다. 무사했다. 그는 오래도록 숨을 내쉬었다. 그리고 천천히 중얼거렸다.

"그들은 책이 아니라…… 진실을 봉인하려는 자들이군. 그럼, 나는…… 무엇을 깨워야 하는가."

그 순간, 문이 다시 열리는 소리가 들려왔다. 익숙하고 묵직한 발걸음.

앤드류는 몸을 일으켜 문 쪽을 바라보았다.

"앤드류…… 무슨 일이 있었던 겁니까."

칼 노이어였다.

"대체 어찌 된 일입니까? 작업장은 왜 이렇게 난장판이 되었죠?"

앤드류는 아픈 관자놀이를 문지르며 숨을 고르고 대답했다.

"이게 대체 무슨 일인지 나도 정확히는 모르겠네. 갑자기 나타난 괴한들에게 습격당했네. 여기도 그들이 모두 헤집어 놓았고."

"괴한이라니…… 대체 어떤 자들이 무얼 찾는다고 그랬을까요? 다치진 않았습니까?"

"나도 알 수는 없네. 하지만 그들이 찾던 건 분명하네. 요하네스의 마지막 인쇄물이었어. '금서'라고 불렀고, '듣지 말아야 할 말씀'이라고 하더군."

칼은 그 말을 듣는 순간, 전에 받았던 왁스로 봉인된 기분 나쁜 서신을 떠올렸다.

거짓된 믿음으로 세상을 어지럽힌 사라진 문장을 찾으라…… 우리는 지켜보고 있다.

누군지 모르겠지만 그들은 그냥 지켜보기만 하는 것이 아니었다. 행동을 불사하는 이들이었다.

칼은 그 서신을 손에 쥐었을 때의 싸늘한 감각을 아직도 잊을 수 없었다. 그때 느낀 공포가, 지금 이 순간 다시금 등줄기를 타고 흘러내렸다. 그는 목을 가다듬으며 조심스럽게 말했다.

미스테리움 187

"앤드류, 경고하겠습니다. 지금 당신이 본 자들은 결코 우연히 나타난 게 아닙니다. 그들과 얽히면, 아무도 무사하지 못합니다. 빨리 잊고 그리고…… 당신도 당신 갈 길을 찾아서 떠나는 것이 가장 안전한 길일 수 있습니다."

"칼…… 나도 그러고 싶네. 나를 왜 이곳으로 누가 데리고 왔는지 모르지만 떠날 때만큼은 내가 결정해서 떠나고 싶군. 물론 난 지금은 아니고. 하루빨리 구텐베르크를 찾아야 해. 그래야 이 모든 엉킨 실타래를 풀 수 있어."

28

앤드류가 다시 타임슬립으로 돌아온 것은 괴한들에게 머리를 심하게 다친 바로 그날 밤이었다. 겨우 잠자리에 다시 들려는 순간 손에 들려 있는 'Q'는 지난번 'S'와 달리 마치 전기적인 자기장을 뿜듯 찌릿한 현상을 보였다. 그러곤 정신을 다시 잃었다.

앤드류는 천천히 눈을 떴다. 익숙한 듯 낯선 천장. 뉴욕 맨해튼의 아파트였다. 창문 밖으로는 자동차 소음, 먼발치에서 들리는 구급차의 사이렌, 엘리베이터 작동음…… 모든 것이 너무 현실 같아서 오히려 비현실적으로 느껴졌다.

침대 옆 협탁에는 앤드류의 안경, 스마트폰, 그리고 먼지가 얇게 쌓인 영국산 스탠드 조명이 그대로 놓여 있었다. 그리고 손에…… 그는 본능처럼 주먹을 펴 보았다. 'Q' 활자는 여전히 거기 있었다. 'S'가 아니었다. 안나와 서로 글자를 바꾸기로 했었다. 마치 환각처럼 느껴졌던 그 시간들이, 금속활자의 차디찬 감촉과 함께 현실로 돌아왔다. 그는 조심스럽게 몸을 일으켰다. 마치 다른 세기의 먼지까지도 품고 온 것처럼, 손끝엔 미세한 잉크 냄새가 배어 있었다.

거실에 나오자, 전화기 앤서링 머신의 붉은 불빛이 깜박이고 있었다.

버튼을 누르자 익숙한 음성들이 연달아 흘러나왔다.

"앤드류. 나야, 에블린. 어디야? 지금 몇 날 며칠째 연락이 안 돼. 제발 메시지 확인하면 연락 줘."

"앤드류, 여기 토미야. 혹시 나 모르게 휴가 간 거야? 회신 좀 줘. 지금 사무실이 난리가 났어."

그는 가만히 고개를 숙인 채 서 있었다.

'며칠이나 지났을까······.'

달력 위에는 누군가가 포스트잇으로 '재판 준비 서류 마감'이라고 적어 두었다. 자신의 필체였다. 실제로 법정 출석까지는 한 달도 남지 않은 상황이었다.

그는 소파에 주저앉았다. 그리고 머리를 감싸 쥐었다.

재판. 세이지 굿힐. 『검은 잉크의 노래』. 오스테라 북스. 그리고······ 구텐베르크, 안나······.

현대와 과거가 뒤섞여 머릿속을 파고들었다. 무엇부터 해야 할지, 무엇이 우선인지 구분이 되지 않았다.

'나는······ 거기서 무엇을 보고 온 것인가. 구텐베르크는 이후 어떻게 되었을까······ 또 안나는······.'

일단 급한 대로 로펌 사무실에 전화를 걸어서 걱정하는 사람들부터 진정시켰다. 미리 얘기하기 어려운 패밀리 이슈가 있었다고만 둘러댔다. 원래 고향 쪽 일이니 먼 곳이고 시간이 필요했다고만 했다. 사람들도 이해할 수밖엔 어쩔 도리가 없었다.

급한 불을 끈 앤드류는 본격적인 재판 준비에 앞서 몇 가지 자신이 머물렀던 시대 상황과 구텐베르크에 대해서 조금 더 확실하게 조사할 필요가 있었다. 마지막에 보았던 비밀스러운 문장에 대해서도 마찬가지였다.

다음 날이 밝자마자 앤드류는 익숙한 포담대학 로스쿨 도서관을 찾았다. 도서관은 월시 도서관과 퀸 도서관, 포담 로스쿨 도서관 등 캠퍼스에 따라서 세 군데로 나뉘어 있었다. 그중 로스쿨 도서관은 그가 다닌 로스쿨의 도서관이기도 했지만, 조용히 파묻혀서 장시간 고민하기 좋은 곳이었다. 그만큼 다른 사람들 눈도 피하고 싶었다.

도서관이 좋은 건 요즘 웬만한 정보는 PC로 검색하고 읽을 수 있지만 필요할 때 앉아서 고민도 하고 실제 책이나 문서도 직접 찾아서 대조해 볼 수 있어서 좋았다. 정보검색을 하더라고 도서관에서 해야 더 효율이 높았다. 카페에서 시간을 보내면서 웹 서핑만 하는 것과는 차원이 달랐다. 구텐베르크와 그 시대 마인츠에 관해서 무엇이든 찾아야 했다.

29

요하네스 구텐베르크는 약 1400년경, 신성 로마 제국의 마인츠에서 태어났다. 그의 본명은 요하네스 겐스플라이슈 추어 라덴 쥼 구텐베르크였다. '구텐베르크 저택 출신, 라덴 가문 소속, 겐스플라이슈 가문의 요하네스'가 풀 네임의 의미였다.

그가 정확히 언제 태어났는지는 명확하지 않고 그의 본명은 너무 길어서 오늘날 거의 기억되지 않지만, 그가 남긴 인쇄물은 600년이 지난 지금도 사라지지 않았다. 구텐베르크는 귀족은 아니었지만 나름 부유한 시민 계급 출신으로, 금속 세공과 보석 가공에 능했던 집안에서 성장했다.

1430년대 후반, 구텐베르크는 독일 스트라스부르에서 금속활자 인쇄술에 대한 실험을 시작했다. 그는 나무판화나 필사에 의존하던 기존의 복제 방식을 넘어, 정밀한 금속활자를 반복 주조할 수 있는 기술을 개발하고자 했다. 그 핵심은 펀치, 매트릭스, 핸드몰드의 결합이었다. 이 기술은 인쇄물의 대량 생산을 가능하게 하며, 서구 문명의 정보 전파에 혁명적 변화를 불러왔다.

앤드류는 그가 자신이 소개한 고려의 『직지심체요절』 인쇄 방식인 모래주조법을 어느 정도 참고했는지는 알 수 없었다. 다만 앤드류는 그가 실험적 형태로 모래주조법을 다양하게 적용하였다는 것은 그와 지낸 시간 속에서 충분히 알 수 있었다.

모래주조법은 독일 지역에서도 사용되던 금속 주조법이지만 문제는 글자 인쇄에 적용했을 때의 주형 내구성과 인쇄 품질이었다. 그래서 구텐베르크의 인쇄 기술은 그만의 특별한 노하우가 들어간 것임에는 틀림없었다. 그의 영혼이 들어간 것을 앤드류는 잘 알고 있었다.

1448년경, 고향 마인츠로 돌아온 그는 자금을 확보해 본격적인 인쇄기를 제작했다. 후원자였던 요한 푸스트와 함께 1450년대 초부터 면죄부를 인쇄하고 성경 인쇄를 시작했다. 1455년경 흔히 구텐베르크 성경이라 불리는 42줄 라틴어 성경 약 180권을 완성했다. 이는 서양 최초의 대량 인쇄본으로 평가받는다.

그러나 사업적 성공은 오래가지 않았다.

푸스트는 구텐베르크를 상대로 소송을 제기했고, 구텐베르크는 자신의 인쇄 장비와 작업장을 잃었다. 그는 이후에도 비공식적으로 인쇄 활동을 계속했을 가능성이 있으나, 공식 기록은 거의 남아 있지 않다. 어디서 죽었으며 어디에 묻혔는지도 밝혀지지 않았다.

이게 기본적인 검색에서 찾을 수 있는 요하네스 구텐베르크에 대한 서술이었다. 상당 부분은 앤드류가 직접 보고 겪은 일이기도 했다. 그 사실이 새삼 신기해, 그는 무심코 중얼거렸다.

"역사로 기록된 현장에 내가 있었다니…… 이게 말이나 되나…… 이상한 걸로 치면 내가 다녀온 중세시대도 '이상한 나라' 못지않게 이상해…… 내가 진짜로 앨리스가 된 느낌이군." 앤드류는 계속해서 세부 검색을 해 나갔다.

미스테리움 193

42줄 성경은 약 180권이 인쇄되었고, 이 중 약 135권은 종이, 약 45권은 고급 양피지에 인쇄되었다. 완성본은 두 권으로 구성되어 있으며, 구약과 신약 전체를 포함한 완전한 성경이다.

서체는 고딕체를 사용하여 필사본과 유사한 외관을 유지하였고, 페이지 가장자리에는 손으로 그린 머리글자와 채색 장식이 삽입되었다.

이는 인쇄와 수공예가 공존하던 과도기의 특징을 잘 보여 준다. 인쇄가 단순히 정보를 찍어 내는 것이 아니라 예술의 일부 영역이기도 했다. 눈에 보이지 않는 부분을 담아내려고 했던 구텐베르크의 당시 노력과도 닮은 부분이기도 했다.

내용적으로는 라틴어 번역본을 기반으로 하였으며, 교회 공인 성경의 구조를 그대로 따르고 있다. 정확성과 일관성을 갖춘 인쇄는 성경 해석의 표준화에 기여하였고, 후일 마르틴 루터와 같은 종교개혁자들의 성경 번역과 신학 운동에도 결정적 영향을 끼쳤다.

오늘날 이 성경은 약 49권이 전 세계에 현존하며, 이 중 완전본은 20권 안팎, 나머지는 부분본 또는 낱장으로 각 도서관과 박물관에 소장되어 있다.

대표적인 소장처로는 영국의 대영도서관, 프랑스 국립도서관, 미국의 피어폰트 모건 도서관, 독일의 마인츠 구텐베르크 박물관 등이 있다.

미국 내에는 현재 총 11개 기관에서 『구텐베르크 42줄 성경』 13부를 소장하고 있다. 이 중 8부는 구약과 신약이 모두 담긴 완전본이며 나머지는 부분본 또는 낱장 형태이다. 특히 뉴욕의 피어폰트 모건 도서관은 세계에서 유일하게 완전본 2부와, 구약만 포함된 부분본 1부를 함께 소장하고 있다.

검색을 이어 가던 중 앤드류의 눈길을 끄는 것은 피어폰트 모건 도서관이었다. 피어폰트 모건이라고 하면 미국 금융의 아버지와 같은 존재이자 지금도 전 세계 금융 시장에 막강한 힘을 미치고 있는 J.P. 모건을 말한다.

미국 금융의 아버지라 불렸던 인물. 철도, 철강, 은행을 넘어 국가 재정마저 뒷받침했던 자. 그가 세운 금융 제국은 20세기 초 미국의 산업과 정치, 심지어 전쟁의 향방까지도 좌우했었다. 단순한 금융가가 아니라, 한 시대를 통째로 움켜쥔 권력자였다.

그러나 특이한 것은 그의 금융 업적이 아니었다.

J.P. 모건은 기묘한 수집가이기도 했다. 르네상스 미술품과 희귀 보석을 모으는 데 그치지 않고, 성경 사본과 중세 필사본, 초기 인쇄본까지 광범위하게 수집했다. 모건이 죽은 후 그의 개인 서고가 도서관으로 바뀌었을 때, 사람들은 그저 대부호의 취미쯤으로 생각했다.

앤드류는 J.P. 모건과 연결되는 오래된 기억 하나를 떠올렸다. 워싱턴 대학 시절 도서관에서 살다시피 하던 때였다. 도서관 사서로 아르바이트를 하던 친구 지미가 오래된 책을 조심스럽게 꺼내 테이블 위에 내려놓으며 말했다.

"앤드류, 머리도 좀 식힐 겸 이런 것도 읽어 봐. 오래된 책도 재밌는 게 있긴 있네." 지미가 웃으며 말했다.

"머리 식힐 수 있는 책이 있어? 고서인데?"

"어, 네가 찾는 주제에 딱 맞는 책일지는 모르겠는데 딱 내 취향이긴 해. 『시크릿 소사이어티』라고 불리는 책이야. 중세 이후부터 지금까지 존재했던 비밀 결사들을 정리해 놓은 거지." 지미는 오랜만에 자기도 좋아

미스테리움 195

하는 책을 찾았다는 듯이 흥겹게 웃으며 말했다.

앤드류는 표지를 천천히 쓰다듬으며 고개를 끄덕였다.

"비밀 결사라…… 철 지난 성전 기사단이나 프리메이슨 같은 것들 말이지?"

지미가 웃으며 안경을 고쳐 썼다.

"맞아. 근데 철 지난 것만은 아냐. 이건 진짜 흥미롭다고. 카르보나리, 로지크루시언, 프리메이슨, 심지어 바이에른 일루미나티까지. 흥미로운 건…… 이런 단체들이 단순히 신비주의에 머무르지 않고, 실제로 정치·경제 권력과 깊이 얽혀 있었다는 기록이 많다는 거야. 그리고 현대까지 이어지고 있다는 점도 흥미롭고. 특히 내가 존경하는 J.P. 모건도 그중 한 결사체 회원이었다고 해." 지미는 경영학을 전공하고 있었다. 앤드류도 흥미롭게 책장을 넘기며 물었다.

"그래…… 우리가 아는 그 J.P. 모건도 그중 하나였단 말이지."

"그래 세계 금융지존, 존 피어폰트 모건!"

지미는 주변을 의식했는지 목소리를 낮추며 다시 말을 이어 갔다.

"공식적으로 기록된 건 없지. 하지만 일부 전승에 따르면, 모건이 수집한 고문서와 인쇄본들 — 특히 성경 사본들 — 은 단순한 취미가 아니었다고 해. 그가 일종의 '수호자 역할'을 맡았다는 설도 있어. 어떤 단체와 연결돼 있었을지도 모르고."

당시만 해도 앤드류는 음모론을 그저 말하기 좋아하는 사람들이 꾸며 낸 이야기쯤으로 흘려 버렸었다. 하지만 이제는 더 이상 그렇게 무시할 수 없었다.

"수호자라…… 단순한 금융 제국의 제왕이 아니라, 문서를 지키는 자였다면? 누굴 위해, 또 무엇을 위해서였을까."

앤드류는 더 이상 어떤 것도 쉽게 단정할 수 없었다. 오히려 의심은 점점 커져 갔고, 그의 상상력은 저도 모르게 하나의 그림을 그려 내고 있었다.

'혹시 J.P. 모건이 단순한 수집가가 아니라, 어떤 목적을 지닌 단체와 연결되어 그 방대한 고문서를 지켜 온 것은 아닐까…… 그리고 그 흔적이, 그때 구텐베르크 인쇄소에서 자신을 습격했던 자들과 이어져 있는 것은 아닐까…….'

이어지는 검색 결과에 의하면 피어폰트 모건 도서관에서 소장하고 있는 『구텐베르크 42줄 성경』 부분본은 구약의 부분본(PML 12)이며 22쪽에 걸쳐 조판 방식이 다른 변형된 인쇄로 찍혀 있다는 것이다. 일부 학자들은 이 판본이 실험적 인쇄본 또는 비밀 전승용 같은 별도의 목적으로 제작된 사본일 가능성을 제기하기도 했다.

앤드류는 이런 내용이 그저 떠도는 이야기가 아닐 수 있다는 확신이 들었다. 그가 보고 들은 게 너무 확연하게 머릿속에 있었기 때문이다.

"그래 이건 그저 소문에 지난 이야기가 아니다…… 근데 J.P. 모건이 성경과 어떤 관계가 있을까……."

알 수 없었다. 그래도 확실한 건 어서 빨리 J.P. 모건 도서관으로 가서 실물을 확인하는 거였다.

30

앤드류는 피어폰트 모건 도서관 앞에서 잠시 숨을 골랐다.

뉴욕 한복판에, 고풍스러운 이 건물은 단지 도서관이 아니라 하나의 성채처럼 느껴졌다. J.P. 모건. 그 이름은 오랫동안 금융 자본의 상징이었지만, 지금은 전혀 다른 의미로 다가왔다. 금속활자와 고문서. 그리고……사라진 문장의 흔적.

도서관 내부는 고요했고, 시간마저 느리게 흘러가는 듯했다. 앤드류가 미리 약속한 이름을 말하자 직원은 곧 관장을 안내해 주겠다고 답했다. 도서관 관장으로 보이는 남성이 계단 아래로 내려오며 손을 내밀었다.

"앤드류 한 변호사님이시죠. 반갑습니다. 관장 에드워드 맥헨리입니다."

그의 악수는 단단했고, 말투는 지나치게 자신감에 차 있었다. 앤드류는 순간 그가 도서관 관장이라기보다는, 월가의 고문 같은 인상이라는 생각이 들었다. 짧게 다듬은 머리, 윤기 나는 구두, 어깨에 딱 맞는 네이비 수트.

금장 넥타이핀까지 세심하게 정리된 그의 외양은, 따뜻하고 아늑한 도서관 풍경과는 이질적으로 어울리지 않았다. 마치 고문서보다 주식이나 채권 그래프를 더 오래 들여다본 사람 같았다.

그럼에도 불구하고, 그는 이 공간을 '소유'하고 있다는 듯한 태도로 천천히 몸을 돌려 앤드류를 안내했다. 단지 종이를 보존하는 인물이 아니라, 기억을 관리하는 사람처럼.

"이렇게 도움 주셔서 감사합니다." 앤드류도 진심을 담아 감사의 뜻을 전했다.

"천만에요. 관심 가져 주셔서 저희가 오히려 더 감사한 마음입니다. 이쪽으로 모시겠습니다."

그가 말하며 앞장섰다. 복도에 울리는 구두 소리가 낮은 천장에 잔잔히 울렸다.

"이 건물은 1906년에 지어진 것입니다. 원래는 J.P. 모건의 사택이었지요. 그가 소장하던 필사본, 초판본, 고문서들 — 대부분이 오늘날 모건 도서관의 핵심이 되었습니다."

앤드류는 관장의 설명을 들으며 복도 양옆으로 늘어선 벽을 바라보았다. 진한 밤색의 나무 벽장과 고전 양식의 몰딩, 천장에는 황금빛 문양이 얇게 새겨져 있었고, 벽을 따라 책등이 반짝이는 고문서들이 유리문 안에 줄지어 있었다.

바닥은 짙은 녹색 융 카펫으로 덮여 있었고, 천창을 통해 들어오는 빛은 공간을 시간의 흐름에서 분리시킨 듯했다. 이곳은 단순한 도서관이 아니었다. 시간이 보관되고, 권력이 걸어 다녔던 방이었다.

"변호사님이 관심 있다고 하신 건……『구텐베르크 42줄 성경』완전본이 아니고 그중, 구약 부분본, PML 12를 보고 싶으시다고요, 맞습니까?"

"예. PML 12라고 하는군요…… 그 부분본을 보고 싶어서 이렇게 도움을 청하게 되었습니다."

"네, 대부분의 방문객들은 『구텐베르크 42줄 성경』의 완전본을 보고 싶어 합니다. J.P. 모건이 크리스티 경매에서 그걸 사들이는 데만도 600만 달러가 들었으니까요. 반면 PML 12 부분본은 얼마에, 어떤 경로로 구입했는지는 알려진 바가 없어 여전히 미스터리로 남아 있습니다. 제 생각에는 완전본의 두 배 가치는 될 겁니다."

맥헨리 관장은 자신감에 차 있으면서도 누가 들으면 안 된다는 듯 낮은 목소리로 말했다.

"그렇군요. 42줄 성경이 그렇게 값비싼 책인 줄 몰랐네요. 그럴 줄 알았으면 한 권 받아 둘 걸 그랬나 봅니다…… 사인도 함께……." 앤드류는 씁쓸한 미소와 함께 시니컬한 농담을 곁들였다.

"그러실 수만 있었으면 너무 좋았겠습니다. 그럼 이렇게 여길 안 찾아오셨어도 될 뻔했습니다만." 맥헨리 관장이 뼈 있는 답을 했다.

앤드류도 웃음기를 빼고 서둘러 다시 답했다.

"개인적인 신앙 차원이기도 하지만 저는 오래전부터 고전이나 고문서 등에 대해서 관심이 많았습니다. 뭐 저 같은 변호사한테는 쓸데없는 취향이기는 합니다만."

관장은 옅은 미소를 지으며 천천히 고개를 끄덕였다.

"네, 피에르 부르디외가 『구별』에서 말했듯이, 아비투스 — 즉 취향도 개인적 자산의 일부입니다. 그런 점에서 앤드류 변호사님은 아주 훌륭한 자산을 지니고 계신 거죠. 결코 쓸데없는 취향이 아닙니다."

맥헨리 관장은 마치 앤드류의 마음에 맞춰 이야기를 고른 듯 자연스럽게 응대했다. 오랜 세월 고객을 다뤄 온 노련함이 묻어나는 말투였다.

"PML 12는 그 자체로 상당히 흥미로운 판본입니다. 사실은 저도 가장 관심이 많은 성경본이긴 합니다." 순간이었지만 그의 눈빛이 이상하게 번뜩였다. 그러고는 이어서 설명했다.

"그 판본에 대해서는 학자들 사이에서도 의견이 나뉩니다. 인쇄 실험용이다, 정교하지만 비공식 교정본이다…… 심지어는…….''

그는 말을 멈췄다가 작게 웃었다.

"금지된 내용을 찍어 낸 흔적이 남은 유일한 인쇄물일 수도 있다는 이야기도 있습니다."

그 말에 앤드류는 얼굴 근육이 미세하게 떨리는 것을 느꼈다.

관장은 앤드류의 그런 모습을 캐치하지는 못한 듯 계속해서 말을 이었다.

"저희 피어폰트 모건 도서관의 가장 큰 자랑은, 보존이 극히 어려운 고문서들을 복원해 낼 수 있는 능력입니다. 세계 최고라 말씀드릴 수 있지요. 최근에는 이 귀중한 자료들을 영구히 보존하기 위해, 신중하게 디지털화 작업도 병행하고 있습니다. 무엇보다 진귀한 문헌이 많다 보니, 원본의 상태를 최대한 지켜 내면서도 후세에 전할 수 있도록 하는 것이 저희 도서관의 사명입니다." 관장은 직업적 소명의식이 가득 배어 나온 목소리로 차분히 덧붙였다.

"그럼…… 이제부터는 저희 고문서 보존팀의 세실리아 린델 씨가 소개를 해 주는 게 좋겠군요."

관장은 문 옆에서 잠시 멈춰 서더니, 장갑을 낀 직원에게 무언의 신호를 보냈다. 곧이어 안쪽 유리문이 조용히 열렸고, 은은한 백열등 불빛 아래서 한 여성이 천천히 걸어 나왔다.

"이쪽은 세실리아 린델 씨입니다. 고문서 보존 및 디지털 아카이브 부서의 수석 담당자지요. PML 12도 그녀의 팀에서 작업 중입니다."

그녀는 얇은 안경 너머로 앤드류를 바라보며 짧게 고개를 숙였다.

머리를 단정하게 묶은 그녀의 모습은 차가워 보이기보다는 조용하고 무언가 집중해서 해야 하는 일을 하는 사람의 분위기를 풍겼다. 작업용 특수 면장갑을 아직 벗지 않은 채였다.

"세실리아 린델입니다. 반갑습니다."

"앤드류 한입니다. 반갑습니다. 도움 주셔서 감사드립니다."

앤드류가 손을 내밀며 말했다. 세실리아는 악수 대신 장갑 낀 손을 살짝 들어 보이며 고개로만 인사를 받았다.

"작업 중이신데 제가 방해를 한 건 아닌가요? 제 관심이 좀 유별나서 미안합니다."

"이곳에 오시는 분들 중에도 PML 12를 직접 보겠다고 하신 분은 거의 없었죠. 적어도 제가 기억하는 한에선요."

세실리아는 눈을 깜빡이며 미소를 지었다. 그 말은 놀람이라기보단, 묘한 기대 섞인 흥미로움에 가까웠다.

"관장님께 들었습니다. 변호사님께서 고문서에 대해 깊은 관심을 갖고 계시다고요."

앤드류는 짧게 웃으며 말했다.

"사실 전 사람이든 물건이든 깊게 관심 두는 편이 아니었습니다. 다만 언제부턴가 제 관심 여부와 상관없이 제가 해결해야 하는 일이 생겼습니다. 그래서 여기까지 오게 되었습니다."

세실리아는 그 말에 눈썹을 가볍게 들어 올리더니 이해하지 못하겠다는 듯한 표정으로 말했다.

"그럼, 이쪽으로 오시죠. 그 판본은 지금 지하 보존실에 임시로 보관 중입니다. 디지털 촬영은 오늘 밤 재개 예정이었는데…… 아직 일부만 스캔된 상태입니다."

그녀가 앞장섰고, 앤드류는 천천히 그녀를 따라나섰다.

관장은 그 자리에 남아 사라지는 두 사람을 조용히 쳐다보았다.

"PML 12는…… 단지 오래된 종이가 아닙니다. 어떤 이들에게는 그것이 새로운 세계를 보여 주었던 크나큰 열쇠이었을 테니까요." 걸어가면서 앤드류 쪽을 돌아보지 않고 무심한 듯 세실리아는 말했다.

그 말은 의미심장했지만, 앤드류는 지금 당장 해석할 겨를이 없었다. 그의 신경은 이미 도서관 문서 보존구역의 어둡고 조용한 계단으로 쏠려 있었다.

31

지하 보존구역으로 가는 계단은 폭이 좁았고, 걸을 때마다 낡은 나무판이 낮게 삐걱거렸다. 로비의 대리석 구조와는 묘한 대비를 이루었다. 아래층의 공기는 냉랭하고, 약간은 종이와 철, 오래된 기름 냄새가 섞인 듯했다.

"이쪽입니다. 특별히 온도와 습도를 맞춘 구역이라 일반 도서관과는 다를 겁니다. 그리고 들어가실 땐 장갑을 착용해 주셔야 합니다."

세실리아는 천천히 말하며, 서랍장에서 특수 처리된 얇은 면장갑 한 켤레를 꺼내 앤드류에게 건넸다.

세실리아는 익숙하지만 조심스럽게 보안 해제를 위한 암호코드를 패드에 넣었다. 복원 중인 문서를 직접 보고자 할 때는 반드시 암호코드를 넣어야 한다. 모든 열람 기록을 남겨야 하기 때문이다. 입력된 암호코드는 곧바로 도서관 메인 시스템에 기록되었다. 암호코드 입력 후 열쇠를 돌려 특별하게 보관된 케이스를 열자, 내부에는 유리판 아래 보호 필름으로 덮인 오래된 종이들이 단정히 누워 있었다.

"이게…… 그 성경의 부분본, PML 12입니다."

세실리아의 목소리는 차분하게 낮아져 있었다.

"아, 이것이군요……." 비록 오랜 세월의 흔적이 역력했으나 앤드류에겐 낯익은 인쇄본의 모습이었다.

"구텐베르크 성경 중 구약의 일부가 포함된 단권본입니다. 그런데, 이 책은 좀 특별합니다. 그것 때문에 오셨겠지만……."

"어떤 점이 특별한가요?"

"네, 총 22페이지 분량에서 다른 구텐베르크 성경본과 다르게 특이한 점이 보입니다. 겉으로 보기엔 기존의 42줄 성경과 비슷하지만, 조판 방식이 분명히 다릅니다. 앞부분 15쪽까지는 상대적으로 일관된 레이아웃을 따르는데……."

그녀는 유리 케이스를 살짝 밀고, 몇 장을 조심스레 넘겼다.

"16쪽부터 이상한 점이 보이기 시작합니다."

앤드류는 숨을 멈추고, 세실리아가 가리키는 곳으로 시선을 옮겼다.

활자들의 배열이 어딘가 불규칙했다. 정렬이 미세하게 틀어진 글자, 들쭉날쭉한 줄 간격, 그리고 비정상적으로 벌어진 공백들.

그것은 확실히, 구텐베르크의 인쇄본이라 보기 어려웠다.

"그리고 여기 보이시죠? 마치 활자가 바르게 고정되지 않은 채 인쇄된 것처럼 보여요. 육안으로 보기엔 미세하지만, 고배율 스캔을 하면 더 명확해집니다. 그리고……."

세실리아는 다음 장을 넘기며 말을 이었다.

"17쪽, 이 부분엔 아주 희미한 이중 인쇄 흔적이 있습니다. 처음엔 인쇄 오류라고 생각했는데, 자세히 보면 기존 구약 본문에 없는 단어들이 한두 글자씩 겹쳐 있습니다. 전부 해독된 건 아니지만…… 어떤 문장은 다른 문장 위에 덮여 있는 것처럼 보이죠."

앤드류는 고개를 숙여 유리 아래의 종이를 들여다보았다. 그의 눈에 들어온 것은, 『창세기』 본문 중 일부 문장 위에 겹쳐 보이는 불분명한 글자들의 그림자였다.

"혹시…… 덮여 있는 글자들의 내용은 확인됐습니까?"

세실리아는 조심스럽게 고개를 저었다.

"아직은 아닙니다. 이 판본이 라틴어로 인쇄된 건데…… 이 겹친 글자들은 독일어 같기도 합니다. 좀 더 분석이 필요합니다. 아무튼 정규 성경 문장 구조와는 좀 다릅니다. 디지털로 복원하기 전에 실물 페이지 자체를 복원하려는 시도는 몇 번 했었습니다만, 워낙에 종이 자체가 오래되어서 매우 어려운 작업이에요."

"그렇겠군요. 종이 페이지 자체를 복원하는 작업도 가능은 한가요? 꽤 전문적인 방법이 필요하겠군요." 앤드류에겐 단순한 호기심을 넘어선 진지한 물음이었다.

"네, 맞아요. 기본적으로 고서 복원 작업은 매우 신중하고 느리게 진행됩니다. 반드시 단계별 과정을 거쳐야 하고요. 성격 급한 사람들은 할 수 없는 일이죠."

"그렇군요. 저 같은 사람은 안 되겠네요……."

"일단 첫 단계는 화학적 방식으로 시작합니다. 고서 복원을 위해서는 약알칼리성 용액의 사용이 필요하거든요."

"PH 값을 중성으로 만들려고 하는 것인가요?"

세실리아는 의외라는 듯 잠시 놀란 표정을 지었다가 이내 말을 이었다.

"네, 맞아요. 고서의 종이는 약산성이고 산은 종이를 분해시키죠. 그래서 약알카리성 용액을 써서 중화시켜요. 이미다졸과 15퍼센트의 암모

니아 용액요."

"그럼, 페이지 복원이 잘 이루어지면 그 내용도 판별이 가능할까요?"

세실리아는 조금 난감하다는 표정을 지으면서 대답했다.

"이론적으로 그렇지만, 그게 이번 경우에는 좀 어려울 것 같아요. 이건 페이지의 복원만의 문제는 아닌 것 같아요. 아까 말씀드린 대로 조판의 특별함도 있고, 또 무언가 의도적인 특별한 인쇄도 시도된 것도 같고 아무튼 미스터리한 부분이 많아요. 물론 그간 이 성경본을 연구했던 어떤 학자들은 이게 실험 인쇄 과정에서 생긴 기술적인 오류에 의한 단순 '오버프린트'라고 추측하기도 했지만, 저는 그렇게 생각하지 않습니다."

"왜죠?"

세실리아는 잠시 머뭇거리다 입을 열었다.

"이 책은 인쇄할 때부터 어떤 특별한 과정이 삽입된 것으로 보여서요. 활자의 흐름이…… 너무 의도적이에요. 마치 누군가 본문 아래 숨겨진 또 다른 메시지를 남기려 한 것처럼요."

그 말에 앤드류의 등줄기를 따라 서늘한 기운이 흘렀다. 그는 천천히 숨을 고르며 다시 한번 문서 위의 글자를 바라보았다. 확실히 그것은 오류처럼 보이지 않았다. 그건…… 무언가를 숨기려 한 흔적 같아 보이기도 했다. 그리고 그것은 분명 문장이었다.

"좀 더 볼 수 있을까요?"

"미안하지만 여기서부터는 좀 곤란해요. 원본의 훼손도 심하고 복원을 기다리고 있는 부분이기도 해서요."

"그렇군요. 제가 방해가 되었네요. 그럼 한 가지만 더, 이 문서의 마지막 장을…… 확인할 수 있을까요?"

세실리아는 고개를 끄덕이며 마지막 페이지를 펼쳤다. 그리고 말했다.

"여기엔 더 이상 글자가 없습니다. 대신……."

그녀는 손가락으로 오른쪽 아래 모서리를 가리켰다.

"여기, 종이 안쪽 섬유질 속에 아주 희미하게 찍힌 인장 자국이 있습니다. 확대하면 글자 하나가 보입니다. 아직 판독은 되지 않았지만, 초기 금속활자의 단일 이니셜로 추정됩니다."

앤드류는 자세를 낮춰 그 자국을 뚫어지게 바라보았다.

모양은 흐릿했지만, 그는 분명히 보았다.

그건…… 'Q'였다.

32

앤드류는 긴 시간 비행기 창밖만 바라보며 있었다. 뉴욕 JFK 공항에서 출발해 한국 인천공항에 도착하기까지 열세 시간이 걸렸지만, 체감은 그보다 훨씬 길었다. 기내에서 피곤했지만 잠은 쉽게 오지 않았다.

원래는 바티칸으로 가려 했었다. 성경의 구성, 복음서에 대한 권위, 외경의 진위 여부…… 그 모든 것이 가톨릭 교회의 중심지인 그곳에 있을 것이라고 믿었다. 개신교 쪽도 예전 로펌 대표를 통해 연락할 수 있는 신학교 고문 변호사가 있었고, 서신만 보내면 자문도 가능하다고 했다.

그러나 결심은 쉽게 서지 않았다. 가슴 한편에는 풀리지 않는 갈증을 해소하고 싶다는 묘한 충동이 있었다. 두 차례의 중세로의 타임슬립을 지나며 시간과 공간, 과거와 현재, 그리고 미래에 대한 생각들이 뒤엉켜 혼란이 깊어졌다. 무엇보다 이번 일은 기록과 해석에서 비롯되었지만, 그 답은 결국 사람에게 있다는 사실을 깨달았다. 편안한 이를 만나 솔직히 털어놓고 대화하고 싶다는 마음이 점점 커져 갔다. 시간은 무의미했다.

그의 고향, 대한민국.

그중에서도 대구로 향하기로 했다. 그리고 그곳엔 한 사람이 있었다. 최원호.

중고등학교 시절 앤드류의 가장 친한 친구 중 하나. 앤드류가 미국으로 건너간 이후로도 가끔 소식을 전해 듣기는 했지만, 연락이 끊긴 지도 오래였다. 기억나는 건, 고등학교 입학 무렵이었다.

"원호야 무슨 말이야. 성소는 또 뭐고 신부는 또 뭐야?" 앤드류도 비록 가톨릭 신자였지만 부모님 뜻에 따라 성당을 다닐 뿐 그 이상은 아니었다.

"어, 너도 알지만 이래 봬도 내가 원래 모태신앙에다 복사 출신이잖아…… 너보다는 하느님과 더 가까이 있다고 볼 수 있지. 그래서 그런지 부름을 받은 것 같아." 원호는 농담을 섞었지만 그 속에는 진지함이 배어 있었다.

"야, 그래도 그건 너무 성급한 결정 아니야. 아직 세상 재미도 다 모르고, 그리고 넌 여자애들도 좋아하고…… 어떻게 신부가 되겠다는 거야."

"더 늦기 전에 지금 선택해야 하는 거지. 너무 늦으면 못 떠나게 되니까. 세상이 재미있긴 해. 근데 그분의 말씀을 듣고 느끼는 행복은 그것과 비교가 안 돼."

원호는 앤드류가 알 듯 모를 듯한 얘기를 했다.

그의 선택은 옳았다. 앤드류는 그렇게 믿는다.

원호는 지금 대구의 한 대학교에서 신학부 교수로 근무하고 있었다.

비행기에서 내린 앤드류는 곧바로 대구행 고속열차에 몸을 실었다. 낯설면서도 익숙한 풍경들이 지나가는 창밖을 보며, 그는 이 작은 나라가 과거의 가난을 딛고 어떻게 이렇게 성장했는지 신기했고, 무엇보다 어려운 시절에 있었던 폭력과 억압을 딛고 민주주의를 어떻게 지켜 냈는지를 다시 떠올렸다. 어릴 땐 몰랐던 고국의 의미가 조금씩 새롭게 다가오고 있었다.

고속열차가 동대구역에 도착했을 때, 앤드류는 의외로 빠르게 익숙한 감정에 사로잡혔다. 플랫폼에 내려 한 손으론 작은 여행 가방을 끌며 천천히 주변을 둘러보았다. 햇살은 짙었고, 공기는 촉촉했으며, 사람들의 말투는 오래된 기억의 사운드트랙처럼 자연스러웠다.

"야, 여기야 여기! 정훈아!" 오랜만에 듣는 한국 이름이었다. 멀리서 손을 흔드는 남자가 보였다. 편안한 회색 블레이저에 검은 안경을 걸친 그의 얼굴엔 학자의 냄새보단 여전히 동네 친구 같은 인상이 남아 있었다. 한 가지 달라진 건 목 앞에 보이는 하얀색의 로만 컬러였다.

"원호……."

앤드류는 웃음을 머금고 다가가 포옹을 할까 하다가 이내 쑥스러운 듯 악수를 청했다.

"야, 진짜 너 맞냐? 내가 공항으로 나갈까 했는데…… 네가 한사코 말리길래…… 그래도 여기까지 오면서 혼자 조용히 생각할 시간은 가졌겠네."

"조용히 잘 왔어. 여기로 마중 나와 줘서 고마워. 여긴 바뀐 것도…… 안 바뀐 것도 많네."

"네 말투는 여전하네…… 많이 변했다는 거야 안 변했다는 거야." 오랜만에 느끼는 예전 시절로의 귀환에 원호는 웃으면서도 계속 말을 이어 갔다.

"주차장에 차 세워 뒀다. 학교로 바로 가도 되지?"

차 안에서 둘은 잠시 말이 없었다. 그러다 원호가 먼저 입을 열었다.

"한국엔 가족들이 남아 있니?"

"나야 이제 부모님도 다 돌아가셨고, 형님과 여동생은 있지만 간간이 소식만 전할 뿐 얼굴 보고 살기는 어렵고…… 오히려 미국에서 한 번 보기는 했어."

"그렇구나. 사람 사는 거 다 비슷하지 뭐. 한국에 살아도 똑같다." 원호는 손으로는 운전대를 잡고 얼굴을 잠시 앤드류 쪽으로 돌려 웃으며 말했다.

"근데…… 솔직히 말해 봐. 네가 이런 일로 한국까지 오는 건 처음 아니냐? 보통 일이 아닌 것 같은데."

앤드류는 대답 대신 창밖을 한참 바라보다가, 조용히 말했다.

"어디를 좀 다녀왔어. 거기서 누군가를 만났고."

"다녀와? 누군가를 만났어?"

원호의 눈빛에 궁금증이 묻어났다. 앤드류는 말을 고르듯 천천히 이어 갔다.

"정확히 말하긴 어렵지만…… 아주 오래된 사람, 아주 중요한 사람. 그와 함께…… 우리가 잊고 지낸 어떤 이야기를 다시 보게 됐어. 그래서 너한테 물어볼 것도 많고."

"그래? 설마 옛 애인은 아닐 테고. 그렇다고 해도 이제 내가 상담할 처지는 아니야." 원호는 웃으며 농담으로 응수했지만 이내 웃음기를 빼고 다시 말을 이었다.

"왠지 느낌이 이상한데…… 설마, 신앙적인 이야기야?"

"그럴 수도 있고. 신앙, 역사, 언어, 그리고…… 인쇄."

앤드류는 문득 작게 웃었다.

"네가 신부가 되겠다고 했을 때, 말도 안 되는 얘기 말라며 많이 말렸는데. 그럼 나도 같이하자고 했었고. 그런데 지금은…… 신부가 된 네가 아니면 내 이야길 이해하고 믿어 줄 사람이 없을 것 같더라."

원호는 웃다가 고개를 갸웃했다.

"그래, 네가 이런 톤으로 말하는 건 처음 보는 것 같긴 하다. 무슨 일인지는 모르겠지만…… 네가 그 얘기를 꺼내려면, 꽤나 각오가 필요했단 건 알겠다. 근데 한 가지는 확실하게 해 두자. 넌 이젠 신부는 될 수 없어."

둘 사이에 실로 오랜만에 동시에 큰 웃음이 터졌다. 차 안이길 다행이다 싶을 정도로 크게 웃었다. 앤드류도 한동안 웃을 일이 없었다. 이게 얼마 만인지 몰랐다.

"박가희 신부님은 어떤 분이야?" 한참을 웃다가 앤드류가 다시 조용히 물었다. "근데 남자 맞지?" 어이가 없는 듯하다가 아직 안 끝났냐는 듯 원호가 다시 크게 웃었다.

"남자이고 신부님 맞아, 그리고 대단하신 분이야. 짧게 얘기하기가 힘드니…… 아무튼 네가 원하는 건 뭐든 답해 줄 수 있으실 거야. 그분은 평생을 성서와 교리 등을 연구하셨고 바티칸에도 오래 머무셨어. 독일어는 물론이고 라틴어도 아시고, 심지어 헬라어도 어느 정도는 아신다고 들었어."

앤드류는 다시 한번 자신의 한국행 선택이 옳았다고 생각했다.

"그래, 너무 잘됐네, 그분을 꼭 뵙고 싶다. 교회와 성경 그리고 복음서 등에 대해서…… 가능하다면 우리가 모르는, 알려지지 않은 이야기도 많이 들었으면 좋겠네. 어디까지 가능할지 모르지만…… 아무튼 희망적이야."

"잘 찾아왔다."

원호는 짧게 대답하더니, 조용히 좌회전하면서 차의 방향을 번화한 대구 시내 쪽으로 틀었다.

33

차는 대구 시내 중심부를 가로질렀다. 사방에서 차량들이 밀려들었고, 신호등 위로 휘날리는 전광판, 바쁘게 걷는 사람들 틈을 가르며 질주하는 배달 오토바이들이 거리를 스쳐 지나갔다. 짧은 순간도 조용하지 않았다. 맨해튼에서 단련된 앤드류도 정신이 없었다.

하지만 갑자기 도심 속에 대학 캠퍼스가 나타났고, 정문을 통과하자, 마치 다른 시간대로 옮겨진 듯한 고요가 스며들었다. 이질적일 만큼 선명한 변화였다. 고층 아파트와 대형 마트, 빽빽한 차선과 분주한 상가들. 그 모든 소음과 속도를 뒤로한 채 초록색의 잔디 캠퍼스와 함께 나무 그늘이 드리웠다.

붉은 벽돌 건물들이 차례로 모습을 드러냈다. 모두 개교 초기에 세워진 건물들이라 했다. 100년을 넘긴 외벽은 시간의 흔적을 그대로 품고 있었고, 창틀 위엔 세월에 닳은 석재 장식들이 남아 있었다. 건물 외벽을 타고 자란 담쟁이덩굴은 여름의 빛을 흡수한 채 창을 반쯤 가리고 있었고, 담쟁이덩굴의 외벽 아래에는 오래된 석조 벤치와 나무의 그늘이 겹겹이 드리워졌다.

이곳의 시간은 다르게 흘렀다. 마치 누군가가 외부와의 연결을 일부러

끊어 낸 듯, 안으로는 고요하고 숭고한 질서가 유지되고 있었다.

앤드류는 차에서 내리며 자신도 모르게 숨을 한번 고르게 내쉬었다. 혼잡한 도심 한가운데에 이런 평화가 있을 줄은 몰랐다. 신학생 몇 명이 붉은 건물 사이로 조용히 지나가고 있었고, 그들의 발소리는 마치 돌 위로 떨어지는 물소리처럼 낮고 부드러웠다.

앤드류는 그 순간 이곳이 단순한 '학교'가 아님을 직감했다. 이 공간은 무언가를 기다리고 있었고, 무언가를 오래 지켜 내고 있었다.

"원래 여긴 이렇게 복잡한 동네가 아니었어. 옛날엔 밤에 불빛 하나 없었는데, 지금은 봐…… 백화점, 오피스텔, 차들. 서울이랑 다를 게 없어졌어." 원호의 목소리가 낮게 흘렀다.

"그런데도 학교는 떠나지 않았네." 앤드류가 조용히 말했다.

"응. 이 자리에 그대로 있어. 해야 할 사명이 있으니까…… 참 그리고 박가희 신부님은 지금 총장 신부님과 미팅 중이신데 그리로 오라고 하시네."

총장실은 본관 3층, 고풍스러운 나무 계단을 올라 복도 끝에 있었다.

문 앞에 도착했을 때, 앤드류는 순간 가볍게 숨을 고르며 발끝에 힘을 뺐다.

원호는 조심스럽게 문을 두드렸고, 안쪽에서 낮고 정돈된 목소리가 들려왔다.

"들어오십시오." 문이 열리자, 실내는 앤드류가 다녀왔던 중세 유럽의 건물처럼 돌 장식에서 느끼는 차가움이 있었지만 동시에 온화함도 함께 느껴졌다. 넓지 않은 방 안에는 빛이 가득했다. 하얀 커튼 사이로 오후의 햇살이 부드럽게 스며들고 있었고, 유리창 너머로는 멀리 고층 아파트의 테라스가 반쯤 보였다. 아이러니한 모습이었다.

한쪽 벽엔 교황의 초상화와 오래된 교구 지도가 나란히 걸려 있었고, 책장에는 한국어 독일어 그리고 라틴어 제목의 문서철들이 정렬돼 있었다.

가장 먼저 눈에 들어온 이는 검정 사제복을 입은 키 큰 사제였다.

그는 조용히 자리에서 일어나 앤드류를 바라보았다. 목 앞에 단 로만 칼라는 한 치의 흐트러짐도 없었고, 그의 표정엔 고요한 긴장감과 세심한 눈길이 동시에 얹혀 있었다.

앤드류는 본능적으로 느꼈다. 그 사람이 바로 박가희 신부였다. 그 뒤편, 깊은 의자에 앉아 있던 또 다른 사제가 천천히 몸을 일으켰다. 희끗한 머리칼에 미소를 머금은 얼굴, 그리고 온화한 눈빛을 지닌 이였다. 그가 손을 내밀었다.

"미국에서 오셨다고 들었습니다. 앤드류 한 변호사님, 환영합니다. 최원호 신부님의 친구시라고요. 저는 이 학교의 총장을 맡고 있는 성하일 미카엘 신부입니다."

"반갑습니다. 초대해 주셔서 감사합니다."

앤드류는 공손히 악수를 받으며 말했다.

"한국말을 잘하시네요. 전 또 오랜만에 제가 영어 좀 써야 하나 하고 긴장했습니다만." 총장 신부님은 유쾌하게 농담으로 분위기를 편하게 하려고 했다.

"서울에서 태어났고, 미국엔 대학 시절부터 머물렀습니다. 대구는 이번이 처음입니다만 사실 어머님의 고향이기도 합니다."

"네, 그러시군요. 대구라는 도시는 처음 오면 다들 낯설어해요. 하지만 이상하게, 시간이 지나면 정이 드는 곳입니다."

성하일 신부는 조용히 웃으며 말했다.

"말씀은 박가희 신부에게 들었습니다. 아주 독특한 질문을 안고 계시다고요."

박 신부는 한 걸음 앞으로 다가오며 인사를 건넸다.

"멀리서 오시느라 고생 많으셨습니다."

그의 말은 짧았지만, 눈빛은 진심이었다.

"뵙게 되어서 영광입니다. 폐가 되지 않을까 걱정을 많이 했습니다만, 최원호 신부로부터 신부님 말씀을 듣고 나서 약간은 안심이 되었습니다. 따뜻하신 분이라고……." 그런 말은 최 신부가 한 적은 없지만…… 변호사의 습관성 첨언인지 약간은 겸연쩍었다.

잠시 정적이 흘렀고, 박 신부가 조용히 말을 이었다.

"총장님, 앤드류 변호사님을 제 연구실로 모시고 가겠습니다. 시간이 허락한다면, 이후에 요점만 간단히 정리해서 다시 말씀드릴 수도 있을 것 같습니다."

"물론이지요." 성하일 신부는 고개를 끄덕이며 두 사람을 향해 손짓했다.

"편하게 이야기 나누시고, 필요한 것이 있다면 언제든 말씀하십시오. 저도…… 그 이야기가 어떤 방향으로 가는지 궁금합니다."

34

"성경이란 게,"

박가희 신부가 조용히 입을 열었다.

"한 권의 책이 아니란 걸 알고 계시겠지요."

앤드류는 고개를 끄덕였다.

"어릴 땐 그저 검은 표지에 금박 글씨로 된 한 권의 책이라 생각했죠. 하지만 나중에야 그 안이 도서관이라는 걸 알았습니다."

박 신부가 잔잔히 웃었다.

"적절한 표현입니다. 성경은 도서관입니다. 수백 년의 간격을 둔 다양한 저자들, 문체, 장르 들이 뒤섞인 신비로운 문헌집이죠."

그는 테이블 옆에서 오래된 얇은 책자 하나를 꺼내 펼쳤다. 거기엔 '성경 — 권서 배열'이라 적혀 있었다.

"기본적으로 성경은 구약과 신약, 두 축으로 나뉩니다. 구약은 유대교에서의 '히브리 성경'이 기원이 되고, 신약은 예수 그리스도의 생애와 그를 따르는 사도들의 증언을 담고 있지요."

"신약은 네 복음서부터 시작되죠." 앤드류가 말했다.

"맞습니다. 잘 알고 계시네요. 마태오, 마르코, 루카, 요한까지. 복음서에 가장 관심이 많으신가 보군요."

그는 손가락으로 표를 짚으며 설명을 이어 갔다. 그리고 잠시 찻잔을 내려놓고, 조용히 덧붙였다.

"그런데 먼저, '복음'이라는 말의 의미부터 짚고 넘어가야겠군요. 우리가 너무 익숙하게 사용하는 단어지만, 실은 그 자체로 하나의 선언이기도 합니다. '좋은 소식'이란 뜻이죠. 정확히는 헬라어 '유앙겔리온'에서 온 말입니다. 전쟁에서 승리하거나, 왕이 즉위하거나, 새로운 질서가 선포될 때 들려오는 소식. 복음은 그런 의미에서 '구원의 기쁜 소식'이죠. 그리스도교에서는 그것이 바로 예수 그리스도, 그분 자체를 가리킵니다."

"네, 영어로 하면 '굿 뉴스'겠군요." 앤드류도 짧게 응답했다.

"네, 그렇겠네요." 박 신부도 간단히 응답하고 계속해서 설명의 말을 이었다.

"근데 여기서 복음은 단순히 예수에 관한 이야기가 아니라, 예수를 통해 드러난 하느님의 의지, 그리고 그 의지가 인간에게 건네는 초대입니다. 그래서 복음서는 기록이자, 동시에 초청장이죠."

"복음서는 그러니까……." 앤드류가 천천히 말을 이었다. "예수의 전기가 아니라, 그분이 누구였고, 왜 오셨는지를 해석한 증언이라 할 수 있겠군요. 그래서 신약에서는 복음서가 가장 처음 부분에 있는 이유이기도 하고요."

박 신부는 고개를 끄덕였다. "정확한 표현입니다. 그리고 그 해석은 저자마다 다르죠. 그래서 우리가 마태오, 마르코, 루카, 요한 — 이 네 복음서를 따로 읽고 또 비교하게 되는 겁니다."

그는 책상 옆에서 얇은 도표 하나를 꺼내 펼쳤다. 복음서 비교표였다.

"흔히 마태오, 마르코, 루카를 묶어서 공관복음이라 부릅니다. 이 세 복음서는 구조와 사건 배열, 심지어 문장까지 유사한 부분이 많지요."

"서로를 참고했나요? 아니면 또 다른 원천 복음이 있을까요?" 앤드류가 진지하게 물었다.

"이제부터는 세심하게 봐야 하는 부분들입니다. 역사적으로 접근해서 본다면 대개는 마르코 복음이 가장 먼저 기록되었고, 마태오와 루카는 마르코를 기본 틀로 삼아 자신들의 공동체 전승을 덧붙였다는 게 일반적인 견해입니다."

"그러니까 기본 골격은 공유하면서도, 강조점은 다르군요."

"그렇습니다. 그리고 또 다른 원천 복음에 대한 이야기는 현재로는 아니라고밖에 이야기할 수 없습니다. 밝혀진 게 없으니까요."

박 신부는 신부지만 학문을 오래 한 학자답게 차분하면서도 논리적으로 설명했다.

"그렇군요. 아직 밝혀진 게 없으니…… 그리고 공관복음은 서로의 강조점이 다르다고 하셨죠."

박 신부는 손가락으로 도표 위를 가리켰다.

"마태오는 예수를 유대 민족의 메시아로 강조하고, 루카는 사회적 약자에 대한 자비와 포용을 더 부각시키죠. 마르코는 짧고 급박한 어조로 '비밀스러운 메시아'의 모습을 강조하고요."

"그리고 요한복음은……." 앤드류가 말끝을 흐리며 물었다.

박 신부가 말을 이었다.

"요한복음은 전혀 다릅니다. 공관복음이 '예수께서 무엇을 하셨는가'를 기록했다면, 요한복음은 '그분이 누구셨는가'에 대한 깊은 묵상에 가깝습니다."

그는 잠시 창 쪽으로 얼굴을 돌렸다가 이내 다시 앤드류를 바라보며 덧붙였다.

"'태초에 말씀이 계셨고, 말씀은 하느님과 함께 계셨으며, 말씀은 하느님이셨다.' 이 한 문장만으로도 요한복음의 방향이 어딘지를 짐작할 수 있지요. 말씀이 사람과 함께 되었고, 우리 가운데 머무셨다는 선언, 그게 바로 요한의 복음입니다."

그동안 옆에서 듣고만 있던 원호가 조용히 한마디 덧붙였다.

"그래서 요한복음은 단순한 기록이 아니라…… 묵상이고, 고백이고, 신학이기도 하죠."

"복음은 그러니까…… 한 시대를 향한 해석이었고, 지금 우리가 마주하는 건 그 해석의 일부라는 거군요." 앤드류가 다시 조용히 입을 열었다.

"중요한 핵심을 잘 이해하셨네요. 맞습니다." 박 신부는 고개를 끄덕이며 말했다.

"그 해석의 일부. 그렇기에 더 많은 것을 말하고, 어쩌면…… 어떤 것들은 의도적으로 말하지 않은 기록일 수도 있습니다."

그 마지막 말은, 바로 지금 이 방 안에 놓여 있는 오래된 책자들처럼 확실한 모양을 하고 있으면서도 끝까지 말을 아끼는 듯한 무게를 지니고 있었다.

"지금까지 말씀해 주신 내용은 모두 공인된 내용이죠? 말하지 않은 기록이 아니고 말씀으로 드러난 기록이라는 말이죠? 아까 '아직 밝혀지지 않았으니……'라고 말씀하셨는데…… 그럼 드러나지 않은 기록도 더 있을 수 있을까요?" 앤드류는 조심스럽지만 점점 더 자신이 궁금해하는 핵

미스테리움 221

심으로 다가가듯 물었다.

"네, 저도 제가 아는 선에 말씀드릴 수밖에 없습니다만, 여기서 중요한 건 '정경(Canon)'이라는 개념입니다. 곧, 무엇이 하느님의 말씀으로 '인정받았는가', 그 기준이죠."

앤드류가 살짝 몸을 앞으로 기울였다.

"정경이라…… 그 기준은 그럼 누가 정한 겁니까?"

35

"시간입니다." 박 신부는 단호하게 말했다.

"시간이라면, 시간이 흐르면서 자연스럽게 정리되었다는 의미일까요?"

"정확히 말하자면, 시간과 교회 공동체, 그리고 신학적 숙고의 결실이지요. 초대 교회 시대에는 예수님의 말씀이 구전 전승으로 이어질 수밖에 없었습니다. 그렇다고 구전이라는 이유만으로 신뢰성을 의심할 필요는 없습니다. 당시에도 최대한 정확히 전하기 위해 많은 노력이 있었습니다. 다만, 필사나 인쇄에 비해 덜 정확했을 것이고, 자의적 해석이 섞일 위험은 늘 존재했지요."

"그렇군요. 구전의 부정확성은 당시 시대적 한계였고, 인류의 역사와 문화 전반에서도 늘 같은 문제로 남아 있었죠. 그렇다면 예수님의 말씀처럼 중요한 유산은, 어떻게 구전의 신뢰성을 확보하며 전승해 올 수 있었을까요?"

"헬라어로 '파라디도미'라는 말이 있습니다. '전하다'라는 뜻으로, 초기 성경 전승에서 매우 중요한 개념이었습니다. 곧 예수님의 말씀이라는 증표이고 이 말에 대한 당시 사회적 합의와 신뢰가 밑바탕에 있었습니다. '내가 여러분에게 전하는 것은 주께 받은 것이다'라는 바오로 사도의 고백처럼 말입니다." 박 신부는 계속해서 말을 이었다.

"공관복음서와 요한복음서가 특히 서로 차이가 크다는 사실도 교회는 일찍부터 알고 있었습니다. 그럼에도 불구하고 교회는 모두를 정경에 포함시켰습니다. 이는 곧 서로 다른 구전 전승의 차이를 인정했다는 뜻이며, 어쩌면 아직 기록되지 않은 다른 복음의 가능성까지 열어 두었다는 의미이기도 합니다. 물론 검증은 필요하지만요."

"당시로서는 치열한 고민과 노력으로 만들어 낸 성스러운 표식의 문구였겠네요. 물론 서로가 인정해야만 하지만요. 그럼 초대교회 당시에는 역설적으로 지금보다 훨씬 더 다양한 복음이랄까 문서 또는 구전된 말씀들이 더 많았다는 이야기도 되겠군요."

"네 맞습니다. 지금의 공관복음서와 요한복음서 이외에도 초대교회 당시엔 복음서만 해도 30여 종이 넘었습니다."

"생각보다 많았군요. 그중에서 지금 우리가 아는 네 개의 복음서만 살아남은 건가요?"

"맞아. 마태오, 마르코, 루카, 요한. 그 외의 복음서는 대부분 '외경'으로 분류되거나, 아예 이단적 문서로 금서 처분을 받았지." 원호가 옆에서 거들며 말했다.

"우리는 너무 익숙해서 당연하게 받아들이지만…… 사실은 수많은 '선택'의 결과였군요." 앤드류는 원호를 잠시 쳐다보다 이내 박 신부에게로 고개를 돌리며 말했다.

박 신부는 고개를 끄덕였다.

"그렇습니다. 그리고 그 선택이 시간이 흐르며 가톨릭과 개신교 사이의 시각 차이로 이어졌습니다."

"그 이야기를 조금 더 해 주실 수 있을까요?" 앤드류가 다시 물었다.

박 신부는 찻잔을 들어 한 모금 마셨다. 그리고 천천히 말을 이었다.

"가톨릭 성경은 총 73권입니다. 신약은 27권으로 개신교와 동일하지만, 구약에서 차이가 있죠."

"차이라면, 어떤 겁니까?" 앤드류가 물었다.

"개신교는 히브리어 본문을 기준으로 삼아 구약을 39권만 정경으로 인정합니다. 그래서 전체가 66권이 되는 거죠. 반면 가톨릭은 여기에 일곱 권을 더 포함시킵니다."

"그 일곱 권이라면?"

"토빗서, 유딧서, 마카베오기 상·하, 지혜서, 집회서, 바룩서. 개신교에서는 이들을 제외하지만, 가톨릭에서는 '제2정경'으로 받아들입니다."

"가톨릭에서는 제2정경인데, 개신교에선 이걸 외경으로 간주하는군요."

"맞습니다. 가톨릭은 초대 교회가 사용하던 70인역(Septuaginta, LXX)을 기준으로 삼았습니다. 이 판본에는 외경 일곱 권이 포함되어 있었죠. 그러나 외경이라는 단어 자체가 편견을 불러일으킬 수 있습니다. 가톨릭 입장에서는 정경이니까요. 결국 문제는 '어떤 전통에 뿌리를 두고 있느냐'입니다."

앤드류는 눈을 가늘게 떴다.

"그럼 마틴 루터는 왜 그걸 제외시켰을까요? 신학적 이유였나요, 아니면 정치적……?"

박 신부는 질문에 한동안 대답하지 않았다. 대신 창밖을 바라보다가, 이내 고개를 돌려 조용히 말했다.

"둘 다였을 겁니다. 루터는 신앙의 핵심은 '오직 말씀'에 있다고 믿었지만, 그 '말씀'의 기준은 어디까지나 히브리어 원전이었습니다. 헬라어로 번역된 '70인역'은 그에게 부차적인 것이었죠. 거기에…… 교황권과 로마 교회의 권위에 대한 불신도 작용했겠지요."

"결국 성경도 권력의 역사 속에 있었군요."

앤드류의 말은 짧았지만, 무게가 실려 있었다.

박 신부는 찻잔을 내려놓으며 조용히 말했다.

"말씀은 순수했을지 몰라도, 그 말씀을 보존하고 전달하는 사람들은…… 항상 순수하지는 않았습니다."

그 말 뒤로 방 안은 다시 조용해졌다. 바람이 한차례 더 불고, 커튼이 가볍게 흔들렸다. 그리고 앤드류가 조심스럽게 한 가지를 물었다.

"혹시, 그럼 가톨릭에서도 외경으로 간주하는 문서가 따로 있나요? 그리고…… 지금 우리가 정경과 외경으로 알고 있는 성경 외에도, 아직도 정체가 밝혀지지 않았거나 ― 존재했을지도 모른다고 믿어지는 문서들이 있습니까?"

박 신부는 천천히 눈을 들었다. 그 눈빛엔 예의 그 고요한 침착함이 있었지만, 어딘가 조금 더…… 무거운 침묵이 깃들어 있었다.

그는 찻잔을 들며 말을 이었다.

"존재만으로 보자면 가능성은 있지요. 실제로 1945년, 이집트 남부의 조그만 사막 마을인 나그함마디에서 우연히 발견된 문서들이 항아리 안에 밀봉된 채로 있었고, 13개의 파피루스 장정, 총 50여 편의 문서가 담겨 있었죠."

앤드류가 살짝 몸을 앞으로 기울였다. 박 신부가 이어서 설명을 계속했다.

"그중 하나가 『토마스 복음서』입니다. 예수의 어록 114개로 구성되어 있고, 대화나 사건보다는 짧은 말씀이 대부분이죠. 문체는 단순하지만…… 일부 내용은 정경 복음서와 매우 다르고, 영지주의적 색채가 강합니다."

"영지주의요…… 그러니까 정통 교회에선…… 받아들이기 어려운 내용이라는 건가요." 앤드류가 물었다.

"그렇죠. 예수님의 신성과 인성을 분리해 해석한다거나, 구원은 외적인 십자가가 아니라 내면의 '지식'으로 온다는 식의 주장이 일부 담겨 있거든요. 가톨릭은 물론, 정교회, 개신교 모두 이 문서를 정경으로는 인정하지 않습니다. 하지만 그렇다고 해서 무가치하다고 말하기도 어렵습니다."

박 신부는 책장을 다시 덮으며 끝맺이하듯 입을 열었다.

"무엇보다 중요한 건 — 그 문장들이 오랜 세월 묻혀 사라진 문장들이었다는 사실입니다. 교회 안에서 금서로 분류되거나, 필사되지 않은 채 사라졌던 문장들이 이천 년 가까운 세월을 지나 흙 속에서 발견된 거죠."

앤드류는 조용히 찻잔을 들었다가, 다시 내려놓았다. 그러곤 잠시 말을 멈췄다. 그의 주머니 속에 있는 작은 금속활자 조각이 마치 꿈틀대는 느낌이었다.

"혹시……."

그가 조심스럽게 입을 열었다.

"그럼 신부님은 그런 문서들 외에도…… 지금은 전해지지 않지만, 누군가는 존재를 믿고 있는 문서가 더 있을 수 있다고 보십니까? 존재했지만 사라졌거나, 일부러 감춰졌을 가능성 말입니다. 그리고 이건…… 그냥 궁금해서 그러는 것인데요. 학문적 목적을 넘어서 그런 문서들에 집착하는 집단이나 사람들이 따로 밝혀진 것이 있나요?"

박 신부는 잠시 눈을 감았다가 천천히 고개를 들었다. 그의 눈빛은 깊었고 흔들림이 없었다.

"우선 감추어진 또는 사라진 문장의 가능성을 전면적으로 부정할 수는 없습니다. 종교계나 학계에서도 그런 추정을 하는 이들이 있습니다. 예수님의 어록을 정리한, 더 오래된 문서가 있었을 것이라고 말이지요. 그 문서가 어떤 형태였는지는 아무도 모르지만…… 그 흔적은 공관복음 안에서도 암시처럼 남아 있습니다. 그리고 특정 집단에 대해서는 음모론처럼 전해 내려오는 이야기가 있긴 합니다만…… 모든 음모론이 그렇듯이 대개의 경우는 상상력에 기반한 추리 소설 같은 이야기이죠. 움베르토 에코의 소설에 단골 메뉴로 등장하기도 하죠."

"그렇죠. 저도 에코의 『장미의 이름』을 읽고 잠깐 동안은 그 설정을 실제로 믿었으니까요."

그러나 앤드류는 단순히 음모론이 아닐 수 있음을 그간의 체험으로 알 수 있었다. 그는 잠시 숨을 고르며 재차 물었다.

"그럼 혹시 아직 드러나지 않았거나 아님 일부러 감추어져서 '사라진 문서'는 혹시 어떤 이름으로 불리기도 하나요?"

박 신부는 잠시 머뭇거리다 짧게 대답했다.

"'Q'입니다."

36

　미국으로 돌아와 뉴욕 맨해튼의 거리를 걷던 앤드류는 문득 그 단어를 입속으로 되뇌었다.
　"'Q'……."
　신약 성경 안에 존재하지 않는 어떤 근원. 마태오와 루카 복음서의 공통된 어휘와 구조, 그 겹치는 문장들의 출처를 설명하기 위해 학자들이 조심스럽게 가정한 문서. 그러나 단 한 번도 실체가 드러난 적은 없었다.
　며칠 전의 한국 방문은, 돌이켜 보면 참으로 탁월한 선택이었다. 오래된 영화 〈백 투 더 퓨처〉처럼 그것은 과거로의 여행이자 동시에 미래를 탐구한 여정처럼 느껴졌다. 무엇보다 오랜 친구를 다시 만날 수 있었던 시간이었고, 그가 이제는 사제로서 평온하고 충만한 삶을 살아가고 있다는 사실을 직접 확인할 수 있어 기뻤다. 그러나 그보다 더 깊이 마음에 남은 것은, 내가 맞서고 있는 이 미지의 퍼즐을 풀어 줄 실마리를 지닌 박가희 신부와의 만남이었다.
　그것은 단순한 우연이 아니라, 어쩌면 오래전부터 예정되어 있었던 만남처럼 느껴졌다. 박가희 신부는 그때 그렇게 말했다.
　"만약 'Q'가 실존한다면, 그것은 예수의 말씀, 가장 날것 그대로 담긴 복음일 겁니다. 기적도, 부활도 없이, 다만 그의 목소리만 남아 있는…… 그래서 누군가는 그것을 '위험한 말씀'이라 부르기도 하죠. 사람들이 제일 두려워하는 것은 그것이 무엇인지 모른다는 것입니다."

그때 앤드류는 깨달았다. 지금까지 자신이 발을 들여온 일은 단순한 저작권 분쟁이 아니었다. 세이지 굿힐로부터 시작된 그 낡은 금속활자 하나, 그리고 그것이 이끌어 낸 문장들. 역사 속으로 숨겨졌던 말씀의 조각이었다.

한국행에서 만난 좋은 기억은 하나가 더 있었다. 원호의 소개로 만난 '하열사'라고 하는 특별한 사람들의 모임이었다. 대구 지역을 중심으로 하는 사람들의 모임인데 총 열두 명으로, 주로 교수들로 구성되어 있었다. '하느님을 열심히 믿고 따르며 사랑하는 사람들'이라는 뜻이라고 했다. 우연인지 예수님을 따르던 12사도의 숫자와 같았다.

저녁 식사 자리에서 원호와, 모임의 사람들과 자연스럽게 어울리며 많은 이야기를 나눌 수 있었다. 화제는 주로 종교와 성경이었지만, 평소 신부들과의 자리에서는 쉽게 듣기 어려운 얘기들도 흘러나와 더욱 귀중한 시간이 되었다. 그중 몇몇 대화는 한국을 떠나는 길 내내 머릿속을 맴돌았다.

"반갑습니다 앤드류 씨. 전 하열사 모임 부회장을 맡고 있어요. 총무 격이지만요. 미국서 오셔서 일정이 바쁘실 텐데 함께 해 주셔서 감사합니다." 앤드류와 동년배로 보이는 교수가 먼저 말을 건네며 분위기를 풀어주었다.

"제가 오히려 감사하죠. 열정이 넘치는 분들의 회합인 것 같아요. 저도 한국에 계속 있었다면 아마 같이 뵈었겠어요." 앤드류도 진심을 담아 말했다.

"최 신부님께 들었어요. 지금 조사하고 계신 내용이 주로 성경과 관련된 것들이라고요."

"네. 제가 종교학자는 아닌데, 어쩌다 보니 남들이 겪기 힘든 체험을 하게 되었어요. 그래서 좀 더 알아야겠다는 생각이 든 겁니다."

"체험이라면 영적 체험 말인가요? 어떤 느낌이었나요?" 옆자리에 있던 한 회원이 다소 산만한 기색으로 불쑥 끼어들며 물었다.

"아…… 그런 건 아닙니다. 오해하지 마시고요. 제가 영적 체험으로 인해서…… 뭐 신앙적 고백을 하거나…… 신부 하려고 하는 건 아닙니다." 앤드류는 혹시 괜한 오해가 생길까 싶어 서둘러 손사래 치듯 대답했다.

"신부님은 이젠 못 돼요? 혹시 결혼은 하셨어요? 음, 아직 미혼이면 가능한가요?" 그 산만한 회원은 원호를 바라보며 한꺼번에 질문을 쏟아냈다.

원호가 미소 지으며 고개를 가로저었다. 머리가 희끗하고 나이가 지긋한 원로 교수 같아 보이는 또 다른 한 사람이 대화에 끼며 말했다.

"저도 들었습니다만, 실은 찾고 계시는 그런 문서들, 그러니까 외경이나 위경 그런 쪽은 알면 알수록 음모론에 빠지게 됩니다. 처음엔 호기심으로 그러고는 점점 믿게 된다니까요. 위험합니다."

"네, 이해합니다. 저도 원래 음모론을 믿는 성격은 아닙니다만, 참고하겠습니다." 앤드류는 성심껏 답했지만 노(老)교수의 눈빛에는 여전히 우려가 담겨 있었다. 그때 한쪽 자리에서 술잔만 들고 말수가 거의 없던 한 사람이 조용히 입을 열었다.

"'토마스 복음'이나 'Q 문서'처럼, 공적으로 정리되지 않은 복음 전승을 찾고, 수집하고, 가공하고, 왜곡해서 이용하려는 자들이 있습니다."

"아…… 네? 무슨 뜻이죠? 누가 그런 일을 한다는 건가요?" 앤드류는 놀란 듯이 바라보며 물었다.

"이분이 이런 음모론 쪽은 전문가예요." 예의 그 산만한 사람이 끼어들며 훈수를 두었다.

"라틴어로 쿠스토데스(Custodes) ─ 주님의 말씀을 지키는 자들. 말씀을 지키는 수호단, 즉 말씀의 비밀 결사체라고 풀어 볼 수 있습니다. 세상은 그들을 소설에 통상 등장하는 픽션이라 하지만, 그렇지 않습니다. 어딘가에선 그들이 그들의 목적을 위해서 수백 년 동안 은밀히 그 끈을 이어 오고 있다고 알고 있어요. 영국의 존 위클리프나 체코의 얀 후스 같은, 시대의 아픔으로 사라진 사람들의 시대에서부터 지금 이 순간까지도요. 절대 음모론이 아니에요."

그리고 마지막으로 의미심장한 얘기를 했다.

"옳은 믿음이든 잘못된 믿음이든 사람들의 믿음이 그렇게 쉽게 끝나지 않거든요……."

앤드류도 동의했다. 그리고 그는 종교적 회의에 빠졌을 때 책에서 본 문장이 떠올랐다.

'신앙은 아무리 불러도 오지 않는 것을 사랑하는 것.' 앤드류는 그 말이 귓가에 오랫동안 남아서 울리는 것을 느꼈다.

레녹스 힐과 파크 애비뉴 사이, 맨해튼 미드타운 한복판, 유리와 강철이 교차하는 도시의 심장부에 자리한 블룸필드 앤 스톤 로펌 건물. 흑색 대리석 외벽에는 황금색 로고가 각인되어 있었다.

BLOOMFIELD & STONE LLP

International Law | Copyright, IP & Constitutional Division

회전문을 지나 건물 안으로 들어서는 순간, 차가운 에어컨 바람과 브라운 대리석 바닥이 뉴욕의 습한 아침 공기를 단숨에 씻어 냈다. 앤드류는 잠시 로비에 서서, 로비 벽에 걸린 오래된 헌법 서명 복제본을 바라보았다. 그 옆에는 작은 동판이 있었다.

'표현의 자유는 모든 권리를 지키는 첫 번째 방패다.' 미국 수정헌법 제1조가 선언하듯, 이 나라는 표현의 자유를 모든 권리 수호의 출발점으로 삼는다. 앤드류는 로스쿨 시절, 바로 이 가르침을 마음 깊이 새겼고, 그 신념이 오늘까지 법률가로서의 길을 지탱해 주고 있었다.

엘리베이터는 조용히 그를 37층으로 데려다주었다. 문이 열리자, 비서 제니퍼가 바쁘게 전화를 받고 있었다. 그녀는 앤드류를 보자 반가운 얼굴로 미소 지으며 고개를 끄덕였다.

"앤드류, 어서 오세요. 에블린 장이 곧 회의 들어가신다며 기다리고 계세요."

"알겠어요. 먼저 제 자리부터 들를게요."

그는 복도를 지나 자신의 사무실 문을 열었다.

책상 위에는 메모가 빼곡히 정리되어 있었고, 컴퓨터 옆에는 누군가 놓고 간 『검은 잉크의 노래』 1편이 얌전히 놓여 있었다. 그 표지에 손끝이 닿는 순간, 앤드류는 자신도 모르게 그 문장을 떠올렸다.

'말씀의 시작은 거기 있었다……'

"앤드류."

낮고 단정한 목소리가 사무실 문을 밀고 들어왔다.

짙은 회색 슈트를 입은 에블린 장, 목소리는 여전히 단호하지만 앤드류를 아끼는 눈빛이었다.

"웰 컴백. 다시 돌아왔군."

"에블린, 다녀왔어. 시간을 배려해 주어서 고마워."

"좋아, 그럼 바로 본론으로 갈게. 내일 오전 아홉 시. 제3연방지방법원 27호 법정. 워너 판사 담당으로 사전 심리 있고. 물론 앞으로도 있을 여러 차례 사전 논의 과정 중 하나일 뿐이지만 우리로서도 신경이 쓰이는 건 어쩔 수 없어. 워낙에 스타 작가에다 상대는 거대 기업이니까."

앤드류는 고개를 들었다.

"알고 있어…… 상대는 오스테라 북스지. 그리고 나에겐 2주밖에 시간이 없지. 찰스가 정해 줬고……그것도 이젠 일주일밖에 안 남았지만……."

"너무 신경 쓰지 마. 내가 어떻게든 막아 볼게." 에블린은 처음부터 앤드류에겐 호의적이었다. 둘 다 미혼의 젊은 변호사로 시작했고, 둘 다 아직 미혼이었다.

"그 후론 세이지 굿힐로부터 다른 연락은 없었나?" 앤드류도 궁금했다. 어쩌면 공적으로라도 로펌으로 연락이 있었을까 했다.

"없어. 세이지도 분명히 현재의 상황은 알고 있을 테지만 어쩐 일인지 전혀 연락이 없어. 당연한 얘기겠지만 원고 측은 철저히 계약 문구를 물고 늘어질 거고."

앤드류는 책상에 앉으며 『검은 잉크의 노래』를 펼쳤다.

"하지만 우리가 가진 건, 『검은 잉크의 노래』 2편이 계약에만 묶여 있는 단순한 소설이 아니라는 사실이야. 어쩌면…… 위험한 진실이기도 하지."

에블린은 고개를 갸웃했다.

"그 말, 무슨 뜻이야?"

앤드류는 조용히 미소 지었다.

"모두가 소설은 픽션이라 부르지만, 어쩌면 그 안엔, 사실보다 더 큰 진실이 있을 수 있어. 사실과 진실은 늘 같진 않고, 혹 누가 알아 그 소설 속에 사실을 뛰어넘는 사라진 문장이 있을지도 모르지. 그리고 그 문장은 지금도 쓰이고 있을지도 몰라."

37

생각해 보면, 앤드류도 세이지 굿힐과 오스테라 북스에 대해 아는 것이 너무도 없었다. 그녀가 '미스터리 스타 작가'로 불린다는 사실, 활자 'S'를 자신에게 건네서 믿을 수 없는 일을 겪게 했다는 것 외에는, 그리고 오스테라 북스가 유럽과 미국을 아우르는 거대 출판기업이라는 사실 — 정작 그게 전부였다.

앤드류는 책상 위에 놓인 『검은 잉크의 노래』를 조용히 바라보았다.

'난 그녀의 책은 읽었지만, 그녀는 여전히 읽히지 않는군.'

그는 이미 이 책을 여러 번 읽었다. 문장 하나하나를 분해하듯, 상징과 은유를 되짚으며 분석했고, 등장하는 날짜나 인물의 어원까지도 조사해 봤다. 그러나 거기서 얻을 수 있는 실마리는 한계가 있었다.

책은 말하지만, 작가는 침묵했다. 그녀는 법정에도 나오지 않았고, 인터뷰 한 번 없었으며, 출판사조차 그녀의 실제 신상 정보를 공개한 적이 없었다.

오스테라 북스 또한 마찬가지였다. 뉴욕에 지사가 있었고, 세계 14개국에 저작권 에이전시를 두고 있으며, 매해 1억 불이 넘는 출판 매출을 올리는 기업이라는 것 정도만이 알려진 사실이었다. 그러나 그 핵심, 그

중심이 어딘지는 아무도 명확히 말하지 않았다.

모기업이 독일 마인츠에서 출발했다는 묘한 단서. 그뿐이었다.

"구텐베르크와 같은 도시……."

앤드류는 무심코 중얼거렸다. 우연이라 보기엔 너무 절묘했다.

이쯤 되니 그는 더는 피할 수 없었다. 재판에서 이기기 위해서라도, 그 이상의 무언가를 들여다봐야 했다.

'세이지 굿힐, 오스테라 북스' — 그리고 그들 사이에 흐르는 보이지 않는 인연. 이번 싸움의 승리를 위해서도 반드시 밝혀야 할 진실이었다.

앤드류는 다시 'Q'를 꺼내 들었다. 작은 금속 조각. 그 안에는 단순한 문장을 넘어선 무언가가 담겨 있었다. 그 활자는 타임슬립의 매개이자, 구텐베르크가 마지막으로 남긴 비밀 조합들의 핵심이었다.

그는 그때의 광경을 떠올렸다.

특히 구텐베르크의 연인이었던 안나의 얼굴, 그리고 푸른빛을 띠던 그 눈동자 — 독특하고 묘한 빛이었다.

"이건 우연이 아니야……."

앤드류는 천천히, 그러나 단호하게 입을 열었다.

"세이지 굿힐, 안나, 그리고 구텐베르크…… 그들 사이에는 분명 뭔가가 있다. 하지만 그렇게 단정하기엔 시대의 간격이 너무 크지. 수백 년의 거리를 단순히 건너뛴 연결이라면 설명이 될 리가 없잖아. 젠장……."

그럼에도 불구하고, 그 연결은 시간도 언어도 초월한 듯했다.

그가 그곳에 머물던 당시에는 정확히 알 수 없었지만, 안나와 함께 나누었던 'Q'와 'S' 활자만 봐도 분명한 무언가가 있었다.

지금 이 순간, 앤드류는 'Q'를 간직하고 있고, 세이지는 그에게 'S'를 건넸다.

그녀는 그것이 집안에서 전해 내려온 것이라고만 했다. 우연이라기엔 너무 정교했고, 단순한 유물이 아니라는 직감이 들었다.

그리고 또 하나 — 칼 노이어와 푸스트, 그 사이에 있던 안나. 그 복잡한 얽힘은 여전히 풀리지 않았다. 마치 실타래의 매듭처럼, 건드릴수록 더 조여드는 듯했다.

세이지의 존재 또한 그러했다. 그녀가 단순히 과거의 이야기에 매료된 인물인지, 아니면 그 역사와 직접적으로 이어진 사람인지 단언할 수는 없었다. 그러나 앤드류는 본능적으로 느꼈다. 그녀의 손끝에서 전해진 차갑고 묵직한 활자의 감촉이, 안나와 구텐베르크의 밤을 지나 지금 이곳까지 이어져 있다는 것을.

38

안나가 칼 노이어와 결혼을 결정한 것은 그녀의 의지가 아니었다. 그녀는 오래 기다렸다. 구텐베르크가 돌아오기를. 하지만 그는 돌아오지 않았다. 사라졌다. 예고도, 작별도 없이.

그녀의 아버지, 요한 푸스트는 안나에게 더는 기다릴 수 없다고 했다. 아니 처음부터 구텐베르크를 받아들일 생각은 없었다. 딸의 미래는 가문의 미래였고, 인쇄소의 안정이 곧 투자금 회수와 직결되었다. 푸스트는 안나에게 인쇄소의 기술을 가지고 있는 칼 노이어와의 결혼을 강요했다. 명분은 명확했다.

"이제는 실리를 챙길 때다. 그게 너도 살고 우리 가문도 사는 길이다."

당시 푸스트 정도의 집안 가장으로서는 어쩌면 당연한 요구였다. 그러나 냉혹했다.

안나는 저항했다.

"요하네스는 곧 돌아올 거예요. 그때까지만 조금만 더 기다려 주세요. 이번 겨울이 지날 때까지만이라도요…… 뱃속의 아이를 생각해서라도요."

안나는 이미 아이를 가지고 있었다. 푸스트는 그것을 모르지 않았다. 칼도 알고 있었다. 시간은 안나 편이 아니었다.

결혼은 강행됐다. 아이의 아버지가 구텐베르크라는 사실은 침묵되었고, 칼은 그 진실을 단지 안나를 통제하기 위한 수단으로 활용했다.

결혼은 형식적이었다. 그들의 사이엔 감정이 없었다. 하지만 계약은 성사되었고, 그에 따라 인쇄소는 푸스트와 칼의 공동 소유로 재편되었다.

이후 몇 년간 푸스트와 칼의 관계는 지속되었으나, 오래가지 않았다. 이해관계는 달랐고, 권력에 대한 욕망은 충돌했다. 칼은 푸스트의 경영 방식에 불만을 품었고, 푸스트는 칼의 또 다른 사람들과의 비밀스러운 거래와 기술 이전 시도를 경계했다.

푸스트는 더 이상 칼을 신뢰하지 않았고 그를 배제하기 시작했다. 이를 모를 리 없는 칼은 역공을 펴는 쪽을 택했다. 누군가의 도움을 받는 것도 같았다. 승부는 쉽게 칼 쪽으로 기울었다.

푸스트는 몰락했다. 자신의 자금으로 시작한 인쇄소에서 쫓겨났고, 이후의 그에 대한 기록은 희미해졌다. 칼은 푸스트의 몰락을 '경영 실패'로 포장했지만, 실제로는 은밀한 작업이 결정적이었다.

구텐베르크에서 시작한 인쇄소는 이제는 단순한 장인의 작업장이 아니라, 출판 사업체로 변모하기 시작했다. 처음에는 종교 문서 복제, 면죄부 인쇄, 교리집 보급이 중심이었다. 사세는 16세기 종교개혁과 함께 수직 상승하기 시작했다. 18세기에 이르러서는 더 이상 단순한 인쇄소가 아니었다. 종교와 자연과학, 철학의 지식을 아우르는 거대한 지식체계를 구축하고 이를 보급함으로써, 인류 역사의 방향을 설정하는 지배적인 지식 거점이 되었다.

39

1466년, 마인츠. 구텐베르크가 사라진 지 10년.

한 달 전, 요한 푸스트도 프랑스 파리에서 세상을 떠났다. 병명은 밝혀지지 않았지만, 안나는 알고 있었다. 칼과의 끊임없는 갈등과 야망의 충돌. 결국 푸스트의 건강은 그 갈등 속에서 서서히 무너졌다.

그의 죽음은 안나에게 아무런 감흥도 주지 않았다. 이미 오래전, 모든 감정은 닳고 닳아 의미를 잃은 상태였다. 칼과의 관계는 형식뿐이었다. 하지만 딸 소피아가 있었기에, 쉽게 그 관계를 끊을 수는 없었다. 안나는 하루하루를 버티고 있었다. 삶은 더 이상 새로울 것이 없었다.

그런 안나의 발길이 어느 날 멈춘 곳 — 구텐베르크가 사라지기 전까지 작업하던 낡은 인쇄소였다. 수년간 방치된 그곳은 먼지투성이였지만, 그녀에겐 아직도 모든 게 생생했다.

기계의 위치, 활자함의 각도, 잉크를 섞던 철제 대야. 손끝에 익숙한 감각들이 돌아왔다.

"그 금속활자들이 남아 있었다면……."

무의식처럼 그녀는 허리춤 안쪽에서 무언가를 꺼냈다. 작고 묵직한 'S' 활자. 그때, 앤드류와 교환했던 그 활자.

"앤드류…… 그는 아직 그 'Q'를 가지고 있을까."

그리고 문득, 오늘은 소피아를 데리고 왔다는 사실이 떠올랐다.

"소피아."

안나는 아이를 조용히 불렀다. 열 살이 조금 넘은 아이가 조심스럽게 다가왔다.

"이 인쇄소는…… 네 아버지가 요하네스 구텐베르크가 만들었단다. 이 활자 하나하나에, 그 사람이 손을 얹었고…… 나는 그걸 봤어."

소피아는 조용히 고개를 끄덕였다. 말이 많지 않은 아이였다. 하지만 눈빛은 모든 걸 이해하는 듯했다. 소피아라는 이름은 헬라어로 '지혜'를 뜻했다. 이름만큼이나 아이는 지혜로웠다.

그날 이후, 안나는 결심했다. 기억을 더듬어 다시 인쇄를 시작해 보겠다고. 안나의 기억력은 그녀가 스스로 생각했던 것보다 뛰어났다. 어쩌면 단순히 기억력 때문이 아니라 특별한 힘이 그녀를 돕는지도 몰랐다. 그녀는 그것이 요하네스가 사라진 이유와 행방을 알 수 있는 유일한 방법이라고 믿었다.

그녀는 철을 만지기 시작했고, 펀치와 주형틀을 만들었으며, 활자를 인쇄해 내기 위한 조판을 손수 제작했다. 구텐베르크의 방식과 완전히 같게 할 수는 없었다. 특히 조판 과정에서는 많은 변형이 생길 수밖에 없었다. 하지만 안나는 최대한 원형에 가깝게 재현해 내려 애썼다.

인쇄를 위한 마지막 금속활자들은 라틴어, 독일어, 그리고 중세 영어의 철자 체계를 모두 포함하고 있었다. 이는 요하네스가 마지막에 남긴 활자들을 바탕으로 재현한 것이었다. 세 언어를 이해하는 사람이라면 마치 크로스워드 퍼즐을 맞추듯, 동일한 활자들을 활용하여 조합하면 라틴어판, 독일어판, 그리고 중세 영어판 성경을 각각 조판하고 인쇄할 수 있었다.

 기술을 익히고 완성하기까지는 꼬박 1년이 걸렸다. 그 활자들은 오로지 그녀만이 읽을 수 있는 방식으로 조합되어 있었다. 안나는 마지막 날, 소피아에게 그 활자들과 함께 인쇄한 책자를 건넸다. 그건 모두 3권의 성경이었다. 구텐베르크와 같이 한 페이지에 42줄의 성경 문장이 들어가 있었다. 그러나 글자는 라틴어, 독일어, 중세영어로 된 성경이었다. 어떤 이유에선지 라틴어로 인쇄된 성경은 독일어와 중세영어로 번역된 성경과는 달리 구약본만 인쇄되어 있었다. 눈으로 보기에도 인쇄의 상태가 조금 달라 보였다. 무언가 덧씌워져 있는 것도 같았다.

 "이건…… 네가 이어 가야 할 거야. 절대 잃어버리지 말고 간직해라. 때가 되면 네가 할 일이 생길 거다. 라틴어로 된 이 성경은 네가 소중히 간직하고 있고, 독일어로 된 이 성경은 너의 아버지 요하네스의 친구인 콘라트 사제가 널 찾아오면 건네주거라. 그리고 영어로 된 성경은 영국의 롤라드에게 전달되어야 한다. 내가 줄은 대 놓았다. 그리고…… 때가 되면 너를 도와줄 사람을 찾아라. 신앙이 아닌 법이 필요할 때가 올지도 모른다. 어쩌면 아주 멀리…… 그렇지만 늘 가까이 있을 수도 있겠구나. 그리고 마지막으로 이것도 지니고 있으렴. 너를 지켜 줄 거야." 안나는 활자 'S'도 함께 건넸다.

 "네, 알겠어요. 꼭 지킬게요." 소피아는 짧게만 대답하고, 하나하나의 자세한 의미는 묻지 않았다. 그저 엄마가 준 물건 들을 품에 안고 고개를 끄덕였다. 잉크 냄새, 금속의 차가운 감촉 — 그러나 그 모든 것이 낯설지 않았다. 건네받은 활자는 매끄러운 앞면의 'S' 모양 뒤편에 흐릿하지만 알파벳 'A'가 새겨져 있었다.

비밀스러운 인쇄 재현 작업을 마친 후 안나는 더 이상 삶의 의미를 찾기 어려웠다. 급격히 병약해졌고, 조용히 생을 마감했다. 소피아는 차츰 자라며 인쇄소의 실무를 익혀 나갔다. 그러나 그 무렵부터 칼에게는 이상한 변화가 찾아왔다.

어느 날부터인가, 그에게는 정체 모를 편지들이 도착했다. 봉인에는 낯선 문양이 새겨져 있었고, 편지 속 문장은 짧고 불길했다.

'진실은 빛나서는 안 된다.'

'너희가 찍는 글자는 세상을 파멸로 이끈다.'

'너희는 선택받지 않은 자다.'

처음엔 남몰래 불태워 버렸지만, 편지는 계속 도착했다. 칼은 점차 두려움에 사로잡혔고, 극도로 예민해지기 시작했다. 누가 문만 두드려도 두려움에 신경질적으로 반응했다. 인쇄소 안에서도 자주 이상 행동을 하기 시작했다. 때로는 활자를 집어던지거나, 인쇄기를 망치로 내리쳐 부수기도 했다. 그의 손끝에 남은 것은 잉크가 아니라 피였다. 사람들은 그를 두려워하기 시작했고, 결국 그는 인쇄소 운영에서 자연스레 배제되었다.

소피아는 그를 걱정하며 곁을 지키려 했지만, 칼은 마침내 병과 광중에 짓눌린 듯 허망하게 세상을 떠났다. 인쇄소의 운영은 자연스럽게 푸스트의 또 다른 딸인 크리스티네의 남편인 피터 쇠퍼에게 넘어갔다. 쇠퍼는 한때 구텐베르크의 인쇄소에서 기술을 익혔던 인물로, 신뢰할 만한 기술자이자 인쇄에 대한 철학과 열정을 지닌 사람이었다. 무엇보다 그는 탁월한 사업가였다.

그의 지도 아래 소피아는 자신만의 방식으로 인쇄 기술의 세계를 넓혀

갔다. 쇠퍼 역시 그런 소피아를 신뢰하며 애정 어린 시선으로 지켜보았다. 그들의 손에서 인쇄소는 단순한 기술 집단을 넘어, 사상을 담는 기관으로 발전해 나갔다. 이후 수십 년 동안 그 인쇄소는 독일 마인츠를 기반으로 유럽 각지의 도서 시장과 계약을 맺으며 빠르게 성장했다. 제국주의의 팽창과 함께 출판사도 세력을 넓혔고, 회사는 다시 이름을 바꾸며 국제 계열사로 확장을 추진했다. 그렇게 '오스테라 페어라크'는 영어권 진출과 함께 오늘날의 '오스테라 북스'로 이어졌다. 오랜 세월에 걸쳐 전승된 유산 — 기술과 권력, 그리고 문장의 유산이었다.

지금의 오스테라 북스에 15세기 당시의 흔적이 얼마나 남아 있을지는 알 수 없다. 칼과 푸스트, 그리고 안나까지 모두 역사의 뒤안길로 사라진 지 이미 오래다. 인간의 흔적을 찾기엔 500년은 긴 세월이었다. 그러나 그 긴 시간 속에서도, 문장은 여전히 살아 있었다.

40

재판 준비는 차질 없이 이어지고 있었다. 본업에 충실해야 한다는 점은, 앤드류가 살아온 세월이 이미 증명하고 있었다. 하지만 이번 사건만큼은 그의 인생에서도 특별했다. 단순한 법적 분쟁으로는 설명되지 않았다.

그의 생각은 점점 법정 바깥으로, 그리고 전혀 다른 시간 속으로 향하고 있었다. 그가 다녀온 시대 — 구텐베르크와 안나가 함께 있었던 그 시간 속에, 이번 사건을 풀어낼 결정적인 실마리가 숨어 있다는 확신은 점점 더 선명해지고 있었다.

500년 넘게 감춰져 이어져 온 하나의 문장. 시간의 층위를 뚫고 이어진, 이름 없는 진실. '사라진 문장 Q' 역시 마찬가지였다. 그 정체가 모두 밝혀지는 순간, 지금 벌어지고 있는 이 법정 다툼도 마치 연기처럼 사라질 것만 같았다. 앤드류는 알고 있었다. 진짜 역사는 지금 쓰이고 있는 것이 아니라, 이미 그때부터 — 그 인쇄소의 활자 틈 사이에서 — 시작되고 있었음을.

앤드류는 아침 9시 정각에 맨해튼 이스트 36번가, J.P. 모건 도서관 앞에 도착했다. 고풍스러운 석조 외벽 위에 비치는 햇살은 이상하게 차가웠고, 내부로 들어서는 순간, 그는 무언가가 자신을 기다리고 있을 것 같다는 기분이 들었다. 로비에서 출입 등록을 마치자, 익숙한 얼굴이 모습을 드러냈다.

"앤드류 씨, 어서 오세요." 세실리아 런델, 고문서 보존 담당 큐레이터. 지난번보다 다소 긴장한 표정으로 앤드류를 기다리고 있었다.

"오랜만입니다. 제가 기다리게 했나요?"

"아뇨, 정확히 오셨어요."

앤드류는 고개를 끄덕이고 그녀를 따라 다시 지하 보존 구역으로 향했다. 어둡고 좁은 계단, 눅눅한 공기. 모든 것이 익숙했지만, 어딘가 모르게 긴장된 기류가 감돌았다. 세실리아는 장갑을 꺼내 그에게 건넸다.

세실리아는 보존실 안쪽 가장 조용한 공간으로 그를 이끌었다.

철제 서랍 하나를 조심스레 열며 말했다.

"지난번 이후로도 몇 차례 고배율 디지털 촬영을 진행했어요. 완전한 복원은 아직 멀었지만…… 조금씩 실마리가 보이고 있어요."

앤드류는 그녀의 손놀림을 바라보다가 물었다.

"실마리라면…… 어떤 식으로요?"

세실리아는 망설였다. 그러고는 조심스레 파일 하나를 꺼내 펼쳤다.

필름 위에 복제된 문장 구조들이 보였다. 그녀가 손가락으로 가리킨 곳에 낯선 글자들이 흩뿌려져 있었다.

"정말 특이해요. 통상적인 책 인쇄라기보다는 마치 크로스워드 퍼즐처럼 가로세로로 어떤 글들의 조합 흔적이 보여요. 그래서 실마리를 풀기가 더 어렵지만요.

정확한 해석은 어렵지만, 라틴어로 보이는 단어들이 몇 차례 반복되었습니다. '비밀', '말씀', '영광'…… 그리고 한 문장의 단편은 이렇습니다. '숨겨진 말씀이 남는다.' 대략 이런 식으로 해석할 수 있을 것 같아요."

그녀는 잠시 말을 멈추었다가 이었다.

"그런데 이런 문장은…… 제가 아는 한, 성경의 구약이나 신약 어디에도 없습니다. 그리고 조금은 익숙한, 이런 문장들도 찾을 수 있었어요. 이건 성경 문구죠? 제가 기독교 신자가 아니어서 확신할 수는 없지만 그래도 들어 본 것 같은 구절이에요. 첫 번째는 이거예요."

'하늘의 때는 가깝고, 말씀은 숨겨졌도다. 들을 귀 있는 자는 들을지어다.'

앤드류는 직감적으로 느낄 수 있었다. 그가 안나와 함께 시도했던 문장 퍼즐의 결과였다. 이후에 안나가 남긴 것이다. 구텐베르크가 남긴 것을 안나가 기억에 의해 재현한 문장은, 신약성경의 마르코 복음서 1:15와 놀랍도록 유사한 문장이었다.

그리고 앤드류는 그것이 마르코복음과 같은 성경 복음서와 어떻든 연관이 있는 것으로 생각했다. 그리고 그것이 혹시 '사라진 문장 Q'가 아닐까 하는 강한 확신이 들기 시작했다.

세실리아는 앤드류의 눈빛이 반짝이는 것을 보았는지 계속해서 다음 페이지에서 발견한 것을 자세히 설명했다.

"혹시 앤드류 변호사님은 기독교 신자신가요? 그렇다면 이 문장도 익숙하실 것 같네요." 세실리아는 다음 페이지에서 찾은 희미한 문장의 실마리를 복원한 결과를 보여 주었다. 그 문장은 라틴어 같아 보였다.

'저희에게 잘못한 이를 저희가 용서하오니 저희 죄를 용서하시고.'

"이건……저도 잘 알고 있습니다. 사실 저는 가톨릭 신자이기도 합니다만…… 물론 독실하지 못해서 모든 성경 구절을 외우진 못합니다. 그래도 압니다. 이 문장은 마태오 복음이기도 하고 주기도문에 나오는 것이죠…… 아마 가장 많이 암송되는 구절일 겁니다. 이 구절이 여기 있다니…….” 앤드류도 놀랐지만, 세실리아도 점점 미스터리한 문서에 빠져가는 사람처럼 흥미롭게 다시 말했다.

“그리고 이런 문장도요.”

‘사랑을 외면한 율법은 나는 거부한다. 나는 자비를 원하고 제사를 원하지 아니한다.’

“아…… 네, 이건 제가 맞췄던 문장이네요…….” 앤드류는 놀랐다. 그건 안나와 퍼즐을 맞출 때 나타났던 구절이었다.

“네? 이 문장을 직접 맞췄다고요? 이걸 전에 다른 데서 본 적이 있으신가요?”

“아…… 아뇨. 물론, 직접 봤다는 뜻은 아니고요, 성서의 미스터리를 연구한 논문에서 본 적이 있는 것 같아요. 논문 제목이 라틴어로 ‘미스테리움(Mysterium)’이었죠 아마.” 앤드류는 당황하는 세실리아를 위해서 임기응변으로 급히 덧붙여 말했다.

“네, 정말 미스테리움 그 자체네요. 그럼 이 비밀스러운 문장 퍼즐도 결국 성경 말씀을 새겨 놓은 것일까요?”

“글쎄요…… 아직은 어떤 것도 단정할 수는 없겠죠……다만 단순히 성경 구절만 담았다고 보기에는 방식도 그렇고 전해 내려온 역사로도 그렇고…… 쉽게 판단할 수 있는 건 아닌 것 같습니다. 한 가지, 지금까지 보여 준 문장들의 키워드는 ‘용서와 사랑’이네요.”

아무튼 이건 큰 수확이었다. 안나와 자신이 그렇게도 원했던 구텐베르크의 마지막 문장이 서서히 모습을 드러내는 것 같았다. 그리고 그의 내면에서는 무언가가 꿈틀거리고 있었다. 오래된 기억, 안개 속에서 마주했던 구텐베르크의 얼굴, 그리고 안나와 바꾸어 가졌던 'Q' 활자의 감촉.

그러던 순간이었다.

지하 공간의 한쪽 복도에서 무언가 스치듯 지나갔다. 발소리는 없었고, 소리보다 먼저 그림자가 움직였다. 앤드류는 본능적으로 돌아봤지만, 아무도 없었다. 세실리아도 미세하게 경계하는 눈빛을 보였다.

잠시 후 — 그 긴장된 정적을 깨며 누군가 계단 아래로 내려왔다. 낯익은 인물. 에드워드 맥헨리 관장이었다. 그의 발걸음은 평소보다 느렸고, 눈빛엔 예민함이 서려 있었다.

"세실리아."

그의 목소리는 낮고 단호했다.

"그 분석 내용, 왜 내게 바로 보고하지 않았지?"

세실리아는 당황한 기색으로 입술을 달싹였지만 아무 말도 하지 못했다. 맥헨리는 앤드류에게도 묘한 눈빛을 보냈다. 의심과 계산이 섞인 눈동자였다.

"잠깐, 얘기 좀 하지."

그는 세실리아를 따로 부르며 사무실 안쪽으로 데려갔다. 문이 닫히는 소리와 함께 보존실엔 다시 정적이 흘렀다. 앤드류는 홀로 남겨진 성경을 디지털화한 화면을 바라보았다. 비록 최신 기술이 보여 주는 디지털 이미지지만 그때 당시의 빛바랜 활자, 낡은 종이, 그리고 그 안에 숨겨진 문장들을 느낄 수 있었다. 그는 천천히 숨을 내쉬며 마우스를 클릭했다. 마지막 장을 넘겼다.

거기엔 아무것도 없었다.

그때였다. 누군가 뒤에서 그의 팔을 잡았다. 그 힘은 강하지 않았지만, 놀라울 만큼 단호했다.

그는 본능적으로 돌아섰고 — 그 순간 걸음을 멈추었다.

그녀였다. 눈빛만으로도 알 수 있었다. 그것은 지난번 타임슬립 때 중세에서 마주했던 또 다른 여인의 신비한 눈빛이었다. 말은 없었지만, 눈으로만 이야기를 건네 오던 그때와 똑같이. 안나의 눈빛이었다.

"세이지예요." 그녀는 짧게 말했다.

"세이지? 당신이 세이지 굿힐이란 말이오?" 앤드류는 되물으며 말했다.

"여긴 위험해요. 일단 저랑 같이 빨리 나가요." 그녀는 맞다는 의미로 대답 대신 손을 끌었다.

앤드류는 너무 놀라기도 하고 그 자리에서 물어보고 싶은 궁금한 게 너무 많았지만, 그녀의 표정에서 그가 원하는 대답은 아직 이 공간 안에 없다는 것을 알았다. 그들은 조용히, 그러나 빠르게 도서관을 빠져나왔다.

41

앤드류와 세이지 굿힐 그렇게 둘은 만나게 되었다. 어쩌면 이미 예정되어 있었는지 모른다.

세이지가 앤드류의 손을 이끌어 빠져나온 후, 그들이 도착한 곳은 이스트 37번가, 브라이언트 파크 북쪽 모퉁이에 자리한 낡은 벽돌 건물 1층의 작은 카페였다. 간판은 자세히 보아야 글씨가 보일 정도로 흐릿했고, '세테르 91'이라고 적혀 있었다. 은밀한 피난처라는 뜻의 히브리어이고 성경 시편 91장에도 나오는 말이었다. 커튼도 반쯤 내려진 채였고, 창문 너머로 안쪽의 모습이 거의 보이지 않았다.

"이쪽이에요. 자주 오던 곳이에요. 사람은 거의 없고, 루크는 입이 무거운 편이라…… 안심해도 돼요." 세이지가 카페의 주인인 루크를 가리키며 말했다.

"맨해튼에 이런 곳이 숨어 있었군요." 앤드류도 신기하다는 듯 말했다.

카페라고 할 수 있을지 모르겠지만 안은 조용했다. 낮은 천장과 진한 나무색의 몰딩, 오래된 조명이 낮게 빛을 흘리고 있었다. 커피 향보다는 오래된 책장과 잉크, 가죽 표지의 냄새가 먼저 느껴졌다. 구석진 자리에는 나무 책상이 하나 있었고, 그 위에는 타자기와 펜 몇 자루, 그리고 아무도 손대지 않은 오래된 커피잔이 놓여 있었다. 오랜만에 중세 시대로 다시 타임슬립을 한 기분이었다. 뒷문을 열고 요하네스가 나올 것만 같았다.

카운터 너머에서 카페 주인 루크는 조용히 고개를 들어 세이지를 보더니, 아무 말 없이 다시 신문을 펼쳤다. 회색 스웨터에 둔탁한 안경테, 무표정한 얼굴이지만 어딘지 믿음직한 느낌이 있었다.

"루크는 말을 거의 하지 않아요. 예수의 성배를 지키는 수호자 같아요. 그래서 가끔 무섭기도 하지만, 오히려 그게 제가 여기 오는 이유이기도 하고요."

앤드류는 주변을 둘러보며 중얼거렸다.

"정말…… 어디선가 시간의 층이 느껴지는 곳이군요. 얼마 전에 맡았던 냄새가 여기서도 느껴져요."

그제야 세이지가 테이블에 앉았다. 긴장한 기색 없이, 당연하다는 듯 마주 보며 말했다.

"자, 이제 어디서부터 이야기해야 할까요……." 세이지가 먼저 물었다.

"어디서부터 이야길 시작해야 할지 모르겠지만 제가 먼저 이야기해 볼게요. 저는 앤드류 한이고 당신의 법적 소송 변호를 맡고 있는 변호사입니다." 앤드류가 지금 상황에 어울리지 않는다는 것을 느끼면서도 몸에 배어 있는 직업적 멘트가 나왔다.

"잘 알고 있어요. 제가 당신을 선택한걸요. 그리고 제가 당신에게 선물 아닌 선물을 보냈었죠. 운명의 선물이랄까."

"선물이라, 그렇군요. 저를 새로운 세상으로 이끌어 준 선물일 수 있겠네요. 고통도 함께 주었지만요. 그동안 무슨 일이 있었는지 당신은 믿지 못하겠지만요." 그렇게 답하고 앤드류는 잠시 숨을 고르며 그녀를 바라보았다. 커피 한 모금도 마시지 않은 채, 그는 조심스럽게 이야기를 시작했다.

"처음엔 아무것도 몰랐어요. 당신의 책, 『검은 잉크의 노래』와 관련된 소송을 맡게 되었을 때만 해도 그건 단순한 저작권 소송이라고 생각했습니다. 출판사와 작가 간의 법적 분쟁. 늘 해 오던 일이었죠."

그는 고개를 들어 세이지를 바라보면서 말을 이었다.

"하지만 당신의 책은 달랐습니다. 특히나 저에게 보내준 2편 원고본은 단순한 역사소설이라기엔 너무나 생생하고…… 그 시대를 겪지 않고는 알 수 없을 듯한 디테일들이 들어 있었습니다. 그리고…… 어떤 장면에 이르렀을 때, 저는 알 수 없는 강한 이끌림을 느꼈죠. 특히 활자 'S'에 대한 묘사, 사라진 문장에 대한 서사 등은 읽는 저로 하여금 무언가로부터 '깨어나는' 기분을 느끼게 해 주었습니다."

"깨어나는 느낌이라고 하니, 제가 원했던 바와 같아요. 고맙네요." 세이지가 차분한 목소리로 앤드류를 바라보며 답했다.

"그리고 당신이 원고와 함께 보내 준 그 활자 'S', 그건 단순한 금속 조각이 아니었습니다. 시간과 역사의 인연을 이어 주는 브릿지와 같다고 할까…… 당신을 만나면 가장 먼저 묻고 싶었어요. 이 'S'는 대체 어떤 것이죠?"

"제 차례가 되면 말씀드릴게요. 조금만 기다려 주세요." 세이지의 답변에 앤드류도 더는 보챌 수가 없었다. 앤드류는 말을 조용히 이어 갔다.

"그 이후의 일은…… 어떻게 설명해야 할지 모르겠고, 지금 말해도 믿기 어려울 겁니다. 저도 제가 미친 거 아닌가 하는 생각을 하거든요. 하지만 당신이 이 자리에 있는 걸 보니 이젠 더 이상 이건 허상이나 꿈이 아니라는 확신이 드네요."

앤드류는 구텐베르크를 처음 만나게 되었던 스트라스부르와 안나가 있던 시대 — 1450년대 마인츠 — 로 두 번의 타임슬립을 했던 경험을 조용히, 그러나 명확하게 설명하기 시작했다. 그 시대의 공방 냄새, 주조기의 쇳소리, 잉크 냄새, 촛불로 비추던 새벽의 인쇄소. 모두가 생생했다.

"저는 독일 마인츠에서 요하네스, 그러니까 요하네스 구텐베르크를 직접 만났습니다. 처음엔 저도 믿지 않고 부정하고 의심했습니다. 마찬가지로 그도 저를 의심했죠. 정체불명의 외지인이니 당연했을 겁니다. 하지만 제가 가진 금속 'S' 활자를 보고 그는 저를 받아들였습니다. 당시로서는 존재하기 힘든 금속활자였거든요. 그가 만들고자 했던 것이기도 하고요. 저는 그와 함께 인쇄기 만드는 일을 했고, 수없이 실패하면서도 다시 활자를 새겼습니다." 앤드류는 당시 상황을 떠올리며 담담히 말했다.

"신기하군요. 그리고 고맙네요. 당신의 경험이 제가 어떤 걸 찾아가는 데 큰 힘이 되고 있어요. 당신은 힘들었겠지만요. 그래서 미안해요."

"하지만 인쇄 기술보다 더 중요한 건……." 잠시 말을 멈춘 앤드류는 호흡을 한번 가다듬고 이내 쓴 커피를 한 모금 마시고 말을 이어 갔다.

세이지는 놀란 기색 없이 조용히 듣고 있었다. 어느 정도는 이미 예상하고 있었던 이야기를 되짚어 확인하는 듯한 표정이었다.

"인쇄 기술이 어느 정도 완성되어 갈 무렵, 구텐베르크는 그때까지 돈벌이 방편으로 찍어 내던 면죄부 인쇄를 중단하고 본격적으로 성경을 인쇄하기 시작했습니다. 실험에 실험을 거듭한 끝에 마침내 오늘날 우리가 알고 있는 구텐베르크의 42줄 성경 인쇄를 완성할 수 있었습니다.

그러나 그 여파로 구텐베르크는 심각한 재정난에 빠졌습니다. 그리고 함께 걸어온 한 사람의 배신과 음모로 결국 모든 것을 잃었죠. 이후 그는 평생 인쇄하고자 했던 마지막 문장을 위해 온 힘을 쏟아부었습니다. 그리고…… 그는 사라졌습니다. 연기처럼. 그것이 제가 본 구텐베르크의 마지막이었습니다."

앤드류는 물을 한 모금 삼켰다. 하지만 목 안에는 여전히 커피가 남긴 쌉쌀함이 맴돌았다. 그 잔향은 묘하게도 구텐베르크의 마지막 순간과 겹쳐졌다.

"그가 사라지고 그럼 당신은 바로 현재로 돌아온 건가요?"

"그 무렵이긴 합니다. 구텐베르크가 그렇게 사라지고 난 후 한 여인이 저를 찾아왔습니다. 그녀는 안나였습니다. 안나는 구텐베르크의 연인이었죠."

그 이름을 꺼낼 때 앤드류의 목소리가 조금 낮아졌다.

"그녀는 눈부시게 아름다웠지만 동시에 놀랍도록 강하고 조용한 사람이었습니다. 비록 인쇄기술 자체에 대한 이해는 없었지만 생에 대한 철학이 있었습니다. 그녀는 구텐베르크의 조력자였고, 동반자였고, 어쩌면…… 그의 진정한 후계자였습니다."

앤드류는 잠시 말을 멈췄다 숨을 삼키고 다시 말을 이었다.

"마지막으로 그곳에서 안나와 함께 알게 된 건 당신이 전해준 그 'S'가 비밀을 의미하는 '세크레툼', 즉 숨겨진 말씀을 의미한다는 것이었습니다. 성경 속에 숨겨진 말씀이란 의미로 해석할 수 있습니다. 사라진 문장이고요."

"그렇군요. 놀라운 이야기예요. 다른 사람 같으면 정신 나간 소리라고 할 거예요. 하지만 전 아니에요. 당신을 믿어요. 제 기억이 아직은 완전하지 않아서 희미하지만 그래도 느낄 수 있어요." 세이지도 정말로 놀라고 있었다.

"그리고 더 분명한 건 세이지 당신의 그 푸른 눈빛이 안나의 눈빛과 너무 닮았어요. 그건 보통 사람들에게서는 볼 수 없는 눈빛이에요."

"그렇군요. 저도 어떤 또 다른 인연을 느끼고는 있었어요."

"그렇다면 역시 세이지 당신은 안나 그리고 구텐베르크와 어떤 인연이 있는 게 분명해요." 앤드류는 확신에 찬 소리로 말했다.

"네, 먼저 앤드류 씨 이야기를 다 듣고 제 이야기를 할게요. 더 남았나요?"

세이지도 당연히 모든 걸 이야기하겠다고 나타난 만큼 감추려고 그러는 건 아닌 것 같았다.

앤드류는 알겠다는 듯이 잠시 고개를 끄덕이고 마저 말을 하기 시작했다.

"숨겨진 말씀 그리고 사라진 문장은 아직 그 내용이 무엇인지는 알 수 없지만 한 가지 확실한 건 숨겨진 말씀을 의미하는 'S'와 여기 이 'Q'가 모든 비밀의 키워드였어요."

앤드류는 안나와 바꿔 가지고 있던 금속활자 'Q'를 꺼내어 세이지에게 보여 주었다.

"안나와 제가 'S'와 'Q'를 이용해 흐트러진 활자들을 맞춰 본 문장은⋯⋯ 제 기억이 맞다면⋯⋯ '말씀의 시작은 'Q'로부터 나오니, 'Q'라는 거룩한 주님의 말씀을 찾아라. 그것은 진리를 빛으로 끌어올려, 모든 이들 가운데 드러낼 것이다'였어요. 그리고 '그들은 진실이 세상에 나오는 것을 두려워하니, 'Q'를 지켜라'라는 문장도 기억이 납니다. J.P. 모건 도서관에서 제가 확인하고자 했던 것도 바로 그것이었어요."

세이지도 그 'Q' 활자를 넘겨받고 살펴보았다. 자신이 앤드류에게 넘겨주었던 'S'와 감촉과 느낌이 정확히 같았다. 그리고 앤드류에게 물었다.

"그럼 제가 준 그 'S' 활자도 가지고 있나요?"

"마지막 순간, 저는 안나와 활자를 바꿔 가졌습니다. 저는 'Q'를, 그녀는 'S'를. 그때는 그게 옳다고 믿었습니다. 이유는 분명하지 않았지만, 제가 가진 'S'를 반드시 안나에게 건네야 한다는 강한 확신이 있었죠. 시간의 실타래를 제가 다 풀 수는 없었지만, 그래도 시도해야 한다고 느꼈습니다."

"그렇군요." 세이지는 짧게 말했다.

"제가 그곳에 가게 된 것도 결국 당신이 전해 준 그 'S' 때문이었습니다. 그래서 만약 그 'S'를 잃는다면 제게 어떤 일이 닥칠지 시험해 보고 싶은 마음도 있었습니다. 그리고 운명이라면, 결국 어떻게든 저를 이끌어 갈 거라는 믿음도 있었죠."

앤드류는 시선을 들어 세이지를 다시 바라보며 말을 이었다.

"그리고…… 저는 다시 이곳으로 돌아왔습니다. 아무 일도 없었던 것처럼요. 하지만 당신의 원고는 달라져 있었습니다. 처음 봤을 때와는 다른 내용이었고, 그것은 제가 직접 겪은 시간과 정확히 일치했죠. 마치 누군가가 제 기억을 되새겨 쓰고 있는 것 같았습니다."

세이지는 조용히 고개를 끄덕였다. 판단의 문제가 아니었다. 믿음의 문제였다.

"맞아요. 저조차도 믿기지 않고, 현재에만 머물러 있는 사람들은 알 수 없는, 말로 설명할 수 없는 일이죠. 설명할 수 없는 말은 믿는 것이 먼저

이죠. 전 그게 어떤 의미인지 알 것 같아요. 과거의 변화는 결국 오늘을 바꿀 수 있거든요.

그리고 당신이 얘기한 그 기억은…… 당신만의 것이 아니었어요. 희미하지만 제가 찾아가는 기억 속엔 당신이 이야기한 모습들이 대부분 담겨 있었습니다. 오래된 이야기들이죠."

앤드류는 세이지의 입에서 흘러나올 다음 말을 기다렸다. 그제야 세이지가 입을 열었다.

"이제 제 이야기를 할 차례인 것 같네요."

42

이제야 퍼즐의 형태가 조금씩 드러나기 시작했다. 세이지로부터 전해 들은 이야기는 이랬다. 어린 세이지는 뉴욕주와 맞닿은 버몬트주 벌링턴 근처의 작은 마을 숲속에서 양부모에게 발견되었다. 어떻게 어린아이가 혼자 거기 남겨졌는지는 알 수 없었다. 인근에서 실종 신고가 있었던 것도 아니었다. 양부모는 그저 하늘이 내린 아이라 믿었다. 놀랍게도 어린 세이지는 나이에 비해 현명하고 사려 깊었다. 마치 그녀의 이름 세이지(Sage) — '현명한 이'라는 뜻처럼 말이다.

세이지는 커 가면서 같은 꿈을 계속해서 꾸기 시작했고 희미하지만 기억이 되살아나는 느낌을 받았다. 마치 오래전에 경험을 했던 사람처럼 자신이 겪지 않았던 일들이 떠오르곤 했다.

양부모님이 갑작스레 사고로 돌아가신 뒤, 오래 닫혀 있던 서랍을 정리하다가, 어린 시절 양부모님에게 들었던 금속활자 'S'를 다시 발견했다. 금속으로 된 활자 'S'는 세이지가 숲속에서 발견될 때 손에 꼭 쥐고 있었다고 했다. 그리고 그 옆에는 한동안 잊고 지냈던 낯선 문서 한 장이 함께 있었다.

그 순간, 말로 설명할 수 없는 기운이 온몸을 스쳤다. 마치 오래 잠들어 있던 무언가가 깨어나는 듯한 감각이었다. 그리고 그때부터, 보이지 않는 힘이 손을 이끄는 것처럼 글을 쓰기 시작했다. 처음에는 단순한 영감이라고 생각했다. 하지만 글이 진행될수록 느끼는 이상한 감각은 뭐라 말로 설명할 수 없는 것이었다. 그렇게,『검은 잉크의 노래』가 집필되었다.

1편은 무사히 출판되었고 베스트셀러가 되었다. 사람들은 그녀의 소설을 사랑했다. 작가가 누구인지는 베일 속에 싸여 있었지만,『검은 잉크의 노래』가 세상에 드러난 후 그녀 주변에서는 이상한 기척이 느껴졌다. 시선, 그림자, 그리고 설명할 수 없는 불안. 오늘 J.P. 모건 도서관에서 앤드류가 느꼈던 것과 똑같은, 음산한 기운이었다. 그녀가 누구인지 알려지지 않은 상태였기에 더욱 그것은 일반 사람들의 시선은 아니었다.

그때였다. 앤드류의 폰이 울린 것은.

"에블린, 음…… 지금 꼭 해야 해? 그래…… 알았어. 꼭 이런 식이라니까…… 젠장……." 마지막 소리는 전화기를 통해서 나가지는 않았지만 앤드류는 불만 섞인 목소리로 전화를 끊었다.

에블린이 급하게 앤드류를 찾고 있었다. 세이지와의 대화도 중요하지만 법정에서의 싸움도 세이지를 위하는 것이었다. 다시 만나기로 약속을 한 후 자리를 뜨려는 순간 그녀가 마지막으로 말을 남겼다.

"오늘 다녀온 J.P. 모건 도서관은 그냥 도서관이 아니에요. 그곳에 우리가 찾는 마지막 비밀이 있다고 믿어요. 하지만 관장 에드워드는 믿을 수 있는 사람이 아니에요…… 그리고 우리가 믿을 수 없는 사람은 그 사람만이 아니에요. 법정에도 있고 사방 어디에도 있어요…… 조심해요……."

"네…… 알겠어요. 세이지 당신도 조심하고 반드시 이틀 후에 이곳에서 다시 만나도록 해요."

앤드류는 그렇게 대답하고 자리를 뜰 수밖에 없었다.

앤드류는 급히 블룸필드 앤 스톤 로펌으로 돌아왔다. 유리문을 밀고 들어서자, 로비 한쪽에서 팔짱을 낀 채 서 있던 에블린 장이 곧장 다가왔다.

"앤드류, 급하게 찾았잖아. 다른 중요한 미팅이라도 있었던 거야?"

에블린의 눈빛은 호기심보다는 초조함이 앞서 있었다.

"미팅은…… 있었지만, 우리 로펌 일은 아니야. 근데 무슨 일인데 이렇게……."

앤드류의 말을 끊듯, 에블린이 낮고 빠르게 전했다.

"방금 법원에서 연락이 왔어. 재심 심리를 맡았던 판사가 교체됐어."

앤드류는 잠시 말을 잃었다.

"또? 음, 내가 뭐라 그랬어 에블린. 이번 재판은 애초에 해럴드 프레슬러 판사의 사고와 교체부터가 무언가 이해 못할 판이 있는 거야?"

"이번엔 사고가 아니야. 판사 본인이 스스로 회피 의사를 밝혔다고 해. 사유는…… 이해하기 어려워. 세이지 사건과의 이해충돌 가능성이 있다고만 했어."

앤드류는 직감했다. 이건 단순한 인사 변경이 아니었다. 보이지 않는 힘, 재판 외부에서 작동하는 손길이 있었다.

그날 밤, 회의실에서 혼자 남은 앤드류는 사건 기록을 다시 펼쳤.

현대의 저작권 분쟁 서류를 읽던 그의 시선이 문득 멈췄다. 종이 위에서 보이는 문장은, 15세기 마인츠의 작업장에서 구텐베르크와 칼, 그리고 자신이 함께 검토했던 계약 문헌의 문구와 겹쳐졌다.

"기술과 권리의 소유권은 인쇄자의 손에 남겨진다……."

"그래 그때는 계약서에 명시하기로는 인쇄자의 손에 남겨진다고 했는데…… 결국엔 인쇄자보다는 재정 투자자의 손을 들어줬지……." 앤드류는 중얼거렸다.

그때 칼이 계약서 초안을 들고 했던 말이 떠올랐다. 인쇄는 지식을 똑같이 찍어 내는 것인데, 주교나 교회의 교리에 의하면 그건 교회 말고는 누군가가 함부로 가질 수 없는 권리라고 했던 말…… 그때의 '인쇄자' 요하네스는 원저작자의 권리를 빼앗겼지만, 지금은 다르다. 세이지 굿힐이야말로 원고를 완성하고, 문장을 고정시키고, 그 형식을 결정한 '현대의 인쇄자'다. 이 조항이 15세기엔 구텐베르크를 지키지 못했지만, 21세기에는 세이지 굿힐을 지켜 줄 수 있다.

이 조항은 이번 재심의 판도를 바꿀 수 있었다. 앤드류는 법률 논거를 정리하며 밤을 보냈다.

책상을 정리하고, 숙소로 돌아온 시각은 새벽 두 시를 훌쩍 넘겼다. 셔츠를 벗어 놓고 침대에 몸을 기댔지만, 쉽게 잠이 오지 않았다. 그는 습관처럼 주머니 속의 금속활자 'Q'를 꺼냈다.

차갑고 묵직한 감촉. 손가락 끝에서 느껴지는 금속의 미세한 각인과 틈새.

그 순간, 마치 심장의 박동과 활자의 진동이 하나로 맞물리는 듯한 기묘한 울림이 전해졌다.

그리고 어둠이 기울었다. 벽의 그림자가 늘어나며 방 안의 공기가 변했다. 귓속에 먼지 쌓인 기계의 톱니가 움직이기 시작하는 소리가 들렸고, 눈앞이 서서히 희미해졌다.

이번엔 구텐베르크의 인쇄기에서 울려 퍼지던 쾅— 쾅— 하는 압착 소리는 들리지 않았다. 그러나 알고 있었다. 앤드류는 이미, 다시 그 시대로 가고 있었다.

43

 찬 바람이 뺨을 스쳤다. 눈을 떴을 때, 하늘은 잿빛으로 내려앉아 있었고, 길목마다 흙먼지가 바람에 날리고 있었다. 숨을 쉬자 익숙한 공기가 느껴졌다.
 '이번엔 또 어디지? 아니 어디여야 하지.'
 주변을 둘러보니 거리는 낯설면서도 동시에 친숙했다. 짙은 참나무 골격이 드러난 하프팀버 집들이 길 양옆으로 줄지어 서 있었고, 목재 서까래 위로 급경사의 박공지붕이 하늘을 가르고 있었다. 하얀 석회벽과 검게 그을린 목재가 만든 대비는 마치 바둑판 무늬처럼 이어졌고, 지붕 끝마다 걸린 작은 풍향계가 겨울바람에 삐걱거리며 돌았다. 문간에는 화톳불 연기와 빵 굽는 냄새가 뒤섞여 나왔고, 진흙과 눈이 범벅된 돌길 사이로는 말발굽 소리가 규칙적으로 울려 퍼졌다.
 공간은 지난번 마인츠와 비슷했지만 사람들의 복장은 세월이 흐른 듯 많이 달라 보였다.
 이제는 익숙한 듯 지나가는 행인에게 말을 붙였다.
 "실례합니다, 여긴 또 어디죠?" 어색하게 앤드류가 물었다. 남자는 수상한 눈빛으로 앤드류를 훑더니 짧게 대답했다.

"또라니? 여긴 비텐베르크요, 비텐베르크." 비텐베르크…… 앤드류는 머릿속이 순간 맑아졌다.

"그럼 여긴 지난번과 같은 신성로마제국이고…… 비텐베르크라는 도시이군." 앤드류는 이제 신성로마제국의 도시 상황 정도는 익숙했다.

"그럼 여기가 신성로마제국 작센안할트주의 비텐베르크이군요."

"작센안할트주?" 행인은 처음 듣는 소리라는 듯 의아한 표정을 지었다.

"그럼 지금이…… 몇 년도 입니까?" 행인은 선문답하는 앤드류가 이상했지만 이내 무심하게 말했다.

"1517년이오."

앤드류는 심장이 빠르게 뛰는 것을 느꼈다. 구텐베르크가 42줄 성경을 완성한 해가 1455년이니, 벌써 62년이 흘렀다. 그는 이미 세상을 떠났을 가능성이 크다. 안나도.

구텐베르크와 안나 그리고 푸스트와 칼 노이어까지. 그들의 인연은 그 후 어떻게 되었을까…… 그리고 그들이 시작한 인쇄소는 어떻게 되었을까. 분명 마인츠에서 아직 성업 중일 것이다. 오스테라 북스와의 관계도 확인이 필요했다. 실마리를 풀기 위해서는 마인츠로 가야 한다. 하지만 당장 떠나기에 마인츠는 가까운 거리가 아니었다. 앤드류가 살던 시대와는 교통편에서 많은 차이가 있던 시대였다.

앤드류는 이런저런 생각을 하며 거리를 걷다, 오래된 도서관처럼 보이는 건물 앞에서 한 사제를 마주쳤다. 그는 검은 수도복에 하얀 칼라를 매고 있었고, 손에는 두툼한 책을 들고 있었다. 젊었지만 단단한 인상을 풍겼다.

"실례합니다." 앤드류는 말을 건넸다. "혹시 이곳은 어디인가요? 도서관인가요? 아님 대학인가요?"

도서관에 가면 인쇄된 책이 있을 것 같았다. 그렇다면 어쩌면 구텐베르크의 실마리를 찾을 수도 있을 것 같았다.

사제는 걸음을 멈추더니, 책 위로 시선을 들어 앤드류를 바라봤다. 눈빛이 깊었다.

"도서관요. 그런데 왜 그러시죠? 이곳 분은 아닌 거 같은데 뭐 찾으시는 거라도 있습니까?"

"네. 인쇄된 책을 찾으려고 합니다." 앤드류는 잠시 숨을 고르고 말을 이었다.

"정확히는…… 한 인쇄인을 찾고 있습니다. 오래전에 알던 사람인데, 혹시 책을 찾으면 그곳에서 단서를 얻을 수 있을지도 몰라서요."

그의 목소리에는 조심스러운 기대와 함께, 희미한 확신이 묻어 있었다.

사제는 잠시 생각하더니 손을 내밀었다.

"전 마르틴 루터입니다. 이곳 비텐베르크 대학에서 가르치고 있죠. 마침 도서관에 가는 길인데 함께 가시죠. 제가 안내하겠습니다."

앤드류는 순간 말문이 막혔다. 그 이름. 1517년의 비텐베르크. 그리고 마르틴 루터. 역사의 거대한 파도가 다시 그 앞에 서 있었다.

마르틴 루터 — 그 이름은 후세에서 종교개혁의 상징으로 남게 될 인물이다.

1483년 신성로마제국 작센의 아이스레벤에서 태어나, 어머니의 엄격한 신앙과 아버지의 현실적인 기대 사이에서 자랐다. 아버지 한스 루터는 농민 가정에서 태어났지만, 젊어서 광산 노동자가 되었고 이후에는 소규모 광산 경영자와 제련소 소유주로 성장했다. 주로 구리와 은 광산에 투자했는데, 당시 작센 지역은 광업이 번성하던 곳이라 기회를 잘 잡은 셈이었다. 완전히 부유한 상류층은 아니었지만, 당시 평균 농민보다는 훨씬 나은 형편이었고 교육비를 충분히 댈 수 있었다. 이 덕에 루터는 어릴 때부터 라틴어 학교와 에르푸르트 대학교에서 교육을 받을 수 있었다. 그는 근면하고 계산적인 사람이었으며, 가문이 사회적 지위를 높이기를 강하게 원했다. 그런 집안의 뜻에 따라 원래는 법률가가 되기 위해 법학을 공부했지만, 1505년 어느 날 번개를 피해 숲속에 몸을 숨긴 사건이 그의 삶을 바꾸었다. 그는 죽음의 공포 속에서 "성 안나여, 나를 살려주신다면 수도사가 되겠습니다"라고 서원했고, 그 길로 아우구스티노 수도회에 입회했다.

루터는 신학자로서의 자질도 뛰어났다. 라틴어와 헬라어, 히브리어에 능통했고, 성경을 원어로 읽고 해석할 수 있었다. 그는 특히 바울 서신을 깊이 연구하며 '믿음으로 의롭게 된다'는 교리를 확신하게 되었고, 이것이 훗날 그를 가톨릭 교회의 권위와 정면으로 맞서게 만든 신념의 뿌리가 되었다.

1512년, 그는 비텐베르크 대학의 성경학 교수로 임명되어 학생들을 가르쳤다. 강의실에서는 열정적으로 성경을 해석했고, 설교단에서는 서민의 언어로 복음을 전했다. 학문적 엄격함과 목회적 열정을 동시에 지닌, 보기 드문 사제였다.

그러나 그가 살던 시대의 교회는 타락과 부패가 만연했다. 면죄부 판매는 가장 대표적인 예였다. 사람들은 돈을 내고 죄 사함을 받는다는 허망한 약속에 속아 재산을 탕진했고, 그 돈은 성 베드로 대성당 공사비로 흘러들어 갔다. 루터는 이를 참을 수 없었다.

그가 훗날 95개조 반박문을 써 붙이며 역사의 물줄기를 바꾼 것도, 바로 이 시대적 부패에 대한 분노와 성경 말씀에 대한 충성에서 비롯된 것이었다.

그러니, 지금 앤드류 앞에 선 이 젊은 사제가 바로 그 루터라는 사실은 — 1517년의 가을, 비텐베르크의 거리에서 그를 만났다는 사실 — 그 자체로 역사 속 한 장면에 발을 디딘 것과 같았다.

"책에 관심이 많으신가 봅니다. 아님 인쇄물에 더 관심이 있으신 건가요?" 대학 도서관을 향해 걸으면서 루터가 이야기를 꺼냈다.

"네, 책을 좋아합니다. 종이에 적혀 있는 글자는 스스로는 가치가 없는데 그 글자들이 모여서 새로운 의미를 창출하는 게 너무 좋습니다. 저에겐 신비로운 일입니다. 그리고 그런 무형의 지식을 책이라는 틀에 구현해 낼 수 있는 인쇄라는 기술에 경의를 표하는 바이기도 하고요. 둘 다입니다." 앤드류는 자신이 평소에 생각하고 있던 바와 최근 겪었던 인쇄의 역사 소용돌이가 저절로 표현되어 나왔다.

루터는 진지하게 앤드류의 말을 새겨듣더니 고개를 끄덕이며 말했다.

"저도 같은 생각입니다. 저는 우리가 사는 세상을 움직이는 어떤 진리가 있다고 생각하고 그 진리는 애초 하느님의 말씀으로부터 시작했다고 믿습니다. 그리고 그 말씀은 글로 새겨진 것이 아닌데 언제부터인가 글로 새겨지게 되었고, 글은 말과 달리 시간 속에 영원히 존재하는 힘을 가지게 되었습니다. 어쩌면 더 많은 사람들에게 진리의 말씀을 전할 수가 있게 되었고, 어떤 면에서는 글을 읽고 뜻을 새기는 사람들에 따라서 너무 다른 의미로 해석될 수 있어서 두렵기도 합니다. 누가 어떻게 읽고 독해하느냐가 너무 중요한 일이 되어 버렸죠."

루터는 세상을 움직이는 진리의 힘은 오직 종교적 말씀으로부터 나온다고 굳게 믿는 신학자였다. 16세기 중세 시대에서는 합당한 생각이었다. 자연과학적 사고의 시작으로 볼 수 있는 아이작 뉴턴의 만유인력 법칙도 아직 세상에 나오지 않은 시기였다.

44

 "여기가 비텐베르크 대학 도서관입니다. 대학이 생겨난 지 이제 한 15년밖에 안 되어서 여전히 책이 부족하지만 이 지역에서는 그래도 가장 많은 책을 소장하고 있는 곳이죠." 루터는 도서관 입구라는 좁은 문 앞에서 안내하며 말했다.

 오늘날의 대학도서관과는 많이 다른 느낌이었다. 학생들이 자유롭게 책을 찾아 읽고 공부할 수 있는 장소가 아니었다. 오히려 허가받은 사람만 출입이 가능한 자료 보관소의 느낌이 강했다.

 "네, 좋은 자료가 많이 있어 보입니다. 근데 여기는 학생들은 출입이 안 되는 곳인가요?"

 "네, 이곳은 교수들과 연구에 필요한 허가된 학생들만 출입할 수 있는 곳입니다. 제가 교수이니 이렇게 자유롭게 드나들 수 있는 것이죠. 짧은 시간이지만 말씀을 나눠 보니 당신도 저처럼 꽤나 책을 사랑하고 거기에서 무언가 찾으려는 사람처럼 느껴져서 이곳으로 안내하게 되었습니다. 그러고 보니 이름도 모르네요…… 이름이 어떻게 되시죠? 어느 지방 출신이신가요?"

 "아, 그렇군요. 저는 앤드류라고 합니다. 한때 마인츠에서 거주했었습니다. 스트라스부르에도 잠시 머물렀고요." 앤드류는 경험했던 대로 이야기했다. 조금 이상하게 들릴지 몰라도 그건 사실이었다.

"네, 멀리서 오셨군요. 아무튼 이곳에서 필요한 책이 있으면 저한테 말씀해 주세요. 제가 찾을 수 있게 도와드리겠습니다. 그리고 시간이 되신다면 아까 못다 한 이야기를 더 나누고 싶네요."

"물론입니다. 제가 더 궁금한 게 많습니다. 어떻게 그렇게 혁명 같은 큰일을 하게 되었는지 너무 궁금하고 그렇습니다……." 앤드류는 아차 싶었지만 루터는 흔들리지 않고 담담하게 답했다.

"혁명이라…… 어떤 뜻으로 하는 말인지는 모르겠지만 위험한 말이네요. 그렇지만 누구나 마음속에 한번은 다 가져 볼 수 있는 자연스러운 그러나 위험한 생각이죠…… 그래서 제가 더 많은 말씀 나누자고 한 겁니다. 무언가 얘기가 통할 것 같았거든요." 오히려 루터는 긴장하지 않고 가볍게 웃으며 말했다.

"네, 좋게 이해해 주셔서 고맙습니다. 그리고…… 그럼 여기 이곳에 혹시 구텐베르크가 인쇄한 42줄 성경도 있을까요?" 앤드류는 희망이 가득 섞인 목소리로 물었다.

"구텐베르크라면 마인츠에서 인쇄업을 했던 사람을 말하는 거죠? 그가 특별한 인쇄기술을 가지고 있었다고 알고 있습니다. 금속활자로 인쇄하는 것을 성공해서 지금도 그 덕에 많은 책들이 인쇄되어 나오고 있다고 알고 있습니다. 다만 성경은 원래 대학도서관보다는 대성당이나 교회에 비치되어 있고, 특히 구텐베르크 성경처럼 값비싼 성경은 이곳 도서관에서 소장하기 어렵기도 합니다. 혹시 성경을 찾으시는 거라면 여기에도 몇 권의 성경들이 인쇄본으로 소장되어 있긴 합니다. 꼭 구텐베르크 성경이 필요하신 건가요?"

"그렇군요. 도서관보다는 대성당이나 교회에 있을 가능성이 더 높군요. 구텐베르크가 성경을 인쇄한 지 60년이 지나서…… 저는 이젠 성경이 아무 곳에서나 찾을 수 있는 그런 일반적인 책이 되었나 싶었습니다만, 그렇진 않군요……."

"아무 곳에서나요? 그렇지 못한 게 현실입니다만 그렇게 되었으면 좋겠군요. 어떤 곳에서나 어떤 사람이건 어떤 말이건 쉽게 성경을 보고 읽을 수 있다면 얼마나 좋을까요……." 루터는 잠시 어린아이처럼 맑은 얼굴로 꿈을 꾸듯 이야기했다.

"그럼 지금 인쇄되어 나와 있는 성경은 라틴어로만 되어 있나요?" 구텐베르크가 라틴어 불가타 성경을 인쇄한 지도 이미 62년이 지나 있었기 때문에 앤드류는 설마 아직도 라틴어로만 성경을 인쇄하고 있진 않을 거라 생각했다.

"네. 필사본이든 인쇄본이든 거의 모든 성경은 아직 라틴어로 되어 있습니다. 그나마 약 50년 전에 요한 멘텔린이 독일어 성경 인쇄본을 냈습니다. 다만 헬라어를 직접 독일어로 번역한 것도 아니고 라틴어를 독일어로 번역한 것이고 또 남서부 독일 지역 방언이 많이 섞여 있어서 평범한 독일 사람들은 읽기도 어려운 게 사실이죠."

"원래 성경은 헬라어로 쓰였었죠. 그럼 헬라어를 독일어로 번역하는 것이 가장 좋은 번역이겠군요."

"그렇죠. 그래서 저를 포함한 많은 수도사나 학자 들이 헬라어를 직접 독일어로 번역하기 위해서 노력하고 있습니다. 물론 어디 가서 떠들면서 할 일은 아니지만요. 저는 라틴어는 물론 히브리어나 헬라어 등을 어렸을 때부터 익혀서 그 언어가 가지고 있는 특수성을 잘 알고 있습니다. 라틴어 성경이 표현할 수 없는 말씀의 뜻까지도요. 늘 그게 제가 느끼는 안타까움입니다. 근데 조심스럽게 제가 말씀드릴 수 있는 것은…… 이제 거의 다 왔다는 겁니다."

루터는 말끝에서 약간 비장한 각오를 다지듯 앤드류에게 확신에 찬 목소리로 이야기했다. 앤드류도 시대적 상황과 함께 그 말의 의미를 받아들일 수 있었다. 그렇다. 시기적으로 보면 이제 때가 다가오고 있었다. 역사의 물결은 그렇게 때가 되면 누구도 거스를 수 없이 일정한 방향으로 흐르게 마련이었다.

비텐베르크 대학 도서관에서 구텐베르크의 인쇄본은 찾을 수 없었다. 다른 책 인쇄본은 참고로 보았지만 구텐베르크가 남기고 사라진 인쇄본에 대한 실마리를 찾을 수 없었다. 대신 자리를 옮겨서 루터와의 시간을 더 가질 수 있었다.

1517년의 루터는 비텐베르크 아우구스티노 수도원에 살았다. 낮에는 대학에서 강의하고, 아침·저녁엔 수도원 예배와 공동 생활을 하는 삶을 살고 있었다.

45

비텐베르크 시내 외곽 북쪽으로 조금만 걸으면, 두꺼운 돌담 안쪽으로 웅장하면서도 절제된 형태의 건물이 보인다. 아우구스티노 수도원, 이곳은 검은 수도복을 입은 형제들의 거처라 하여 '흑수도원'이라 불렸다. 1504년에 완공된 이곳은 회색 사암으로 지어졌으며, 고딕 양식의 뾰족한 창과 긴 회랑이 특징이었다. 창문에는 투박하지만 정교한 스테인드글라스가 끼워져 있었고, 햇빛이 기울 때면 복도 안쪽까지 붉고 푸른 빛이 길게 드리워졌다.

루터는 수도원으로 앤드류를 초대했다. 마땅히 갈 곳도 없는데 이야기를 나눠 보니 가톨릭 신앙이나 성경에 대한 태도가 진심이라고 느꼈기 때문이다. 무엇보다 루터가 지금 한창 준비하고 있는 독일어 성경 번역이나 이후 성경 인쇄 등에도 앤드류가 왠지 도움이 될 것 같았다. 외모와 달리 성경이나 인쇄기술에 대해서 해박한 지식을 가지고 있다고 느꼈다.

루터는 익숙한 듯 수도원 문을 열어 앤드류를 안으로 안내했다.

"이곳에서 저는 기도와 강의 준비, 그리고 연구를 합니다. 낮에는 대학에서 학생들을 가르치고, 저녁이면 다시 이곳으로 돌아와 형제들과 미사를 드리죠. 제 영혼을 보살펴 주는 곳이라 해야 맞겠죠."

수도원의 중앙 안뜰에는 정갈한 허브 정원이 있었다. 세이지, 타임, 라벤더 같은 약초들이 가지런히 심겨 있었고, 몇몇 수도사들이 조용히 풀을 다듬거나 물을 주고 있었다. 안뜰 한가운데에는 작은 우물이 있었는데, 그 위엔 십자가 문양이 새겨진 석재가 덮여 있었다.

석조 복도는 차가웠지만, 벽에 걸린 등불과 그을음 자국이 이곳의 세월을 말해 주고 있었다. 복도 벽에는 성서 장면이 소박한 프레스코화로 그려져 있었고, 바닥은 닳아 반질거리는 석판이었다.

따뜻한 냄새가 코를 스쳤다. 단순한 식사에서 풍겨 오는 빵과 보리수프 향, 그리고 오래된 책과 양피지, 촛농과 가죽 제본의 냄새가 뒤섞여 있었다.

'식사 때가 되었나 보다.' 갑자기 앤드류는 허기를 느꼈다. 타임슬립으로 시간을 이동하면서 처음 느껴 보는 감각이었다. '수도원에서도 후추를 마음껏 뿌려 먹을까……' 갑자기 궁금해졌다.

그날 밤, 두 사람은 수도원의 작은 서재에 마주 앉았다.

"여기가 제 서재입니다. 작업실이기도 하고 기도하는 곳이죠."

루터의 서재는 내부에는 벽면 가득 책장이 있었고, 라틴어·헬라어·히브리어 성경 사본과 주석서들이 빽빽하게 꽂혀 있었다. 책상 위에는 필사 중인 원고, 깃펜, 잉크병, 그리고 일부는 독일어로 번역된 성경 인쇄본이 놓여 있었다.

앤드류는 눈길이 그 인쇄본에 오래 머물렀다.

"독일어 성경이군요."

"그렇습니다. 몇 해 전 뉘른베르크와 아우크스부르크에서 인쇄된 것이죠. 번역 수준은 그리 높지 않고 독일어도 읽기가 힘들지만, 라틴어를 읽지 못하는 평신도에게는 귀한 것이죠."

그러면서 자연스럽게 루터는 최근 그가 하고 있는 독일어 성경 번역에 대해서 먼저 이야기를 꺼냈다.

"당연한 질문입니다만, 앤드류 씨도 가톨릭 신자지요? 혹시 성경은 읽어 보셨나요. 지금까지 나눈 이야기를 생각하면 성경에 대해서 상당히 해박한 것으로 느꼈습니다. 사제가 아닌 앤드류 씨가 어떻게 성경을 그렇게 자세히 알고 있는지 모르겠지만, 마찬가지로 저는 성경의 말씀은 모든 신자가 직접 읽고 이해해야 한다고 믿습니다. 그런데 여전히 라틴어로만 읽히고, 교회의 허락 없이는 번역조차 허용되지 않죠. 영국의 존 위클리프 얘기는 언급하지 않겠습니다만…… 말씀을 가로막는 담장을 허물어야 합니다."

"존 위클리프에 대해서는 저도 알고 있습니다. 성경을 영어로 번역했다는 이유로 처형되었죠. 이후 체코의 얀 후스도 비슷한 이유로 처형되었고요. 안타까운 일이죠."

루터는 놀랐다는 얼굴로 눈을 크게 뜨고 말했다.

"그 사건도 알고 있군요. 놀랍네요. 함부로 입에 올리기도 쉽지 않은 일입니다만, 아무튼 말씀을 더 알기 위해서 자국의 언어로 성경을 번역하는 일이 왜 죽음까지 이르러야 하는 일인지 저도 사제지만 이해할 수 없는 일입니다. 위클리프는 죽은 지 40년도 더 지난 뒤에야 화형을 당했습니다. 무덤에서 뼈를 꺼내 불태워 강물에 뿌렸죠. 죽은 자마저도 두려워하는 겁니다. 얀 후스 역시 종교회의에서 약속한 안전 보장을 믿고 갔다가 화형을 당했습니다. '진리를 사랑하라'고 외친 사람이었는데……."

루터의 목소리는 차분했지만, 그 속에는 안타까움과 슬픔이 섞여 있었다.

"혹시 일반 평민들은 아직 성경을 이해하기 어렵기 때문에 성경의 내용을 왜곡해서 이해하면 안 되니, 공인된 성직자들이 잘 해석해 주어야 한다는 주장은 어떻게 생각하나요?"

갑자기 앤드류는 타임슬립 전 한국에 들렀을 때 박가희 신부와 이야기를 나누다가 중세 시대 가톨릭의 상황에 대해서 들었던 얘기가 생각나서 본의 아니게 반론처럼 말했다.

루터는 잠시 눈을 가늘게 뜨더니, 의자에 등을 기대고 두 손을 깍지 꼈다.

"그건 겉으로는 그럴듯해 보이지만, 그 속에는 위험한 함정이 숨어 있습니다."

"위험한 함정이요?" 앤드류가 되물었다.

"네. '평신도는 어리석다'는 전제를 깔고 있죠. 말씀을 제한하는 이유를 그렇게 합리화하는 겁니다. 하지만 성경은 하느님의 말씀이며, 그것을 깨닫게 하는 힘은 성직자가 아니라 말씀 자체에서 나옵니다. 저는 라틴어 성경이 헬라어와 히브리어 원문에서 어떻게 변형되었는지를 직접 보았습니다. 그리고 성직자라 불리는 자들조차 말씀을 자신들의 권위와 교리에 맞게 비틀어 가르치는 경우를 수도 없이 목격했죠."

루터는 손가락으로 책상 위의 성경을 가볍게 두드렸다.

"말씀을 독점하면, 그 해석권도 독점하게 됩니다. 그리고 해석권을 독점하면, 하느님의 뜻 대신 인간의 뜻이 강단에서 선포되죠. 그것이 지금 우리 시대의 가장 큰 병폐입니다." 그의 목소리는 점점 단단해졌다.

"독점이라…… 그럼 비록 오해의 발생이 예견되더라도 누군가에 의해서 독점되는 것보다는 낫다는 얘기인가요?"

"평민이 말씀을 오해할 수 있다는 걱정은, 그들이 말씀을 읽을 권리를 빼앗을 이유가 되지 못합니다. 오히려 읽게 하고, 스스로 깨닫도록 해야 합니다. 설령 누군가 잘못 이해하더라도, 그 잘못은 여러 목소리 속에서 바로잡힐 수 있습니다. 그러나 말씀을 감춘다면, 잘못은 한번 정해지고 영원히 굳어져 버립니다."

루터는 마지막으로 잔잔하게 덧붙였다.

"하느님께서 주신 말씀은, 모든 이의 손과 귀에 닿아야 합니다. 왕이든 농부든, 배운 자든 배우지 못한 자든. 그것이 제가 독일어로 성경을 번역하려는 이유입니다."

루터의 이야기는 매우 논리적이었다. 마지막에 한 이야기는 존 위클리프의 주장과도 같은 것이었다. 존 위클리프는 생전에 이렇게 말한 것으로 전해진다.

'성경의 진리는 모든 이에게 주어져야 하며, 왕도 농부도 자신의 언어로 하느님의 말씀을 읽을 수 있어야 한다.'

"그럼 혹시 성경의 말씀 중에서 인쇄되지 않은 말씀도 있을까요?" 앤드류는 처음부터 반론을 제기할 생각은 없었기 때문에 바로 그동안 궁금했던 'Q'에 대한 질문을 던졌다.

루터는 어떤 의도로 그런 질문을 하는지 앤드류를 쳐다보면서 잠시 생각하는 듯하다가 이내 말을 했다.

"인쇄되지 않은 말씀이라…… 흥미로운 질문이군요. 성경이라 부를 수 있는 권위 있는 말씀은 교회가 인정한 정경에 속한 것들입니다. 우리는 그것을 구약과 신약으로 나누어 부르죠. 구약은 히브리어로 전해진 율법서, 예언서, 성문서이고, 신약은 헬라어로 기록된 복음서, 사도행전, 서신서, 요한계시록 등을 말합니다."

그는 책장에서 오래된 양피지 사본 하나를 꺼내 펼쳤다.

"그러나 교회가 정경으로 채택하지 않은 책들, 이를 우리는 외경(外經)이라고 부릅니다. 어떤 책은 신앙에 유익하다고 하여 라틴어 불가타 성경에 부록처럼 포함시키기도 했지만, 엄밀히 말하면 정경은 아니지요. 예를 들어 토비트서, 유딧서, 마카베오기서 같은 것들입니다. 이들은 인쇄본에도 실려 있지만, 설교에서 다루거나 개인이 읽는 일은 많지 않습니다. 저도 준비 중인 독일어 성경본에 구약과 신약 사이에 외경을 담을 생각입니다. 외경은 성경에는 속하지 않지만 사람들이 읽으면 유익하고 좋은 것은 틀림없습니다."

루터는 외경을 신앙과 교리의 최종 권위로 보지는 않았지만, 역사·도덕·신앙적 교훈을 얻을 수 있는 책으로 인정한 것으로 느껴졌다. 앤드류가 목소리를 조금 낮춰서 물음을 던졌다.

"하지만, 제가 알기로, 기록에 따르면 토마스 사도 이름으로 된 글도 있었다고 알고 있습니다. 물론 이단으로 분류되었고요. 교회는 이런 문서들이 잘못된 교리를 퍼뜨릴 수 있다고 보았고, 그래서 인쇄는커녕 필사본조차 보지 못하게 했죠. 대부분은 사라졌거나, 수도원 깊숙한 서고에만 있다고 알고 있습니다. 그럼 이런 문장들은 누군가에 의해서 통제되어도 괜찮은가요……."

루터는 앤드류를 똑바로 바라봤다.

"얘기가 조금은 다르다고 봐야겠지요…… '인쇄되지 않은 말씀'이라는 건, 공식적으로는 존재하지 않는 셈입니다. 그러나 비공식적으로라면…… 아직 빛을 보지 못한 기록이 있을 수 있죠. 그것이 정통 교리와 맞지 않는다고 판단되면, 결코 인쇄기 위에 올려질 수 없습니다."

앤드류는 그 대답 속에서 자신이 찾고 있는 '사라진 문장 Q'가 왜 지금껏 세상에 나타나지 않았는지에 대한 단서를 느낄 수 있었다.

46

 아침 종이 두 번 울렸다. 첫 종에 수도사들이 조용히 일어나 하루의 성무일도를 준비했고, 둘째 종에 맞춰 모두가 회랑을 지나 경당으로 모였다. 성무일도는 하루를 시간마다 나누어 드리는 기도, 곧 공동체의 삶을 규칙적으로 지탱하는 호흡과도 같았다. 이른 아침에 드려지는 전례는 라우데스(아침 찬미기도)였다. 찬송과 시편 낭송이 이어지며 어둠이 가시지 않은 새벽 공기에 서서히 빛이 스며들 듯, 경당 안에도 묵직한 기도의 울림이 퍼져나갔다. 공기 속에는 촛불 냄새, 낡은 나무 의자에서 올라오는 송진 냄새, 그리고 아주 옅은 맥아 향이 섞여 있었다.
 레페크토리에서는 침묵 규칙이 이어졌다. 한쪽 난간에서 낭독자가 라틴어로 성인전과 성경 주석의 일부를 읽어 내려가면, 수도사들은 고개를 숙인 채 소박한 아침을 들었다. 거친 보리빵, 소박하지만 잘 발효된 치즈 한 조각, 양배추 수프, 그리고 약한 맥주 한 잔. 블랙페퍼는 없었다. 대신 페퍼민트 티는 마실 수 있었다. 앤드류도 조용히 빵을 떼어 수프에 적셨다. 말을 할 수 없으니, 숟가락이 접시에 가볍게 부딪히는 소리만 일정하게 흘렀다.
 식사가 끝나자 '하느님께 감사합니다'란 뜻의 데오 그라샤스가 짧게 합송되고, 사제들은 흩어졌다. 루터는 손짓으로 앤드류를 불렀다. 둘은 중앙 정원으로 걸어 나왔다. 따뜻한 가을 햇살 사이로 타임과 세이지 향이 낮게 번졌다. 정원 한쪽에 있는 작은 연못 앞에 도착했을 때, 루터가 먼저 멈춰 섰고, 잠시 말없이 그대로 있었다.

앤드류는 아침 식사 때 루터가 골똘히 어떤 생각에 빠져 있던 모습을 떠올리며 조용히 물었다. "성경 번역 작업 말고도 준비하실 바쁜 일이 또 있으신가 보네요? 고민이 많아 보여서요."

루터는 잠시 발걸음을 멈추고 조용히 말했다.

"사실은 비텐베르크 대학에서 하고 있는 강의에서 세미나를 진행하고 있는데 논문 형식의 논제로 좀 위험한 걸 택하려고 하고 있거든요. 언젠간 제가 해야 할 일이라고 생각하고 있었지만 막상 그때가 오니까 저도 좀 초조해지긴 하네요."

그때가 1517년 10월이었고, 10월의 마지막 날을 위해서 달려가고 있었다.

마르틴 루터는 그간 진행해 왔던 대학에서의 세미나 과제로 당시 만연해 있었던 가톨릭 교회의 여러 문제에 대해서 의문을 조목조목 적어서 세미나 논제로 채택하려고 준비 중이었다.

"어떤 논제와 과제인가요? 그리고 과제 방식은 어떤 건가요? 혹시 제가 물어봐도 될까요." 앤드류가 모를 리 없는 인류 역사의 큰 사건이었지만 자세한 내용까지는 알지 못했고, 당사자인 루터에게 직접 듣고 싶었다.

"논제는…… 모두가 고민하고 있지만 입 밖에 내기 힘든 주제이죠…… 그래서 저도 일단 학문적으로 접근하고 있고요. 언어도 라틴어로 하려고 합니다. 방식은 제가 먼저 토론거리인 논제를 던지고 제 학생들과 동료

교수들에게 '한번 토론해 봅시다' 하고 알리는 것이죠. 정리해서 쓰다 보니 그게 95개조가 됐네요."

앤드류는 생각했다. '이게 그 유명한 현대에서 알고 있는 종교개혁의 신호탄이란 말인가.' 루터는 계속해서 말을 이었다. 마치 과제 공지 전에 제3자에게 객관적 검증이라도 받듯이.

"요약해서 얘기를 하면, 첫째, 저는 회개의 본질을 다시 말하고 싶었습니다. 회개란 단순히 고해성사나 사면증을 받는 의식이 아닙니다. 주님께서 말씀하신 회개는, 신자의 전 생애에 걸친 마음의 변화요. 삶 전체를 돌이키는 것입니다." 루터는 논제의 요약에 대해서 이야기하면서는 어투도 조금 더 진지한 톤으로 바꾸어서 단호하게 얘기했다.

"둘째, 면죄부에 대해서입니다. 교황의 권한은 연옥의 형벌을 줄이는 데까지 미치지 못한다고 저는 생각합니다. 교황은 교회가 부여한 벌, 곧 속죄 행위를 감면할 수 있을 뿐, 하느님의 심판을 바꾸진 못하죠. 그런데 일부 속된 장사꾼들은 마치 죄 사함 자체를 팔 수 있는 것처럼 속이고 있지요."

앤드류는 팔짱을 끼며 물었다.

"그렇다면, 사람들은 거기에 속아 신앙을 가볍게 여기게 된다는 말씀이군요?"

"맞습니다. 그래서 셋째, 저는 교회의 참된 보물이 무엇인지 말하고자 합니다. 그것은 그리스도의 복음이지, 결코 금고 속 동전이 아니기 때문입니다."

그는 목소리를 낮추었지만 단호했다. 그리고 잠시 숨을 고르고 말을 이었다.

"넷째, 참된 회개와 신앙은 면죄부 구매가 아니라 사랑과 선행에서 드러나야 합니다. 굶주린 이웃을 먹이고, 헐벗은 자를 입히는 것이야말로 하느님이 기뻐하시는 속죄가 아니겠습니까."

루터는 마지막으로 앤드류를 똑바로 바라봤다.

"그리고 마지막으로 교황과 교회 권위. 저는 교황을 전면 부정하지 않습니다. 그러나 그 권위는 하느님의 말씀 안에서 제한받아야 한다고 생각합니다. 교황이 하느님 안에서 그의 권위를 행사한다면, 그에 대한 존경은 오히려 더 커질 것입니다. 하지만 지금처럼 가면…… 교회의 권위는 무너질 겁니다."

잠시 침묵이 흘렀다.

"이것이 제가 이번에 준비한 학문적 변론의 요약입니다. 모두 95개조로 되어 있지요. 다만, 형식적으로는 학문적 토론을 위한 것이지만, 아마…… 파장은 크겠지요."

앤드류는 속으로 숨을 고르며 천천히 응답했다.

"제가 보기에도 매우 타당한 논제인 것은 틀림없으나 그 파장은 클 것 같습니다. 어디까지 갈지도요. 그렇지만 운명의 주사위는 이미 던져진 것 같네요."

"운명의 주사위는 던져졌다. 멋진 말이네요. 카이사르죠." 루터는 카이사르의 말을 인식한 듯 응답했다.

"그러면 준비한 95개조 논제는 어떻게 학생들과 다른 사람들에게 알릴 건가요? 이왕 공지를 할 거면 가장 빠르게 가장 많은 사람들이 볼 수 있도록 해야 하지 않을까요?"

"그렇습니다. 통상 대학교 정문이나 복도 게시판 등에 게시할 수 있지만 더 나은 방법이 어떤 건지 고민 중입니다."

"네, 마케팅에서 가장 중요한 게 TPO(Time, Place, Occasion)입니다. 즉 때와 장소 그리고 적절한 상황이라는 거죠. 오늘을 기준으로 사람들이 많이 모이는 중요한 날이 언제 있죠? 그리고 그 사람들이 가장 많이 지나다니는 곳은요?"

"네? TPO라…… 정확지는 않지만 정황상 의미는 대략 이해하겠습니다."

루터는 그전까지는 들어 본 적 없는 TPO에 당황했지만 이내 그 의미가 무엇인지 알아채고 답했다.

"오늘이 10월 31일이고 내일이 11월 1일 만성절 대축일이라 성교회로 순례객이 엄청나게 몰릴 겁니다."

"그렇군요. 만성절이라…… 그럼 오늘이 가장 좋은 타이밍이네요. 논제의 내용으로 보아도 빠르면 빠를수록 좋은 내용이니 적절한 상황이라는 것도 말할 것도 없고요. 오늘 그럼 준비한 '대자보'를 비텐베르크 성교회 정문에 붙이면 ─ 내일 아침, 가장 많은 눈이 그 문장을 읽게 되겠네요."

앤드류는 대학 시절 학내에 붙어 있던 대자보를 회상하면서 그대로 '대자보'라고 말했다. 역사적인 루터의 95개조 반박문이 순간 대자보로 간주되었지만 루터도 더 이상 이상하게 생각하지 않았다. 그만큼 앤드류의 제안은 꽤 흥미로운 것이었다.

앤드류도 내친김에 다 쏟아 낸다는 심정으로 계속해서 말을 이었다.

"그리고 현재는 그럼 라틴어로 된 필사본 대자보로만 준비하셨다는 것이죠. 일단 그걸로 붙이는 것으로 하죠. 그러나 그것만으로는 부족합니다. 많은 사람들에게 진실을 알리려면 문을 더 크게 열어야 합니다. 문을 연다는 건, 바람을 부른다는 뜻이지요."

루터가 앤드류를 보았다.

"문을 열고 바람을 부른다…… 그렇습니다. 바람은 이미 불고 있습니다. 시장에서도, 길가에서도 사람들은 '용서를 파는 설교' 얘기를 합니다."

"맞습니다. 우리는 이제 그 바람을 종이에, 활자에 실어 보내면 됩니다. 그것을 인쇄가 해 줄 겁니다." 앤드류는 말하면서 구텐베르크를 떠올렸다.

루터가 미소를 떨구듯 지으면서 말했다.

"필리프에게 도움을 청해야겠어요. 시간이 많이 없네요. 아침 미사가 곧 끝날 시간이니 서둘러야겠습니다."

47

조용하던 비텐베르크 시내에서는 그다음 날부터 난리가 났다. 11월 1일은 만성절 대축일이라 원래 순례자들로 북적이던 때이긴 했지만 이날은 특별히 사람들의 웅성거림으로 도시가 가득 찼다. 비텐베르크 성교회 정문에 대자보처럼 붙은 마르틴 루터의 95개조 반박문 때문이었다. 비텐베르크 성교회 정문에 붙은 라틴어로 빽빽이 적힌 95개조. 누군가 손가락으로 줄을 짚어 가며 더듬더듬 읽어 내려가자, 웅성거림이 들불처럼 번졌다.

"이거…… 수도사 루터가 쓴 거라는데."

"수도사? 설마 비텐베르크 대학에서 강의하는 그 루터 말이오?"

"그래, 아우구스티노 수도사. 강의도 하고 설교도 한다지. 그런데 이런 걸 대놓고 성교회 정문에 붙이다니……."

"라틴어이긴 한데…… 아는 단어로만 조금 읽어 보니, 면죄부를 사면 죄가 사라진다는 건 틀렸다고 하는 것 같소."

"그게 무슨 말이오? 교황청이 보증한 건데?"

"교황도 하느님 자리를 대신할 수는 없다는 뜻일 거요."

"조심하시오. 그런 말은 귀에 거슬리는 사람도 있소."

"거슬리는 건, 주머니를 털어야 은총을 받는다는 거지."

"쉿, 들리겠소. 저기 성가대원이 오고 있네."

군중 속에서는 누군가는 고개를 끄덕였고, 누군가는 찡그린 얼굴로 십자가를 움켜쥐었다. 아이를 업은 여인이 남편 팔을 잡아당기며 속삭였다.

"여보, 우리도 면죄부를 샀잖아요. 이게 사실이면……."

남편은 말을 잇지 못하고, 문서 속 글자를 한참 더 바라보았다.

성교회 앞의 사람들은 대답 대신 서로의 얼굴을 훔쳐보며, 성문 앞의 종이가 불러낸 불편한 질문을 조금씩 자기 몫으로 나눠 가졌다. 바람이 성교회 앞의 나무 십자가를 흔들었고, 종소리가 멀리서 울려왔다. 그러나 사람들의 시선은 종이 위의 잉크에만 매달려 있었다.

성교회 인근의 광장 시장인 마르크트플라츠도 사람들로 북적이기는 마찬가지였다. 평소에도 사람들로 발 디딜 틈이 없었지만 이날은 만성절 대축일답게 더 많은 인파로 가득 찼다. 빵 굽는 연기와 구운 소시지 냄새가 뒤섞여 공기 속을 떠돌았고, 양털 다발을 든 양모 상인 부인이 손님과 값을 흥정했다. 한쪽에서는 대장장이가 막 두드려 낸 말편자를 식히느라 시뻘건 쇳덩이를 물속에 담그며 쉭쉭 소리를 냈다. 맥주 통을 실은 수레꾼이 길을 가로막자, 행상인은 바구니를 들어 머리 위로 치켜들고 좁은 틈을 비집고 지나갔다.

그런데 오늘의 광장은 물건보다 이야기에 더 끌렸다. 성교회 정문에 붙은 95개조가 화제의 중심이었다. 가죽 허리띠를 팔던 상인이 소리쳤다.

"그거 붙인 사람이 루터 수도사라더군. 수도사가 저런 글을 써 붙여도 되는 건가?" 물동이를 들고 가던 물장수가 눈을 가늘게 떴다.

"교황청이 인정한 면죄부를 부정하는 거 아니오?" 정육업자가 칼을 닦으며 맞받았다.

그 옆에서 맥주 양조인이 낮은 목소리로 거들었다. "그렇다 해도…… 돈으로 은총을 산다는 건 말이 되나? 그건 장사지, 구원이 아니지."

한 줄씩 붙들고 각자 아는 만큼의 확신과 모르는 만큼의 불안을 보탰다. 광장의 장터 매대 너머에서, 포도주 상인이 목소리를 깔았다.

"그래도 교회가 정한 일이오. 주교님과 교황청에서 인준한 문서가 아니오? 연옥에 있는 부모를 조금이라도 돕고 싶지 않은가."

"돈으로 구원을 산다면, 부자는 모두 천국이겠지." 옆에서 한 노인이 퉁명스레 쏘아붙였다.

"그런데, 틀린 말이 아니오…… '동전이 궤짝에 떨어지는 순간, 영혼이 연옥에서 튀어나온다'고……."

"누가 그 말을 했는지부터 확인해 보시오." 치즈 상인인지 어깨에 둘러멘 커다란 주머니에서는 치즈 냄새가 퍼졌다. 그는 낯빛을 붉히며 끼어들었다. "그게 성경 어디에 있소? 젠장 성경을 봤어야 알지……."

광장의 한편에서 지나가던 촌 사제가 조심스레 십자가를 움켜쥐었다.

"이런 말들, 큰 소리로 하면 곤란하오. 우리 모두에게 좋은 일은 아니니……."

"좋은 일은, 누구에게요?" 도축업자의 아내가 낮게 물었다. "우리에게? 아니면 서명하는 분들에게?"

"아니, 그건 우리의 신앙을 지키기 위한 희생이오!" 빵집 여주인이 반박했다.

"희생? 주머니를 털어야 하는 희생 말이오?" 노인 한 명이 퉁명스럽게 잘라 말했다.

순간, 광장 시장의 공기가 낮게 가라앉았다. 대장장이가 망치를 멈추고, 직조공 부인이 손을 멈춘 채 그 말을 곱씹었다. 주변 상인과 손님들까지 모두 이 논쟁의 소용돌이에 휘말려 있었다. 구경꾼들의 시선은 서로를 오갔고, 표정에는 호기심과 불안, 그리고 은근한 기대가 섞여 있었다.

해가 기울자, 맥주를 파는 호프집의 등잔불 아래서는 목청이 더 커졌다. 거친 나무 탁자를 사이에 두고 술잔이 부딪힐 때마다, 라틴어 문구와 독일어 욕설이 번갈아 튀어나왔다.

"스물일곱 조항, 그거 뭐라고 썼더라? '인간이 교황의 문서로 죄에서 온전히 벗어날 수 있다고 설교하는 자는 오류에 빠졌다' — 그거지?"

"거봐, 저건 대놓고 교황님을 거스르는 말 아니오!"

"잠깐만요." 짙은 색 튜닉 위에 학생용 망토를 걸친 젊은 청년이 손을 들었다. "읽어 보면, '남용'과 '오해'를 말하는 거예요. 하느님의 자비는 값으로 환산될 수 없다는 뜻이죠."

"그런데 우리 마누라는 이미 두 장을 샀어!" 도축업자가 탁자를 쾅 내리쳤다. "연옥에 계신 장모님을 위해서라고!"

"그 마음을 누가 탓하오." 창가에 앉은 노인은 잔을 내려놓았다. "다만, 장사꾼의 말과 하느님의 말씀을 구분하는 법은 배워야 하지."

"말씀? 말씀은 라틴어로만 들었소. 우린 설교를 믿는 수밖에."

"그러니 물어봐야지." 노인이 다시 조심스럽게 말했다. "왜 우린 직접 읽지 못하지?"

탁자 사이로 적막이 스며들었다. 누군가 술잔을 내려놓는 소리가 너무 크게 들릴 만큼. 그 순간, 마담이 쓴웃음을 지으며 대화를 잘랐다.

"여기선 싸우지들 말아요. 이 집에선 누구나 술값만 내면 죄가 용서되지."

사람들이 일제히 웃음을 터뜨렸고, 잠시 긴장이 풀렸다. 그러나 누구도 마음속 질문을 술잔 바닥에 끝내 숨겨 놓지는 못했다.

48

그날 밤, 비텐베르크의 흑수도원은 바깥의 소란과 달리 숨을 죽인 듯 고요했다. 앤드류는 오후 늦게 광장 시장에서 과일 몇 개를 사면서 상인들이 하는 이야기를 듣고 돌아왔다. 낡은 돌계단을 따라 안쪽 뜰로 들어서자, 장작 내음과 양초 타는 냄새가 맞았다. 작은 서고 방, 책상 위에는 깔끔하게 정리된 라틴어 성경과 어지럽게 겹친 메모들. 마르틴 루터가 등을 굽히고 펜촉을 세우고 있었다.

앤드류는 문간에서 잠시 멈춰, 어두운 방 안의 빛이 그의 어깨 위에서 떨리는 걸 보았다. 방으로 들어서면서 앤드류가 말했다.

"도시는……."

"웅성거린다, 그 말을 하려던 거요?" 루터가 고개를 들며 미소를 띠며 말했다. "소문은 빠르지요. 믿음도 그렇게 빨랐으면 좋겠는데."

"95개조 대자보를 본 사람들은, 저마다 다른 문장을 마음에 가져갔습니다. 어떤 이는 '교황을 거슬렀다'고 하고, 어떤 이는 '돈으로 면죄부는 살 수 있지만, 천국은 살 수 없다'고 합니다."

"둘 다, 내가 적은 문장의 일부일 뿐입니다." 루터가 펜을 내려놓고 손을 비볐다. "남용을 고치자는 말이 어떻게 이단이 되겠소. 하지만……."

그는 창틀 넘어 밖을 응시했다. 거기서 바깥의 술렁임이 희미하게 전해졌다.

"하지만, 종이는 언젠가 불붙지. 나무보다 빨리."

"그래서요." 앤드류가 숨을 골랐다. "불을 지른다고 끝나는 건 아니죠. 불을 번지게 할 거라면, 불씨를 숨기지 말고, 음…… 빛으로 쓰게 하죠."

루터가 그를 바라보았다. "빛이라. 어느 쪽에서 왔습니까, 그 빛은."

앤드류는 웃음을 삼켰다. "여기서 멀지 않은 곳에서요. 아니, 사실은 가까운 곳에 있죠. 인쇄소요."

루터의 눈썹이 미세하게 올라갔다. 앤드류가 한 말을 알아들었다. "당신 말은, 방금 그 종이가 부른 소란을 더 크게 만들자는 겁니까?"

"아니요. 더 명확하게 만들자는 겁니다." 앤드류가 의자 하나를 끌어당겨 맞은편에 앉았다. "학자들과 학생들을 위해 라틴어로 쓴 이번 대자보는 읽을 수 있는 사람들만 읽고 결국에는 그 사람들에 의해서 뜻을 전달받게 되겠죠. 그럼 루터 당신이 원하는 바는 절반밖에 얻을 수 없을 거예요. 일반 평민들, 시장과 술집 사람들, 그리고 가정집에 있는 일반적인 평민들을 위해 독일어로 풀어 쓴 요지를 하루라도 빨리 인쇄해서 배포해야 합니다. 인쇄로 종이를 수백, 수천 장 찍을 수 있다면……."

루터는 잠시 말을 잃고 손끝으로 펜촉을 굴렸다. "수도원 앞 벽에서 일어난 일이, 라인강을 따라 내려가 베로나까지, 혹은 바젤까지…… 아니 전 유럽으로 번지면……."

"노이에 차이퉁겐이라는 걸 들어 보셨습니까?" 앤드류가 물었다. 비록 주입식 공부로 새겨 넣은 거지만 지금으로서는 요긴한 지식이었다.

"새로운…… 소식을 전한다는 그거 말인가요? 들어는 봤습니다만." 루터가 고개를 갸웃하며 대답했다.

"맞습니다. 막시밀리안 1세가 자신의 정치적 홍보를 위해서 세계 최초로 찍어 낸 정기간행물이라 할 수 있죠." 앤드류는 마치 수업 시간에 발표라도 하듯 자랑스럽게 설명했다.

"세계 최초의 정기간행물이라…… 정확히는 어떤 뜻으로 하는 말인지는 모르겠습니다만 대략 존재는 알고 있소. 나는 그 비슷한 것으로는 주로 플룩슈리프트는 자주 접하고 있죠. 우리 도시에서 벌어지는 일에 대해서 광장이나 술집이나 어디를 가도 가장 빠르게 알 수 있는 전단지거든요. 물론 다 믿을 수 있는 얘기만 있는 건 아니지만요."

"아, '날아다니는 종이, 플룩슈리프트' 말하는 거죠. 그건 세계 최초의 소책자 형태 간행물에 속할 거예요. 특히 장터와 여관 등에서 평민들이 많이 접하는 얇은 소식지이죠. 지역에서 흥미로운 사건이 생기면 곧바로 플룩슈리프트로 찍혀 나갔다고 알고 있어요. 일종의 소셜 미디어 역할을 하는 거죠." 앤드류는 지식 자랑을 멈출 생각이 없는 듯 과거와 현대를 넘나들면서 계속해서 살을 덧붙이면서 이야기했다.

"소식지에 대해서 자세히 알고 있군요. 그쪽 분야에서 일을 하셨나요. 소셜 미디어라는 말은 처음 듣지만 흥미롭군요."

"그래서 말입니다. 그 '날아다니는 종이, 플룩슈리프트'에도 이번 95개조 반박문을 인쇄해서 뿌리는 겁니다. 배포는 행상들에 의해서 자동으로 될 겁니다. '날아다니는 종이, 플룩슈리프트'는 비록 깃털처럼 가볍지만, 빠릅니다. 누가 먼저 말하느냐가 뜻을 정합니다."

루터는 지금까지의 이야기가 이 세상 이야기 같지 않아서 자리에서 일어나 앤드류를 쳐다보며 말했다.

"내 판단이 틀리지 않았네요. 당신은 특별한 사람이에요. 아이디어도 뛰어나고 처음 들어 보는 흥미로운 말을 참 잘 전해 주네요. 그러나 재미로만 말을 하는 게 아니란 건 알 수 있어요. 거기에는 진심이 담겨 있음을 느낄 수 있어요. 해 봅시다."

"그리고…… 한 가지 더. 이건 공개적으로 말하기 어려운 제안입니다만." 앤드류는 내친김에 본심에 담겨 있는 어려운 말을 조심스럽게 꺼냈다.

"어떤 것이든 말해 보세요." 루터가 흔쾌히 대답했다.

앤드류는 주머니에서 작은 금속 조각을 꺼냈다. 등불 아래서, 'Q'의 곡선이 흐릿하게 번쩍였다.

"한때, 마인츠에서 만난 어떤 인쇄공이 나에게 말했습니다. '말씀이 모두를 위해 새겨지는 날, 권좌는 침묵할 것이다.' 그는 구텐베르크입니다. 그가 42줄 성경을 인쇄했다는 건 알 겁니다. 그 후 그가 갑자기 사라지고 난 후 그가 남긴 흔적을 쫓다 보니, 마지막으로 찍었을지도 모르는 한 금속활자 묶음이 있었습니다. 그 비밀을 푸는 과정에서 어쩌면, 또 다른 성경 인쇄본 어딘가에 숨겨진 말씀이 있을지 모른다는 생각을 하게 되었습니다. 실제로 그 실마리가 되는 문장도 얻었습니다."

루터가 무의식중에 십자가 목걸이를 쥐었다.

"무엇을 말하는 겁니까. 지금 성경 말씀 이외에 '숨겨진 말씀'이라도 있다는 뜻인가요. 지금 알려져 있는 외경이나 위경 말고도……."

"확신할 순 없습니다." 앤드류가 애매하게 고개를 저었다.

"하지만 그 실마리가 되는 문장을 분명 보았고, 이 금속으로 된 'Q' 활자가 그것을 안내하고 있었습니다. 저는 그래서 그 말씀을 '사라진 문장 Q'

로 부르고 있습니다."

"미신은, 믿지 않습니다."

"저도요." 앤드류가 미소 지었다. "그래서 확인하고 싶습니다. 만약 '사라진 문장'이 진짜로 있다면, 지금 이 논쟁의 뿌리도 달라질 겁니다. 마인츠가 그 출발점이 되겠죠."

루터가 천천히 의자에 다시 앉았다. 등받이에 등을 붙이고, 천장을 한번 바라본 뒤, 고개를 끄덕였다.

"우선 당신이 제안한 소셜 미디어를 활용한 인쇄 및 배포 — 그건, 합시다. 독일어로 된 95개조와 해석이 들어간 추가본을 말입니다. 이상한 말이 더해지기 전에, 내 말이 내 뜻을 잃지 않게. 그리고 더 많은 사람들이 알 수 있게요.

그리고 그 '사라진 문장 Q'를 찾는 일은 며칠 고민해 보고 결정하겠습니다. 마인츠는 이곳에서 먼 곳이에요. 쉽게 다녀올 수 있는 곳도 아니고⋯⋯ 다만 당신이 하려고 하는 일에는 동의합니다. 그리고 그 의미로 저는 어떻게든 당신이 그 사라진 문장을 찾을 수 있도록 협조하겠습니다. 약속합니다."

바깥뜰에서 늦은 종소리가 한 번 울렸다. 소리는 달빛 서리처럼 고요한 저녁 공기 위를 타고 번져갔다. 두 사람은 등불을 서로 가까이 당겼다. 펜촉이 종이를 물었다. 잉크가 스며들었다. 단어가 줄을 만들어 서기 시작했다.

문밖, 비텐베르크의 밤이 더 깊어졌다. 그러나 도시의 침묵은 오래가지 못할 것이었다.

며칠 후, 장터와 여관의 입술이 새 종이를 기다릴 것이다. 누군가는 분

미스테리움 297

노로, 누군가는 해방감으로, 누군가는 두려움으로 읽을 것이다. 그리고 그 종이들 사이, 아직 말해지지 않은 다른 문장이, 아주 오래전의 어둠에서 천천히 방향을 잡고 있었다.

49

 11월의 비텐베르크는 이미 초겨울의 공기에 젖어 있었다. 성교회 앞과 광장의 마켓 거리에는 여전히 95개조 이야기가 오르내렸지만, 요 며칠 사이에 새로운 소문이 사람들의 입을 타고 번졌다.
 "교황청에서 루터를 부른다더군."
 "아직 확정된 건 아니오. 하지만 저 글을 본 이상, 조만간 일이 벌어질 거요."
 루터가 걸어 다니는 길목마다 속삭임이 뒤따랐다. 학생들과 시민들, 심지어 일부 사제들까지도 은근히 그를 바라보았다.
 그날 저녁, 흑수도원 회랑 한쪽에서 루터의 친구인 필리프 멜란히톤이 앤드류에게 다가왔다.
 "앤드류, 당신도 들었겠죠? 로마에서 사람을 보낼 거라는 얘기……."
 "아직은 소문이죠."
 "소문이라도, 준비는 해야 합니다. 지금의 마르틴은 제 발로 로마에 갈 리 없죠. 하지만…… 그들이 그냥 둘까요?"
 "루터는 각오하고 시작한 일이에요." 앤드류도 답답한 심경을 담아 대답했다.

그 순간, 수도원 복도 저쪽에서 루터가 나타났다. 손에는 두어 장의 서한이 들려 있었다.

"벌써 이렇게 서신이 오는군. 교황청 추기경과 신학자들이 나를 '주의 깊게 관찰'하고 있다고 '경고 메시지'를 보냈네." 멜란히톤을 바라보며 입을 연 그의 목소리는 담담했지만, 눈가에는 미묘한 피로가 번져 있었다.

"루터."

"앤드류." 루터는 깊은 한숨을 내쉬며 말을 이었다.

"앤드류, 내가 당분간 비텐베르크를 비울 수 없는 건 알고 있겠죠. 그 사라진 문장의 단서를 찾으려면…… 당신이 마인츠로 가는 수밖엔 없으니. 제가 당신이 갈 수 있도록 방편을 마련해 드리겠습니다. 여행 경비는 물론 안내서 그리고 사람을 한 명 붙여 줄 테니 안심하고 갈 수 있을 겁니다. 긴 여행이 될 겁니다."

앤드류는 고개를 끄덕였다. 그날 저녁, 앤드류는 짐을 꾸렸다. 얼마가 될지는 모르겠지만 비텐베르크 광장 마켓 거리의 소문과 흑수도원의 차가운 회랑이 잠시 그와 떨어져 있을 것이다.

마인츠까지의 길은 길고도 험했다. 가을 끝자락, 엘베 강가의 습한 바람이 차가웠고, 때로는 진창이 된 길 위에 말발굽이 깊게 묻히기도 했다. 몇 번이나 여관과 작은 수도원에서 하룻밤을 묵었지만, 긴 여정의 피로는 쉽게 풀리지 않았다. 그럼에도 루터가 마련해 준 경비와 추천서, 그리고 신뢰할 수 있는 안내인인 야콥의 동행 덕분에 무사히 마인츠 성문에 도착할 수 있었다.

마인츠의 공기는 신기하게 인쇄 잉크 냄새와 금속을 두드리는 망치 소리가 뒤섞여 있었다. 도착하자마자 야콥과 함께 예전 구텐베르크 — 아니,

그 뒤를 이은 칼 노이어와 요하네스 푸스트의 인쇄소부터 수소문했다.

"저 골목 끝에, 커다란 붉은 벽돌 건물 보이세요? 그게 바로 그 인쇄소라고 합니다. 예전에 칼 노이어 인쇄소였는데 지금은 쇠퍼주니어 인쇄소로 불린다고 합니다." 야콥이 손가락으로 붉은 벽돌의 인쇄소를 가리켰다.

그곳은 앤드류가 상상했던 것보다 훨씬 안정되고 크게 성장해 있었다. 건물 외벽은 새로 손질되어 있었고, 넓은 창문마다 활판 인쇄용 종이 뭉치가 가지런히 쌓여 있었다. 안에서는 목재 프레임의 대형 인쇄기가 쉼 없이 움직이며 '철컥, 철컥' 하는 규칙적인 소리를 내고 있었다. 젊은 일꾼들이 잉크를 묻히고, 종이를 올리고, 인쇄된 장을 건조대에 거는 모습이 분주했다. 모두 금속으로 된 활자 인쇄였다.

앤드류는 야콥을 뒤로하고, 인쇄소 안쪽 사무실로 발걸음을 옮겼다. 사무실 문을 밀자, 오래된 가구와 잉크 냄새가 한꺼번에 스며들어 왔다. 나무 바닥은 세월에 닳아 광이 났고, 창가에는 종이 더미가 높이 쌓여 있었다. 한쪽에는 목이 약간 휘어진 의자와, 그 옆으로 낡은 장식장이 놓여 있었다. 장식장 옆 작은 테이블에 앉아 있는 노년의 여인이 있었다. 그녀는 무언가 원고를 들여다보고 있었고, 손에는 잉크가 조금 묻어 있었다. 옷차림은 단순했으나, 단정하게 묶은 머리와 가지런한 자세에서 세월이 빚은 품위가 묻어났다.

앤드류는 문턱에서 잠시 멈췄다가, 왠지 모를 기대감과 떨림으로 조금 떨리는 목소리로 부드럽게 인사를 건넸다.

"안녕하세요. 실례합니다. 여기가 구텐베르크의 인쇄소…… 아니 칼 노이어와 푸스트의 인쇄소가 맞나요?"

여인은 시선을 들었다. 낯선 이의 얼굴을 살피는 눈빛에는 경계와 호기심이 뒤섞여 있었다.

"그렇습니다만, 두 분은 오래전에 돌아가셨습니다. 그리고 구텐베르크라는 이름을 어떻게 알고 있나요? 이곳 분은 아닌 것 같습니다만."

앤드류는 고개를 끄덕이며 방 안으로 몇 걸음 더 들어섰다.

"그분들과 저는 길지 않았지만 인연이 깊었습니다. 그 시작은 요하네스 구텐베르크였죠. 저는 누구보다 잘 압니다. 이 인쇄소가 그 한 사람의 열정과 인쇄에 대한 집착에서 시작된 것을요."

여인의 눈빛이 미세하게 흔들렸다. 그런 이야기를 들은 것이 너무 오래된 이야기라는 듯 회상에 잠긴 듯도 했다.

"구텐베르크 이름과 인연이 깊다고 하셨죠…… 놀랍네요. 저도 어머니로부터 아버지의 이름을 듣기만 했거든요. 지금이 어머니가 이야기한 그때가 아닌가 싶네요."

"아버지? 구텐베르크가 아버지란 말이죠! 그럼 어머니가 누구였죠?"

"안나. 제 어머니입니다."

"아, 안나……." 앤드류는 순간 숨이 막히는 듯했다. 구텐베르크와 함께 앤드류에겐 잊을 수 없는 또 한 명의 이름이었다.

"안나…… 그렇군요. 그럼 당신이, 구텐베르크와 안나의 딸이군요."

앤드류는 이미 어렴풋이 짐작하고 있었지만, 지금에서야 그것이 확신으로 변했다.

"네. 저는 소피아입니다. 요하네스 구텐베르크와 안나의 딸이죠." 소피아는 담담했지만, 그 목소리에는 오래된 기억을 받아들이는 듯한 고요함이 스며 있었다.

"오오…… 당신 모습을 보니 그 눈빛에서 안나가 보이는군요. 맞아요, 당신은 틀림없이 안나의 딸이 맞습니다."

앤드류의 목소리에는 놀라움과 반가움이 동시에 묻어 있었다.

"저는 안나를 잘 압니다. 구텐베르크가 갑자기 사라진 뒤, 그녀는 깊은 슬픔 속에서도 포기하지 않았어요. 이렇게 당신을 낳고, 구텐베르크가 남기려 했던 문장을 다시 세상에 새기기 위해 혼신을 다했죠. 다만…… 그때 제가 더 큰 역할을 하지 못한 것이 두고두고 마음에 걸립니다."

소피아의 눈빛에 남아 있던 경계는 어느새 사라지고, 그 대신 믿기 어려운 이야기를 마주한 조심스러운 표정만이 남았다.

"아버지와 어머니를 저보다 더 잘 아는 분이라니…… 그럼, 당신은 누구죠?"

앤드류는 잠시 숨을 고르더니 미소를 지었다.

"전 앤드류라고 합니다. 여기서는 안드레아스로 불리기도 했죠. 어느 쪽이든 괜찮습니다. 편한 대로 부르세요."

"앤드류……." 소피아는 입술을 다물고 잠시 생각에 잠겼다. 그리고 말했다.

"어머니는 가끔, 젊었던 시절 이야기를 제게 해 주곤 했어요. 제가 아직 많이 어렸을 때라 기억이 선명하진 않지만 그래도 기억합니다. 대부분은 아버지 요하네스에 대한 이야기와 금속활자 인쇄에 대한 이야기였어서, 아직도 그때 당시의 인쇄기의 금속 소리, 잉크 냄새 등이 섞여서 제 머릿속에 남아 있습니다. 그리고 한 남자. 자신보다 아버지 요하네스를 먼저 만난 사람이 있다고 하더군요. 인쇄를 사랑하고…… 요하네스와 함께 세상을 바꿔 보려고 했었다고요. 근데 그 사람은 이 지역 사람이 아니라고 했어요. 출신 지역뿐 아니라 언제를 살고 있는지도 확실치 않은 신기루와 같은 남자라고요. 마치 다른 시간에서 온 사람 같았다고 했어요. 어머니는 그 사람을…… '시간을 넘어온 증인'이라 불렀습니다. 그땐 제가 너무 어려서 그저 동화 속 이야기처럼 들렸었는데…….”

앤드류의 심장이 잠시 빨라졌다.

"안나가 그렇게 말했군요…… 저에게는 그렇게 표현한 적이 없어서 잘 몰랐어요. 그저 저를 이상한 이방인쯤으로 생각하는 줄 알았죠.”

"그럼, 그게…… 당신인가요? 앤드류.”

"네, 맞아요.”

소피아는 지금 벌어지고 있는 상황이 믿기지 않았고, 앤드류도 또다시 이렇게 기막힌 일이 자기 눈앞에서 벌어질 줄은 상상하지 못했다.

50

 소피아는 어머니 안나로부터 아버지 구텐베르크에 대한 이야기와 인쇄술의 기본과 무엇보다도 마지막으로 안나가 인쇄했던 숨겨진 말씀, 사라진 문장에 대한 이야기를 들으며 자랐다. 그녀는 성장 후에도 활자와 문장을 다루는 일을 멈추지 않았고, 활자 'S'와 함께 안나가 남긴 인쇄본을 간직하면서 살았다. 시대는 빠르게 변했고 전쟁과 종교의 갈등은 그 비밀을 더욱 깊이 묻어 두게 만들었다.
 잠시 침묵이 흐른 뒤, 앤드류는 조심스럽게 품속에 손을 넣었다. 작은 금속활자가 손에 감겼다.
 "이게 무언지 알겠습니까? 이건…… 금속으로 된 인쇄 활자 'Q'입니다. 구텐베르크가 사라질 때 안나에게 남겼던 것입니다. 그리고 이것은 또 다른 활자 'S'와 함께 구텐베르크의 비밀스러운 문장을 해독할 수 있는 열쇠였죠. 안나와 저는 그 사라진 문장의 비밀을 풀기 위해서 함께 많은 시간을 보냈고, 결국 몇 가지 문장을 해독할 수 있었습니다. 정체 모를 괴한들이 다른 모든 금속활자들을 빼앗아 가면서 그 노력도 거기서 멈출 수밖에 없었지만요."
 소피아는 활자 'Q'를 쳐다보았다. 그녀의 눈빛이 아주 잠깐이지만 무언가를 깨달은 듯 미세하게 흔들렸다.

"금속활자 'Q'와 'S'요…… 어머니가 돌아가시기 전에 저에 몇 가지를 당부하면서 건네준 게 있었습니다. 반드시 지켜야 한다면서요. 이게 그중 하나인 금속활자 'S'예요. 당신 이야기를 들으면서 그게 바로 이 'S'일지도 모른다는 생각이, 아니 확신이 드네요. 맞나요?"

소피아는 앤드류에겐 익숙한 그러나 오랜만에 보는 활자 'S'를 꺼내어 조심스럽게 테이블 위에 올려놓았다.

앤드류는 그 금속 조각을 바라보며 한참 말이 없었다. 손끝이 미세하게 떨리고 있었다.

"마치…… 시간을 건너온 친구를 다시 만난 기분입니다. 제가 마지막으로 본 게…… 15세기 마인츠의 새벽이었죠. 그때는 이 'S'와 'Q'가 한 테이블 위에 있었는데…… 지금 이렇게 다시 마주하네요."

소피아는 미소도, 눈물도 아닌 표정을 지었다.

"어머니는 이 'S'와 함께 한 권의 인쇄된 성경을 제게 남겨 주셨습니다. '이건 세상 누구에게도 보여 주지 말고 지켜라…… 언젠가 때가 올 거다.' 그렇게 말씀하셨습니다. 그게 마지막이었죠."

"성경이라고요?" 앤드류가 몸을 앞으로 기울였다. 기다리던 말이었다.

"네. 하지만 이상합니다. 성경 완전본이라고 하기엔 너무 페이지 수가 적고, 완전한 구성이 아니에요. 제가 가진 다른 성경과 비교해 봐도, 빠진 부분이 많습니다. 어머니는 전문 인쇄인이 아니었기 때문에 전 그게 그저 미완성본이라고 생각했어요."

"그럼 그걸 다 읽어 보셨나요? 그 안에 어떤 내용이 있습니까? 혹시 그걸 저도 볼 수 있을까요?"

앤드류는 숨을 고르며 그러나 조바심 나듯 한꺼번에 여러 가지를 물었다.

"읽어 봤지만…… 이해하기 어려운 부분이 많아요. 본문 중간에 여백이 비정상적으로 크고, 구약이 끝나고 신약성경이 있는 부분에서는 빈 페이지가 유독 많이 있고요. 저만의 비밀로 감추어 놓았지만 앤드류 씨가 보고 어떤 실마리라도 찾을 수 있다면 저에게도 감사한 일입니다."

앤드류의 눈빛이 깊어졌다.

"소피아…… 그 성경은 미완성본이 아닙니다. 구텐베르크가 마지막 순간에 만든 것이고, 안나가 그것을 재현했을 가능성이 큽니다."

그의 목소리는 낮았지만 단호했다.

"여백 속 희미한 글자…… 그게 우리가 찾는 사라진 문장의 일부일 수 있습니다. 그리고……."

앤드류는 품에서 'Q' 활자를 꺼내 조심스레 손바닥 위에 올려놓았다.

"그 문장을 완성하는 마지막 열쇠는 이 'Q', 그리고 당신이 가진 'S'일지도 모릅니다."

60년 만에 다시 찾은 마인츠에서 사라진 문장의 단서를 발견했다는 사실에, 앤드류의 가슴은 벅찬 흥분으로 뛰고 있었다.

"이쪽이에요."

소피아는 짧게만 말하곤, 자리에서 일어났다. 그녀는 인쇄소 안쪽으로 앤드류를 이끌었다.

작업장의 소음이 점점 멀어지고, 오래된 목재 계단이 발밑에서 '끼익' 하고 울었다. 계단 아래로 내려갈수록 공기는 서늘해졌고, 잉크와 금속 냄새에 섞여 오래된 종이와 가죽 냄새가 코끝을 스쳤다.

지하실 입구에는 두꺼운 참나무문이 있었고, 소피아는 허리춤에서 작은 열쇠를 꺼냈다. 열쇠가 맞물리는 소리가 은근히 무겁게 울렸다.

"여긴 인쇄소에서도 극소수만이 아는 곳입니다. 어머니가 살아 계실 때부터, 저는 이 공간을 지키는 일을 맡아 왔죠."

문이 열리자, 좁고 긴 복도가 어둠 속으로 이어졌다. 벽에는 촛대가 걸려 있었고, 소피아가 불을 붙이자 희미한 불빛이 습기를 머금은 벽돌과 바닥을 드러냈다.

복도 끝에는 작은 석조방이 있었다. 방 한쪽에는 낮고 긴 나무 상자가 놓여 있었고, 상자는 먼지와 세월을 그대로 머금은 듯했다.

소피아는 무릎을 꿇고 상자 위의 자물쇠를 풀었다. 뚜껑이 천천히 열리자, 안쪽에는 진한 남색 융으로 감싼 사각의 묵직한 물건이 나타났다.

그녀는 양손으로 그것을 조심스럽게 들어 올려 테이블 위에 올려놓았다.

"이게…… 어머니가 마지막으로 인쇄해서 남긴 성경본입니다."

앤드류는 숨을 죽였다.

융 커버를 풀자, 낡은 가죽 제본의 책이 모습을 드러냈다. 어딘지 낯이 익은 듯한 표지였다. J.P. 모건 도서관에서 보았던 구텐베르크의 42줄 성경 부분본의 표지와 매우 흡사했다. 이 성경본과 비교하면, J.P. 모건 도서관의 성경은 500년 넘는 세월을 견디느라 표지가 닳고 빛이 바래 있었다. 그러나 그 속에 담긴 실체는 변함없이 동일하다는 것을 느낄 수 있었다. 가죽으로 된 표지 위에는 희미하게 새겨진 십자가 문양이 빛을 받아 반짝였다.

소피아가 첫 페이지를 열었다.

앞부분엔 정교한 라틴어 활자가 인쇄되어 있었지만, 앤드류의 눈은 곧 여백으로 향했다. 그리고 J.P. 모건 도서관에서처럼 페이지를 이리저리 들추어 보았다. 빈 페이지는 빛을 비스듬히 비출 때마다 약간 다른 재질의 종이 질감을 드러냈다. 그건 종이의 특성 때문이 아니고 특수하게 인쇄된 인쇄 방식 때문이었다. 마치 표면 아래 또 다른 문장이 겹쳐 있는 듯한, 이중 인쇄였다.

앤드류의 가슴이 두근거리기 시작했다.

"맞아요…… 이건 구텐베르크의 숨결과 안나의 손길입니다. 안나는…… 이걸 완벽히 재현한 겁니다. 다만 지금으로서는 숨겨 있는 인쇄의 문장을 볼 수가 없는 게 안타깝네요."

앤드류는 J.P. 모건 도서관의 디지털 복원 기술을 떠올리며 아쉬워했다. 간단한 스캔 장비와 PC만 있었어도 지금의 갈증을 쉽게 가라앉힐 수 있을 것만 같았다. 부질없는 생각이었다.

소피아가 나지막이 말했다.

"네, 저도 비슷한 생각을 가지고 평생에 걸쳐서 해독해 보려고 했습니다. 하지만 할 수가 없었죠. 페이지를 훼손할 수는 없었어요. 그때마다 어머니의 말씀이 떠오르더군요. '언젠가 때가 온다'라는. 앤드류 씨는 저 여백 속의 글자를 해독할 수 있습니까?"

"저도 아직은 완벽하게 해독할 수가 없습니다. 제가 있던 곳에서 이와 유사한 자료를 보고서 노력해 봤지만 선문을 밝혀낼 수는 없었고, 조심스럽게도 몇 문장 정도는 알 수 있었습니다. 그건…… 성경에 없는 문장이었어요."

앤드류는 'Q' 활자를 주머니 속에서 만지면서 조심스럽게 말을 이었다.

이 시대에서는 특히 더 위험한 발언이었다.

"아직은 저도 일부만 알지만 안나가 얘기한 대로 언젠가 다 알게 될 거라 믿고 있습니다. 지금 이렇게 여기 와 있는 것도 어쩌면 그런 과정 중에 있기도 하고요."

그들의 눈앞에, 세기를 건너온 비밀이 천천히 숨을 틔우고 있었다.

"네, 제가 지금 모든 걸 이룰 수 없겠지만 언젠가 아버지나 어머니가 이야기한 것을 마무리할 수 있도록 최선을 다할 생각입니다. 아직은 저 성경의 비밀을 다 해독할 수는 없지만, 먼저 인쇄소를 발전시키고 다양한 언어와 해석이 들어간 성경과 해석서를 번역 인쇄하는 데 힘을 쏟을 생각이에요. 지금까지 그래 왔듯이요."

소피아의 바램이 담겨 있는 말이기도 했고 무언가 굳은 신념을 지키고 싶다는 의지가 담긴 말이기도 했다. 앤드류도 담담히 소피아에게 말했다.

"소피아는 지금까지도 충분히 잘 해 왔어요. 이제 서두르지 말고 시간의 흐름에 모든 걸 맡기는 수밖에 없어요."

"맞아요. 시간을 거스를 수는 없겠죠…… 하지만 저도 염원이 깊어지면 시간의 흐름도 잠시 멈추게 할 수는 있다고 믿어요. 그 흐름 속에 잠시 합류했다가 다시 튕겨 나오는 한이 있어도요. 결코 멈추진 않을 거예요."

"네, 멋진 말입니다. 저도 조급해하지 않겠습니다. 언젠가 소피아의 바람 대로 이루어질 날이 올 겁니다. 문득 드는 생각인데…… 왠지 소피아를 다시 만나게 될 것만 같습니다."

"반드시 만나게 될 거예요." 소피아도 조용히 말했다.

이후에 앤드류도 서두르지 않았다. 소중한 성경본을 훼손하면서까지 사라진 문장을 해독할 수는 없었다. 최선의 노력을 해 보되 나머지는 시간의 운명에 맡길 수밖에 없었다.

오랜만에 마인츠에서 머무르는 동안 앤드류는 마치 고향에 온 것 같은 편안함을 느낄 수 있었다. 인쇄소도 초창기에 구텐베르크와 칼 그리고 푸스트의 악연으로 이어진 예민한 곳이 더 이상 아니었다. 그저 인쇄업에 충실한 건실한 인쇄출판 기업이었다. 칼과 푸스트가 사망한 지 오래되었고, 푸스트의 또 다른 사위인 피터 쇠퍼가 기업을 물려받아 잘 운영하였지만 그 역시 사망한 지 이미 15년이란 시간이 지나 있었다. 쇠퍼가 운영할 때부터 소피아가 전적으로 인쇄소를 맡아서 실질적인 운영을 해왔었다. 현재는 소피아도 노년이라 일선에서 물러나 있고, 쇠퍼의 아들인 요한과 파울 형제가 공동으로 '쇠퍼 앤 선즈'라는 브랜드로 인쇄소를 운영 중이었다. 인쇄소는 여전히 마인츠에서는 권위 있는 인쇄소였지만, 루터의 95개조 반박문 이후 일어난 종교적 변화의 흐름과 함께 인쇄 중심지도 비텐베르크, 뉘른베르크와 바젤 등으로 옮겨 가면서 마인츠의 인쇄소는 영향력이 축소되었다.

51

마인츠에서 안나가 남긴 사라진 문장을 찾으며 시간을 보내던 어느 날 비텐베르크로부터 서신이 전해졌다. 루터의 편지였다. 1518년 8월 7일 결국 마르틴 루터는 교황 레오 10세로부터 로마 소환 명령서를 받았다. 그러나 당시 현명공으로 불리던 작센의 선제후 프리드리히 3세의 개입으로, 루터는 로마로 직접 가지 않고 독일 내에서 심문을 받도록 조정되었다. 별칭답게 프리드리히 3세는 온건하고 신중한 성격이었으며 종교적 문제뿐 아니라 외교·정치에서도 불필요한 충돌을 피하면서, 자기 영지와 영향력을 지켜 내는 데 탁월했다. 무엇보다 신성로마제국의 일곱 선제후 중 한 명으로 황제 선출권을 가진 유력 제후였기 때문에 황제와 교황도 그를 함부로 대하지는 못했다. 그럼에도 종교 재판에 소환된 일은 결코 가벼운 일이 아니었다. 존 위클리프와 얀 후스의 사례를 보아도 예상할 수 있는 일이었다. 루터는 앤드류의 도움을 필요로 했다. 앤드류에게 심문 전에 비텐베르크로 돌아와 자신을 도와 달라고 하는 내용이었다.

앤드류는 돌아갈 수밖에 없었다. 소피아와 함께 안나가 남긴 사라진 문장을 찾는 일도 중요한 일이었지만, 계속해서 시간만 보내고 있을 순 없었다. 답답한 날을 보내던 중 루터로부터 받은 편지를 통해서 앤드류는 다른 돌파구를 찾아보고자 결심을 하게 되었다. 루터나 그 주변에 있는 신학자들을 통해서 성경에 실리지 못한 비경, 지금까지 알려진 외경이나 위경이 아니라 또 다른 비밀의 말씀이 있는지 역사적·학문적으로 접근해 보면 해결의 실마리가 있지 않을까 하는 것이었다. 비텐베르크로 돌아가는 길은 올 때보다는 한결 쉬웠다.

루터에 대한 교황청의 심문은 먼저 아우크스부르크에서 1518년 10월 12일부터 14일까지 열리기로 공지가 왔다. 아우크스부르크는 작센에서 남서쪽으로 약 400킬로미터 떨어진 신성로마제국의 자유도시였다. 심문관은 교황청 특사인 토마스 카예타누 추기경이었다.

"어서 오세요, 앤드류, 돌아와 줘서 고맙습니다." 루터는 앤드류를 사제실로 이끌며 조용히 문을 닫았다.

"시간이 많지 않습니다. 특별히 준비할 것도 없지만……." 루터의 목소리는 담담했다. 절체절명의 순간이라기보다는, 오래전부터 각오해 온 사람처럼 그는 앤드류를 똑바로 바라보았다. 앤드류도 짐을 내려놓으며 그를 바라보며 말했다.

"편지를 받고 바로 출발했습니다. 하지만…… 가까운 길은 아니네요. 이번 심문은 어느 정도의 무게가 있는 것인가요? 심각한가요?" 앤드류가 알고 있는 종교재판이라 함은 결코 가볍게 볼 수 있는 자리가 아니었다. 비록 책을 통해서지만 역사적으로 이미 충분히 알고 있었다. 앤드류는 이어서 한마디 덧붙였다.

"아무래도 결코 가벼운 자리가 아니겠군요."

루터는 고개를 끄덕였다.

"카예타누 추기경이 직접 옵니다. 그는 교리와 신학에 매우 해박한 인물이지만 교황의 의지를 곧바로 대변하는 사람입니다. 나를 부르는 이유는 단 하나입니다. 내가 주장한 모든 것을 철회하라는 명령을 받을 것이고, 그 자리에서 응하지 않으면 이단자로 확정될 겁니다."

"어떻게 할 건가요. 루터?"

"제 생각은 항상 같습니다. 제 양심에 따라 하느님의 말씀에 따라 입으로 말하고 글로 쓰는 것입니다."

"저도 압니다. 당신이 철회할 생각이 없다는 건. 하지만, 전략은 필요합니다. 사제로서의 루터는 잠시 자신의 주장을 내려놓고 앞으로 다가올 더 큰 미래를 위해서 기다리는 건 안 될까요……." 앤드류는 루터를 걱정하는 마음도 있지만 한편으로는 루터의 강한 의지를 시험해 보고 싶은 생각도 있었다. 그리고 이어서 말했다.

"그리고 심문은 재판이 아닙니다. 법정 절차의 형식도 없고, 모든 권한은 심문관에게 있습니다. 하지만 그 속에서도 틈이 있습니다. 논점을 단순히 마인츠 대주교의 '면죄부 발행에 대한 비판'으로 좁히고, 성경과 교회의 전통 사이의 일치 여부를 논리적으로 제시하세요. 학문적 논쟁으로 끌고 가야 합니다."

루터는 잠시 생각에 잠겼다가, 씁쓸하게 웃었다.

"그건 마치 나에게 사제의복을 벗고 대학교수의 옷을 입고 가란 얘기와 같군요. 또 내가 그동안 발표한 모든 주장들을 잠시 접어 놓으라는 것과도 같고요. 그럴 수는 없습니다. 다만 앤드류 씨의 권고대로 '마인츠 대주교의 면죄부 발행에 대한 항의'랄까 그 부분을 강조해야 하는 것은 맞는 이치입니다. 이를 위해서도 작센의 선제후 프리드리히 3세와 많은 이야기를 나누고 있습니다. 프리드리히 3세의 입장에서도 마인츠 대주교의 그간 행동은 썩 마음에 들지 않는 일이었습니다. 아마 저에겐 든든한 후원자가 될 것입니다. 앤드류 씨의 조언도 감사히 받겠습니다. 역시 큰 힘이 되는군요."

"혹시 변호사의 변호 조력도 가능한가요?" 앤드류는 혹시나 하는 마음에 물었다.

"말씀하셨 듯이 심문은 재판이 아닙니다. 그리고 전 변호사는 필요 없습니다."

루터는 진심 어린 감사와 함께 차분하게 자신의 의지를 표명했다.

"참, 그리고 마인츠에 간 일은 어떻게 되었습니까? 찾으시는 분은 찾았나요? 그리고 그…… 사라진 문장의 실체는 확인했습니까?"

"오랜 인연으로 연결된 중요한 사람을 만났습니다. 그분의 이름은 소피아이고 그 지역 인쇄소 업계에서도 큰 일을 해 오고 있었습니다. 그리고 그녀의 어머니였던 안나에 대한 소식도 자세히 들을 수 있었습니다. 그러고는…… 제가 찾고 있는 성경본을 찾는 데까지는 성공을 했는데, 안타깝게도 암호화되어 있는지 더 이상 숨은 문장은 찾아낼 수가 없었습니다." 앤드류는 그때의 아쉬움을 마음에 담아 진솔하게 이야기했다.

"그렇군요…… 안 그래도 그 부분에 대해서 얘기하고 싶은 게 있습니다. 저는 어차피 이제 너무 알려진 사람이 되었고, 이번 심문이 끝나도 아마 몇 차례의 심문이 더 이어질 겁니다. 많은 노력과 시간이 필요한 일이 되겠지요. 물론 서를 따르는 사람들과 저를 도와주는 사람들이 있어서 크게 두렵지는 않습니다. 다만 앤드류 씨를 도와 그 숨겨진 성경 말씀을 찾는 일에는 큰 도움이 되지 못할 것 같습니다. 대신 제가 한 분을 소개시켜 드리겠습니다."

"네, 이해합니다. 근데, 다른 분이라면 누구를 말하는 건가요?" 루터 이외에 또 신학적으로 도움을 받을 사람이 있을까 싶었지만 루터의 현재 상황을 고려하면 그것도 감사한 일이었다.

"사제이자 인문주의자로서『신약성경 헬라어 원전판』을 펴내기도 한 사람입니다. 유럽에서는 이미 명성을 떨치고 있는 분입니다. 저도 성경 번역을 위해서 그분의 책을 참고하고 있고, 간간이 서신을 주고받고 있습니다. 저는 물론 많은 사람들로부터 존경을 받고 있는 분입니다. 저는 특히 그분의『우신예찬』을 좋아합니다. 우리 교회와 사회의 저명한 사람들 그리고 학자들까지 그들의 위선을 통렬하게 그러나 풍자적으로 아주 유머러스하게 비판하는 책입니다. 그분의 이런 우아한 비판은 어디서 나오는지 존경스러울 뿐입니다. 후에 제가 하고자 하는 일에 큰 힘이 되어 주실 것으로 믿고 있습니다."

"저는 잘 모르는 분입니다만 이미 그렇게 대단한 학자인가 보군요. 그런 분이 저를 만나 줄까요? 그리고 그분 이름은 어떻게 되나요?"

"마침 그분이 뉘른베르크에 오신다고 합니다. 여기서는 좀 먼 곳이지만 충분히 가서 만나 볼 가치가 있는 분입니다. 그분은 에라스무스입니다."

52

비텐베르크를 떠난 앤드류는 남쪽으로 향했다. 초가을 끝자락의 들판은 수확이 끝난 황금빛 그루터기와 갈색 흙이 번갈아 펼쳐져 있었고, 마차 바퀴 아래에서 흙먼지가 잔잔하게 일어났다. 강을 따라 이어지는 길은 때때로 작은 숲으로 들어갔다 나왔고, 길가에는 길게 줄지은 포도밭이 노랗게 물든 잎사귀와 익어 가는 보랏빛 송이로 가을을 드러내고 있었다. 여정은 길었으나, 루터가 마련해 준 추천서와 통행보증서 덕에 국경세나 도시 관문에서 번거로운 심문 없이 지나갈 수 있었다. 당시 신성로마제국은 수많은 독립적 영지·자유도시·교회령이 모인 연방 구조였기 때문에 영지와 영지 사이를 오가려면 관문 교통세 징수소에서 출입 허가나 신분 증명이 필요했다. 일주일째 되는 날, 성벽 너머로 붉은 지붕들이 겹겹이 이어진 도시가 보였다. 뉘른베르크였다.

석조 성벽과 견고한 탑문을 지나자, 좁은 자갈길 양편으로 상점과 작업장이 늘어서 있었다. 도시는 신성로마제국의 자유도시답게 활기가 넘쳤다. 금세공인, 시계 제작자, 도공, 인쇄공들이 각자의 기술을 뽐냈고, 상인들은 이탈리아에서 들여온 직물과 향신료를 진열했다. 중앙광장에는 시청 건물과 성 로렌츠 교회의 첨탑이 하늘을 찌를 듯 솟아 있었다. 저녁 무렵, 앤드류는 작은 여관에 묵으며 먼 길의 피로를 풀었다. 창밖에서 들려오는 거리의 종소리가 은근히 그의 마음을 안정시켰다.

다음 날 아침, 그는 루터가 써 준 소개장을 품에 넣고 에라스무스가 머물고 있다는 한 저택으로 향했다. 귀족이자 법률가인 빌리발트 피르크하이머의 저택이었다. 저택은 뉘른베르크 구시가지 중심부에 있었고, 많은 학자·예술가들이 드나드는 '살롱' 같은 역할을 하는 곳이었다.

문이 열리자, 안쪽으로는 넓은 돌바닥의 현관 홀이 이어졌다.

천장은 두꺼운 참나무 보가 가로지르며 지탱하고 있었고, 벽에는 거친 석재 위에 석회가 얇게 발라져 있어 약간의 흰빛이 돌았다.

왼편에는 대형 벽난로가 자리 잡고 있었는데, 그 위에는 라틴어로 새겨진 짧은 격언이 보였다.

"진리가 너희를 자유롭게 하리라."

응접실로 이어지는 문을 지나자, 한쪽 벽에는 책장이 가득 차 있었다.

책장에는 금박이 입힌 제본, 라틴어와 헬라어로 된 필사본, 그리고 막 인쇄된 서적들이 섞여 있었다. 몇 권은 피르크하이머가 직접 주석을 붙인 것인지, 책 귀퉁이에 촘촘한 글씨가 보였다.

반대편 벽에는 알브레히트 뒤러의 동판화와 초상화 들이 걸려 있었다. 특히 한 초상화는 유난히 눈길을 끌었는데, 아직 마르지 않은 듯한 붓 자국이 남아 있었고, 초상 속 인물의 눈빛이 방 안을 꿰뚫는 듯했다.

중앙에는 긴 참나무 테이블이 놓여 있었고, 그 위에는 펼쳐진 원고와 잉크병, 깃펜이 가지런히 놓여 있었다. 햇살은 스테인드글라스를 통해 부드럽게 들어와, 책과 종이 위에 고요한 금빛을 드리우고 있었다.

공기 속에는 잉크와 가죽 제본의 냄새가 묵직하게 섞여 있었고, 그것이 이곳이 단순한 주거가 아니라 학문과 사상이 흐르는 '살롱'임을 말해 주고 있었다.

그때, 부드러운 발소리가 복도 너머에서 들려왔다.

문이 열리며, 회색 모직 가운을 걸친 중년의 남자가 천천히 다가왔다.

이마에 드리운 은빛 머리칼, 날카로우면서도 따뜻한 시선, 그리고 마치 오래된 문헌 속에서 방금 걸어 나온 듯한 기품이 그의 첫인상이었다.

"마르틴 루터 사제가 소개한 분이군요."

그의 목소리는 낮고 차분했다.

앤드류는 자리에서 일어나 허리를 숙였다.

"네, 앤드류 한이라고 합니다. 비텐베르크에서 왔습니다." 마치 비텐베르크가 자신의 출신지 출신지인 것처럼 앤드류가 소개했다. 달리 선택의 여지가 없었다.

"오, 비텐베르크 분 같아 보이진 않습니다만 요즘은 국제화가 추세이죠. 어떤 도시에서 태어났느냐보다 어디서 어떤 일을 하는지가 중요하죠. 저도 이렇게 이곳저곳을 다니면서 많은 사람들을 만나고 있으니까요. 루터 사제가 저에겐 서신을 몇 차례 보냈는데, 최근엔 여러 번 당신 이야기를 했습니다. 자, 앉으시죠."

에라스무스는 창가 쪽 긴 참나무 테이블 옆 의자를 가리켰다.

그의 손짓은 학자다운 단정함이 있었고, 앤드류는 마치 강의실에 초대된 학생처럼 조심스레 자리에 앉았다.

한 하인이 잔에 페퍼민트 차를 따라 주자, 에라스무스는 손가락으로 책장 쪽을 가볍게 가리켰다. 책장엔 다양한 성경본과 각종 해설집 등 편찬된 책들이 가득 차 있었다.

"저 책들은 제 평생의 동반자입니다. 세상을 바꾸는 것은 칼이 아니라 글이지요. 하지만 글이 사람의 마음을 바꾸려면, 그 마음이 준비되어 있어야 합니다. 앤드류 씨는 마음의 준비가 되어 있나요?"

앤드류는 고개를 끄덕이며 대답했다.

에라스무스는 마치 강의실의 학자로 돌아간 듯 차분한 목소리로 말을 이어 갔다. 앤드류도 오랜만에 학생처럼 경청했다.

"우선 먼저 성경 이야기부터 좀 해 볼까요. 성경은 여러 세대, 여러 언어, 여러 손을 거쳐 엮여 온 장구한 기록이지요. 교회에서 우리는 전통적으로 성경을 세 범주로 나눕니다. 그 출발은 정경(正經, Canon)입니다. 교회가 공적으로 '하느님의 말씀'으로 인정한 책들입니다. 구약 46권과 신약 27권이 여기에 속하지요."

"네, 근데 구약 46권 중에는 출처가 좀 다른, 외경으로도 불리는 부분도 포함되어 있는 것으로 압니다." 앤드류의 첫 대답이었다. 차분했지만 사뭇 도발적이었다.

"외경이라…… 아마, 토빗서, 유딧서, 마카베오기 상·하, 지혜서, 집회서, 바룩서를 얘기하는 것 같소만. 이들이 구약의 히브리어 원문에 없다는 것이 이유겠고요. 맞나요?"

"제가 특별히 다른 의도를 가지고 반박하고자 하는 것은 아니었습니다. 우연한 기회에 성경에 대한 분류가 많다는 것을 알게 되었습니다."

"알고 있습니다. 루터와 함께 지내다 오신 분이니 충분히 짐작이 갑니다. 물론, 나쁜 의미는 아닙니다. 제가 말씀드린 그 일곱 권은 유대인들이 인정하지는 않았지만, 우리 교회는 그 안에서도 신의 숨결을 보았지요. 조금은 다를 뿐 엄연히 정경입니다."

앤드류는 고개를 끄덕이며 메모를 했다. 에라스무스는 잔을 들었다가 다시 내려놓고, 조금 더 몸을 앞으로 숙였다.

"문제는, 앤드류 씨 질문처럼 많은 이들이 이런 구분에 집착한다는 것입니다. 정경만이 '진짜 말씀'이고, 외경이니 위경이니. 그리고 그런 것들은 모두 '불순한 것'이라는 식의 태도 말입니다. 그러나 생각해 보십시오. 하느님의 말씀은 결코 종이와 잉크 속에만 갇히지 않습니다. 지금은 외경이나 위경이 언젠가는 정경이 될 수 있습니다. 정경, 외경, 위경은 그저 우리가 만든 구분일 뿐, 하느님의 진리는 그 경계 너머에서도 빛나고 울립니다."

앤드류는 그 말을 마음속 깊이 새기며 느꼈다.

지금 자신이 찾고 있는 '사라진 문장'도, 아마 이 경계 안팎의 진리와 무관하지 않을 것이라는 것을.

53

앤드류가 조심스럽게 물었다.

"그렇다면, 우리는 그 모든 것을 찾고 읽는 것이 더 좋은 것입니까?"

에라스무스는 미소 지으며 고개를 끄덕였다.

"읽고, 배우고, 분별해야 합니다. 하지만 더 중요한 것은…… 그 글이 우리를 어디로 이끄는가입니다. 성경을 읽고도 이웃을 미워한다면, 그것은 이미 글자가 아니라 '죽은 문자'일 뿐입니다. 우리는 모두 인간이고, 신이 아닙니다. 완전한 이해와 해석은 오직 하느님께 속한 것이지요. 그러므로 우리가 할 일은, 그분의 말씀을 따라 우리 내면의 선한 본성을 일깨우는 것입니다."

"분별하기 위해서 읽고 배워야 하는 게 반드시 필요하다는 말씀이군요."

그는 한 박자 멈추더니, 엄숙하게 덧붙였다.

"그렇지요. 그러나 그 길은 혼자 걸어서는 안 됩니다. 말씀을 바르게 읽고 깨닫는 일은 교회의 품 안에서, 오랜 전통과 훈련을 받은 신부와 수도자와 함께해야 합니다. 예수님이 가르쳐 주신 방법도 그러했습니다. 공동체 안에서, 사랑과 겸손으로, 서로를 세우며 나아가는 길이지요."

"루터와도 그런 이야기를 나눈 적이 있습니다. 하지만 루터는 불처럼 직접 부딪쳐서 변화를 일으키려 하죠. 우려도 되지만 한편으로는 이해가 되기도 합니다. 역사의 큰 변화를 위해서는 불이 필요한 것처럼요."

에라스무스의 입가에 미묘한 미소가 번졌다.

"불은 필요합니다. 그러나 불은 제어되지 않으면 모두를 태웁니다. 저는 개혁이 필요하다고 믿습니다. 하지만 그 개혁은 교회를 무너뜨리는 것이 아니라, 그 기초를 더 튼튼히 하는 데서 시작해야 합니다."

그의 목소리는 부드럽지만 단호했다. 앤드류는 그 말 속에서 한 줄기 다른 빛을 보았다. 루터가 보여 준 결연한 불꽃과는 다른, 깊고 단단한 뿌리 같은 빛이었다.

"인간에게는 자유 의지가 있습니다. 인간의 의지는 원죄로 인해 약화되고 기울어졌으나, 완전히 사라지지는 않았습니다. 그것을 다시 살리는 것은 배움과 성찰, 그리고 은총입니다. 저는 그 가능성을 믿습니다. 교회가 잘못되었으면, 그 교회 안에서 고치면 됩니다. 세상을 바꾸는 일은 벽을 무너뜨리는 것보다, 기초를 다지는 것이 먼저입니다."

앤드류는 조용히 들었다. 루터의 열정적인 단호함과는 또 다른 빛깔이었다.

"그 자유 의지라는 말이 마음에 깊이 와닿습니다. 그런데 그 말씀은…… 인간이 스스로 선을 향해 나아갈 수 있다는 뜻입니까?"

"그렇습니다. 인간은 창조주로부터 이성을 부여받았고, 그 이성 안에는 선을 향한 불씨가 있습니다. 그 불씨가 작고 연약하다 해도, 올바른 가르침과 꾸준한 수양으로 그것을 키워 낼 수 있지요. 하느님은 우리를 인형처럼 줄로 움직이는 존재로 만들지 않으셨습니다. 그분은 우리의 마음과 선택이, 자발적으로 선을 택하기를 원하십니다. 물론, 자유 의지는 혼자만으로는 온전하지 못합니다. 마치 항해하는 배가 바람과 돛이 함께해야 나아가듯, 인간의 의지에도 은총의 바람이 필요합니다. 그러나 돛을 올릴지 내릴지는, 우리 각자의 선택입니다."

그의 목소리는 교리 논쟁의 날카로움이 아니라, 마치 오래된 서가에서 꺼낸 책을 천천히 읽어 주는 듯한 부드러움이었다. 그러나 그 부드러움 속에는 그 어느 것보다 강함이 있었다.

"그렇군요. 지금 제가 찾고 있는 어떤 문장과도 연결되는 것 같습니다. 인간이 본래 품고 있는 가능성을 지켜 내고 일깨우는 것…… 그게 어쩌면 그 문장의 핵심일지도 모릅니다."

자유 의지…… 어쩌면 지금 자신이 찾고 있는 '사라진 문장 Q'의 본질도, 바로 그것일 수 있다는 생각이 스쳤다. 인간이 본래 품고 있는 가능성을 지켜 내고 일깨우는 것, 그 힘이야말로 시간과 역사를 넘어 이어져야 할 문장일지도 모른다.

에라스무스는 눈을 가늘게 뜨고 미소 지었다.

"당신이 어떤 문장을 찾는지는 모르지만, 기억하십시오. 진정한 개혁은 사람의 마음에서 시작됩니다. 글자는 마음을 비추는 거울일 뿐이에요."

그 순간, 앤드류는 이해했다. 루터의 불꽃이 길을 열면, 에라스무스의 바람이 그 길을 지키는 것임을. 그리고 '사라진 문장 Q'의 본질도, 그 두 힘 사이 어딘가에 자리하고 있을지도 모른다고.

"그런데 참, 루터와는 어떤 인연입니까?"

앤드류는 잠시 생각하다가, 구텐베르크 시대와 '사라진 문장'에 관한 이야기는 빼고 간략히 설명했다. 에라스무스는 잔을 들어 올리며 말했다.

"진리와 말씀의 본질을 찾는다…… 그것이 글이든, 가르침이든, 혹은 한 문장이든."

그는 잔을 들어 올리며 부드럽게 말을 이었다.

"모든 위대한 문장은 그 자체로 빛을 내지 않습니다. 그 빛은 그 문장을 읽고, 품고, 살아 내는 사람 속에서 비로소 드러나는 것이지요. 성경의 말씀도 그렇습니다. 활자로 찍어낸 순간에는 인쇄된 종이에 불과하지만, 그것을 품은 영혼 속에서는 살아 움직입니다. 혹시 당신이 찾는 문장이 단지 종이에 남은 흔적이 아니라, 사람 속에 숨겨진 씨앗이라면 어떻겠습니까? 그 씨앗은 발견하는 것보다, 깨우는 것이 더 중요합니다."

그는 잠시 말을 멈추고, 앤드류를 똑바로 바라보았다.

"사라진 문장이라는 것이…… 기록에서 지워진 말이든, 혹은 시대가 감춘 진리이든, 그것이 다시 세상에 나와 힘을 가지려면, 그것을 품을 준비가 된 사람이 먼저 필요합니다. 그 준비는, 제 생각에, 바로 자유 의지를 바탕으로 한 선한 선택에서 시작됩니다."

앤드류는 순간, 심장이 조용히 두 번 뛰는 것을 느꼈다. 그의 말 속에서, 'Q'라는 활자가 단순한 금속 조각이 아니라는 것과 자신이 찾고 있는 'Q'의 내용을 이제 왠지 알 것 같다는 울림이었다.

54

루터는 앞에 놓인 맥주 한 잔을 거의 쉬지 않고 모두 마셨다. 잔이 텅 비는 순간, 그의 목을 타고 내려간 뜨겁고 쓴맛은 두려움을 억누르는 방패 같았다. 숨을 고르며 그는 잠시 눈을 감았다. 심장이 쿵쿵거리며 빠르게 뛰었지만, 입술은 굳게 닫혀 있었다.

"이제 물러설 수 없다."

스스로에게 속삭이듯 말한 루터는 빈 잔을 탁자 위에 세게 내려놓았다. 나무 탁자가 울렸고, 그 울림이 마치 하나의 서약처럼 방 안에 번졌다. 밖에서는 종소리가 여전히 울려 퍼지고 있었다. 그 소리는 단순한 교회 종이 아니라, 루터의 운명을 가르는 심문이 시작되었음을 알리는 종소리처럼 들렸다. 문을 두드리는 소리가 들렸다.

"루터 사제, 준비되셨습니까?"

루터는 두 주먹을 움켜쥔 채 자리에서 일어났다. 무거운 발걸음을 떼면서도, 그의 눈빛은 이미 흔들림 없는 결단으로 빛나고 있었다.

교황의 특사로 파견된 토마스 카예타누 추기경은 황금 십자가 장식을 가슴에 드리운 채, 루터 앞에 앉아 있었다. 서기관들은 붓을 들어 두 사람의 대화를 기록할 준비를 마쳤다. 카예타누 추기경의 요구는 단호했다.

그는 루터를 설득하려고 온 게 아니었다.

"마르틴 루터, 로마 교황청은 그대의 주장을 위험한 이단적 사상으로 판단하고 있소. 그대가 공표한 95개 조항은 교회의 질서를 어지럽히고, 교황의 권위에 정면으로 도전하고 있지 않소? 지금 이 자리에서, 그대는 모든 주장을 철회하고 교황의 명령에 복종한다는 서약을 하시오."

루터는 잠시 고개를 숙였다 든 뒤 대답했다.

"면죄부 판매에 대한 교황청의 묵인은 교황청의 권위로도 해서는 안 되는 일입니다. 하느님의 말씀 어디에도 인간이 죄를 인간이 사하여 줄 수 없습니다. 하물며 돈으로는 더더욱 안 되는 일입니다."

"그건 잘못 알고 있는 일이오." 추기경은 루터를 똑바로 쳐다보면서 단호하게 말했다.

"본시 면벌부라는 것은 인간의 죄를 교회가 직접 사하여 준다는 뜻이 아니오. 죄의 용서는 어디까지나 성사의 길, 곧 참회와 고백, 그리고 사제의 사죄 선언을 통해서만 주어지는 것이오. 면벌부가 행하는 것은 그 후에 남는 벌, 곧 인간이 지상에서나 연옥에서 치러야 할 속죄의 고통을 감해 주는 것에 불과하오."

그는 주변의 서기관들을 향해 시선을 돌린 뒤 다시 루터에게 시선을 고정했다.

"교회는 사도들에게 주어진 '묶고 푸는 권세'에 따라 하늘의 은총을 관리할 권리를 위임받았소. 그리스도의 무한한 공로와, 성모와 성인들의 선행이 하나의 보고(寶庫)로 교회에 맡겨져 있으며, 교황과 교회는 그 보고를 신자들에게 나누어 줄 수 있소. 이것이 곧 면벌부요. 사제인 루터 그대도 이를 잘 알고 있지 않소."

그의 목소리는 점점 커지다 마침내 굳은 울림으로 변했다.

"따라서 이는 결코 장사도 아니고, 인간의 죄를 돈으로 사고파는 것도 아니오. 올바른 회개와 기도, 성체성사, 교황을 위한 기도, 선행이 뒷받침될 때에만 효력이 있는 것이오. 그렇기에 우리는 면벌부를 신앙의 행위로 보아야 하며, 신자들이 은총 안에서 더욱 굳건해지도록 돕는 도구로 이해해야 하는 것이오."

추기경의 말에 잠시 침묵을 지키던 루터는 또렷한 눈빛으로 추기경을 바라보며 단호히 대답했다.

"그렇다 해도 마인츠에서 이루어진 면죄부의 판매는 그 도를 넘어서 장사의 목적이 된 지 오래입니다. 이 자리에서 저는 성경의 권위나 분명한 이성으로 설득되지 않는 한, 제 주장을 철회할 수 없습니다. 제 양심은 하느님의 말씀에 사로잡혀 있습니다. 이를 거스르는 것은 안전하지도, 옳지도 않습니다."

홀 안에 웅성거림이 일었다. 그러나 루터의 목소리는 흔들림이 없었다.

심문은 예상대로 서로 한 치의 양보도 없이 끝났다. 그러나 예상 밖으로 루터는 당장 큰 벌을 받은 건 아니었다. 이전까지의 종교재판 형태로 보면 이단으로 단죄하고 화형까지 이를 수 있는 일이었지만, 이미 시대는 변하고 있었다.

이제 이런 일은 결코 신앙만의 문제가 아니었다. 정치적 이해관계가 훨씬 더 무겁게 작용했다.

1520년경에는 거대한 제국의 그늘 아래 있던 유럽 여러 영주 지역에서 각각의 국가관이 싹트고 있었다. 근대적 개념의 국가관이 자라고 있었던 것이다. 그러다 보니 자신들의 국가 종교는 스스로 정할 수 있다는 의식도 함께 자라고 있었다. 더불어 로마 교황청의 권위도 급격히 약화되기 시작했다. 1531년경에는 영국 왕 헨리 8세가 로마 교황청과 갈등을 빚다가 결국엔 스스로 영국 교회 최고 수장에 올랐고 1534년엔 영국 국교회를 공식 출범시켰다. 로마 교황청과는 완전 결별을 선언한 것이다.

루터의 뒷배경은 든든했다. 작센 선제후 프리드리히 3세는 황제 선출 일곱 인 중 한 명이었으며 마인츠의 알브레히트 대주교와는 경쟁 관계에 있었다. 마인츠가 면죄부를 팔아 꽤 수익을 올렸으며 성유물(聖遺物) 전시회도 성황리에 운영하고 있었다. 그로 인한 수익이 상당함은 말할 것도 없었다.

루터는 이런 프리드리히 3세의 보호 아래 있었기에, 로마도 신성로마제국 황제도 섣불리 손을 대기 어려웠다. 이제 루터는 지역의 이름난 신학자를 넘어, 유럽 전역에까지 이름을 떨치게 된다. 스타 수도사가 되어 있었다.

이렇게 빠른 시일에 한 명의 수도사가 유럽 전역에서 유명인이 된 적이 없었다. 아무리 큰 사건을 일으킨다고 해도 같은 신성로마제국 내에서도 가까이 있는 지역이 아닌 이상 몇 년 동안에 그런 소식을 알기도 어려웠다. 상황이 급속도로 바뀌었다. 그 중심에는 인쇄술이 있었다.

비텐베르크의 골목마다, 그리고 멀리 아우크스부르크와 바젤, 취리히 그리고 뉘른베르크까지 — 루터의 95개조 반박문이 인쇄된 포스터가 붙어 있었다. 오늘날의 영화 포스터처럼, 대로변, 시장 입구, 심지어 교회 담벼락에도 붙어 있었다.

인쇄의 품질은 놀라웠다. 균일한 활자, 번짐 없는 잉크, 정밀한 간격. 앤드류는 뉘른베르크 성당 앞에 붙어 있는 그 포스터를 보고 곧 알아봤다.

"구텐베르크의 기술이군……."

그가 세상에 내놓았던 펀치·매트릭스·핸드몰드의 원리가 빛을 발하고 있었다.

루터는 이제 독일을 넘어, 동갑내기인 취리히의 훌드리히 츠빙글리와, 후일에 제네바의 젊은 개혁가가 되는 프랑스 출신 장 칼뱅 같은 인물들과도 사상적으로 연결되기 시작했다. 츠빙글리와는 초기에는 서신과 저술을 통해 서로의 주장을 지지하며 개혁의 뜻을 같이했다. 둘은 훗날 헤센 방백 필립 1세의 주선으로 열린 마르부르크 회담에서 직접 마주하게 된다.

루터가 탁자 위에 펼쳐진 성경을 손바닥으로 두드리며 말했다.

"이 말씀을 보시오. '이는 내 몸이다' — 주께서 친히 하신 이 선언을 어떻게 상징으로만 돌릴 수 있단 말이오? 나는 그리스도의 참된 몸과 피가 성찬 안에 실제로 임재한다고 믿습니다."

츠빙글리가 고개를 저으며 손가락으로 성경의 다른 구절을 짚었다.

"마르틴, 나는 그 말씀을 부정하지 않소. 그러나 그리스도께서 '나는 문이다', '나는 포도나무다'라 하신 것처럼, '이는 내 몸이다'라는 표현 역시 비유적 말씀이라 보아야 합니다. 성찬은 그리스도의 희생을 기념하고 신앙을 고백하는 거룩한 상징이지, 실제 몸과 피가 빵과 잔에 들어 있는 것은 아닙니다."

루터의 이마에 굵은 주름이 잡혔다.

"비유라고? 그렇다면 신자들은 단순한 표징만을 취하는 것이 되겠소. 그러나 주께서 우리에게 주신 것은 단순한 기념이 아니오. 그리스도께서는 실제로 우리와 함께하시며, 성찬을 통해 그 임재를 약속하셨소. 상징만으로는 그 은혜가 다 설명될 수 없소!"

츠빙글리가 단호하게 맞받았다.

"하느님의 임재는 믿음으로 경험하는 것이지, 물질로 증명되는 것이 아니오. 우리가 성찬에서 받는 은혜는 그리스도의 몸이 빵에 갇혀 있기 때문이 아니라, 성령께서 우리의 믿음을 굳건히 하시기 때문이라 생각합니다."

잠시 정적이 흘렀다. 두 사람의 시선이 성찬의 빵과 잔 위에 오래 머물렀다. 그러나 그들의 말은 더 이상 하나로 모이지 않았다.

루터는 마음의 문을 닫으면서 마지막으로 말했다.

"우리는 형제지만, 같은 식탁에는 앉을 수 없다." 그 말은 곧 협력의 종결을 의미했다.

장 칼뱅은 루터보다 스무 살가량 젊은 세대였다. 1519년 무렵 그는 아직 프랑스 피카르디의 작은 도시 노용에서 공부하는 한 학생에 불과했지만, 그 예리한 지성과 치밀한 성품은 이미 주변에 알려져 있었다. 훗날 그는 스위스 제네바에 정착해 자신만의 교회 개혁 체계를 세우며, 루터와는 다른 길을 걸었지만 개혁의 불씨를 이어 가는 또 하나의 큰 별이 된다. 그의 신학은 루터의 저술에서 깊은 영향을 받았고, 이후 장 칼뱅의 사상은 영국의 청교도와 프랑스 위그노 그리고 신대륙 미국에서 장로교로 전개되었다.

세 사람은 같은 도시, 같은 책상에 모인 적은 거의 없었다. 그러나 그들의 편지와 글, 그리고 때로는 논쟁은 국경을 넘어 오가며 하나의 사상적 연대를 이루었다. 앤드류가 그들의 교류와 저술을 나란히 읽고 있노라면, 마치 세 사람이 한 방에 모여 밤새 토론하는 광경을 눈앞에서 보는 듯했다. 그 모습은 알렉상드르 뒤마의 소설 『삼총사』를 떠올리게 했다. 실제로 한자리에 모여 뜻을 같이한 적은 없었지만, 종교개혁을 위한 '삼총사'의 역할은 각자 나눠 맡은 셈이었다. 언어와 신학은 달랐지만, 교회를 새롭게 하고 진리를 밝히려는 열망만큼은 놀라우리만큼 닮아 있었다.

　에라스무스와의 감명 깊은 만남을 뒤로 하고 비텐베르크로 돌아온 앤드류는 루터와 짧은 재회를 가졌다. 그러나 이제 루터는 더 이상 예전의 루터가 아니었다. 그는 종교개혁의 선두에 선, 새로운 지도자였다. 그리고 필연된 분열을 예고했다.

55

 루터에 대한 마지막 심판은 보름스에서 열렸다. 제국의회가 열린 보름스의 궁정은 전례 없는 긴장 속에 있었다. 회의장은 높다란 석조 천장 아래 성직자와 귀족, 황제의 군사들로 가득 메워 있었고, 벽면엔 신성로마 제국의 문장과 교황청 깃발이 나란히 걸려 있었다. 황제 카를 5세는 당시 불과 스무 살이었으나, 제국과 교황청의 권위를 지켜야 한다는 굳은 결심으로 앉아 있었다.

 루터는 회의장 중앙에 서 있었다. 그의 옆에는 뜻밖에도 '안드레아스'라 불리는 변호사 앤드류가 함께 자리했다. 그러나 그 자리는 변호사로서의 역할이 아닌 이단 서적의 인쇄 배포에 함께한 연루자로서였다. 황제의 서기관들이 깃털펜을 들고 대화 하나하나를 기록할 준비를 마쳤다.

 황제의 목소리가 울렸다.

 "마르틴 루터, 그대가 쓴 저서들은 이미 전 유럽에 파문을 일으켰다. 교황 레오 10세의 명으로 파문에 가까운 경고가 내려졌음에도 그대는 고집을 꺾지 않았다. 오늘 이 자리에서 묻겠다. 그대의 저작들을 철회하겠는가, 아니면 이단으로 선포되겠는가!"

 잠시 침묵이 흘렀다. 루터는 손에 땀이 맺혔지만 눈빛은 흔들리지 않았다. 앤드류는 난생처음 겪는 일에 두려움도 있었지만 그 순간 자신이 할 수 있는 일이 전혀 없다는 자괴감을 견디기 어려웠다.

"저는 성경의 권위와 제 양심으로 늘 이야기해 왔습니다. 저는 하느님의 말씀에 사로잡혀 있습니다." 루터는 단호히 답변한 이후에 계속해서 짧게 외쳤다. 주장보다는 운명을 인식한 기도에 가까웠다.

"루터, 그대는 하느님을 방패 삼아 자기 자신의 이익을 꾀하는 것 아닌가. 마지막으로 다시 한번 묻겠다. 철회할 마음이 없는가?"

"하느님이여, 저를 도우소서. 여기 제가 서 있나이다. 저는 달리 어찌할 수 없습니다. 아멘."

웅성임이 폭풍처럼 일었다. 성직자들은 얼굴을 붉히며 자리에서 일어났고, 어떤 귀족들은 고개를 저으며 혀를 찼다. 카를 황제는 더 이상 참지 못하고 망치를 내리쳤다.

"마르틴 루터, 그리고 그와 뜻을 함께하며 불온한 서적을 인쇄 배포하는 데에 공조하여 제국의 법정을 조롱한 이방인 안드레아스! 너희는 이단으로 선포된다. 제국령에서 추방하며, 누구든 너희를 돕는 자 역시 처벌받을 것이다. 물론 너희를 처형하는 자는 처벌받지 않을 것이다. 루터의 책은 불태워지고, 그를 숨기는 자는 반역자로 간주하리라!"

서기관은 곧장 판결문을 기록했다. 훗날 '보름스 칙령'이라 불리게 될 문서였다.

앤드류의 심장이 철렁 내려앉았다. 도저히 이해할 수 없는 순간이었다. 역사의 한복판에 서 있다는 것도 믿기 힘든데, 이단자로 처벌받게 될 줄은 꿈에도 몰랐다. 과거와 현재를 넘나들다, 결국 낯선 중세에서 죽음을 맞이하게 되는 것일까. 그는 그 사실을 받아들일 수 없었다. 추방이라 했지만 처형과 다를 바 없었다. 성문 밖으로 나가는 순간, 누구든 마음대로 그들을 해칠 수 있었다. 화형을 당해도 말릴 사람조차 없었다. 절체절명의 순간이 다가오고 있었다.

'나는 도대체 왜 이런 역사의 판결 속에 끌려 들어가는 거지. 여기서 이단자로 낙인찍히는 건가. 구텐베르크는 과거와 현재만이 존재할 뿐 미래는 없다고 했는데, 나는 그럼 과거에서 사라지고, 미래의 나는 없는 것인가…….'

황제가 회의장을 떠난 뒤, 루터와 앤드류는 군사들의 엄중한 감시 속에 묵묵히 밖으로 호송되었다. 추방령에 따른 절차가 곧바로 집행되는 것이었다. 국경으로 향하던 그날 밤, 갑자기 호위군이 든 등불이 꺼졌다. 어둠 속에서 말을 몰아 달려온 무장 병사들이 나타났다. 호위군은 순식간에 제압당했고, 루터와 앤드류는 포승줄에 묶이듯 강제로 끌려갔다. 루터가 놀라 외쳤다.

"무슨 짓이오! 당신들은 누구요. 어디로 데려가는 거요!"

무장 병사 중 하나가 낮게 대답했다.

"목소리를 낮추세요. 선제후의 명령입니다. 황제의 눈을 피해 루터 사제 당신을 지켜야 합니다. 그리고 당신 곁의 외국인도 함께 갑니다."

"오…… 그렇군. 선제후가 미리 길을 준비한 것이었나." 루터는 놀라움 속에서도 차분히 말했다.

"추방도 벅찬데, 이젠 도망사가 되었네요. 하지만…… 아마 이것도 운명이겠지요." 앤드류는 루터를 쳐다보며 조용히 말했다.

"안전한 곳으로 갑니다. 그곳은 아무도 쉽게 닿을 수 없는 산 위의 요새. 바르트부르크 성입니다." 선제후의 밀사가 낮은 목소리로 행선지를 알려 주었다.

 말발굽 소리가 깊은 숲길을 울렸다. 어둠 속에서 나뭇가지가 부러지는 소리, 매캐한 횃불 냄새, 그리고 갑작스레 쏟아진 빗방울이 이들의 탈출 행렬을 감쌌다. 바르트부르크 성은 튀링겐의 산 정상에 세워진 요새였다. 11세기 초에 건립된 이 성은 중세 기사들의 노래와 전설이 살아 있는 곳이자, 외부의 손길이 닿기 어려운 은신처로 유명했다. 가파른 절벽 위에 세워져 있어, 한번 들어가면 사실상 요새 속에 갇히는 것이나 다름없었지만, 동시에 추격자에게는 접근이 불가능한 안전지대였다. 성문이 앞에 모습을 드러냈을 때, 이미 날은 희미하게 밝아 오고 있었다. 거대한 목재와 철로된 거대한 성문이 이들의 앞을 가로막았다. 병사들이 신호를 보내자 무거운 성문이 삐걱대며 열렸다. 그 안에서 촛불을 든 관리인이 기다리고 있었다. 마침내, 세상을 떠들썩하게 했던 보름스 제국의회의 두 '이단자'는, 성 안 깊은 곳으로 몸을 감추게 되었다.

 무거운 성문이 닫히고 바르트부르크 성 깊은 방 안에는 촛불만이 희미하게 흔들리고 있었다. 루터는 무거운 코트를 벗어 의자에 걸쳐 두고 긴 숨을 내쉬었다. 맞은편에 앉아 있던 성주는 잠시 그를 바라보다가 낮은 목소리로 말을 건넸다.

 "루터 사제, 이제부터 그대의 삶은 바르트부르크에서 새로 시작될 것이오. 지금까지와는 전혀 다른 세상이 기다리고 있소. 이곳에서는 더 이상 본명을 드러내선 아니 되오. 세상은 이미 그대가 사라졌다고 믿어야 하오. 앞으로는 무명의 기사, '위르크'라는 이름으로 살아야 할 것이오."

 루터는 씁쓸한 웃음을 띠며 고개를 저었다.

 "가면을 쓰라는 말씀이십니까. 허나 저는 주님의 말씀을 전했을 뿐입니다. 진리를 선포한 입을 어찌 가릴 수 있겠습니까?"

성주는 손가락으로 탁자를 두드리며 천천히 대꾸했다.

"바로 그 말씀 때문에 그대는 제국의 칼끝에 놓여 있소. 지금 이 자리에서 목숨을 잃는다면 개혁의 불씨는 곧 꺼질 것이오. 진리를 지키려면 무엇보다 살아남아야 하지 않겠소?"

루터는 잠시 고개를 떨군 채 말이 없었다가, 이내 단호한 눈빛을 들어 올렸다.

"살아남아야 한다, 그 말씀은 알겠소. 그러나 제 마음은 이미 감옥보다도 좁은 굴에 갇힌 듯 답답하오. 교황의 금서보다 더 무겁게 나를 누르는 건, 바로 이 침묵일지도 모르겠습니다."

성주는 촛불을 바라보다가 조용히 입을 열었다.

"침묵은 때로 강력한 무기가 되오. 지금 목소리를 감춘다 해서 영원히 침묵하는 것은 아니지요. 언젠가 더 크게 울리기 위해 준비하는 것일 뿐이오."

루터는 탁자 위의 두툼한 성경을 손끝으로 쓰다듬으며 낮게 중얼거렸다.

"말씀은 결박될 수 없소. 나 하나 갇히는 것은 아무것도 아니오. 그러나 말씀을 자유롭게 한다면, 이 갇힌 성은 곧 온 세상으로 향한 문이 될 것입니다. 이제부터 내가 해야 할 일이 무엇인지 알 것 같소."

촛불이 바람결에 흔들리며 두 사람의 그림자를 벽 위로 길게 흔들었다. 침묵이 내려앉았으나, 그들은 알았다. 이 은신의 시간이 곧 역사를 바꾸는 불씨가 되리라는 것을.

앤드류는 루터와 많은 시간을 함께 보내기 어려웠다.

서로 처지가 달랐기 때문이다. 그 사실을 아는 루터는 성에서 함께 지내고 있던 한 사람을 그에게 붙여 주었다. 흑수도원 시절부터 이미 루터와 깊은 인연을 맺고 있던 제자이자 동료, 필리프 멜란히톤이었다. 그는 루터와 함께 종교 개혁에 몸담았지만, 온화한 얼굴에는 사제이자 학자의 기품이 배어 있었다. 루터가 대중적이고 도전적인 설교자라면, 멜란히톤은 차분하고 논리적인 학자형 인물이었다. 이후 사람들은 이렇게 말했다 — '루터가 종교개혁의 불을 붙였다면, 멜란히톤은 그 불이 꺼지지 않도록 지킨 사람이다.'

멜란히톤 특유의 긴 손가락으로 책장을 넘길 때마다 특유의 종이 냄새와 함께 오래된 라틴어 문장이 흘러나왔다. 멜란히톤은 차분하게 얘기했다.

"앤드류, 루터에게 자세히 들었습니다. 수수께끼 같지만 의미 있고 동시에 위험한 일을 하는군요. 왜냐고는 묻지 않겠습니다. 그러나 우리가 할 일은 단순히 활자를 맞추는 게 아닙니다. 역사와 전승 속에서 사라진 말씀을 찾는 일입니다. 오래된 사본과 주석서를 통해, 정경(正經)에서 누락되거나 배제된 말씀이 있다면 그것을 추적하는 겁니다. 그러니까 마치…… 성경 속 공백을 찾자는 건데…… 이건 누구나 할 수 있는 일이 아니고 때론 금지된 일입니다."

"잘 알고 있습니다. 금지된 일이고 그래서 위험할 수 있다는 것을요. 그래서 제가 하려는 것입니다. 저도 더 이상 설명하기는 힘듭니다만, 공백을 찾고 싶은 것일 뿐 변형과 전용은 원하지 않습니다. 고의적인 삭제도 있어선 안 되는 것처럼요." 앤드류는 멜란히톤이 어떤 부분을 걱정하는지 잘 알고 있었다. 지금으로서는 이게 최선의 답이라고밖에 이야기할 수 없었다.

그날부터 앤드류와 멜란히톤, 그리고 몇 명의 신학생들이 작은 방에 모였다. 책상 위에는 고대 헬라어로 된 사본, 라틴어 불가타 성경, 그리고 초대 교부들의 설교집이 쌓였다.

한 학생이 두꺼운 양피지 사본을 펴고 말했다.

"여기, 루카복음 초반부에 있는 계보가 마태오복음의 것과 다릅니다. 전승이 다른 건가요? 필사의 오류일까요?"

멜란히톤이 고개를 끄덕였다.

"단순한 필사 오류는 아닐세. 초대교회와 성서학에서 오랫동안 논의해 온 부분이네만, 예수님의 계보를 어떤 기준으로 어떻게 해석할 것이냐에 따라서 다르게 복음서에 기록되었다고 보네. 특정한 의도가 숨어 있다고 보지 않네. 예를 들어 초대교회에서는 이를 마태오는 왕권·유대 율법 중심 전승을, 루카는 제사장·예언자 전승을 따른 것이라고 보았네. 본질은 변하지 않는다는 것이지." 그의 설명은 오래된 교회 전통과 필사본 비평의 기초로 이어졌다.

앤드류도 그간 들었던 내용을 토대로 질문 같은 답을 던졌다.

"네, 그리고 마르코와 마태오, 루카복음은 그 내용에서도 서로가 상당 부분을 공유하고 있습니다. 그래서 이를 '함께 본다'는 뜻의 '공관복음'이라고 표현할 수도 있습니다. 그리고 시기적으로 보면 마르코가 가장 앞서고 다음으로 마태오와 루카라고 이야기합니다."

신학생들이 의아한 듯 고개를 저었다. 멜란히톤도 조금 당황한 듯한 표정으로 응답했다.

"무슨 말이오? 공관 복음이라는 정의도 처음 듣는 말이고 또 마르코복음이 먼저 쓰였다는 말도 해서는 안 되는 말이오. 초대교회의 정리에 의하면 현재 성경의 구성대로 마태오-마르코-루카-요한복음의 순서란 말이오."

앤드류도 당황했다. 그가 성경 연구에 몰입한 나머지 자신이 어디서 온 사람인지 망각하고 의견을 제시한 꼴이 되어 버린 것이었다. 지금 여기서는 받아들일 수 없는 위험한 발언들이었다. 상황을 눈치 채고 수습을 하고자 말을 했다.

"심각하게 여기진 말고, 이건 그저 제가 의견을 제시한 것으로 생각해 주세요. 혼란을 드리려는 게 아닙니다."

멜란히톤도 목소리 톤을 차분하게 바꾸어 이야기했다.

"어떤 의도의 이야기인지 알겠습니다. 사실, 마르코복음에 나오는 말씀은 마태오와 루카에도 상당 부분 등장합니다. 그래서 사제와 신학자들도 분명 마르코와 마태오 그리고 루카 사이에는 어떤 공유의 말씀 또는 연결고리가 있었을 것이라고 얘기를 하곤 합니다. 물론 조심스럽게요. 한 가지 더 덧붙이면 지금 앤드류 씨가 찾고 있는 그 문장들이 어쩌면 마르코와 마태오 그리고 루카를 연결시켜 주는 새로운 문장들일 수도 있습니다. 그 사라진 문장이요."

"네 그렇습니다. 저도 그렇게 생각합니다. 저는 그것을 '사라진 문장 Q'라고 부릅니다." 앤드류도 마음이 조금 편해졌는지 확신하듯 대답했다.

"'사라진 문장 Q'라…… 흥미롭네요." 멜란히톤도 되뇌면서 중얼거렸다. 그러곤 한참을 생각하다가 무언가를 다짐하듯 이어서 이야기했다.

"그렇지만…… 문장으로 쓰인 모든 말씀이 지켜져야 하듯이 모든 문장이 분별없이 세상에 나와선 안 되오. 이는 철저히 검증되어야 합니다. 말

쏨의 힘은 너무 강력해서 모든 사람을 가히 어떤 방향으로 줄 세울 수 있기 때문입니다. 그래서 능력을 검증받은 어떤 사람들에 의해서만 관리되고 보호받아야합니다."

앤드류는 잠시 생각했다. 지금까지의 멜란히톤의 태도와는 사뭇 다르고 또 지금까지 앤드류 앞에 나타났던 정체불명의 검은 그림자의 사람들이 수호단 어쩌고 하는 걸 알고 있기 때문이다. 갑자기 소름이 돋았다.

56

밤이 깊어 갈수록 촛불은 점점 작아지고, 책장의 그림자는 길게 늘어졌다. 신학생들이 쉬는 겸 잠시 자리를 비운 사이 잠시 주춤거리다가 앤드류도 결심한 듯 숨을 고르고 멜란히톤에게 조용히 물었다.

"멜란히톤…… 묻고 싶은 게 있습니다."

멜란히톤은 손에 들고 있던 깃펜을 잠시 내려놓고 침착하게 응답했다.

"말씀하시죠."

"제가 여기 온 이후, 그리고 그보다 훨씬 전, 구텐베르크를 만났던 때부터…… 늘 그림자처럼 따라붙는 자들이 있었습니다. 단순한 도둑이나 살인자가 아닙니다. 그들은 목적이 분명하고, 오래전부터 움직여 온 듯 보였죠. 왜 그들은, 그리고 무엇을 위해서 그러는 건지 모르겠습니다. 진짜 이유를 알고 싶습니다. 왠지 당신은 그 대답을 해 줄 수 있을 것 같습니다."

멜란히톤의 시선이 잠시 책장 한쪽으로 향했다. 오래된 가죽 제본의 책들이 고요히 늘어서 있었지만, 그의 눈빛은 그 너머 어딘가를 보는 듯했다.

"앤드류…… 그런 질문을 던지는 순간, 이미 대답을 감당할 준비가 돼 있어야 합니다."

"준비는 오래전에 됐습니다. 저는 지금까지 그들을 그림자 '적'이라고만 생각해 왔습니다. 하지만…… 확신이 서지 않아요. 대체 그들은 누구입니까?"

멜란히톤은 촛불 심지를 조심스레 다듬으며 말을 이었다.

"그들은…… 원래 '적'이 아니었습니다."

앤드류가 고개를 들었다.

"아니라고요?"

"라틴어로 '쿠스토데스', 주님의 말씀을 지키는 자들. 우리는 그들을, 아니…… 그 명칭을 '수호단'이라 부릅니다. 정확하게는 '말씀 수호단'이죠. 그 시작은 초대교회 시절까지 거슬러 올라갑니다. 당시에도 하느님의 말씀은 쉽게 변질될 수 있었죠. 사제들조차도 때에 따라 본인이 얘기한 내용이 달라졌습니다. 필사본 하나를 옮기면서도, 의도적이든 아니든 단어 하나가 바뀌면 의미가 달라집니다. 이건 평신도만의 잘못이 아니었습니다. 성직자조차 교리 해석을 바꾸거나 권력을 위해 말씀을 조정하기도 했습니다. 그래서 그걸 막기 위해…… 그 원형을 지키려는 사람들이 모였습니다."

"그러니까…… 쿠스토데스가 진짜 있다는 얘기인 거죠…… 그리고 원래는 '보호자'였다는 겁니까." 앤드류는 숨을 고르며 한국에서 하열사 모임 사람에게 들었던 음모론 이야기를 떠올렸다.

"알고 있습니까…… 아마 소문으로는 들었을 수도 있을 겁니다. 그렇습니다. 세대를 거듭하며, 그들은 숨은 사본을 지키고, 변질된 성경을 회수하며, 기록을 검증했습니다. 세상에 드러나지 않는 비밀 전승의 길을 걸어온 이들이죠."

앤드류는 한동안 말이 없었다. 촛불이 파르르 떨리며 그 침묵을 잘게 쪼갰다.

"그런데 왜 저는 그들에게 쫓기고, 사람들은 죽어야 합니까?"

멜란히톤은 고개를 숙였다.

"문제는…… 인쇄 시대가 시작되면서입니다. 구텐베르크의 금속활자가 세상에 나오자, 더 이상 말씀의 보급을 통제할 수 없게 됐습니다. 맞는 내용이든 틀린 내용이든 책은 순식간에 유럽 전역으로 퍼졌고, 단 한 번의 인쇄 오류는 되돌릴 수 없게 되었죠. 때론 이것은 인류에게 재앙이 됩니다. 그때부터 수호단 내부에서 갈등이 시작됐습니다."

"제가 아는 곳에서도 인쇄된 내용에 가짜로 기술된 내용이 사회적으로 문제를 일으키곤 합니다. 작은 문제는 아닙니다만……." 앤드류는 충분히 이해할 수 있었다. 현대에서도 미디어를 통한 가짜 뉴스가 넘치게 되었고 사람들은 어떤 게 진실인지 알 수 없는 시대가 되었음을 앤드류는 누구보다 잘 알고 있었다.

"그런데 갈등이라면……?"

"전통을 지키며 원본을 보존하려는 자들과, 보급 자체를 막아야 한다고 주장하는 자들 사이의 갈등입니다. 후자는 점점 극단적인 길로 갔습니다. 인쇄소를 불태우고, 인쇄인을 살해하고, 심지어 원본을 손에 넣기 위해 아무 죄 없는 사람까지 해쳤습니다. 그들이 바로 지금까지 당신이 만난…… 어두운 그림자들입니다."

앤드류의 눈이 가늘어졌다.

"그러니까, 제가 보았던 그자들은…… 원래 쿠스토데스라고 하는 수호단의 일부였던 겁니까?"

"그렇습니다. 하지만 그건 '수호단'의 본질이 아닙니다. 그들은 타락한 파벌일 뿐입니다."

앤드류가 그의 눈을 똑바로 바라봤다.

"그리고 당신은……?"

멜란히톤은 깊은숨을 내쉬었다.

"저는 수호단의 전통주의파입니다. 말씀의 원형을 지키고, 변질을 막기 위해 살아왔죠. 하지만…… 당신이 말하는 사라진 문장 같은 것이 있다면 찾아서 보관하되 어떤 때가 되기 전까지 그것은 누군가의 손에 의해서 이용돼서는 안 된다고 믿습니다. 그 힘이 너무 강하기 때문에, 언젠가 누군가의 손에서 무기가 될 수 있으니까요."

앤드류는 멜란히톤의 말 속에서, 무겁고 오래된 책임감과 함께 자신이 알지 못했던 깊은 두려움을 보았다.

"그래서 필리프 당신은 저를 돕는 건가요…… 막으려는 건가요?"

멜란히톤은 대답 대신, 오래된 주석서 한 권을 앤드류 앞에 조용히 내려놓았다. 거기에는 희미한 라틴어 글씨가 적혀 있었다.

'숨겨진 말씀'

"여기…… 이건 '숨겨진 말씀'이라는 뜻 아닙니까?"

"맞습니다. 필사본에서 이런 표기를 발견하는 건 드뭅니다. 보통은 신학적으로 위험하다고 판단되거나, 특정 집단이 비밀리에만 전승하려 할 때 사용하죠. 게다가……."

그는 책장을 넘기며 덧붙였다.

"이 표기가 발견된 필사본의 대부분은, 공식 기록에서 흔적 없이 사라집니다. 저도 그것에 관여해 왔습니다. 다만 그건 아까 이야기했듯이 올바른 말씀을 그대로 지키고자 하는 것입니다. 의도적으로 왜곡하기 위함이 아닙니다. 그러나 이젠 이런 우리의 노력도 더 이상 순수함을 지키지 못하고 있습니다. 이미 그들은 그간 우리가 보전해 왔던 대부분의 숨겨진 말씀들을 빼내서 가지고 갔습니다."

앤드류는 숨을 고르며 물었다.

"쿠스토데스…… 그들이 그럼 거의 모든 사라진 문장을 가지고 있겠군요. 거기에 더해 제가 찾고 있는 '사라진 문장 Q'도 손에 넣으려고 하는 것이고요?"

멜란히톤은 잠시 말이 없었다가, 낮게 대답했다.

"아마도, 아니, 거의 확실합니다. 우리가 그 문장에 다가갔다는 걸 알면, 그들은 바로 움직일 겁니다."

그 말이 끝나자마자, 바깥에서 갑작스러운 발소리가 들렸다. 복도를 울리는 부드럽지만 절박한 걸음 소리. 문이 열리기도 전에 한 신학생이 숨을 헐떡이며 들어왔다. 얼굴은 창백했고, 손에는 접힌 종이가 쥐어져 있었다.

"노비체 요한이…… 죽었습니다."

방 안의 공기가 얼어붙었다. 요한은 함께 작업하던 젊은 초심 수사였다. 숨이 가쁘게 들썩이는 동료가 말을 잇지 못했다.

"길에서 습격을 받았다 합니다. 목격자는…… 없고, 검은 그림자 같은 사람만이 흔적 없이 사라졌다고 합니다."

멜란히톤이 책상 위의 사본을 덮으며 낮게 말했다.

"앤드류, 우리가 다가가고 있는 게 맞나 봅니다. 동시에 위험도 더 가까이 왔습니다."

앤드류는 말없이 품속에 손을 넣었다. 차갑고 묵직한 'Q' 활자의 감촉이 손바닥에 전해졌다.

다시 시작이군…….

57

쿠스토데스의 습격이 있었던 그날 밤, 앤드류는 손에 쥔 'Q' 활자가 미세하게 달아오르는 걸 느끼며 깊은 잠으로 미끄러졌다. 눈을 떴을 때는, 뉴욕의 잿빛 아침빛이 창틀을 타고 흘러들고 있었다. 맨해튼. 그의 아파트. 다시 현재였다. 그는 깊게 숨을 내쉬었다. 이제, 끝을 봐야 할 시간이었다.

그러나 J.P. 모건 도서관으로 곧장 달려가고 싶은 충동을 억눌렀다. 먼저 해야 할 일이 있었다. 모든 조각을 다시 맞추는 것. 그는 브롱크스의 포담대학교 월시 도서관으로 향했다. 누구의 방해도 받지 않고 오래 앉아 있을 수 있는, 자신만의 피난처였다. 책상 위에 노트를 펼치고, 그는 네 개의 축을 적었다. 자신이 경험한 4개의 시간의 역사였다.

구텐베르크. 루터. 에라스무스. 그리고 수호단.

구텐베르크.

모든 여정의 출발점. 그는 그저 금속으로 된 활자를 찍은 장인이 아니었다. 언어가 있은 후에 우리의 관념이 정의될 수 있다는 소쉬르의 주장대로 인간은 활자로 찍은 텍스트가 있은 후에 비로소 지식의 축적과 공유가 이루어질 수 있었다. 인간의 과학과 철학 발전 속도가 구텐베르크 이후에 그 이전보다 몇 백 배 빠른 속도로 발전할 수 있었던 것도 그러한 지식의 축적과 공유의 힘이었다. 호모사피엔스가 지혜로운 인간을 뜻하는 것이라면 구텐베르크 이후의 인간은 호모스크립톨렌스(Homo Scriptolens), 즉 읽고 쓸 수 있는 인간으로 규정해도 될 것이다.

그의 인쇄기술은 초기 실험적인 모습에서 진화해서 금속 펀치와 매트릭스, 핸드몰드를 통해 문장은 더 이상 사제의 강론 속에만 갇히지 않음을 보여 주었다. 구두 말씀과 필사로 된 글은 종이 위에, 수백 장, 수천 장으로 복제되며 유럽 전역으로 흘러갔다. 누군가에겐 환영할 일이었고 누군가에겐 불편한 일이었다. 또 누군가는 지켜볼 수만은 없는 일이었다.

마르틴 루터.

1517년 95개조 반박문으로 논쟁에 불을 붙였다. 그러나 그건 시작 신호에 가까웠다. 이듬해 아우크스부르크에서 카예타누 추기경과 맞선 루터는 성경의 권위나 분명한 이성으로 설득되지 않는 한 자신의 주장을 철회할 수 없다고 했다. 교황이나 공의회도 무오류는 아니라고 주장한 것이다. 교회 권위에 맞서는 성경 권위라는 전선을 분명히 그었던 것이다.

1519년에 이어진 라이프치히 논쟁에선 요한 에크와 맞붙어 "콘스탄츠 공의회도 실수할 수 있다"는 취지의 발언으로 공의회 권위까지 정면으로 건드렸다. 판은 더 커졌다.

1521년의 보름스 회의에서 루터는 황제와 제후들 앞에서 선포했다. 후대에 전승에 의하면 루터는 '여기 내가 서 있나이다. 내 양심은 하느님의 말씀에 사로잡혀 있습니다'라고 항거한 후 곧바로 제국에서 추방된다. 사실상 사형선고와 마찬가지였다. 하지만 프리드리히 3세 '현명공'의 치밀한 보호 — 바르트부르크성의 '실종 연출' — 이 그를 살린다. 앤드류도 함께 이단으로 몰려 죽을 뻔했던 그 시기이다. 그 고독의 시간에 루터는 혁명가가 아니라 학자로 돌아간다. 신약을 라틴어에서가 아니라 헬라어에서 직접 독일어로 옮겨 출판한다. 문체는 간결했고, 시장과 부엌의 말로 들렸다. 이후 독일어가 표준화되는 데 미친 영향은, 문학사와 언어사 모두가 인정하는 수준이다.

1522년 비텐베르크로 복귀한 그는 학자 자리로 돌아가기보다 '현장'으로 뛰어든다. 급진파가 흔든 도시 질서를 '인보카비트 설교'로 다독이며, 예배 개혁(독일어 예전), 성가 보급, 학교·빈민 구제 체제 정비 같은 실무를 밀어붙인다. 농민전쟁(1524~1525) 국면에선 급진을 제어하려 했고, 같은 해 전직 수녀 카타리나 폰 보라와 결혼해 수도원 폐쇄가 '새로운 가정'으로 이어질 수 있음을 보여 준다. 1529년엔 대·소요리문답을 내 교육의 문을 활짝 열었고, 같은 해 마르부르크 회담에서 츠빙글리와 성찬 해석을 놓고 평생의 간극을 확인했다. "우리는 형제지만, 같은 식탁엔 앉을 수 없다" — 함께 가되 같지는 못한 개혁의 현실이었다.

에라스무스와의 결별도 이 시기 정리된다. 에라스무스가 『자유의지론』으로 인간 의지의 협력 가능성을 말하자, 루터는 『노예의지론』으로 '오직 은총'을 재차 각인한다. 1530년 아우크스부르크 의회에서는 멜란히톤이 정리한 『아우크스부르크 신앙고백』이 루터파의 신학적 좌표가 되고, 루터는 비텐베르크에서 조직·교육·예전 정비를 계속 밀어준다. 1534년엔 구약까지 번역을 마쳐 독일어 완역 성경을 세상에 내놓는다. 그사이 수많은 팸플릿과 설교, 찬송, 교회 질서 문서가 '인쇄'라는 새로운 엔진을 타고 독일을 넘어 유럽으로 퍼져 나갔다. 신학자였던 루터가, 인쇄와 언어를 무기로 한 '운동가·조직가·상징'으로 변모한 이유다.

결국 앤드류가 처음 만난 루터는 강의실의 학자였지만, 다시 만난 루터는 거리와 강단, 인쇄기와 성가대, 법정과 회의장을 오가는 새로운 시대의 지도자였다. 그리고 그 변화의 핵심엔 언제나 한 문장이 있었다 ― '성경이 말한다. 그러니 나는 그 말에만 묶인다.'

에라스무스.

로테르담에서 태어났지만, 삶의 대부분을 유럽 전역에서 떠돌았다. 고아나 다름없는 성장 환경 때문에 아우구스티노 수도회에서 교육받았으나, 평생 사제품을 받지 않고 독립 학자의 길을 걸었다. 케임브리지, 파리, 루뱅, 바젤, 베네치아 등에서 살며 '국적 없는 유럽인'이라 불렸다.

그의 사상 핵심은 '근원으로' ― 성경과 고대 문헌을 원어로 돌아가 읽고, 해석하고, 가르치는 것. 이 흐름 속에서 1516년, 세계 최초의 헬라어-라틴어 대조 신약성서를 출판한다. 이는 루터가 독일어 성경을 번역할 때 사용한 핵심 자료가 되었고, 후대 개혁자들에게 성경 원문 비평의 토대를 제공했다.

에라스무스는 교회의 부패를 비판했지만, 루터와 달리 교회와 결별하는 개혁을 원치 않았다. 그는 "참된 개혁은 교회를 떠나는 것이 아니라, 교회 안에서 이뤄져야 한다"고 보았다. 그래서 가톨릭 내부에서는 '위험한 개혁가'로, 개신교 쪽에서는 '미온적인 인물'로 양쪽 모두의 비판을 받았다.

그의 문장은 유머와 풍자를 잃지 않았다. 1509년 출간한 『우신예찬』은 인문주의자 특유의 비꼼으로 성직자와 학자들의 허위와 위선을 공격했다. 하지만 그의 칼끝은 단순한 조롱이 아니라, 인간이 스스로 성찰하고 더 나은 길을 걸을 수 있다는 믿음을 품고 있었다.

그 믿음은 1524년 『자유의지론』에서 가장 분명하게 드러난다. 그는 "인간은 죄로 기울어졌으나, 교육과 성찰, 하느님의 은총을 통해 선을 향해 나아갈 자유를 잃지 않았다"고 주장했다.

반면 루터는 1525년 『노예의지론』에서 "인간의 의지는 전적으로 죄에 종속되어 있으며, 구원은 전적으로 하느님의 주권에 달렸다"고 반박했다. 이 논쟁은 두 사람의 결별을 확정 짓는다.

에라스무스는 평생을 떠돌며 수백 통의 서신을 남겼다. 교황, 황제, 왕, 개혁자, 학자 — 그의 편지는 인문주의 지성 네트워크의 실핏줄이었다. 오늘날 신약의 시작이 바울의 편지로부터 출발한 것과 마찬가지였다. 인간은 언어로 이야기할 수밖에 없다. 그것이 하느님에 대한 이야기든 예수님의 말씀이든. 인문학은 서로서로가 주고받을 수 있는 보편적 언어이다.

1536년 바젤에서 세상을 떠날 때, 그는 성직자의 의례 없이도 평안히 숨을 거두었다고 전해진다. 가톨릭이든 개신교든, 그의 이름은 쉽게 지워지지 않았다. 에라스무스는 신학자이자 인문주의자였지만, 교육학에서도 깊은 족적을 남겼다. 그는 『아동 교육론』에서 어린 시절부터의 도덕·지적 훈련을 강조했고, 『교사의 품격』에서는 교사는 두려움이 아니라 존경과 신뢰로 학생을 이끌어야 한다고 역설했다. 단순한 지식 전달이 아닌 선한 품성과 자유로운 판단력을 기르는 교육관은, 훗날 유럽 인문주의 교육의 기초가 되었다. 또한 유럽 전역에서 학생들이 학문을 나누고 배우는 현대의 '에라스무스 프로그램'이 그의 이름에서 유래됐다.

이런 에라스무스를 가리켜 가톨릭 내부에서도 '에라스무스는 성경을 사랑한 인문주의자였다'고 평가하면서 '그는 원문으로 돌아가려는 열망 속에 하느님의 말씀을 모든 신자가 바르게 이해하도록 돕고자 했다', '그는 교회의 분열을 원치 않았으나, 말씀의 빛을 가리는 무지를 용납하지 않았다'라고 긍정적으로 평가했다. 그는 교회의 벽을 허물지 않았지만, 벽 너머의 빛을 바라보게 한 인물이었기 때문이다. 앤드류가 '사라진 문장 Q'의 실체를 더 이상 금단의 비밀로 보지 않고 가장 기본적인 말씀으로 이해하기 시작한 것도 바로 에라스무스의 신학적 신념에서 깨달은 것이다.

수호단(쿠스토데스 — 말씀을 지키는 자들).

기원은 초대교회까지 거슬러 올라간다. 사도들의 죽음 이후, 교회는 빠르게 제도화되었고 말씀은 필사본을 통해 복사·전달되었다. 이 과정에서 뜻이 왜곡되거나 의도적으로 변형되는 경우가 생기자, 유럽의 베네딕토회, 시토회 수도원 필사실에서 성경 사본을 대조·보정하는 일을 맡았던 수도사들은 실질적으로 '말씀 수호' 역할을 했으며 이를 스크립토리움(Scriptorium)이라 하기도 했다. 그 과정에서 일부는 의도적으로 논쟁적인 구절이나 번역을 비공개로 보관하기도 했다. 잉글랜드의 존 위클리프와 얀 후스 사건 이후에는 말씀의 원형을 지킨다는 명분하에 더 철저히 성경의 다른 번역이나 사본 유통을 엄격히 금하고 통제했다. 이후 성경 원문을 지키고 설교 중심의 신앙을 전승함을 목표로 하고 박해를 피해 은밀하게 활동했던 왈도파, 정경 밖의 가르침을 전승하며 폐쇄적인 공동체 운영을 했던 카타리파도 있었다. 16세기 종교개혁 즈음에 일부 신앙인들이 스스로를 '말씀의 수호자'로 규정하고 은밀히 모였다. 라틴어로 쿠스토데스 — 말씀의 수호단이라 불렀다.

이들은 사제와 수도자뿐 아니라 평신도 지식인, 필경사, 서기관 등 다양한 계층에서 나왔다. 목적은 단 하나, 성경과 사도적 전승의 원형을 변질 없이 후대에 전하는 것이었다. 때로는 사본의 대조 작업을 수행했고, 때로는 권력자가 불편해하는 구절을 지켜 내기 위해 문서를 숨겼다. 중세 전기에는 베네딕토회 수도원 필사실, 십자군 전쟁 시기에는 성지 순례길의 은밀한 회합, 13세기에는 파리와 볼로냐의 대학가에서 조용히 활동했다.

그러나 15세기 중엽, 구텐베르크의 금속활자 인쇄술이 등장하면서 균형이 무너졌다. 지식과 말씀의 복제가 필사 속도를 압도하자, 수호단 내부에서는 의견이 갈렸다. 일부는 이를 하느님의 섭리로 보고 적극 수용했지만, 또 다른 일부는 '말씀의 무분별한 확산은 변질과 혼돈을 부른다'며 극단적인 통제책을 주장했다.

이 극단파는 시간이 흐르며 독자적인 세력을 형성했고, 목적을 위해 살인·방화·위조까지 서슴지 않게 되었다. 그들에게 말씀은 지켜야 할 진리가 아니라, 자신들의 권위를 유지하는 도구로 변질되었다. 반면 본래의 수호단은 여전히 원형의 말씀을 보호하려 했으나, 세상의 눈에는 두 세력이 하나로 보였다.

16세기 초, 루터의 95개조 반박문과 종교개혁의 불길이 번지던 시기, 수호단의 그림자는 구텐베르크와 루터, 그리고 에라스무스의 주변에서도 포착된다. 기록에 남아 있진 않지만, 당시의 수호단은 분열과 재편을 반복하며 '숨겨진 복음 Q'의 존재와 그 행방을 쫓고 있었다.

그들은 사라지지 않았다. 유럽의 종교전쟁과 계몽주의 시대, 심지어 20세기 세계대전의 혼란 속에서도, 그 이름은 은밀히 전해졌다. 오늘날에도 '수호단'은 모습을 바꾸어 존재한다. 그들은 국제 학회와 종교 기관, 심지어 박물관과 도서관의 깊은 보관소 속에 스며들어 있다. 이제는 '말씀의 수호'라는 원래의 사명을 되새기는 이들도 있지만, 극단주의의 잔재가 여전히 암흑 속에서 움직이며, 사라진 문장의 흔적을 추적하고 있다.

58

앤드류는 브롱크스에 있는 포담대학교 월시 도서관에서의 조사를 마치고 집으로 돌아왔다. 잠시 머리를 식히려던 그때, 켜 둔 TV에서는 마침 종교 특집 다큐멘터리가 방영되고 있었다. 주제는 '알려지지 않은 성경' 이었다.

가장 먼저 1945년에 이집트의 나그함마디에서 발견된 토마스복음에 관한 것이었다. 앤드류도 알고 있는 외경 토마스복음에 대한 것이었다.

TV 화면이 어두워졌다가, 고대 사막의 모래바람이 서서히 드러난다. 낯선 음색의 해설이 낮고 묵직하게 울린다.

"1945년, 이집트 상부(上部)의 작은 마을 나그함마디. 한 무리의 농부들이 건초를 베던 중, 흙 속에 묻힌 진흙 항아리 하나를 발견했습니다. 깨진 항아리 속에는 양피지와 파피루스에 기록된 13권의 두툼한 고대 문서가 들어 있었습니다."

화면에는 세월에 바랜 파피루스 뭉치가 클로즈업된다. 글자들은 세기(世紀)의 먼지를 뒤집어쓴 채, 그러나 여전히 힘 있게 새겨 있었다.

"그 가운데, '토마스복음'이라 불리는 문서가 있었습니다. 이는 기존의 4복음서와 달리, 예수의 일대기를 서술하지 않았습니다. 대신, 114개의

'말씀'만을 담고 있었죠. 사건보다 말씀이, 기적보다 의미가 중심이 된 복음이었습니다."

화면은 사막 풍경에서, 유리 진열장 속 보존된 사본으로 전환된다. 조명이 비치는 순간, 글자 사이에 미묘한 색의 변화가 눈에 띈다.

"이 말씀 중 일부는 우리가 알고 있는 성경 구절과 일치했습니다. 그러나 어떤 것들은 전혀 새로운 어투로, 때로는 도전적인 의미로 다가왔습니다. '하느님의 나라는 너희 안에 있다' — 이 간단한 문장은, 교회의 권위와 해석을 뛰어넘는 깊은 울림을 남겼습니다."

해설자의 목소리가 한층 낮아진다.

"학자들은 논쟁했습니다. 이것이 초대교회 시절 전승된 또 다른 복음의 잔재인지, 아니면 이단적 사상의 부산물인지. 그러나 한 가지는 분명했습니다. 토마스복음은, 성경의 경계 바깥에서도 '말씀'이 살아 숨 쉰다는 사실을 증명하고 있었습니다."

화면이 서서히 암전되고, 제목 자막이 뜬다.

'잊힌 복음, 사라진 말씀'

앤드류는 리모컨을 움켜쥔 채 눈을 떼지 못했다. 화면이 전환되며, 오래된 흑백 사진 한 장이 서서히 나타난다. 단정한 수염과 둥근 안경, 빛바랜 필사본을 들고 있는 중년 남자의 초상.

"1838년, 독일의 성서학자 크리스티안 헤르만 바이쓰. 그는 마태오와 루카의 공통 구절을 분석하며, '공통 자료집'의 존재를 처음으로 제안했습니다. 이 자료집이 바로 훗날 'Q' 문서로 불리게 된 가설의 출발점이었습니다."

다음 화면에는 필사본 분석 표와 주석이 빼곡히 적힌 노트가 클로즈업

된다.

"바이쓰는 이렇게 말했습니다. '마태오와 루카의 일치 구절은 우연이 아니다. 그 배후에는 분명, 지금은 사라진 원천 문서가 있다.'"

장면이 바뀌며 현대의 학회 장면이 비친다. 연구자들이 모니터에 띄운 헬라어 성경을 비교하며 토론하고 있다.

"그의 가설은 20세기 중반, 영국의 제임스 M. 로빈슨과 독일의 헬무트 쾨스터 같은 학자들에게 이어졌습니다. 그들은 'Q' 문서를 복원하려 시도했고, 오늘날 우리가 'Q의 재구성본'이라고 부르는 결과물을 남겼습니다."

화면은 천천히 어둡게 변하며 해설이 마무리된다.

"'Q' 문서는 아직 한 번도 실물로 발견되지 않았습니다. 그러나 성경학자들은 여전히, 그것이 초대교회의 숨겨진 목소리를 담고 있을 것이라 믿고 있습니다. 어쩌면…… 그 목소리는 사라진 것이 아니라, 아직 발견되지 않았을 뿐일지도 모릅니다."

앤드류는 TV 화면 속 자막에서 시선을 떼지 못했다. 그 글자 속에, 자신이 쫓아온 모든 이야기와 구텐베르크 시절의 기억이 겹쳐지고 있었다. 앤드류는 잘 알고 있었다. 저것은 결코 가설이 아니다. 오랜 시간의 역사를 이어 오면서 사라졌던 문장은 세상에 깨어나기 위해서 몸부림치고 있었던 것이다. 비록 시간이 오래 걸리더라도. 그리고, 세이지와 나눈 '사라진 문장 Q'의 정의가 조금씩 형태를 잡아 가고 있었다.

앤드류는 잠시 손끝으로 휴대전화 화면을 굴렸다. 마지막 통화 기록 속에 오래전 이름이 떠 있었다. 그는 숨을 고르고 전화를 걸었다.

"세테르 91이죠? 루크?…… 세이지 친구 앤드류입니다. 네, 전에 부탁

드렸던 그 건입니다. 세이지 굿힐에게 전해 주실 수 있을까요?"

며칠 뒤, 맨해튼 세테르 91. 낡은 벽돌 건물 1층, 묵직한 참나무 문을 열면 은은한 커피 로스팅 향과 함께 차분한 조도의 조명이 맞아 준다. 벽 한쪽에는 히브리어로 새겨진 세테르가 금빛으로 빛났는데, 이는 시편 91편 — '지극히 높으신 이의 은밀한 곳'을 뜻했다. 루크는 늘 "이곳은 도시의 피난처"라 말했다.

안쪽 익숙한 자리에 세이지가 앉아 있었다.

"세이지."

"앤드류. 오랜만이에요."

그녀의 목소리는 차분했지만, 눈동자 속에는 복잡한 심정이 비쳤다.

앤드류는 자리에 앉자마자, 마인츠에서의 여정 얘기를 꺼냈.

소피아를 만난 일, 그녀가 들려준 안나의 마지막 인쇄본 이야기, 손끝에 다시 놓였던 활자 'S', 세이지가 앤드류에게 처음 전해 준 그 'S'는 시간의 역사를 통해 과거에서 현재로 돌고 돌아서 제자리로 찾아간 것이다. 그리고 구텐베르크 시절의 잔향. 옛 인쇄소에서 일하던 장인 후손, 구시가지에서 낡은 목판을 보여 준 노인, 그리고 마치 비밀을 알고 있는 듯한 침묵의 수도사까지.

그는 거기서 멈추지 않고, 소피아 외에도 그 여정에서 만났던 많은 사람들을 이야기했다. 루터와 멜란히톤 그리고 에라스무스 모두 역사의 한 페이지를 장식했던 사람들이었다.

"그곳에서 느낀 건 사람들이 무엇을 위해서 사는가였어요…… 시간은 흘렀지만 여전히 우리는 그 물음에 대한 답을 찾는 긴 여정을 가고 있는 것 같습니다. 마라톤으로 치면 이제 겨우 출발점에서 한 100미터 정도를 뛰어온 것 같아요. 셀 수 없이 긴 무한대의 시간 속에서 과연 지금이라는 시간 속에 살고 있는 우리의 시간은 어떤 의미가 있을까요……."

앤드류의 말에 세이지는 잠시 말이 없었다. 그러다 그녀가 웃으며 말했다.

"시간은 무의미해요."

"그렇죠." 앤드류도 이미 그 의미를 알고 있었다.

"그리고, 앤드류 당신이 없는 동안 저도 가만있진 않았어요. 그때부터 계속 원고를 쓰고 있었죠.『검은 잉크의 노래』2편을 계속 쓰고 있었어요. 앤드류에게 들은 이야기를 더 담아 보려 했고, 어떡하든 완성을 하는 게 저에게 주어진 운명이라 생각했으니까요. 하지만 생각처럼 원고는 잘 써지질 않았어요. 그것 또한 운명이라 생각하고 포기하려는 때에 돌아가신 양부모님의 사진첩을 다시 꺼내 들고 보았어요. 저에겐 소중한 어린 시절을 보내게 해 준 분들이었죠." 거기까지 얘기하던 세이지는 커피를 한 모금 마신 뒤 계속 말을 이어 갔다.

"사진을 보다가 옆에 있는 유품 박스를 다시 뒤적이던 차에 놀랍게도 제가 앤드류에게 전해 주었던 활자 'S'와 똑같은 것을 발견했어요. 어찌 된 영문인지는 모르겠지만 그저 놀랍기만 했어요. 그날 밤부터 모든 게 바뀌었어요. 그 'S'를 손에 쥐고 잠에 드는 순간 오랫동안 희미하게만 나타나던 기억이 너무 선명하게 떠오르기 시작했어요. 앤드류가 지난번 들려준 구텐베르크와 안나의 이야기 그 모든 게 마치 제가 옆에서 본 듯 선명했어요. 그리고…… 소피아까지도……."

너무 집중해서 듣던 앤드류도 하마터면 커피잔을 떨어트릴 뻔했다.

"그런 일이 있었군요. 그래서요. 그다음엔요." 그가 재촉하여 말했다.

"모든 퍼즐이 맞추어졌어요. 이제 모든 걸 기억했거든요. 오랜만이에요. 앤드류, 당신이 마인츠 인쇄소에서 비텐베르크로 떠난 후 당신을 다시 만나기까지 전 아주 오랜 시간을 기다렸어요." 앤드류는 소름이 돋는 느낌을 받았다. 잠시 아무 말도 할 수 없었다. 지금까지 자신이 겪었던 타임슬립도 감당하기 힘들었는데 세이지의 얘기는 또 한 번 그를 혼란 속으로 몰아넣었다. 잠시 후 겨우 말을 꺼냈다.

"그러니까…… 세이지 당신이 그럼…… 소피아란 말입니까? 그게 사실인가요? 그런데 어째서 어린 시절부터 지금까지 살아온 것이죠?"

"제 기억에 의하면 제가 겪은 타임슬립은 앤드류와 달리 과거에서 미래로 온 것이라 일종의 시간 혼란이 생긴 것 같아요. 미래로 오면서 저는 어린아이가 되었고 그 과정에서 기억을 잃어버린 것이고요. 아마 양부모님은 어떤 경로에선지 그러한 사실을 인지하고 계셨던 것 같아요. 물론 누군가에 의해서 결국 사고로 희생되셨지만."

"제 경험보다 더 믿을 수 없는 일이군요. 그럼 다시 찾은 그 활자 'S'는 지금 가지고 있나요?"

"이거예요." 세이지는 다시 찾은 활자 'S'를 꺼내어 손바닥 위에 올려놓았다.

"전에 저에게 전해 주었던 'S'와 동일하군요. 제가 이걸 안나에게 주었고요. 그런데 이게 다시……." 활자를 손에 들고 보던 앤드류는 활자 'S'를 뒤집어 보다가 뒤편에 희미하게 새겨진 'A'를 보았다.

"아, 이 뒷부분에 새겨진 작은 'A'는 처음에 제가 받았을 때는 없었던 것인데요."

"네, 맞아요. 제가 처음 앤드류에게 전달했을 때는 저도 그 부분은 본 기억이 없어요. 그런데 모든 기억이 살아나고 새로이 이 'S'를 찾게 되었을 때 뒷부분에 그 작은 'A'가 나타났어요. 그리고 되살아난 제 기억은 그 모든 걸 알게 되었어요. 그건 어머니 안나가 앤드류로부터 'S'를 받은 이후에 새겨 넣은 것이에요. 그리고 저에게 전해 주었어요."

"아…… 그렇군요. 놀랍네요……." 앤드류도 믿기지 않는 기묘한 현상에 그저 감탄사만 뱉을 뿐이었다.

"그리고 그 이후 저는 다시 『검은 잉크의 노래』 2편을 쓰기 시작했어요. 소설은 소설이니까요. 누군가는 지킨다는 명분으로 덮으려고 하고 누군가는 꺼내야 하지 않겠어요. 물론 현실 속 독자들을 위해서 저의 상상력을 듬뿍 넣어서 재밌게 각색하는 것은 스타 소설가의 몫이죠."

그녀의 눈빛은 더 이상 불안하거나 결의에만 차 있거나 그런 모습이 아니었다. 차분하면서도 여유 있는 웃음까지 차 있었다.

"2편도 꽤 흥미롭겠군요. 미스터리한 전개라면 당신 얘기를 그대로 쓰면 딱 맞지 않겠어요?" 앤드류도 오랜만에 편한 마음으로 웃으며 이야기했다.

"그럼 이번에는…… 우리 둘의 이야기를 하나로 합쳐야겠군요." 세이지도 응수했다.

59

그리고 그날 오후, 앤드류와 세이지는 함께 J.P. 모건 도서관을 향해 걸음을 옮겼다. 이번엔 각자 품은 이야기를, 한 권의 책처럼 맞춰 가야 할 차례였다. 세실리아가 그들을 맞았다. 하얀 장갑을 낀 그녀는 오래도록 기다렸다는 듯 그들을 복원 자료실로 안내했다.

"다녀가신 이후로, 복원 작업은 꽤 진척됐습니다."

그녀가 펼쳐 놓은 것은 PML 12 사본의 고해상도 촬영본과 복원 이미지였다. 이중 인쇄로 겹쳐진 희미한 글자가 점점 선명해지고 있었다. 대부분은 신약 복음서 — 마르코, 마태오, 루카. 하지만 곳곳에 현재 전승본과는 다른 표현이 섞여 있었다.

"문제는," 세실리아가 목소리를 낮췄다. "라틴어와 중세 독일어가 뒤섞여 있고, 구절의 순서마저 의도적으로 뒤틀려 있습니다. 암호처럼요. 아직 완전 해독은 어렵습니다."

앤드류가 파일을 넘기려는 순간, 그녀는 갑자기 표정을 굳혔다.

"그리고…… 이상한 일이 있었습니다."

그녀의 설명은 간단했지만 섬뜩했다.

며칠 전, 복원 데이터 전체가 서버에서 사라질 뻔했다는 것이다. 백업까지 손댄 흔적이 있었지만, 세실리아가 재빨리 로컬 저장본으로 복구했다.

"더 이상 우연이라고 생각하지 않습니다."

그녀는 그동안 의심스러웠던 도서관 관장 에드워드 맥헨리의 과거를 조사해 두고 있었다. 충격적인 건, 그 관장은 고문서 보존 분야와 아무런 관련이 없는 인물이었고 이름도 가명이었다. 경력의 공백을 지나, 어느 날 갑자기 임명되었고, 그 배후는 아직 확인되지 않았다.

며칠 후, 관장은 예고 없이 사라졌다. 남겨진 사무실에는 책도, 자료도, 개인 물품도 없었다. 자료실 한쪽에서 문서를 넘기던 앤드류가 중얼거렸다.

"이제, 어느 쪽이 먼저 다다를지가 문제군요. 우리냐…… 아니면 그들이냐."

그날 저녁, 세 사람은 도서관의 한쪽 작은 회의실에 모였다.

앤드류는 조용히 'Q' 활자를 꺼내 책상 위에 올려놓았다.

"내가 생각하는 '사라진 문장 Q'의 정의는 이겁니다."

그의 시선이 세이지와 세실리아를 차례로 스쳤다.

"'Q'는 특정한 한 시대의 특정한 기록이 아니라, 말씀을 지키고 전하려 했던 이들이 남긴 다층적 증언입니다. 정경과 외경, 위경의 경계를 의도적으로 구분 지으며 진리를 왜곡하려는 손길에 저항한 흔적이죠. 그들은 단어를 숨겼고, 구절을 뒤틀었고, 언어를 섞었습니다. 그게 위험이자…… 동시에 가장 순수한 보호 방식이었어요."

잠시 침묵이 흐른 뒤, 세이지가 입을 열었다.

"그렇다면, 'Q'를 완전히 해독하면……."

앤드류는 천천히 고개를 끄덕였다.

"그 순간, 우리는 수 세기 동안 감춰졌던 그리고 가설로만 존재했던 어떤 문서를 접할지도 모릅니다. 누군가 목숨을 걸고 지키려 했던…… 그러나 그건 결코 어떤 특정 세력에게 이용되어서는 안 되는 문서입니다. 그리고 그건 순수한 말씀 그 자체라는 것입니다. 그 말씀에 해석을 다는 것은 우리들 인간의 몫이었죠. 항상 거기서 모든 갈등과 재앙이 싹텄습니다. 그렇지만 우리는 이것을 더 이상 감추게 둘 순 없습니다. 누군가만이 말씀을 독점할 권리는 애초에 세상에 존재하지 않았으니까요."

앤드류의 목소리는 단호했다. 창밖에서는 겨울비가 조용히 내리고 있었다.

앤드류는 J.P. 모건 도서관을 다녀온 후 로펌으로 돌아와 재판의 자료집을 다시 검토하고 있었다. 며칠 후면 재판 결심이다. 지금까지 겪었던 일들이 허사로 돌아가면 안 되는 것이다. 그는 모든 증거와 진술을 다시 한번 점검하고 있었다. 책상 위에는 사건 기록철, 증거 목록표, 그리고 '변론 요지서' 초안이 나란히 놓여 있었다. 그는 각 증거의 '증거능력'과 '증거기초'를 하나씩 점검하며, 모든 쟁점 사항을 머릿속에서 재구성하고 있었다. 서류 구석마다 그의 손 글씨가 빼곡했다. 반대신문 핵심 질문 — 상대 증인을 궁지로 몰기 위해 준비한 물음들. 이의 사유 — 절차 위반, 추측성 진술, 허위 문서 가능성. 마지막으로, 배심원 평결에 직접 영향을 줄 '최종 변론'의 개요도 차례로 정리 중이었다.

그 순간, 사무실 문이 거칠게 열리며 에블린 장이 숨을 고르지 못한 채 들어왔다.

"앤드류, TV를 켜 봐. 지금 당장."

앤드류가 리모컨을 집어 버튼을 누르자, 화면 속 뉴스 앵커의 목소리가 공간을 채웠다.

"속보입니다. 뉴욕의 J.P. 모건 도서관이 보관 중인 『구텐베르크 42줄 성경』의 희귀 부분본 — PML 12 — 을 디지털 복원한 인쇄본을 공개하기로 했습니다. 이번 복원본에는 최근 밝혀진 '이중 인쇄' 흔적이 일부 포함돼 있으며, 성서학자들은 이 문장들이 19세기 바이쓰 교수가 제안한 'Q 문서'의 단편일 가능성이 높다고 보고 있습니다."

화면이 전환되며, 기자가 도서관의 고문서 보존실 앞에서 리포트를 이어 간다. 유리 진열장 속에서 은빛 장갑을 낀 손이 오래된 페이지를 넘긴다.

카메라는 마태오·마르코·루카의 복음서가 나란히 놓인 비교 표를 비춘다.

"전문가들이 공개한 예시 구절은 다음과 같습니다.

'너희는 세상의 빛이라. 산 위에 있는 동네가 숨겨지지 못할 것이요.'

'원수를 사랑하라. 너희가 원수를 사랑하면, 그는 더 이상 원수가 아니고 형제가 되리라.'

'네 마음에 원한이 머물거든, 그것을 풀어 강물에 던져라. 그리하면 네 손은 다시 사랑을 잡을 수 있으리라.'

'용서하라. 그리하면 너희도 용서함을 받을 것이다.'

'너희 아버지의 자비로우심같이 너희도 자비로운 사람이 돼라.'

'남에게 대접을 받고자 하는 대로 너희도 남을 대접하라.'"

앵커의 목소리가 한층 낮아진다.

"이 구절들은 모두 마태오와 루카에 공통으로 존재하지만 문장 모두가 같지는 않습니다. 일부 추가적인 부분이 보이며 대부분은 '사랑과 용서'

에 대한 말씀입니다. 그리고 다음 구절은 아직은 불분명하다고는 합니다. 마르코복음의 내용과 유사하기는 하지만 지금까지의 복음서에는 없는 내용입니다.

'씨 뿌리는 자가 빛을 품고 나가면, 그 빛은 열매처럼 자라 온 세상을 비출 것이다.'

학자들은 이를 'Q' 문서의 핵심 단편으로 보고 있으며, 해당 복원본은 다음 달 국제 성서학회에서 공개될 예정입니다."

앤드류는 화면에서 시선을 거두지 못했다. 그 단어들은 ― 빛, 사랑, 용서, 열매, 대접 ― 마치 구텐베르크가 간직하다가 마지막에 남기려 했던 그 메시지의 메아리 같았다. 그러나 이어진 뉴스는 더 큰 충격을 안겼다.

"이번 복원 과정에서 J.P. 모건 도서관 내부의 과거 사건도 일부 드러났습니다. 원래 도서관의 창립자 존 피어폰트 모건은 '쿠스토데스'라는 수호단의 전통적인 일원이었으며, 성경 원고와 문서들을 발굴·보존해 왔습니다. 하지만 지난 세기 중반, 수호단 내부에서 갈라져 나온 극단주의 파벌이 이곳을 표적으로 삼았고, 실제로 귀중한 문서 일부가 도난당한 것으로 확인됐습니다."

화면에 흐릿한 사진 한 장이 잡힌다. 검은 망토와 모자를 쓴 세 명의 그림자가 희미하게 걸어가는 장면.

"이 극단주의자들은 단순한 수집가가 아니라, 특정 문서를 독점하고 반대로 세상 사람들이 알아야 할 것은 공개를 막기 위해 수단과 방법을 가리지 않았습니다. 최근 드러난 바에 따르면, 작가 세이지 굿힐의 『검은 잉크의 노래』 2편의 출간을 방해한 세력 역시, 출판사 오스테라 북스가 아니라 이들의 압력에 의한 것이었습니다."

에블린이 무겁게 숨을 내쉬었다.

"그러니까…… 우리가 싸워 온 건, 처음부터 오스테라 북스가 아니었다는 거군요."

앤드류는 천천히 고개를 끄덕였다.

"그래요…… 그리고 그들도 결국은 진실을 막지 못했어요."

뉴스 화면에는 도서관 복원실의 인쇄기가 돌아가는 장면이 잡혔다. 새하얀 종이 위로, 500년 전의 활자가 다시금 검은 잉크로 새겨진다.

문장은 짧지만 묵직하게 다가왔다.

'진실의 말씀은 숨겨지지 않는다.'

앤드류는 그 장면을 오래 바라보았다.

마치 구텐베르크와 안나, 소피아, 그리고 세이지까지…… 모든 시간이 한 점에 모여 인쇄되는 듯했다. 진실의 인쇄본은 세상에 나왔고, 그 승리는 이제 되돌릴 수 없었다.

60

 오스테라 북스가 소송을 전격 취하했다는 소식은 뉴욕의 늦은 오후, 창밖의 빛과 함께 앤드류의 사무실을 가득 채웠다.

 그는 이메일을 두 번, 세 번 확인했다. '소송 기각.' 법원 전자기록에 찍힌 네 단어가, 지난 수개월의 긴장을 한순간에 풀어 버렸다.

 며칠 후, 세테르 91 카페.

 세이지는 커피잔을 두 손으로 감싸 쥐고 있었다. 여느 때처럼 차분했지만, 오늘은 미묘한 웃음이 눈가에 번져 있었다.

 "이제 드디어…… 내 두 번째 책을 세상에 내놓을 수 있게 됐네요."

 앤드류는 고개를 끄덕이며, 오래된 친구를 보듯 그녀를 바라봤다.

 "아니, 이제는 '스타 작가 세이지 굿힐'이라고 불러야겠군요."

 "아직 멀었죠. 다만…… 이번 책은, 단순한 소설이 아니라 제 삶의 증언이기도 해요." 세이지는 환한 미소로 웃으며 말했다.

 출판기념회는 맨해튼 소호의 작은 북카페에서 열렸다. 루터, 구텐베르크, 'Q' 문서…… 이름만 들어도 사람들의 호기심을 자극하는 역사와 비밀이, 세이지의 문장 속에서 숨 쉬고 있었다. 세실리아도 참석해 와서 앤드류를 끌어안았다.

"당신이 없었으면 복원 데이터는 다 날아갔을 거예요."

앤드류는 웃으며 답했다. "덕분에 우린 진실을 지켰죠. 그리고…… 세상에 나왔습니다."

밤이 깊어 갈 무렵, 세이지와 앤드류는 브루클린 브리지 위를 걸었다. 강바람이 차가웠지만, 둘의 대화는 따뜻했다.

"앤드류, 우린 참 먼 길을 왔네요."

"그렇죠. 시간과 대륙을 넘나들었으니까."

"그리고 이제…… 같이 가는 거죠?"

앤드류는 대답 대신 그녀의 손을 꼭 잡았다. 멀리 맨해튼의 불빛이 강 위에 흩어졌다. 그 빛은 마치, 수 세기 전 구텐베르크의 활자 위에 번져 가던 잉크처럼, 세상으로 퍼져 나가고 있었다.

다음 날 늦은 오후 로펌 블룸필드 앤 스톤 로펌의 42층 회의실에는 샴페인 잔이 부딪히는 소리가 가볍게 울렸다. 유리창 너머로 저녁 햇살이 맨해튼 빌딩 사이를 금빛으로 물들이고 있었다.

"앤드류, 이번 건은 정말…… 역사적인 승리야."

수석 파트너 에블린 장이 잔을 들어 올렸다.

"단순히 한 작가를 변호한 게 아니라, 표현의 자유와 진실을 지켜 낸 거지."

토미와 어시스턴트들도 돌아가며 축하 인사를 건넸다.

"앤드류, 기사 봤어? 오늘만 해도 출판 업계 뉴스에 세 번이나 언급됐어."

"이제 당신은 법정 밖에서도 스타네요." 그는 웃었지만, 속마음은 조금 복잡했다. 회의실 한쪽에 앉아 있던 그는, 들뜬 대화를 한 발짝 물러서서 바라봤다. 모두가 환하게 웃고 있지만, 그의 머릿속엔 여전히 구텐베르크의 인쇄기, 소피아의 눈빛, 루터의 굳은 목소리가 겹쳐졌다.

그리고…… 멀리 동쪽, 고국에서 마주했던 한 성당의 정경이 스쳤다.

한국에서의 시간은 그에게 예상치 못한 깊은 울림을 주었다.

대구의 겨울 하늘 아래, 박가희 신부와 나눈 대화가 떠올랐다.

'앤드류, 우리는 말씀을 지키는 방법을 고민하지만, 더 중요한 건 그 말씀이 사람 속에서 살아 움직이게 하는 겁니다. 책 속에만 두면, 말씀도 결국 죽은 글이 되죠.'

그 말은 그의 마음 깊은 곳에 남아, 재판 내내 자신을 붙잡아 주는 힘이 되었다.

에블린이 의자를 끌어와 앉았다.

"무슨 생각해? 오늘은 좀 더 즐겨도 돼."

앤드류는 잔을 내려놓으며 고개를 저었다.

"기쁘지. 하지만…… 정리할 게 많네. 이번 일은 단순한 승소가 아니었어. 한 문장이, 한 권의 책이, 그리고 한 시대의 역사가…… 다시 세상에 나온 거니까."

그 순간, 옆자리의 토미가 농담처럼 말했다.

"앤드류, 다음엔 또 어떤 시대에서 오신 분을 변호하게 될지 궁금하네."

웃음소리가 터졌지만, 앤드류는 미소 뒤로 조용히 속삭였다.

"그건…… 나도 모르지. 하지만, 언젠가 또 불릴지도 모르지, 젠장."

그는 창밖으로 번져 가는 밤빛을 바라봤다.

그 불빛은 법정에서, 인쇄소에서, 그리고 고향의 성당 안에서 본 빛과 닮아 있었다.

61

"근데 이름은 왜 소피아가 아니고 세이지로 바뀌었죠. 세이지 굿힐은 어떤 뜻이죠?"

"소피아는 지금은 그리스인 헬라어로 '지혜'를 뜻해요. 세이지는 소피아의 영어식 표기이고요." 세이지가 친절하게 설명했다.

앤드류도 그 정도는 알겠다는 듯 끄덕이면서 다시 물었다.

"그럼 굿힐은 양부모님 성인가요?"

"아뇨, 굿힐은 말 그대로 '좋은 언덕(Good Hill)'이라는 뜻이에요. 제가 처음 발견된 곳도 숲속 언덕이었거든요. 그리고 제 아버지 성인 구텐베르크도 독일어로 풀이하면 '좋은 언덕'이 됩니다. 어쩌면…… 이런 게 바로 운명인지도 모르죠." 세이지는 밝게 미소 지었다.

"그렇군요…… 결국 이름조차도 시간과 운명이 맞물려 하나의 길로 이어져 온 듯하네요."

앤드류는 로펌 사무실 창가에 홀로 서 있었다. 한 손엔 닥터페퍼를 들고 있었다. 생각보다 일찍 은퇴할 줄 알았던 로펌에서 이제는 수석변호사로 승진을 앞두고 있었다. 조금 더 오래 다녀야 할 것 같다. 그가 꿈꾸던 '그리스인 조르바'의 자유로운 삶은 뒤로 더 유예되었다.

맨해튼의 불빛이 한 점씩 켜져, 마치 하늘에서 쏟아진 별들이 땅 위에 내려앉은 듯했다.

그 불빛을 바라보는 동안, 그의 머릿속에는 계속해서 질문이 떠올랐다.

"마지막으로…… 단 한 번이라도, 그 시대로 돌아갈 수 있다면……."

그는 속으로 중얼거렸다. 구텐베르크에게 아직 묻지 못한 것들이 많이 있었다.

그는 정말로 어떻게 생을 마감했을까? 루터나 칼뱅은, 역사가 기록한 그대로의 길을 걸었을까? 그들에게 '종교'란, '진리'와 '진실'은 무엇이었을까? 그리고 그들이 목숨을 걸고 지키려 했던 한 문장, 혹은 한 권의 책은 과연 지금 시대에도 그만한 가치가 있는 것일까?

앤드류는 여전히 답을 얻지 못했다. 하지만 한 가지는 확실했.

에라스무스가 말했던 온건한 개혁의 철학, 인간의 내면을 일깨우는 힘에 대한 신념…… 그리고 구텐베르크가 그 밤, 촛불 아래에서 중얼거렸던 말.

"문장은 시간 속에 영원하다. 그것이 종이에 새겨졌든, 사람의 가슴속에 새겨졌든."

그 말을 떠올리는 순간, 앤드류의 시선은 책상 위로 향했다.

거기에는, 부드러운 천에 싸인 채 놓여 있는 작은 금속 조각 'Q' 활자가 있었다. 그는 조심스럽게 그것을 천에서 꺼내어 손에 쥐었다. 차갑던 금속은 서서히 미묘한 온기를 띠었다. 그리고 그 표면에서, 아주 약하게 진동이 느껴졌다. 마치 작은 심장이 뛰는 듯, 혹은 먼 곳에서 오는 전파의 신호처럼.

그 순간 앤드류는 직감했다. 이 떨림은 단순한 물리적 반응이 아니었다.

'Q'는 그에게 속삭이고 있었다. 아직 끝나지 않았다고. 아직 가야 할 곳이 남아 있다고.

그의 손아귀에서 활자 'Q'가 미세하게 빛을 발했다. 반쯤 열린 사무실의 창으로 불어온 바람이 커튼을 스쳤고, 그 바람 속에 오래된 잉크 냄새가 섞여 있었다. 그 냄새는 마인츠의 공방, 비텐베르크의 강단, 그리고 J.P. 모건 도서관의 고문서실을 동시에 떠올리게 했다.

앤드류는 잠시 숨을 고르고 'Q'를 내려다봤다. '다시 과거로 갈 수 있다면, 나는 무엇을 바꿀 수 있을까? 아니, 바꿀 수 있는 게 정말 있을까?'

그는 자신도 모르게 미소 지었다. 어쩌면, 답은 그곳에 있는 것이 아니라 다시 묻는 과정에 있는 것일지도 모른다.

'Q'의 떨림이 점점 커졌다. 그 떨림이 그의 손끝에서 팔로, 그리고 온몸으로 전해졌다. 세상이 서서히 흐릿해졌다. 빛과 그림자가 뒤섞이고, 익숙한 맨해튼의 풍경은 서서히 다른 색과 형태로 바뀌어 갔다.

앤드류는 눈을 감았다. 그리고, 깊게 들이마신 숨을 내쉬며 속삭였다.

"좋아. 한 번 더." 어디선가 종이 넘기는 소리와 금속활자 부딪히는 소리가 섞여 들려왔다.

그리고 먼 곳에서, 누군가의 목소리가 그를 불렀다.

"앤드류…… 기다리고 있었습니다."

미스테리움
사라진 문장 Q

ⓒ 나지후, 2025

초판 1쇄 발행 2025년 12월 1일

지은이	나지후
펴낸이	이기봉
편집	좋은땅 편집팀
펴낸곳	도서출판 좋은땅
주소	서울특별시 마포구 양화로12길 26 지월드빌딩 (서교동 395-7)
전화	02)374-8616~7
팩스	02)374-8614
이메일	gworldbook@naver.com
홈페이지	www.g-world.co.kr

ISBN 979-11-388-5030-8 (03810)

- 가격은 뒤표지에 있습니다.
- 이 책은 저작권법에 의하여 보호를 받는 저작물이므로 무단 전재와 복제를 금합니다.
- 파본은 구입하신 서점에서 교환해 드립니다.